O MENINO NA PONTE

M.R. CAREY

O MENINO NA PONTE

Tradução de Edmundo Barreiros

FÁBRICA231

Título original
THE BOY ON THE BRIDGE

Primeira publicação na Grã-Bretanha em 2017 por Orbit.

FÁBRICA231
O selo de entretenimento da Editora Rocco Ltda.

Direitos para a língua portuguesa reservados
com exclusividade para o Brasil à
EDITORA ROCCO LTDA.
Rua Evaristo da Veiga, 65 - 11º andar
Passeio Corporate - Torre 1
20031-040 - Rio de Janeiro - RJ
Tel.: (21) 3525-2000 - Fax: (21) 3525-2001
rocco@rocco.com.br
www.rocco.com.br

Printed in Brazil/Impresso no Brasil

preparação de originais
SOFIA SOTER

CIP-Brasil. Catalogação na publicação.
Sindicato Nacional dos Editores de Livros, RJ.

C273m
Carey, M. R.
O menino na ponte / M. R. Carey; tradução Edmundo Barreiros. - 1ª ed. - Rio de Janeiro: Fábrica231, 2020.

Tradução de: The boy on the bridge
ISBN 978-65-86733-00-6
ISBN 978-65-86733-01-3 (e-book)

1. Mistério - História de suspense. 2 . Ficção americana. I. Barreiros, Edmundo. II. Título.

20-64023
CDD: 813
CDU: 82-312.4(73)

Leandra Felix da Cruz Candido - Bibliotecária - CRB-7/6135

O texto deste livro obedece às normas do
Acordo Ortográfico da Língua Portuguesa.

Para Camille Gatin e Colm McCarthy, com gratidão e amor

PRIMEIRA PARTE

NO PAÍS

1

Todas as responsabilidades foram passadas e todos os assuntos foram discutidos até que nem sofressem mais com isso. Finalmente, depois de uma centena de partidas em falso, Rosalind Franklin começa sua viagem rumo ao norte — de Beacon, na costa sul da Inglaterra, até as terras bravias das Highlands escocesas. Poucos acreditam que vá chegar tão longe, mas se despedem com fitas e guirlandas mesmo assim. Vibram com a mínima possibilidade.

Rosie é impressionante de se ver, um leviatã terrestre, mas não é de jeito nenhum a maior coisa que já andou sobre rodas. Nos anos antes do Colapso, os motorhomes mais luxuosos, os classe A movidos a diesel, tinham bons dezesseis ou dezessete metros de comprimento. Rosie é menor que isso: tem de ser, porque a blindagem é extremamente grossa e há um limite para o peso que as lagartas aguentam. Para acomodar uma tripulação de doze pessoas, certos luxos precisaram ser sacrificados. Há um único chuveiro e uma única privada, cujo uso é rigidamente regrado. O único espaço particular é nos beliches, empilhados de três em três como um hotel-cápsula de Tóquio.

O avanço é lento, uma peregrinação através de um mundo que deu as costas para a humanidade quase uma década atrás. O Dr. Fournier, em um discurso inspirador, compara a tripulação com os reis magos da Bíblia que seguiram uma estrela. Ninguém mais na tripulação acha a analogia plausível ou cativante. Eles são doze, para começo de conversa, mais para apóstolos do que reis magos, e de jeito nenhum estão seguindo uma estrela. Estão seguindo uma trilha percorrida um ano antes por outra equipe em um veículo blindado exatamente como o deles — uma trilha planejada por um grupo de especialistas incontroláveis através de todo terreno que o território da Grã-Bretanha tem a oferecer. Campos e campinas, florestas e colinas, as turfeiras de Norfolk e as charnecas de Yorkshire.

A aparência de todas essas coisas, pelo menos para a Dra. Samrina Khan, é igual ao que se lembra de antigamente. Acontecimentos recentes — o colapso da civilização global e a quase extinção da espécie humana — não deixaram nelas nenhuma marca que ela consiga ver. Khan não se surpreende. A época do domínio humano sobre a Terra é pouco mais que uma gota no oceano do tempo geológico, e é preciso muito para provocar qualquer ondulação nesse oceano.

No entanto, as cidades grandes e pequenas mudaram de forma indescritível. Eram construídas para pessoas e, sem pessoas, não têm identidade nem propósito. Perderam a memória. Há vegetação por toda parte, suavizando os megálitos construídos pelo homem em formas novas e irreconhecíveis. Prédios comerciais se transformaram aos poucos em platôs, praças públicas se metamorfosearam em bosques ou lagos. Esvaziadas do passado que as definia, elas se entregaram sem protesto, deixando de ser assombradas por significados humanos.

Entretanto, ainda há muitos fantasmas para quem os procura. Os membros da equipe científica evitam os famintos sempre que possível, fazendo contato quando estritamente necessário (ou seja, principalmente quando o cronograma exige amostras de tecido). A escolta militar, em virtude das armas, tem uma terceira opção à qual se dedica com vigor.

Ninguém gosta dessas incursões, mas o cronograma é específico. Ele os leva a todos os lugares onde pode haver informação pertinente escondida.

Sete semanas depois de sair de Beacon, eles chegam a Luton. A soldado Sixsmith estaciona e desliga o veículo no meio de uma rotatória na A505, que combina uma posição extremamente defensável com visibilidade excelente. A equipe de amostragem caminha dali até o centro da cidade, uma viagem de menos de um quilômetro.

Esse é um dos lugares onde a tripulação do Charles Darwin, seus falecidos predecessores, deixou guardadas culturas de espécimes para crescer em material orgânico obtido na área adjacente. A orientação da equipe é resgatar esse legado de espécimes, o que exige apenas um cientista com uma escolta de dois soldados. A Dra. Khan é a cientista (ela fez questão e trocou suas tarefas com Lucien Akimwe por três dias consecutivos). A escolta consiste no tenente McQueen e no soldado Phillips.

Khan tem suas razões pessoais para querer visitar Luton, e elas se tornavam mais prementes a cada dia de progresso. Está com medo e está em dúvida. Ela precisa de uma resposta para uma pergunta e espera encontrá-la em Luton.

Eles caminham devagar por todas as razões de costume — vegetação rasteira densa e barricadas aleatórias de construções desabadas, alarmes e desvios de atenção sempre que qualquer coisa se move ou faz algum som. Os soldados não têm necessidade de usar as armas, mas veem vários grupos de famintos a distância e mudam de rota toda vez para minimizar as chances de um contato imediato. Eles mantêm o passo mais lento possível, porque, mesmo com gel bloqueador espalhado por cada centímetro de pele exposta para abafar seu cheiro, é possível que os famintos percebam o movimento rápido e vejam presas em potencial.

Khan pensa em como eles devem parecer estranhos, embora quase certamente não haja ninguém por perto para vê-los. Os dois homens, cada um deles facilmente com mais de um metro e oitenta, e a mulher pequena e magra no meio. Ela não alcança nem os ombros deles, e suas coxas são mais finas que seus antebraços. Eles podiam carregá-la com todo o equipamento e manter o passo. Passa de meio-dia quando chegam à Park Square, aonde os diários do Darwin os levaram. Então demora um bom tempo para localizar o repositório de espécimes. Os cientistas do Darwin tinham limpado uma área de três metros antes de posicioná-lo, de acordo com suas ordens, mas um ano inteiro de crescimento havia ocorrido desde então. O invólucro laranja-forte do repositório está escondido em um emaranhado de espinheiros tão densos e fartos que parecem armadilhas de tanques. Quando finalmente o localizam, precisam usar facões para chegar até lá.

Khan se ajoelha sobre o espinheiro amassado e a seiva gotejante para verificar o lacre nos recipientes dos espécimes. Há dez deles, todos de um cinza militar em vez de transparentes, porque o fungo no interior cresceu e encheu completamente o espaço interno. Isso provavelmente significa que os espécimes são inúteis e não oferecem nenhuma informação além do óbvio — que o inimigo é robusto, versátil e nada exigente em relação a pH, temperatura, umidade ou qualquer outra droga de coisa.

Mesmo assim, a esperança é maior que tudo, e o objetivo da missão não é negociável. Khan transfere os recipientes para os bolsos no cinto.

McQueen e Phillips ficam parados bem ao seu lado, observando a praça silenciosa de um lado para outro com um olhar cauteloso.

Khan se levanta, mas permanece no lugar quando McQueen gesticula bruscamente para que ela e Phillips saiam dali.

— Preciso fazer uma incursão rápida — diz ela, torcendo para que a voz não traia seu nervosismo.

O tenente olha para ela com enorme indiferença, sem demonstrar nenhuma emoção no rosto largo e achatado.

— Isso não está no diário — diz para ela sumariamente.

Ele tem pouca paciência para Khan e não tenta esconder o fato. Khan acredita que isso é porque ela (a) não é um soldado e (b) nem mesmo um homem, mas não exclui outras possibilidades. Pode haver até mesmo algum racismo naquilo, por mais estranho e ultrapassado que pareça nesses dias recentes.

Por isso, ela antecipou a resposta dele e preparou a própria. Ela saca uma lista do bolso de seu uniforme de campanha e a entrega a ele.

— Remédios — diz ela enquanto ele a desdobra e examina com os lábios estreitos e tensos. — No geral, estamos bem, mas a área ao norte de Bedford sofreu muitos bombardeios. Se conseguirmos estocar um pouco dessa coisa antes de entrarmos na área incendiada, isso pode nos poupar muita dor de cabeça depois.

Khan está preparada para mentir se for necessário, mas McQueen não pergunta a ela se esse é um desvio autorizado. Ele supõe — e é uma suposição muito razoável — que ela não prolongaria aquela excursão sem ordens diretas do Dr. Fournier ou do coronel.

Então eles percorrem a curta distância até o shopping, um mausoléu adequado para um faraó antigo. Atrás de vitrines estilhaçadas, televisões de tela plana e computadores oferecem uma apoteose digital. Manequins enfeitados são testemunhas, ou então aguardam sua ressurreição muito tardia.

Ignorando todos eles, o tenente McQueen entra primeiro e segue na frente até o nível do mezanino. Quando chega ali, fica no corredor, com o fuzil destravado no automático, enquanto Khan e Phillips recolhem o butim precioso da farmácia Boots.

Khan fica com os remédios que exigem receita médica, deixando o soldado com a tarefa muito mais fácil de encontrar ataduras, curativos e analgésicos. Mesmo assim, ela deixa a lista com ele, assegurando-lhe que vai ser mais necessária para ele do que para ela. Isso, pelo menos, é verdade. Ela sabe muito bem o que está escasso e o que pode razoavelmente esperar encontrar.

Quer dizer, é apenas uma meia verdade. Ela também quer que o soldado Phillips fique com a cabeça baixa, decifrando a letra horrível dela enquanto segue pelos corredores. Se ele estiver lendo a lista, não vai estar de olho nela. Ela vai estar livre para empreender sua missão secreta – a que a levou até ali sem autorização e sem o conhecimento do comandante.

Os remédios que exigem receita estão guardados atrás de um balcão. Khan se abaixa ali e enche a bolsa com rapidez e eficiência. Ela pega em sua maioria antibióticos, que são tão preciosos em Beacon que qualquer receita precisa ser assinada por dois médicos e um oficial do exército. Também tem uma embalagem cheia de insulina, que vai direto para a bolsa. Paracetamol. Codeína. Alguns anti-histamínicos.

Com a lista de compras oficial terminada, é hora de mudar de objetivo. Ela estava torcendo para achar o que estava procurando bem ali na área da farmácia, mas não há sinal disso. Ela ergue a cabeça acima do balcão para verificar a situação. O soldado Phillips está a cinquenta metros de distância, olhando sisudamente para a lista enquanto vai de prateleira em prateleira.

Khan cruza o corredor arrastando os pés em passos mínimos, quase dobrada ao meio, tentando não fazer nenhum barulho. Ela chega diante de um mostruário temático de higiene dental e examina as prateleiras de seus dois lados com urgência. Phillips pode terminar a tarefa e procurar por ela a qualquer momento.

A parte de seu corpo com a qual ela está preocupada fica muito abaixo de seus dentes, mas por alguma razão esotérica os produtos relevantes estão arrumados bem ali, na seção seguinte. Há três opções de marcas. Há longos dez anos, no último dia em que qualquer coisa foi vendida ou comprada nesse lugar, eles estavam em oferta especial. Khan não consegue imaginar como isso podia algum dia ter feito sentido, considerando as circunstâncias limitadas nas quais esses itens são úteis. Ou você precisa deles, ou não precisa e, se precisa, então o preço na verdade não é um fator. Com uma sensação de alívio, Khan pega um e o enfia na bolsa.

Pensando melhor, ela pega mais dois, ficando com um de cada marca. Dez anos é muito tempo e, mesmo por trás de lacres herméticos, a maioria das coisas acaba por se degradar: três lances de dados são melhores que um.

Ela ergue a cabeça acima do peitoril novamente e vê que o soldado Phillips está de costas para ela. Foi no tempo perfeito. Ela então sai para o corredor e descansa uma das mãos sobre o balcão da farmácia em um gesto relaxado. Aqui estou eu, diz a postura. Onde estive todo o tempo. Onde tenho todas as razões para estar.

— Pronto — diz para ele.

Phillips não responde. Ele está olhando para alguma coisa no chão.

Khan vai e se junta a ele.

Ele encontrou uma espécie de ninho. Há um saco de dormir amarfanhado e sujo; uma mochila aberta, na qual Khan vê as tampas de várias garrafas plásticas de água e o cabo do que pode ser um martelo ou uma chave de fenda grande; duas pilhas arrumadas de roupas (jeans, meias, camisetas e alguns suéteres, nada evidentemente feminino, exceto por uma calcinha e uma blusa preta com babados nas mangas); algumas dezenas de latas vazias arrumadas em fileiras, a maioria das quais continha feijões assados ou sopa; e um exemplar em brochura de *The Magic Wishing Chair*, de Enid Blyton. Ali praticamente não há poeira, mas evidentemente nenhuma daquelas coisas era tocada há algum tempo. Folhas mortas vindas de uma janela quebrada em algum lugar tinham se acumulado junto delas, e ramificações de mofo preto subiam pela metade inferior do saco de dormir.

Alguém morou aqui, pensa Khan. O shopping devia parecer um lugar bastante bom para se esconder, oferecendo comida, abrigo e uma exposição sedutora de bens de consumo. Mas era, claro, uma armadilha mortal, com uma dezena de entradas e poucos espaços defensáveis. Essa eremita esperançosa provavelmente tinha morrido não muito longe de onde eles estavam parados. O soldado Phillips olha para aquela exibição patética com uma expressão pensativa e distante. Ele coça o rosto com uma barba levemente por fazer com a ponta de um dedo.

Então ele se agacha, põe o fuzil no chão e pega o livro, folheando as páginas com o polegar. Ele precisa fazer isso com muita delicadeza porque a cola com décadas de idade secou e rachou, e as páginas se soltaram da lombada. Khan fica perplexa. Ela imagina que *The Magic Wishing Chair* tenha estado presente de alguma forma na infância do soldado, que ele está comungando com alguma parte enterrada de si mesmo.

Alguma coisa cai no chão. Um retângulo estreito de cartão fino, de uma cor dourada pálida. Ele traz uma única palavra: *Rizla*.

— Eu sabia — exulta Phillips.

Ele joga o livro para o lado. As páginas se derramam dele quando ele cai no chão, espalhadas como uma mão de cartas de baralho. Ele revira a mochila com um propósito sério, jogando de lado as garrafas de água parcialmente vazias e a ferramenta (um martelo), e sai com seu prêmio: um maço meio vazio de cigarros Marlboro Gold e um segundo maço ainda fechado. Eram moeda valiosa em Beacon, mas aqueles bastões cancerígenos não iam chegar tão longe de jeito nenhum.

Khan olha para baixo e observa as páginas espalhadas do livro. Uma delas tem uma imagem de duas crianças sentadas em uma cadeira voadora segurando firme seus braços enquanto voam ao redor de uma torre redonda no alto de um castelo. Há uma legenda embaixo da imagem. *"Uau, nossa cadeira mágica pode nos levar a qualquer lugar!", exclamou Peter.*

— Conseguiu o que precisava, Dra. Khan? — pergunta Phillips.

Ele está alegre, expansivo, curtindo uma onda só de pensar naqueles cigarros.

— Consegui, Gary — responde Khan, deliberadamente impassível. — Tudo que eu preciso.

O caminho de volta a Rosie é abençoadamente calmo, mas, como a viagem de ida, é demorado e exaustivo. Quando eles entram na câmara selada, Khan está praticamente esgotada e só quer se deitar em seu beliche até o fim do dia. Mas John Sealey precisa cumprimentá-la e — sob o pretexto de uma conversa despretensiosa — assegurar-se de que ela está bem. O garoto Stephen Greaves demonstra menos, mas ela conhece sua linguagem corporal: ele precisa ser ainda mais tranquilizado que John e, acima de tudo, restaurar seu *status quo* por meio dos rituais que eles estabeleceram ao longo dos anos em que se conheciam — cumprimentos e diálogos cuja importância está inteiramente em serem ditos em vez de no significado que possuem.

— Teve um bom dia de trabalho, Stephen?

— Não foi nada mal, Dra. Khan. Obrigado.

— De nada.

— Gostou de sua caminhada?

— Muito. Está um dia bonito lá fora. Você devia dar um passeio antes que o sol se ponha.

Ela se desvencilha delicadamente primeiro de John, depois de Stephen, então fica livre. O coronel está na cabine. O resto da tripulação tem que cuidar dos próprios assuntos e não quer se misturar com os dela.

Khan entra no chuveiro, pois Phillips já ocupou a privada. Ela se tranca e se despe rapidamente. Seu corpo está grudento de suor, mas não há nenhum cheiro além do odor levemente amargo do bloqueador E. Se houvesse, é claro, ela teria descoberto antes.

Ela abre os três pacotes um por um e guarda as embalagens nos bolsos. As caixas, dobradas apertadas e pequenas, vão em seguida. Em cada embalagem há uma vareta fina de plástico. Os desenhos são levemente diferentes, mas cada vareta tem uma janela no meio e fica mais grossa em uma das extremidades, onde você deve segurá-la.

Agachada no chão do chuveiro, com as pernas levemente afastadas, ela faz o que precisa ser feito.

A química é objetiva e quase infalível. A globulina anti-hCG é extremamente reativa a certos hormônios humanos, incluindo o hormônio gonadotrofina. Preparada de forma adequada, ela muda de cor na presença do hormônio.

O hormônio está presente na urina da mulher. Às vezes.

Depois de urinar nas extremidades funcionais das três varetas, ela espera em silêncio, observando as três janelinhas. Um resultado negativo vai lhe dizer muito pouco. A camada de proteína na tira preparada no interior das varetas pode ter se degradado demais para catalisar. Um positivo, por outro lado, vai significar o que sempre significou.

Khan obtém três positivos.

Emoções confusas surgem em seu interior enquanto ela olha fixamente para essas mensagens de seu próprio interior não mapeado, uma enchente de assombro, medo, descrença e infelicidade na qual a esperança flutua como um bote salva-vidas à deriva.

Após sete semanas de uma missão de quinze meses, dez anos depois do fim do mundo e a mais de cento e cinquenta quilômetros de casa, a Dra. Samrina Khan está grávida.

Mas ali não é Belém, e não vai haver nenhuma manjedoura.

2

HÁ DOZE DELES, mas eles se separam facilmente em dois grupos de seis.

A equipe científica é liderada pelo Dr. Alan Fournier, o comandante civil com responsabilidade geral pelo sucesso da missão. Ele é um homem magro e excessivamente meticuloso com o hábito de parar no meio de uma frase para organizar os pensamentos. É um hábito infeliz de se encontrar em um líder, mas, para ser justo, ninguém o considera como tal.

A escolta, composta por soldados e oficiais do Grupamento de Beacon, está sob o comando do coronel Isaac Carlisle, às vezes conhecido como Incendiário devido à sua associação com o uso ofensivo de produtos químicos incendiários. Ele odeia o apelido. Odiou aquela missão. O que ele pensa sobre esta não está registrado.

Na equipe científica, há três homens e duas mulheres:

Samrina Khan:	epidemiologista
Lucien Akimwe:	químico
John Sealey:	biólogo
Elaine Penny:	bióloga
Stephen Greaves:	ninguém sabe com certeza

Na escolta, também há duas mulheres e três homens:

tenente Daniel McQueen:	sniper e segundo em comando
cabo de artilharia Kat Foss:	sniper
soldado Brendan Lutes:	engenheiro
soldado Paula Sixsmith:	piloto
soldado Gary Phillips:	intendente

Os órgãos do governo em Beacon, o conselho civil chamado de Mesa Principal e o Grupamento Militar, não escolheram seus melhores nem mais brilhantes membros, embora procurassem fingir que faziam exatamente isso. O que eles na verdade fizeram, ou tentaram fazer, foi obter um equilíbrio que lhes desse a chance mais plausível de sobrevivência. Uma escolta maior teria sido possível simplesmente designando mais veículos para a expedição, mas cada soldado enviado teria enfraquecido as defesas de Beacon. McQueen e Foss, treinados no corpo dos atiradores, são soldados de elite e os mais difíceis de dispensar. Seu conjunto de habilidades era necessário diariamente para reduzir os famintos que se reúnem nos portões de Beacon. Os cientistas são outra história, mas em seu caso também havia questões de urgência cotidiana nas quais seus conhecimentos podiam ser aplicados. Ao enviá-los, Beacon assumiu um compromisso com o futuro, mas filtrado por uma camada de pragmatismo.

Doze homens e mulheres em um grande caminhão blindado não são um risco tão grande, no fim das contas. Eles levam muitas esperanças e sonhos consigo, mas, se por acaso forem perdidos, a perda pode ser suportada.

Eles sabem muito bem que são dispensáveis.

3

Sete semanas os levaram até Luton. Sete meses os levam até a Escócia.

O ano está se fechando para eles, assim como todo o resto. O último dos bons presságios evaporou muito tempo atrás. Eles não fizeram nenhum progresso, nenhuma descoberta. Milhares de amostras foram coletadas e testadas, milhares mais ainda estão por vir, mas ninguém na equipe científica acredita mais que haja qualquer sentido. Cada um deles esconde sua resignação, cinismo ou desespero pelo bem dos outros, reduzidos, agora, a uma esperança indireta.

Eles ficaram sempre perto do curso de Charles Darwin e conseguiram resgatar todos os repositórios de espécimes, com a exceção de um. O que eles perderam estava no platô de Cairngorm, perto do cume da montanha Ben Macdhui, e foi o Dr. Fournier quem tomou a decisão de deixá-lo onde estava. Ele alegou que não estava disposto a arriscar Rosie nas encostas íngremes, mas todo mundo traduziu "Rosie" nessa frase por "minha própria pele". É um sinal, de todas as formas, de rendição iminente.

Os comandantes civil e militar simplesmente não estão preparados para esse propósito. Eles se odeiam e evitam a tripulação – a alternativa é forçá-los a tomar partido. Cabe ao tenente McQueen, na maioria dos dias, organizar a escala de escoltas, e à Dra. Khan ou ao Dr. Sealey, determinar tarefas para as expedições de coleta de amostras.

A gravidez de Khan está aparente. Por um tempo, seu estado era ambíguo e negável, se alguém a tivesse pressionado. Agora, passou, e ela vai ser pressionada em breve.

Também há Greaves, embora as pessoas se perguntem por quê. Quem pensou que levar uma criança em uma missão como essa era uma boa ideia? Quando o Dr. Fournier vai removê-lo formalmente da escala em vez de lidar com suas inadequações?

Quando eles vão desistir e voltar?

Quando isso vai acabar?

Essa pergunta retórica ainda está pairando no ar quando a comunicação para de funcionar. O rádio ainda parece estar operacional, mas Beacon, seu lar e origem, base lógica e ponto de referência, para de responder.

Eles estão por conta própria.

SEGUNDA PARTE

GESTAÇÃO

4

Eles se posicionam em três ondas.

Os praças vão primeiro. Esse é um termo do tenente McQueen, de mais ninguém, uma piada grosseira. Os três soldados fingem achar que é engraçado, mas a Dra. Khan se ofende por eles. Lutes é o melhor engenheiro de Beacon. Sixsmith era piloto comercial antes do Colapso e fica tão confortável com asas quanto com rodas. Phillips tem o físico perfeito de uma estátua clássica e pode fazer truques com cartas que intrigam até depois que ele explica como são feitos. Não há nada de praça em nenhum deles.

Eles andam rapidamente até a borda do morro em um passo acelerado e entrecortado. Cinquenta metros abaixo, se escondem atrás de um tojo que não oferece nenhuma proteção, mas pode ocultar um pouco as silhuetas à distância. Um cuidado pequeno como esse pode fazer a diferença entre a vida e a morte.

— Liberado — diz em voz baixa o soldado Phillips.

O som se propaga a uma grande distância ali fora. Não há necessidade de gritar, e muitas razões para não fazer isso.

Na ausência do coronel Carlisle, McQueen está no comando. Ele gesticula — um aceno circular com o braço, que está dobrado no cotovelo, com a mão apontada para cima. Para Khan, talvez porque a analogia dos três reis magos do Dr. Fournier esteja alojada mais fundo em seu cérebro do que ela gostaria, parece que ele está testemunhando o paraíso.

Na verdade, o gesto é para a equipe científica, que vai até lá em seguida. Ou melhor, dois terços dela fazem isso, incluindo a Dra. Khan, Elaine Penny, Lucien Akimwe e John Sealey. Os dois membros restantes da equipe estão ausentes, excluídos desse dia de trabalho: Alan Fournier, como o líder da equipe científica e comandante civil da missão, está acima disso. Ele também deixou Stephen Greaves fora da escala do dia, sem confiar nele para fazer seu papel em uma ação em grupo coordenada, sabendo que o resto da equipe (exceto Khan) também não confia nele.

Khan sente esse insulto a Stephen mais fundo do que ele mesmo sente, mas, em geral, fica grata por sua ausência. Ele ainda é seu garoto, se não por sangue, então por algo igualmente denso e forte. Parte dela nunca conseguiu renunciar à responsabilidade de cuidar dele. Além disso, embora não admita nem para John Sealey, ela está aliviada de manter Stephen longe dessas coletas porque são espetáculos muito degradantes e brutais. Os famintos podem não ser mais humanos, mas ainda parecem pessoas reais. Vê-los serem ceifados como trigo revira seu estômago, não importa o que seu cérebro diga.

Ela chega ao alto do morro e começa a descer sobre os pés, as mãos e a bunda (deixando sua dignidade muito para trás, mas, a essa altura, ela não vai correr o risco de cair). De qualquer forma, seu passageiro chuta algumas vezes, talvez para registrar um protesto. Pouco antes de entrar nos arbustos, ela avista – pelo canto do olho – um grupo de famintos parados abaixo na encosta. A maneira mais segura de olhá-los é de lado. Se olhá-los nos olhos, eles atacam. Se fizer um movimento rápido demais, eles atacam. Se suar a ponto de ultrapassar o seu bloqueador E ou, que Deus não permita, soltar um pum enquanto está em campo, eles seguem a variação química e atacam.

Agora, porém, ela está em posição de segurança, com Phillips de um lado e Sixsmith do outro, seus fuzis prometendo um refúgio. Akimwe desce deslizando logo atrás dela, mal conseguindo controlar sua velocidade. Sua perna bate no flanco dela, e ele fica instantaneamente consternado.

– Desculpe, Rina – murmura. – Por favor, me perdoe.

Khan sacode a cabeça para mostrar que está tudo bem, ela não é de porcelana, afinal de contas. Ao mesmo tempo, deseja que ele se lembre de ir mais devagar. Aquela descida podia muito facilmente ter sido rápida o suficiente para ser registrada pelas percepções dos famintos, e, se eles começam a andar, não param. Eles podiam estar subindo até ali nesse momento de cabeça baixa e com os braços pendurados naquela corrida feia e voraz que projeta adiante e para o centro suas mandíbulas abertas. Ela diz a si mesma que isso é apenas o fundo de seu cérebro falando. Se houvesse algum sinal de ataque em massa, Phillips, Sixsmith e Lutes estariam atirando, toda a equipe estaria voltando pela encosta, e o caos estaria instaurado.

Está tudo bem. Tem de estar tudo bem.

Porque lá vêm os snipers, andando sem nenhuma pressa em especial, sua graça muscular deixando Khan envergonhada por estar tão empoeirada, desgrenhada e com medo. Eles vêm pelo morro, lado a lado, como se estivessem em um passeio no campo, só os dois, com os M407 muito longos pendurados despreocupadamente sobre os ombros. Os três soldados sempre carregam os fuzis prontos, mas o tenente McQueen e a cabo de artilharia Foss exibem sua falta de prontidão, mostrando as mãos vazias. Kat Foss é quase tão alta quanto o tenente, uma predadora elegante e de membros compridos, com cabelo branco aparado como fumaça — a única mulher que tinha feito Khan sentir que seu metro e cinquenta e sete podia ser abaixo do apropriado.

Quando chega ao nível deles, McQueen inicia a tarefa com uma única palavra:

— Alvos.

Os membros da equipe científica, bem condicionados, erguem a cabeça acima da exuberância amarela das flores de tojo. Devem parecer muitos coelhos.

Triagem. É onde eles botam almas e penas na balança, supondo que reste alguma alma nesse vale além das deles próprios. Essa é uma pergunta premente, não um exercício filosófico: ela mantém Khan acordada à noite.

Ela permite que seu olhar viaje pela extensão do vale. É espetacular. Um dia de claros e escuros no qual o sol sai de seu esconderijo e corre um trecho curto antes de ser engolido novamente por barreiras revoltas de cúmulos. Um dia no qual a ameaça de chuva faz com que você se alegre e fique deslumbrado quando ela chega. A sombra de uma nuvem desloca-se pelas encostas altas cobertas de florestas, fazendo com que pareça que toda a vista está embaixo d'água. Mais abaixo, campinas verde-claro descem na direção do lago, liso como um espelho apesar da agitação no ar acima.

Espalhadas esparsamente pelo vale amplo, em toda elevação e independentemente do terreno, há figuras humanas paradas; os braços pendem ao lado do corpo, a cabeça inclinada forma um ângulo estranho no pescoço. Elas estão até as canelas ou joelhos em meio a cardos, lama, samambaias, água. Vestem roupas desbotadas e esfarrapadas marcadas pela ferrugem de velhas manchas de sangue. Aparentam para todo mundo serem sonâmbulos prestes a acordar.

É isso mesmo o que são, pensa Khan. Só que não vão acordar, nunca. As mentes humanas que um dia habitaram essas carcaças vão dormir para sempre. Se eles abrirem os olhos, algo completamente diferente estará olhando.

— Dois ali — diz Elaine. — No pé da rocha grande. Muito cinza nos dois.

— E mais um — acrescenta Sealey, levantando a mão devagar, com cuidado, para apontar. — O mesmo vetor. Lá embaixo. Boa linha de tiro.

Khan quase sorri. Vetores. Linhas de tiro. É assim que McQueen e Foss falam. John deseja muito brincar com os garotos legais, mas não importa o que diga ou faça, ele vai ser sempre um nerd, não uma arma mortal. O coração dela se agita um pouco e se reafirma dentro dela pela gentileza dele e por ele se esforçar demais.

— Estou bem com esses três — diz ela, e Akimwe assente.

— É bastante coisa para trabalhar — concorda ele.

Os snipers se ajoelham e montam suas armas. Eles não dizem nada, nem desperdiçam nenhum movimento. Mais ninguém fala também. Esse é o mistério deles, e todo mundo sabe que não deve invadir seus rituais e costumes. Até onde sabe, Khan pode ser a única em toda a equipe a sentir alguma ambivalência em relação ao desprendimento e facilidade que exibem para matar. Talvez ela seja uma desajustada quando se trata da prática de derramar sangue.

Certamente é uma hipócrita. Quando Foss e McQueen terminarem, ela vai até lá para cortar uma ou duas fatias dos sacrifícios escolhidos. Instrumentos diferentes, o mesmo objetivo. Ela não tem por que confundir essa encosta verdejante com um terreno moral elevado. Particularmente quando pensa no que está esperando por ela na base quando a expedição terminar.

Ninguém espera a Inquisição Espanhola. É um aprendizado falho, pois ela sempre vem.

— Por que tem tantos deles nessa área? — murmura Penny. — É tão remota.

Seu rosto sardento se contorce, a perplexidade altera sua topologia como todas as emoções fazem instantaneamente. Ela deixa seu coração mais visível do que qualquer um na tripulação, exceto Stephen, que, é claro, não tem nenhum disfarce ou defesa.

— Olhe para os macacões — responde Akimwe. — A maioria deles estava trabalhando na estação de testagem de água na extremidade do lago. Eles provavelmente foram infectados em um único incidente.

Khan tenta não pensar como isso podia ter acontecido. Um faminto conseguindo entrar no grande bunker de cimento. Mordendo o primeiro homem ou mulher que viu, passando a infecção. Os dois, imediatamente no mesmo time, caminhando pelos corredores seguindo os cheiros deliciosos que levavam a presas frescas. Mordendo, infectando, recrutando. Uma reação em cadeia letal que não acabou até não restar ninguém no prédio. Ninguém sem o patógeno em seu sistema. Ninguém ainda humano e consciente.

— Na beira da água — diz McQueen. — Você primeiro.

Foss está deitada totalmente estendida na grama, com o pescoço apertado contra a coronha acolchoada do 407, o olho junto de sua mira. Se ela estivesse de pé, pareceria a posição de abertura de um tango sensual.

Ela puxa o gatilho. É um movimento gradual, não rápido nem repentino. A arma — usando um supressor de som de cancelamento de fase que deixaria um jovem garanhão inseguro com o próprio pênis — emite um ruído como o de um homem cuspindo um caroço.

No vale, meio segundo depois, uma das figuras de pé — uma das três escolhidas — inclina-se de lado, desequilibrada ao ter a perna direita estraçalhada no joelho. Finalmente, ela cai de cabeça na água do lago. Borrifos vermelho-amarronzados pairam no ar onde ela caiu.

O barulho de água chega a eles um instante depois, um sussurro discreto no ar. Os famintos mais perto do que caiu voltam-se na direção do som e do movimento, mas nenhum desses estímulos é suficiente para levá-los do estado passivo ao ativo.

McQueen é o seguinte. Sua posição de tiro é apoiada sobre um joelho, dispensando a estabilidade do suporte de duas pernas do fuzil. Ele dispara e o segundo alvo é golpeado para trás. A bala passou pelo centro da pelve, imobilizando-o com eficiência. Ele fica onde caiu, sem sequer se retorcer. Só sua cabeça se mexe, os olhos se movimentando para procurar a fonte do tiro que o derrubou.

Foss pega o terceiro e último dos escolhidos, e então os dois snipers descarregam os pentes para limpar a área em torno dos caídos.

O objetivo, o primeiro e principal, é evitar um estouro. Se os famintos correrem – e quando um corre, todos correm –, vão pisotear os que já caíram, escolhidos para amostragem. Não adiantaria nada tentar extrair amostras de tecidos da mistura resultante de carne e ossos. Então balas de ponta oca radicalmente invasivas – PORI para encurtar – são a escolha do dia. São projéteis *flechette*, que se fragmentam no interior do corpo para transformar em polpa tudo em seu caminho. Todo disparo resulta em uma morte. Como se tivesse se esquecido disso, McQueen toda vez mira na cabeça. Toda vez ele acerta.

O homem e a mulher trabalham em um ritmo rápido, e cada um puxa o ferrolho para ejetar o cartucho usado e voltar para o lugar enquanto o outro aponta e dispara. Quando esvaziam apropriadamente seus pentes (limitados a cinco balas para não atrapalhar o equilíbrio delicado do fuzil), a recarga mal provoca uma pausa na carnificina sincopada.

Em dois minutos, um espaço foi limpo em torno dos três famintos escolhidos. O que vem em seguida é uma limpeza em massa: ela é feita pelos praças usando fuzis pesados de assalto SCAR-H em modo totalmente automático. Os três soldados erguem suas armas e fazem pontaria na medida em que a pontaria é necessária.

– Travas de segurança liberadas – diz McQueen para os praças. – Ao meu sinal.

Ele ergue a mão. *Esperem*. Por que ele faz isso?, pergunta-se Khan. Será que está testando o ar, ou algo assim? Não faz sentido. Eles estão usando gel bloqueador E para mascarar o aperitivo natural de cheiros de seus corpos, e mesmo assim estão parados a favor do vento em relação aos famintos, sem arriscar. Ou a pausa prolongada é algum aspecto do ofício de matar que não se pode esperar que os leigos compreendam, ou então é puro melodrama.

O momento se estende.

– Está bem – diz finalmente o tenente. – Vamos...

Mas outra voz, em alto e bom tom, o interrompe.

– Não atirem.

É Carlisle. O coronel. Ele está parado no alto da encosta, totalmente visível de todas as direções. Ele chegou por trás enquanto eles estavam concentrados no que acontecia abaixo e estava observando tudo isso.

Contrariando McQueen, evidentemente. O sniper aperta a bochecha como se houvesse alguma massa parcialmente mastigada ali dentro que ele queira expelir.

— Permissão para falar, senhor — diz ele.

O coronel não a dá. Tampouco deixa de dar: ele simplesmente não reconhece o pedido.

— Abaixar armas — diz ele para os três soldados de joelhos em meio ao tojo. — Observem e esperem.

McQueen tenta novamente.

— Senhor, as instruções operacionais exigem uma limpeza completa da...

Ele para porque acabou de ver o que todos os outros já viram. No alto da elevação, a menos de quinhentos metros de distância, parado por um momento no cume em toda a glória heráldica, há um veado do tamanho da ira de Deus. É a coisa mais bonita que Khan já viu, ou pelo menos é o que ela acha no momento. Todos ficam boquiabertos, reduzidos a turistas pelo monarca do vale enquanto ele reserva tempo em sua agenda cheia para dar uma parada e lembrá-los de como eles são pequenos.

Então ele começa a descer a encosta. Khan registra o que está prestes a acontecer, mas não consegue afastar o olhar.

O veado não tem consciência de nenhum perigo. Nada está se mexendo. Não há barulhos altos. Algumas roupas esfarrapadas estão voando em um vento arisco, e as ondas batem ao redor de cadáveres recentemente depositados. Nada para ver ali, nada com que se alarmar.

O animal está em meio aos famintos antes que os mais próximos a ele comecem a se mexer. Suas cabeças se erguem sobre seus pescoços, giram para avaliar o alcance e a distância. Então começam a se mover.

O veado se vê, sem aviso, no centro de uma convergência vasta.

Ele parte a galope, mas isso não vai ajudar porque não há nenhum lugar para onde correr que já não esteja ocupado. Os famintos podiam parecer esparsamente espalhados pelo vale, mas, meu Deus, eles correm mesmo quando soa o sino do jantar! Chegam correndo de todos os cantos, com as costas curvadas e as cabeças apontadas para frente. Agora há sons: o ranger das mandíbulas, a batida dos pés, o eventual impacto bruto e grosseiro quando, na pressa, um bate no outro e os dois caem rolando pelo morro.

O primeiro faminto a chegar ao veado crava os dentes em seu flanco. O segundo, em sua garganta. Então é impossível contar, impossível ver. O veado desaparece sob uma onda viva de corpos humanos (ou pós-humanos, corrige-se automaticamente Khan). O som da queda é um baque surdo, abafado pela distância.

Os famintos se alimentam. Mergulham as cabeças, cerram as mandíbulas, rasgam qualquer coisa que consigam em arrancos rápidos e convulsivos. O movimento é como um peristaltismo coletivo, uma onda que passa por todos eles em sequência.

Khan agora entende por que o coronel disse para não disparar. Os famintos — todos, menos os que já haviam tombado — deixaram a encosta mais próxima. Não há nada para impedir que a equipe científica vá até lá e colha o que os snipers semearam.

5

Os snipers ficam no alto da encosta fornecendo cobertura enquanto os cientistas avançam. Os praças vão com eles, com os fuzis pendurados, pegadores na mão. O tempo ainda é essencial, e todos têm seu trabalho a fazer.

É por isso que Khan leva um kit de amostra, embora seu papel na escala da missão seja de epidemiologista. A única divisão que importa aqui é entre as pessoas com fuzis e as pessoas com doutorado.

Três famintos. Três objetos de teste, cada um deles com um cérebro, uma coluna vertebral, superfície de pele e inúmeros órgãos. Quatro cientistas, cada um com um kit de campo que acomoda um máximo de vinte e quatro amostras separadas. Diversão para todos.

Os soldados manuseiam seus pegadores com a habilidade advinda da prática. É uma ferramenta projetada para lidar com animais, uma vara extensível de metal que fica de qualquer tamanho e tem um laço corrediço em uma das extremidades. O laço é feito de seda de paraquedas, com uma fita de aço trançada através. Passa-se isso em torno do pescoço — ou de qualquer membro disponível — de um faminto e se usa para imobilizá-lo. Normalmente, o objetivo é envolver e prender a cabeça e os dois braços do alvo escolhido, detendo completamente a parte superior do corpo. O faminto ainda se debate e contorce, mas, a menos que realmente ponham a mão em sua boca, ninguém vai ser mordido.

Nem sempre é fácil se lembrar disso. Esses famintos foram infectados anos antes. O patógeno *Cordyceps* cresceu em seus corpos por todo esse tempo e a essa altura há um farto carpete de filamentos fúngicos na superfície da pele. Não é perigoso: os únicos vetores de infecção são fluidos corporais, sangue e saliva. Mesmo assim, algum instinto profundamente enraizado sempre faz com que Khan queira evitar o toque daquela carne pálida e manchada com sua cobertura de pelos cinzentos.

Ela não consegue. Todo segundo aqui importa. Com um espécime assegurado, cada cientista se transforma em um tipo diferente de açougeiro. John Sealey usa a serra de ossos com concentração absoluta, sem piscar. Akimwe é o Senhor Líquido Cefalorraquidiano, inserindo uma agulha hipodérmica na vértebra L5 sem bater. Penny encarrega-se do crescimento epidérmico, uma orientação que faz com que ela se agache entre os dois homens com seu pequeno raspador plástico como um navete em um tear.

E Khan?

Khan remove os cérebros.

Nesse contexto, o cérebro é o corte mais nobre, embora sem dúvida não pareça. Parece queijo mofado, seco e encolhido a cerca de um terço de seu volume normal, envolto em material fúngico como teias de aranha emboladas. Ela não remove tudo. Só precisa de um retrato da penetração e densidade micelial, o que pode obter de uma biópsia.

Então, assim que John abre a parte de cima de cada crânio, Khan penetra com o punção de oito centímetros e o enfia em diagonal através do corpo caloso até o tecido ressecado e doentio por baixo.

Há uma série de recipientes de aço presos em seu cinto. Os punções cheios se encaixam neles tão perfeitamente que é praticamente uma vedação a vácuo antes mesmo de ela atarraxar as tampas.

— Tudo certo aqui — diz ela.

— Terminei — responde Akimwe.

— Me deem um segundo — murmura Penny, passando o raspador repetidamente em torno da curva de um ombro, como se o faminto se contorcendo fosse uma barra de manteiga recém-saída da geladeira. — Tudo bem — diz por fim, pondo a espuma cinzenta cuidadosamente em seu último frasco de amostras vazio. — Pronta.

John Sealey faz o sinal de o.k. para McQueen, juntando as pontas do indicador e do polegar. Mais uma vez ele está tentando falar a língua do tenente, o que de certa forma é tocante, mas também fútil. McQueen mal olha para ele.

De qualquer modo, agora que Carlisle está ali, é ele, não Mc Queen, o oficial mais graduado.

— Tudo pronto, coronel — diz Khan, sem querer corrigir o gesto inoportuno de John, mas também muito interessada em não deixar que ele permaneça.

Ela sente respeito pelo coronel, um respeito aprofundado por sua dívida pessoal com ele em algo muito mais difícil de definir. Por McQueen, embora ele a mantenha viva diariamente, ela sente principalmente uma espécie de mistura desconfortável de temor e leve aversão. Ele é muito, muito bom no que faz. Mas o que ele faz não é algo com o que ela consiga se conciliar totalmente.

— Retirada — ordena Carlisle. — Em fila reta quando seu nome for chamado.

Ele os chama de volta e eles vão. Por todo esse tempo, ele não se deu ao trabalho de abaixar a cabeça ou se proteger: apenas mantém olhar atento sobre os famintos na base da encosta, que ainda estão se alimentando dos restos do veado. Quaisquer que sejam os riscos que o coronel assuma para si mesmo, ele é cuidadoso com o resto da equipe. Ele os retira em ordem correta, os cientistas e suas presas obtidas com dificuldade no centro de um cordão protetor com armas apontadas para fora, como uma flor delicada em um ninho de espinhos.

No alto da encosta, Elaine Penny olha novamente para o vale fundo com uma expressão intrigada.

— O que foi? — pergunta Khan.

— Foi estranho — diz Penny. — Eu achei ter visto... — aponta. — Havia crianças lá embaixo.

— Famintos?

— Não. Eu não sei.

— Bom, quem mais pode estar lá? Lixeiros teriam mais bom senso.

Penny franze o cenho e dá de ombros.

— Acho que sim.

Khan se vê caminhando ao lado do coronel enquanto eles voltam para Rosie. Isso a deixa no fim da coluna porque, mesmo quando ele está usando a bengala, o andar torto e balançado do coronel não é rápido. Seu corpo alto e magro, transformado em uma vara pelos ventos de aproximadamente uma dúzia de campos de batalha, tem os ombros e a cabeça acima da dela. O rosto, com o queixo pronunciado, o nariz em forma de proa de barco e uma redoma careca emoldurada por dois colchetes esparsos de cabelos grisalhos, não é menos emblemático que o do veado. É tão retrô que chega a ser engraçado. Ele se vira para olhar para ela, mudando a pegada em sua bengala clássica espiralada, igualmente atemporal.

Eles se conhecem há muito tempo – muito mais tempo que os duzentos e poucos dias da expedição atual –, por isso ele consegue ver que ela não está satisfeita. No entanto, ele erra a razão.

– Você não precisa ter medo do Dr. Fournier, Rina – diz ele.

Quando ela não responde, ele continua:

– Você cometeu uma infração e ele sente que vai enviar o sinal errado se ignorar. Mas ele dificilmente pode tirá-la da missão e, como agora é impossível levar o assunto até Beacon, não pode aplicar nenhuma sanção.

Khan sabe dessas coisas. Ela não está ansiando por essa entrevista em especial, mas também não está com medo. Ela só quer que aquilo termine. Mas o coronel acabou de abordar o assunto proibido. Agora ela está pensando no silêncio do rádio e no que ele pode significar, e esses pensamentos são uma espiral da qual é preciso escapar antes de atingir o chão e explodir em uma nuvem fedida de ansiedade existencial.

Eles agora estão entre as árvores, e os soldados se aproximaram, tensos e alertas. A visibilidade ali é ruim. Um faminto podia chegar correndo de qualquer direção. Eles não podem nem contar com o som porque o vento aumentou: as árvores estão fazendo um barulho como a multidão em um estádio de futebol distante vibrando com pulmões roucos. O cheiro de flores silvestres atinge Khan e, por baixo, o fedor de putrefação. O mundo passou um pouco de perfume em suas feridas em deterioração.

O coronel Carlisle percebe que errou o alvo. Ele tenta novamente.

– Você acha que foi cruel – diz ele. – O que eu acabei de fazer. Deixar o veado atrair os famintos.

– Não – protesta Khan.

Ela está se escondendo por trás da semântica. Ela achou aquilo feio, e não associa o coronel com a feiura.

– Eu estava preparada para outra coisa, só isso – mente ela um pouco. – Isso me pegou de surpresa.

– Eu estava pensando em desperdício, Rina.

– Eu também – diz Khan.

– Mas você está falando do veado. Eu estou falando das balas.

– As balas?

– Em Beacon, tem um armazém inteiro cheio, recuperadas de vários lugares. O suficiente para durar por anos. Dez anos, eu diria, se você me forçasse a fazer uma estimativa. Talvez um pouco mais. Mas ninguém está fazendo mais. Não com esses níveis de tolerância. Cada cartucho nesses pentes, toda munição disparada por esses soldados, é uma peça exótica de engenharia de um estoque finito que está se reduzindo.

O coronel inclina a mão, imitando uma mudança de equilíbrio.

— E se você seguir a lógica, todo tiro disparado muda a chance de nossa sobrevivência como espécie. Nossos filhos vão lutar com lanças? Arcos e flechas? Varas afiadas? Já é bem difícil derrubar um faminto com um disparo balístico. Na metade das vezes, eles não parecem perceber que estão mortos. Mas isso depende de sua opinião, é claro.

Ele dá um sorriso rápido para ela para que ela saiba que é uma piada, não um ataque contra ela. A doutrina Caldwell, segundo a qual a morte do ego ocorre no momento da infecção, é amplamente aceita em Beacon, mas nunca foi comprovada satisfatoriamente. A hipótese alternativa — terrível mas não implausível — é que os famintos têm algum tipo de síndrome aprisionada. Que eles são conscientes, mas incapazes de comandar os próprios membros, excluídos pelo patógeno que se alojou em seu sistema nervoso. Qual seria a sensação? Uma alma espiando através de cortinas cinzentas manchadas enquanto o corpo que costumava usar comemora sua liberdade com atos de carnificina aleatória?

Khan mantém uma crença obstinada no futuro — no fato de que vai haver um —, mas às vezes o presente a amedronta e derrota. Costumava haver um mundo no qual as coisas faziam algum tipo de sentido, tinham algum tipo de permanência, mas a espécie humana acabou com esse mundo em algum lugar, deixou-o descuidadamente para trás, e agora ninguém consegue encontrá-lo ou reconstituí-lo. A entropia está crescendo. Em seus próprios assuntos, também.

O coronel lhe assegurou que ela não tem nada com que se preocupar, mas, como membro da equipe científica, está subordinada ao comandante civil, não ao militar. Em qualquer situação, é impossível dizer o que o Dr. Fournier vai fazer. Na maior parte do tempo, nem ele mesmo sabe.

Eles chegaram ao perímetro do acampamento. Carlisle manda McQueen desativar os sensores de movimento. O tenente faz isso usando o canal de comando em seu walkie-talkie (que ainda funciona, provando que o silêncio de Beacon não pode ser explicado por falha mecânica). Há três conjuntos de sensores, cuidadosamente escondidos em meio ao tojo e aos espinheiros altos. As armadilhas para quebrar pernas e os emaranhados de arame farpado, em contraste, são deixados à vista sem tentativa de escondê-los. Quando os famintos correm, eles correm em linha reta na direção de sua presa, então subterfúgios não fazem sentido.

A equipe agora consegue ver a estrada abaixo à frente. É apenas uma faixa irregular de asfalto destruída em câmera lenta por ervas que abrem caminho através dela. Há um trecho de cerca de trinta metros de comprimento que eles limparam com as mãos, soldados e cientistas juntos, arrancando arbustos e espinheiros com facões. Rosalind Franklin está parada no meio da área limpa, uma galinha esperando que os pintinhos voltem para casa.

Khan sempre cai na armadilha de pensar em Rosie no feminino e sempre se incomoda com isso. É só o nome do monstro blindado verde-oliva que reforça essa lógica. Também recorda de maneira não muito sutil a dedicação silenciosa de cientistas que mudam o mundo e não ganham prêmios reluzentes. Qualquer que seja o nome, Rosie é o filho bastardo de um caminhão articulado e um tanque Chieftain. Sua parte da frente é enfeitada com um aríete de aço em forma de V projetado para funcionar como o limpa-trilhos de um antigo trem a vapor. No teto, um canhão e um lança-chamas dividem uma única torre larga. Placas de três centímetros envolvem suas laterais, e fios largos e negros sua parte de baixo. Não há nada nesse mundo posterior à perda da inocência humana que não consiga passar por cima, queimar ou explodir.

Nesse momento, Rosie é o acampamento-base, sua personalidade guerreira disfarçada de lar doce lar. Sua câmara selada está totalmente removida da seção intermediária, sua extensão se projeta ao máximo, quase dobrando o espaço interior. Tem suportes para manter-se firme, apesar da pressão externa chegando por qualquer vetor, a qualquer velocidade. Sobreviveria a um furacão e, o que é mais útil, um ataque em massa. Milhares de famintos jogando-se contra os flancos de Rosie em uma grande maré de biomassa impulsiva que iria quebrar e refluir inofensivamente.

Tinha quebrado. Tinha refluído.

McQueen anda até a câmara selada. Ele aperta com irritação a fechadura, digitando corretamente o código do dia apenas na segunda tentativa. Nesses dias, na maioria das vezes, a câmara selada está em suas vidas como um estorvo. É como um box de chuveiro grande demais preso à porta da seção intermediária, de aparência frágil mas feito de polímero plástico rígido e robusto. O protocolo exige que ela fique no lugar sempre que há uma equipe no campo, mas é inútil. A essa altura, ninguém tem medo de que possam levar toxinas aparentemente inofensivas ou agentes biológicos para o interior de Rosie. Eles sabem o que é o patógeno faminto e como ele viaja, como infecta. A câmara selada protege contra um risco que não está presente. É um gesto, mais que qualquer coisa, um dedo impotente erguido contra o apocalipse.

Ela só abriga seis pessoas, então são necessários dois ciclos para que todos entrem. Os cientistas vão primeiro, com todas as amostras de tecido. É disso que se trata a missão, afinal de contas. Os soldados esperam, olhando para fora com os fuzis prontos, até que a porta externa desliza e se abre novamente, e eles podem entrar na sua vez.

Dentro de Rosie, as mesmas linhas de demarcação permanecem no lugar. Os cientistas vão para o espaço do laboratório, que fica na parte traseira. Os soldados vão para o alojamento da tripulação na frente. É como uma espécie de festa estranha de colégio na qual garotos e garotas correm para lados opostos do salão da escola e ninguém ousa ir para a pista de dança. A pista de dança nessa analogia é a seção intermediária, que não abriga nada além da câmara selada e a escada de acesso à torre.

Khan transfere suas amostras para a criogenia. Elas não vão ficar ali por muito tempo, mas ela vai perder a orgia vindoura de ajustar, seccionar, tingir e montar lâminas. Ela precisa estar em outros lugares.

Ela precisa enfrentar a inquisição.

Carlisle foi até a sala das máquinas, ainda mais ao fundo que o laboratório. Segundo as regras, que para o coronel são uma coisa real e vital, ele precisa falar com o comandante civil assim que volta do campo — e o Dr. Fournier tomou a sala das máquinas, um espaço pequeno, claustrofóbico e patético, como seu escritório.

Khan perguntou uma vez a Carlisle como ele aguentava. Um homem que liderou brigadas tendo de prestar contas e às vezes se submeter a um burocratazinho neurótico. Onde está o sentido disso? Especialmente agora, no silêncio ensurdecedor do rádio da cabine, perguntando-se (como todos eles se perguntam o tempo inteiro) se Beacon caiu e sua atuação desapareceu junto com o mundo inteiro. Carlisle fez piada para não ter de responder à pergunta. Khan não consegue se lembrar da graça agora, alguma coisa sobre a cadeia de comando não ser uma cadeia de verdade. Mas é, sim. Pelo menos se deixar que as autoridades ponham um cadeado nela.

John Sealey está lançando olhares ansiosos na direção dela, mas não pode fazer nada além disso com todo mundo vendo. E *estão* vendo. Simplesmente não restam muitos assuntos de conversa depois de mais de meio ano no campo. Khan é um enigma empolgante para os cientistas, provavelmente uma fonte de piadas sujas para os soldados. Ela pode viver com isso. Ela viveu com coisas piores.

Outra coisa, porém, a está incomodando, e ela está prestes a descobrir o que é quando o coronel torna a aparecer.

— Rina — diz ele. — O Dr. Fournier gostaria de vê-la.

Claro que gostaria.

— Nós na verdade estamos muito ocupados com essas coisas — diz Khan. — Estamos trabalhando com as amostras novas. É urgente. Será que eu posso ir daqui a pouco?

Carlisle sacode a cabeça.

— Agora, por favor — diz ele. — Não vai demorar, mas você precisa vir comigo, Dra. Khan.

Dra. Khan. Quanta formalidade. Ele não está sendo frio com ela; está lhe dando um alerta. Fique atenta, não relaxe com isso. Você ainda tem muito a perder.

Ela não discute.

6

Quando conheceu o coronel Carlisle, Samrina Khan odiou-o com cordialidade. Ela, agora, está envergonhada por isso, em particular porque tem consciência do clichê de filmes românticos em que o ódio à primeira vista prenuncia por fim um romance. Ela não conseguia ver o coronel como amante em potencial da mesma forma que não conseguia ver seu próprio pai como um — e, quando pensa nisso, nota que ele, além do mais, se assemelha a seu pai de muitas outras maneiras. Rígido. Isolado das próprias emoções. Extremamente honrado.

Quando se conheceram, no entanto, ele lembrou-a mais do Taz, aquele personagem de antigos desenhos animados da Warner que é um redemoinho perpétuo de fúria sem sentido.

Ela estava em Londres. O Centro de Biologia Sintética do Imperial College. Estava trabalhando em um modelo epidemiológico para a doença dos famintos que permitiria ao governo prever sua disseminação com uma precisão acima de 90%. O mundo estava muito à sua frente, já desmoronando.

A Fortaleza América ainda estava de pé quase integralmente, ou pelo menos ainda transmitindo. A maior parte do conteúdo das transmissões consistia de proclamações otimistas sobre a robustez do governo federal recém-realocado, operando na subcordilheira Sangre de Cristo, no Colorado. A três mil e quinhentos metros de altura, desfrutando do ar fortificante da montanha! No entanto, o hemisfério sul tinha mergulhado em silêncio e a Europa estava rolando do leste para o oeste como um tapete barato. O Eurotúnel tinha sido enchido com setenta mil toneladas de cimento, o que parecia muito, mas acabou sendo um pouco tarde demais.

Os famintos simplesmente estavam ali. Ao mesmo tempo em toda parte. Onde quer que se tentasse estabelecer um limite, eles já o haviam ultrapassado.

Khan sempre tinha imaginado que Londres seria o último reduto. Quando se recuava, recuava das muralhas externas para o castelo, para o santuário mais protegido. Por isso, a ordem para evacuar a cidade a pegou de surpresa. Aparentemente, o santuário mais protegido era Codinome Beacon, um acampamento fortificado na Costa Sul, entre Dover e Brighton. Todos os órgãos governamentais restantes estavam se transferindo para lá, o que entrou em efeito imediatamente. Supostamente, um acampamento fortificado era mais fácil de defender que uma cidade que cobria mil e quinhentos quilômetros quadrados e tinha nove vias expressas importantes como porta de entrada.

Nessa época, todos os médicos e biólogos sobreviventes eram empregados do governo, seus contratos particulares anulados ou comprados, então "todos os órgãos do governo restantes" incluíam Khan. Informaram a ela um ponto de encontro e uma hora para chegar lá com uma mala e uma peça de bagagem de mão.

Ela continuou a trabalhar. Seu modelo estava quase pronto e não havia nenhuma garantia de que ela conseguiria obter tempo de computador em Codinome Meio da Porra do Nada. À medida que as mesas ao seu redor se esvaziavam, ela se dedicava com mais determinação ao trabalho. A paz e o silêncio, de certa forma, eram até bem-vindos. Nenhuma distração. Ela já estava dormindo no sofá do escritório há três semanas, por isso não precisava se arriscar nas ruas perigosas e assustadoramente silenciosas. Ela vivia de sopa de lentilha em lata e pacotes de salgadinho tamanho família.

Até que o coronel chegou e a obrigou a sair sob a mira de uma arma.

"Sob a mira de uma arma" é um certo exagero, mas ele tinha uma arma. Tinha soldados. Estava em um estado de fúria mal contida e disse-lhe que, se ela não fosse por livre e espontânea vontade, seria algemada e presa.

Khan disse a ele que não enchesse e continuou a digitar dados.

Carlisle não estava brincando. As algemas estavam a caminho. Dois soldados musculosos retiraram Khan de sua mesa, de seus dados e, apesar de seus gritos de protesto, eles não lhe deram tempo para gravar um back-up. A internet tinha há muito tempo passado de irregular a nada, então seus meses de trabalho ficaram onde estavam e ela foi levada para o sul.

Ela foi honesta o bastante para admitir para si mesma — depois de algum tempo — que pouca coisa tinha sido perdida com isso. A pesquisa era inútil. As piores situações possíveis já tinham se tornado realidade. Ela estava se agarrando a suas planilhas e modelos da mesma maneira que uma criança se agarra a um cobertor de segurança. Ser sequestrada para seu próprio bem a deixou furiosa mesmo assim.

Ela não registrou o nome do coronel imediatamente, mas tinha ouvido falar do Incendiário. Todo mundo tinha. O homem que queimou metade de Hertfordshire, que fez chover mais napalm sobre os condados ao redor de Londres do que os Estados Unidos jogaram no Vietnã sem que os famintos perdessem uma refeição. A aparência dele combinava com o papel. Ela tinha razões suficientes para odiá-lo, mesmo que ele não tivesse acabado de apagar um ano de sua vida com um aceno da mão.

O ódio, porém, foi reduzido enquanto eles seguiam em ziguezague através de Londres. Pegar Khan e dois outros membros da equipe do Imperial College tinha desviado o coronel três quilômetros de seu caminho. Ele havia perdido seu transporte. Os quatro teriam de andar pelo viaduto Westway até Hammersmith para se juntar a outra coluna de refugiados. Eles encontraram famintos três vezes, na terceira vez em massa. O coronel manteve a posição ao lado de seus homens, apontando baixo em rajadas na altura do joelho, de modo que a vanguarda do ataque caía e se tornava uma barricada contra os que chegavam por trás.

Eles nunca encontraram a coluna à qual deviam se juntar. Ela havia desaparecido, centenas de homens e dezenas de veículos tinham sido engolidos e sumido. Perdidos em uma cidade, em um mundo, que tinha queimado toda sua história e voltado a ser pura selva. O coronel Carlisle formou sua própria coluna de carros recuperados e adaptados, e levou-os para o sul.

— Cinco semanas de viagem — disse um dos soldados, com uma mistura de assombro e desespero. — Ele não para. Só fica dizendo que vamos dormir quando estivermos mortos.

O que, naqueles dias, era provavelmente um pouco otimista demais.

Eles foram os últimos a sair de Londres. Como prova de sua própria jornada de pesadelo até a costa, não restava ninguém ali para salvar.

Posteriormente, Khan soube que Carlisle tinha cumprido as missões incendiárias em Hertfordshire sob protesto — um protesto que ele tinha levado até os chefes do Estado-Maior. Eles lhe disseram para obedecer suas ordens e foi o que ele fez. Depois pediu demissão do cargo, embora seus superiores o tenham pressionado até que ele o aceitasse novamente — então eles o puniram pela presunção botando-o no comando da evacuação enquanto ficavam sentados no gabinete de guerra em Codinome Beacon movimentando seus contra-ataques em gráficos situacionais.

Era daí que vinha a raiva do coronel: da falta de conexão entre as ordens que recebia e a situação no campo. As infinitas oportunidades perdidas e os erros crassos evitáveis. As missões incendiárias nada fizeram além de matar inocentes e destruir estradas essenciais. Londres devia ter sido evacuada por ar, mas o exército não liberou os helicópteros porque eles estavam tecnicamente designados para unidades de combate. A maioria das decisões chegava dias ou semanas tarde demais.

Carlisle ainda seguia as ordens que recebia, incluindo as ruins. Khan se perguntava, mesmo nessa época, o que seria necessário para que ele perdesse o hábito, considerando que o fim do mundo não tinha sido suficiente.

Nesse momento, ela está se perguntando a mesma coisa enquanto o segue até a sala das máquinas. Enquanto ele saúda meticulosamente o homem inútil sentado na única cadeira da sala. Alan Fournier. Um idiota sem rumo liberado do intestino grosso de Beacon. Um homem cujas limitações como cientista e ser humano são equilibradas por uma capacidade ilimitada de...

A palavra para a qual ela está se dirigindo é *obediência*, mas ela não quer admitir nenhum ponto de comparação entre Fournier e o coronel. Ela opta por *conformismo* e corrige para *subserviência*. É verdade que os dois homens fazem o que os outros mandam, mas o coronel tem uma bússola moral. O Dr. Fournier tem apenas avidez em agradar.

A sala das máquinas na verdade não é uma sala, não mais do que a torre é uma sala. É um espaço de inspeção, com largura suficiente apenas para um engenheiro trabalhar. É tão pequeno que o capô que cobre o motor de Rosie é dividido em painéis, permitindo sua remoção por estágios. Se removido em uma só peça, não haveria lugar onde guardá-lo nem como sair da sala e ir para o laboratório ao lado.

O espaço era estritamente suficiente para que o Dr. Fournier espremesse ali uma mesa de armar, que ele faz de conta que é uma mesa de trabalho. Ele agora está sentado atrás dela. Khan tem de ficar de pé. O coronel não precisa fazer o mesmo porque Fournier o dispensa com um rápido aceno de cabeça de agradecimento.

Apesar de seu respeito estrito pela disciplina militar, Carlisle toca o ombro de Khan por um momento antes de sair: um lembrete, caso ela precise, de que ela tem amigos fora daquela sala.

Fournier não dá sinais de ter percebido.

— Feche a porta, por favor — diz para Khan.

Seu rosto magro e ascético está solene, quase arquitetônico com uma dignidade constrangida. O suor gruda o cabelo na testa, reduzindo o efeito. A sala das máquinas é desconfortavelmente quente, mas Khan tem certeza de que parte do suor é porque ele está aflito por essa conversa desde que decidiu lhe fazer a grande pergunta (*É um bebê em sua barriga, Dra. Khan, ou você saiu da dieta?*) diretamente, sim ou não, e ela deu a resposta errada.

Por um momento, a forte aversão que ela sente pelo comandante civil dá lugar à piedade. Fournier tem muitos medos e o que ela está fazendo agora combina a maioria deles. Medo de perder o respeito e/ou o afeto da tripulação. Medo de enfrentar um desafio forte demais, que vai derrubá-lo. Medo de parecer fraco, cruel ou indeciso. Medo, sempre, de ser considerado incapaz para o trabalho que recebeu. O triste é que, se ele é incapaz, é resultado do medo, que faz com que duvide de si mesmo. Ele podia seguir seus instintos em quase todas as direções e ser um líder melhor do que é agora.

Fournier gesticula para o gravador portátil na mesa à sua frente.

— Você precisa saber que estou gravando — diz para Khan, desnecessariamente. — Obviamente não podemos relatar nada a Beacon agora, mas o arquivo de som vai para sua ficha.

É uma afirmação um tanto pomposa quando eles estão ali tão longe na paisagem selvagem da Escócia, a seiscentos quilômetros do último enclave humano no Reino Unido. Há computadores a bordo, mas não há satélites no céu para transmitir sinais digitais de uma extremidade do mundo para outra. O arquivo vai permanecer no pequeno gravador portátil até que eles voltem para casa, se sua casa ainda existir, e, se alguém se importar, vai fazer o upload dele em um servidor em algum lugar.

Muito provavelmente, ele será rapidamente esquecido. Beacon, se ainda estiver funcionando, tem problemas maiores no momento. Talvez eles solucionem um ou dois deles se Fournier simplesmente deixar que continuem com seu trabalho. Khan tenta desligar essa linha de pensamento. Ela não quer ficar com raiva: a raiva vai deixá-la descuidada e ela pode dizer alguma estupidez.

— Dra. Khan — diz Fournier.

Ele não parece gostar de como soou, porque tenta novamente.

— Rina. Ao longo das últimas semanas, tornou-se impossível ignorar o fato de que você tem ganhado peso. Em torno de sua... — diz, gesticulando. — No meio do corpo. Eu não quis me intrometer, mas o bem-estar desta tripulação está em minhas mãos. Por isso, ontem eu lhe perguntei se você estava grávida. Eu vou perguntar outra vez, para que fique registrado.

Khan espera. Ela não vai facilitar.

— Você está grávida? — pergunta Fournier por fim, quando percebe que ela está esperando que a verdadeira pergunta seja repetida.

— Estou.

— O que a coloca em violação das instruções da missão que você aceitou e à qual se juntou quando subiu a bordo.

— Não — diz Khan — Não coloca.

— Você recebeu as mesmas ordens que o resto de nós. Você aceitou, como todos aceitamos, que não haveria nenhuma confraternização, absolutamente nenhuma ligação emocional ou física entre nenhum dos membros desta tripulação. Você sabia que estaríamos em campo por mais de um ano. Sabia que uma gravidez, se ela nos forçasse a voltar mais cedo para Beacon, seria desastrosa. Ainda assim, você se permitiu fazer sexo sem proteção.

Se permitiu, pensa Khan. Foi isso o que nós fizemos. Aquela confusão frenética foi uma permissão louca. Por falar nisso, como você pode não saber que o Dr. Akimwe está transando com o soldado Phillips bem debaixo de seu nariz toda noite e na maioria dos dias? Não há, porém, risco de gravidez nisso, então fazer vista grossa é sábio e prudente.

— E quando você descobriu que estava grávida, como deve ter ocorrido vários meses atrás, você não me contou.

— Não — concorda Khan. — Eu me arrependi disso, sinceramente.

Sinceramente, não. Ela se arrepende de não ter pensado nas consequências, mas não de ter mantido o segredo. Seis meses atrás, eles ainda estariam perto de Beacon o suficiente para fazer a volta e levá-la para casa. Ela precisa estar ali, por mais difícil que seja. Ela quer e precisa ser parte dessa missão. Sua presença garantia a de Stephen, que ela ainda acredita que vai ser — em algum momento, de algum modo — crucial.

O Dr. Fournier, de qualquer forma, não considera as desculpas. Khan se pergunta se ele está agindo de acordo com um roteiro que preparou antecipadamente.

— É uma falha disciplinar, Rina — diz ele. — Vou ter de registrá-la. Também sou obrigado a pedir que você me conte o nome do pai.

Khan não diz nada.

— Dra. Khan, eu disse que você tem de me contar quem é o pai da criança.

— Não, não tenho.

Ela respira fundo. Está prestes a mentir, o que não lhe cai bem. Ela preferia jogar a verdade na cara do comandante civil e ver como ele lidaria, mas não pode simplesmente consultar suas preferências aqui. Há outras pessoas envolvidas.

— Eu já estava grávida quando deixamos Beacon — diz. — Soube da verdade um mês depois, e você tem razão que eu devia ter lhe contado na época. Eu tive medo. Não queria ser responsável por abortar a missão.

Fournier olha fixamente para ela, afrontado.

— Isso é ridículo — protesta ele. — Isso significaria que você está com sete meses...

Uma pausa tensa completa a frase.

— Sete meses de gravidez? Sim, Dr. Fournier. Obrigada. Sou perfeitamente capaz de contar de trás para frente.

O cálculo não está errado por mais que uma semana. Ela e John caíram nos braços um do outro apenas alguns dias depois de sair de Beacon. Foi o alívio de sair daquele lugar. A depressão explosiva. Foi como se estivessem bêbados.

Fournier franze o cenho.

— É difícil conceber isso... — protesta ele e, sendo a concepção exatamente a questão, mergulha de cabeça em mais um silêncio.

— Estou disposta a me submeter a qualquer teste ou investigação que você deseje ordenar quando voltarmos — declara Khan.

Ela, de qualquer modo, está bem satisfeita por dizer isso. Não há testes que possam determinar a questão e ela prefere se arriscar com uma investigação. Do jeito que estão as coisas, a posição de Fournier dificilmente vai durar mais que a missão. Beacon não recompensa o fracasso.

O comandante também sabe disso, mas o que pode fazer? Mandar fuzilá-la, teoricamente, já que o grupamento de Beacon e o governo civil têm controle conjunto da missão. Tirando essa opção nuclear, ele não tem nada. O coronel estava certo. Fuzilá-la seria uma atitude tão estúpida que ela nem sente medo. Eles já estão com escassez de mão de obra, ficando sem tempo, opções e ideias. Não é boa hora para perder um membro da equipe e traumatizar o resto.

Ela subestimou o Dr. Fournier: ele tem uma última bala no pente. Os quatro pacotes deviam estar no seu colo todo o tempo. Ele os dispõe sobre a mesa frágil agora, como se os dois estivessem jogando pôquer esse tempo todo e ele mostrasse uma mão perfeita.

Dilatador do colo do útero em uma caixa grande e volumosa.

Comprimidos de oxitocina.

Supositórios de misoprostol.

Diogicina em um pequeno frasco de plástico parecido com um spray nasal — com uma seringa hipodérmica de vinte centímetros presa a ele com uma fita para facilitar o uso.

Khan olha fixamente para a farmacopeia, primeiro com uma surpresa educada, depois com uma curiosidade apreensiva.

— Você está de brincadeira — diz ela sem nenhuma inflexão.

— Não. Não estou. Um aborto tardio nesta situação é o único procedimento que...

— Tardio? É assim que você chama isso?

— O único procedimento que vai garantir sua segurança e permitir que a missão continue em...

O riso incrédulo de Khan atravessa as palavras insípidas. Ela sacode a cabeça.

— Cale a boca — diz ela. — Meu Deus! Cale a boca agora mesmo.

— Rina — repreende-a Fournier, seriamente afrontado. — Eu estou pensando em você neste momento.

Isso faz com que ela ria novamente.

— Então pense em outra pessoa!

Ela pega a ampola de diogicina, presa a seu pequeno foguete hipodérmico, e a ergue para que ele a veja.

— Você acha que eu não pensei em um aborto? — pergunta ela. — Sério? Acha que nunca passou pela minha cabeça? Com sete semanas de viagem, em Luton... logo depois que eu descobri, peguei o metrotexato no armário e me sentei aqui em meu beliche com dois comprimidinhos brancos em uma das mãos e um copo d'água na outra. Eu pensei muito nisso, Dr. Fournier, e decidi não ir em frente. Então não é provável que eu espere meu bebê estar quase pronto para nascer e enfie uma agulha em seu peito para induzir a merda de um ataque cardíaco.

É um discurso sentido e ela acredita em cada palavra dele, mas Fournier tenta uma última manobra agressiva. Ele assume uma expressão aconselhadora no rosto e se debruça sobre a mesa, como um juiz impiedoso que quer discutir altura de quedas e grossuras de corda para a forca.

— Até conseguirmos reestabelecer contato com Beacon, Rina, eu sou a única autoridade a bordo de Rosie. Estou sugerindo que você faça isso para seu próprio bem e pelo bem do resto da tripulação. Um bebê vai desviar recursos e nos distrair do trabalho que assumimos. Em minha autoridade como comandante da missão...

— Sua autoridade termina em minha pele.

— Mas os riscos, Rina. Os próprios riscos associados com o nascimento, além da dificuldade de manter um bebê vivo aqui fora. Ter de tirá-la da escala...

Ela espera que ele termine, mas ele começou a frase sem saber como encerrá-la, e agora está sem ideias. Se ele lhe disser que é apenas uma espetada de agulha, ela provavelmente vai estourar seu crânio com a mesa.

Fournier lança um olhar assombrado para o gravador, capturando cada palavra para a posteridade. Ele parece ter um efeito assustador em sua eloquência. Já não era sem tempo!

Finalmente ele desiste e a dispensa.

— Vou mencionar isso para Beacon assim que os comunicadores voltem a funcionar — alerta ele. — Obviamente vou protegê-la o máximo possível, mas a decisão final está nas mãos deles. Vai haver consequências por isso.

— É, tenho certeza — diz Khan. — Obrigada pelo apoio.

— Você não vai ter nenhuma liberação de seus deveres. Quando o bebê nascer, você vai continuar a receber uma única porção de comida. Não posso abrir exceções para você por causa dessas circunstâncias indesejáveis.

Ela sai sem dizer mais uma palavra sequer, porque não consegue pensar em nenhuma. Sua sensação de alívio por deixar a caixa suarenta é compensada por uma vontade muito forte de tomar um banho para lavar toda essa conversa da pele, mas a escala diz que seu próximo turno no chuveiro é às 16h.

No laboratório, Akimwe, Penny e John Sealey estão preparando as amostras de tecido e mantendo com determinação a aparência de que não estavam tentando ouvir através da porta fechada. Khan fecha a porta da sala das máquinas, mas fica sem energia. Por escolha. Ela apoia o corpo, que está se sentindo pesado, estranho e inchado, contra o aço frio da parede de Rosie.

John encontra um jeito de se aproximar dela, fingindo empilhar algumas placas de petri no esterilizador.

— Ei — murmura ele, deixando que seu antebraço roce no dela. — Você está bem?

— Deixe para lá — diz ela, tensa. — Estou bem.

Ela está. Fournier pode ir se ferrar. Se eles conseguirem falar com Beacon pelo rádio outra vez... aí vai ser outra situação, mas ela vai lidar com isso quando acontecer.

Todos estão esperando por esse momento. O laboratório, o espaço da tripulação e a cabine contêm a respiração juntos, esperando para exalar. Todos se perguntam separadamente se nenhuma notícia é...

Espere. Todos?

Com uma sensação repentina de vertigem, Khan percebe o que está errado nessa cena. O que está faltando.

— Cadê o Stephen? — pergunta ela. — John, onde diabos está o Stephen?

7

Stephen Greaves está parado, absolutamente imóvel, congelado em uma postura que manteve sem interrupção pela maior parte da tarde. Ele está simples e perfeitamente feliz: uma felicidade feita de observações e suposições. Seu cérebro é um computador. Nada perturba seus cálculos impassíveis.

Ele está na estação de testagem de água na extremidade leste do lago, na sala da bomba principal. Não está ali sozinho. Famintos o cercam e vão atacá-lo e devorá-lo se perceberem que ele está ali — quer dizer, se ele se mover subitamente demais ou fizer algum barulho alto. Não vão detectá-lo pelo cheiro: o gel químico espalhado por seu corpo o protege, faz com que ele cheire a praticamente nada em vez de uma refeição.

O desconforto de ficar parado sem se mexer esse tempo todo não é tanto para Greaves. Ele refinou a habilidade ao longo dos anos. Começou a treinar no dia depois do aniversário de treze anos, dois anos antes, quando a Dra. Khan lhe contou pela primeira vez que seu nome estava na lista preliminar para a tripulação de Rosalind Franklin. Uma observação atenta dos famintos claramente seria altamente desejável, então ele treinou sozinho as habilidades necessárias. Ele sente a tensão, é claro, mas deixa que permaneça nos limites externos de suas percepções, praticamente ignorada. Não é tão ruim. Ele escolheu uma posição que põe uma tensão mínima em seus braços e pernas, apoiados em ângulo contra uma parede, de modo que ele pode até se encostar e relaxar um pouco se ficar cansado.

Também nesses limites externos perceptivos, consultada de vez em quando sem nenhuma urgência indevida, há uma estimativa do tempo passado. Ele está contando os segundos em uma espécie de sub-rotina mental, uma disciplina que ensinou a si mesmo quando tinha dez anos.

Ele sabe que vai ter de partir em breve, que está perto de seu limite. Ele programou um alarme. Quando seu contador interno chega a cento e oito mil, correspondendo a uma duração transcorrida de aproximadamente três horas, sinaliza que é hora de ir. Ele precisa fazer isso por duas razões. A primeira é a temperatura. Quando o ar esfriar, os famintos vão perceber sua presença como um ponto quente anômalo na friagem do início da noite. Vão conseguir localizá-lo por seu calor corporal.

A outra razão é que quanto mais tempo ele fica ali, mais provável é que sua ausência seja notada. Isso seria desagradável. Greaves não gosta de falar com outras pessoas exceto com a Dra. Khan e, às vezes, o coronel Carlisle. Ele gosta ainda menos quando as outras pessoas estão com raiva ou aborrecidas.

Ele deseja que tivesse permissão simplesmente de assumir o risco sem discussão, sem ter de se justificar. Ele tem de ir até ali para observar os famintos em seu estado silencioso e inativo e há muito o que observar. Sua imobilidade e seu silêncio são cheios de significado.

Greaves visitou a estação de testagem de água pela primeira vez no dia anterior e ficou satisfeito com o que encontrou ali. A estação oferecia uma grande concentração de famintos em um único espaço fechado: muito perigoso, mas, do ponto de vista da coleta de informação, com escolhas de riqueza fabulosa. Ele conseguiu ficar parado e observar por uma hora, roubando o tempo de uma varredura de acidez do solo que tinha registrado oficialmente no diário. Até onde os outros membros da tripulação sabiam, Greaves estava em segurança dentro do perímetro defensivo de Rosie.

Ele hoje está assumindo um risco maior. Desapareceu de uma importante expedição de amostragem, escapando de Rosie assim que a equipe científica e a escolta militar saíram de vista. O Dr. Fournier ainda estava a bordo e podia tê-lo visto, mas Greaves achou essa situação improvável. Na maior parte do tempo, o Dr. Fournier (assim como o coronel) prefere sua própria companhia e descobriu maneiras de fazer isso mesmo no espaço muito restrito do laboratório móvel.

Greaves levou vinte minutos para chegar à estação. Ele podia ter chegado lá mais rapidamente correndo, mas correr traria dois riscos indesejáveis. Um: qualquer faminto que o visse quase certamente faria a transição para o estado ativo de perseguição. Dois: o gel bloqueador E que disfarça seu cheiro – o gel que ele inventou e deu às autoridades de

Beacon para copiar e produzir em massa – seria enfraquecido e acabaria desativado pelo suor excessivo.

Portanto, ele andou até a estação, seguiu tranquilamente o caminho até a enorme bomba central a uma velocidade mais lenta que um caracol se arrastando por uma folha de repolho, e é aí que está parado agora. A sala da bomba é um anfiteatro natural, com uma descida íngreme até o reservatório central onde, em outras épocas, a água retirada do lago era mantida e testada para alcalinidade e contaminantes. O teto tinha caído em algum momento, então a sala é aberta para o céu.

O lugar também está repleto: cheio de pessoas imóveis e silenciosas com cabeças curvadas ou inclinadas para o lado e os braços pendurados. A impressão é que seus mecanismos de funcionamento se esgotaram para sempre, mas é uma ilusão perigosa. Greaves sabe que os famintos estão cheios de corda, podendo disparar a qualquer instante. Ele tomou o cuidado de não tocá-los enquanto deslizou como melado até o lugar. Toma cuidado, agora, para não encarar os olhares turvos.

Os famintos parecem imóveis como estátuas, mas, passando tempo o suficiente em sua companhia, se percebe que a imobilidade não é absoluta. Suas respostas a sons, movimentos e cheiros são bem conhecidas, mas Greaves descobriu outros estímulos aos quais eles às vezes reagem. Um vento forte faz com que eles se virem, colocando os rostos em um ângulo favorável para tirar proveito da torrente de informação olfativa. Calor excessivo faz com que eles abram a boca, possivelmente como um meio de regular a temperatura. E – uma descoberta recente que Greaves passou a tarde confirmando – eles têm heliotropismo. Seguem o movimento do sol através do céu do mesmo jeito que fazem as plantas.

É sobre isso que ele está pensando enquanto os observa nesse momento. O patógeno que saturou o sistema nervoso desses infelizes está tentando fazer fotossíntese? Não, é praticamente impossível. O *Cordyceps* não é uma planta, mas um fungo. Suas células, em todos os espécimes que examinou, não contêm cloroplastos. Além disso, se alimenta por intermédio do hospedeiro, sem precisar fazer nenhum esforço.

Deve ser ao calor que os famintos respondem, não à luz. Greaves acha que o que está vendo é um efeito colateral do mecanismo que lhes permite caçar presas vivas à noite apenas pelo calor corporal. Eles estão seguindo o sol como se o achassem apetitoso.

É uma perspectiva fascinante, mas não há tempo para investigar mais. Seu alarme mental dispara. Ele chegou ao limite previsto e precisa ir embora.

Precisa *começar* a ir embora. A manobra vai levar tempo. Precisa fazer movimentos tão graduais que os famintos não o notem. Ele faz a volta, muito devagar, para ficar de frente para a porta por onde entrou. Dá um passo em sua direção, então outro. Passos pequeninos, mal erguendo os pés do chão. Ele é um balão desamarrado flutuando em uma brisa inexistente.

Pouco antes de chegar à porta, pouco antes de passar para a escada depois dela, ele vê algo que faz com que pare bruscamente.

Movimento.

É à sua esquerda, na periferia de sua visão e abaixo do nível natural de seus olhos. Ele quase se vira, quase olha.

Nada devia estar se mexendo ali — pelo menos, não rápida nem repentinamente o bastante para atrair seu olhar. Greaves mal se contém a tempo e mantém os olhos determinadamente voltados para o chão. Um tremor atravessa os famintos mesmo assim quando o movimento também afeta seus sentidos.

Com o coração batendo forte, Greaves começa a se virar lentamente. Leva quase um minuto.

Ele vê imediatamente o que mudou no local. Há mais uma pessoa presente. Uma criança. Do sexo feminino e (ele estima) por volta de nove ou dez anos.

Ela não está se mexendo, agora, nem olhando para ele. Está tão imóvel quanto qualquer dos famintos adultos e tem a mesma expressão vazia. Olhos verde-pálidos apontando para baixo, boca entreaberta. O cabelo ruivo cai escorrido sobre o rosto, escondendo parcialmente uma cicatriz franzida que corre da linha do cabelo até a dobra do pescoço, passando por cima de um olho e uma bochecha.

Sua imobilidade é perfeitamente convincente, mas ela não estava ali antes, portanto deve ter sido ela quem se moveu. Parece mais provável que tenha emergido do poço central da sala da bomba, que agora está seco, mas ela podia simplesmente ter saído de trás de um dos outros famintos. Ela é pequena o bastante para ter ficado completamente escondida pelo corpo de um adulto.

É possível que ela tenha estado ali o tempo todo e que Greaves tenha simplesmente deixado de vê-la? Ele acha improvável. Ela é a única criança presente, o que faz dela uma anomalia. Os outros famintos na sala, todos usando o mesmo macacão com a mesma logomarca sobre o bolso do peito, eram funcionários da instalação até serem infectados. Ela teria chamado atenção desde o começo.

A garota também está vestida de modo estranho, considerando que os famintos sempre usam os restos esfarrapados e imundos do que estavam vestindo no momento em que foram mordidos e pegaram a infecção. Se ela é uma faminta, então no momento da infecção devia estar usando algum tipo de vestido elegante. Linhas gêmeas de tinta azul e amarela tinham sido grosseira e irregularmente riscadas sobre suas sobrancelhas, duas mais na linha média de seu nariz. Uma camisa masculina e um paletó risca de giz pendem frouxos sobre sua estrutura magra até os joelhos, amarrados com um cinto marrom feito de tiras de couro trançadas. Há dezenas do que parecem ser chaveiros ornamentais presos ao cinto, todos diferentes. Greaves vê um crânio, uma carinha sorridente, um pé de coelho, um sapatinho. Por baixo da camisa, a garota está usando o que parece ser o colete de uma roupa de mergulho. Seus pés estão descalços.

Ela é uma faminta? Se é, então o fato de surgir à vista e parar novamente desafia explicações. Os famintos alternam entre dois estados: ou estão absolutamente imóveis ou correndo desabaladamente atrás de comida. Eles não fazem movimentos coordenados e param de repente. Só humanos fazem isso.

Por outro lado, se a garota é humana, por que os famintos não farejam sua humanidade e respondem a ela? Viram-se sobre ela e devoram o que conseguirem? Ela não pode estar usando bloqueador E. Beacon é o único lugar em toda a Grã-Bretanha onde o gel protetor é fabricado, e ela não é de Beacon.

A incerteza amedronta Greaves. Mesmo uma pequena quantidade de ambiguidade não resolvida deixa-o infeliz em um nível muito profundo, faz com que seu cérebro coce e lágrimas surjam em seus olhos.

Sua mão começa um movimento superlento sobre o peito até o bolso da jaqueta militar. Ele guarda uma relíquia ali, cujo toque o conforta. Ele a encontra agora, e a gira entre os dedos. Uma forma pequena e angulosa. Um retângulo achatado, mas levemente convexo em um dos lados. Com a ponta do indicador, Greaves traça as barras verticais da proteção de um pequeno alto-falante.

Ativar portão para o salto, capitão, articula ele com os lábios em silêncio.

Estrela de nêutrons atrás de você.

Nós viemos em paz do planeta Terra.

O losango plástico é a caixa falante de um brinquedo de criança. Há vinte e quatro frases em seu estoque. Cinco delas não tocam mais, mas Greaves sabe todas de cor. Toda variação na entonação e todo chiado ou estalo da caixinha de som acrescentam-se por conta própria. Em momentos de crise pessoal, ele as recita como um catecismo, o que o acalma.

Acalma agora, mas ele precisa saber. Precisa resolver a ambiguidade antes que ela derrube sua razão e o deixe em pânico. Entrar em pânico ali seria muito ruim.

Ele aplica o único teste em que consegue pensar.

— Estou vendo você — diz ele.

Ele mantém a voz em um murmúrio, não move os lábios nem uma fração. Nesse silêncio prenhe, o som devia ser alto o bastante para chegar até ela sem acionar as percepções dos famintos como dotado de propósito e merecedor de investigação.

A garota não se mexe. Seus olhos não se movem em sua direção. Seu tom cinzento é natural ou é o cinza que vem com a infecção? Ele está longe demais para dizer ao certo.

— Meu nome é Stephen — diz, tentando novamente.

Ela, mais uma vez, não responde.

Greaves dá um passo lento e arrastado na direção dela, mas se detém imediatamente e fica parado. Se ele avançar e ela correr, ele vai tê-la matado por atrair a atenção dos famintos. Ao mesmo tempo, se ela for, afinal, uma faminta, quase certamente vai registrar seu movimento a qualquer segundo agora, e atacá-lo. Ele está correndo risco só de olhar na direção dela por tanto tempo.

A única coisa segura a fazer é ir embora, mas, se ele fizer isso, pode nunca ter uma resposta. Não ter resposta é inaceitável. Impossível.

Ele faz isso sem sequer pensar. Sua mão, dentro do bolso, já está envolta ao redor da caixinha de som. Ele a tira muito lentamente.

Sua intenção está apenas meio formada, mas em algum nível ele já está comprometido. Suas mãos se movem por conta própria: ele analisa a decisão depois que ela já aconteceu. Ele exibe a caixinha de plástico, que é de um vermelho chamativo e com pouco mais de três centímetros de diâmetro. Ele a ergue para que a menina possa vê-la e a gira de um lado para outro na mão.

Ele está tentando fazer um truque de mágica que o soldado Phillips lhe ensinou. Normalmente ele faz direito, mas normalmente seus movimentos são muito mais rápidos que isso. Enganar os olhos é mais difícil em velocidades glaciais.

Na verdade, é impossível. Greaves faz o primeiro passe e o segundo, mas ninguém assistindo teria qualquer dúvida de que a caixa de som está agora na palma de sua mão esquerda.

Ele tenta mais uma vez, movimentando elaboradamente (e muito gradualmente) os dedos da mão esquerda em sequência para disfarçar o momento em que passa a caixa para a direita. Os famintos se movem um pouco. Apesar do cuidado que Greaves está tomando com os gestos, ele está perto de dispará-los em um estado desperto. A garota ainda não está olhando em sua direção, mas alguma coisa em sua postura também sugere um alerta aumentado. Ela está interessada, mas Greaves não sabe se é no truque ou na possibilidade iminente de uma refeição.

Ele não pode ir além. Tem de abandonar o truque antes que o mate.

Mais uma vez, seu corpo é mais rápido que sua mente. Seu indicador e polegar encontram o cordão que é o único controle da caixa de voz e o puxam até vinte centímetros de comprimento.

Quando o cordão retorna à posição, uma voz fala no silêncio absoluto do local. A voz do Capitão Power, o engenheiro galáctico. Ela é abafada pela mão fechada de Greaves e parece não vir de lugar nenhum.

"*Precisamos entrar na velocidade da luz.*"

O rosto da menina tremeluz apenas por um momento, iluminado por dentro por uma centelha de surpresa que ela não consegue conter a tempo.

Greaves tem sua resposta. Um grande assombro o atinge no coração e pressiona o diafragma com tanta força que a respiração seguinte dói.

E agora? O que ele deve fazer? Ele precisa sair daquele lugar e levar a menina junto. Precisa falar com ela (ele odeia falar com qualquer um, mas crianças não são tão assustadoras quanto adultos) e descobrir quem é. Como foi parar ali. O que está usando para impedir que os famintos sintam seu cheiro.

Ele precisa levá-la para a segurança de Rosie.

Mesmo enquanto tem esses pensamentos, a natureza morta se mexe.

Um pombo entra voando através do buraco aberto no telhado. Todos os famintos levantam a cabeça em um movimento brusco, trêmulo e simultâneo, como carros dando partida a frio em uma manhã gelada de inverno. Suas cabeças viram e seus olhos se movem.

O pombo pousa em uma grade enferrujada de aço (costumava ser chamado de aço inoxidável, mas não se impede a entrada do oxigênio para sempre) e olha em torno do salão com seus olhinhos pretos e brilhantes. A cabeça azul acinzentada se move para baixo e para o lado, provavelmente à procura de comida, completamente inconsciente de que ele é a melhor coisa no menu.

A essa altura, os famintos encontraram a ave e fixaram seu olhar nela. Eles se movem adiante como se fossem um só. Greaves precisa fazer o mesmo. Se não fizer os movimentos dessa dança, rapidamente vai desejar ter feito isso.

Eles são muito fortes, os mortos-vivos, aqueles que partiram ontologicamente, mas o pombo também é rápido. Quando o local se agita ao redor, ele levanta voo novamente e volta por onde entrou.

A mais rápida de todas é a menina. Ela corre abaixo da ave, se encolhe e salta. Ela atinge Greaves bem no peito e o escala em um instante. Um pé se apoia na dobra de seu braço e o outro em seu ombro.

Ele contém um grito. Não que ela o tenha machucado. Ela é tão leve que parece ter ossos ocos, como a ave. Mas ele tem forte aversão a ser tocado, especialmente sem um aviso. Ele sente, por um segundo, como se alguma bolha que o envolvia tivesse explodido. Como se estivesse nu para o espaço hostil.

A garota toma impulso, salta e gira no ar.

Pega a ave em pleno voo com uma das mãos estendidas.

Ela aterrissa de algum modo no alto da parede sem nada além de céu aberto acima dela. Seus pés estão apoiados sobre o concreto liso. Sua mão livre agarra uma viga de aço deixada exposta quando o telhado caiu.

Ela gira sobre essa mão e salta por cima.

Ela desaparece.

O bater louco e fútil das asas do pombo chega a Greaves um segundo depois e é silenciado um segundo depois disso. Por um ou dois momentos, sua mente desempenha uma síntese louca. É como se ele tivesse acabado de vê-la voar, e as asas que ele tivesse ouvido fossem dela. A reação dos famintos é mais dramática que a de Greaves. Também é mais rápida, pois não é mediada por nenhum pensamento consciente. Eles se jogam contra a base da parede sobre a qual a garota saltou. Os primeiros a alcançarem-na arranham o cimento úmido como se pudessem abrir caminho através dela até que aqueles que chegam por trás os apertam contra ela, esmagando-os e quebrando-os.

Greaves aproveita a oportunidade, com todos os olhos voltados para longe dele, para sair daquele lugar um pouco mais rápido do que teria ousado em outra situação. Um lance de escada de aço sobe até o que era um estacionamento. Agora é uma selva de ervas da altura de um homem com uma única trilha pisoteada através dela.

Durante todo esse tempo ele está pensando: O que ela é? Como se movimentou entre os famintos sem provocar nenhuma resposta? Como se movimentou tão rápido, mais rápido ainda que aquelas máquinas de carne e osso? No arquivo de sua mente, ele a coloca — com relutância, mas também com uma empolgação cada vez mais acelerada — em uma categoria única. Ela é uma anomalia. Anomalias explodem velhas teorias e engendram novas. Elas são perigosas e grandiosas.

Greaves não consegue se conter. Apesar do risco, ele corre até o fim da trilha até uma faixa ampla de asfalto que parece ter sido mais resistente à natureza invasora. Ali há um velho posto de segurança, com todas as janelas quebradas. Uma cancela que não cumpriu com a tarefa para a qual foi feita está no chão aos pedaços.

Não há sinal da garota, mas, se ela correu nessa direção, há apenas um lugar para onde podia estar seguindo. No fundo do vale, a dois quilômetros e meio de distância e sessenta metros abaixo, fica a cidade de Invercrae. É o próximo lugar no itinerário do Dr. Fournier, a equipe científica vai seguir até lá amanhã.

Greaves não pode esperar tanto. Não com uma pergunta tão grande e insistente em sua mente.

Ele vai lá esta noite.

8

GREAVES VOLTA PARA ROSALIND FRANKLIN exatamente pelo caminho que tomou quando saiu, menos por um desvio cuidadoso em torno de uma matilha de cães selvagens se alimentando da carcaça de um esquilo. A expedição viu matilhas como essa em todo lugar que visitou e, embora quase nunca ataquem humanos, Greaves não gosta deles, nem confia nada neles.

Quando se aproxima de Rosie, ele toma o cuidado de seguir seu caminho de saída passo a passo. Ele leva um mapa das armadilhas e sensores de movimento na cabeça e escolheu o ângulo de aproximação de acordo.

Ele chega pela frente. Vê o coronel Carlisle sentado na cabine lendo um livro (Greaves já viu o livro antes: é a biografia de Napoleão Bonaparte escrita por R. T. Mulholland em uma edição barata da Wordsworth Classics extremamente usada). Carlisle ergue os olhos quando Greaves passa e eles se cumprimentam com um aceno de cabeça. Embora seja, por contra própria, meticuloso em relação a regulamentos, o coronel não tem nenhum desejo de ser a consciência de ninguém. Podia ser diferente se ele estivesse no comando geral, supõe Greaves, mas essa expedição tem dois comandantes. Eles personificam a atual situação desconfortável em Beacon, onde o governo civil finge estar no controle absoluto, mas depende para a continuidade de sua existência das ações e intervenções do Grupamento Militar. Carlisle é o comandante militar; Fournier, o civil – uma confusão deliberada que torce as pontas soltas das instruções da missão para formar uma fita de Möbius.

Greaves dá a volta no veículo enorme até a câmara selada central. Não há como entrar ali sem ser visto; a câmara selada está quase sempre vigiada e, mesmo quando não está, o gesto de acioná-la do lado de fora vai ativar sinais e alarmes por todo o laboratório e espaços da tripulação.

A câmara selada está aberta. A Dra. Khan está parada logo na entrada, com o olhar irrequieto examinando as árvores à esquerda e à direita. Quando vê Greaves, ela se afasta para o lado e deixa que ele entre. Há uma rigidez em sua postura que ele vê imediatamente: ela está tensa, com medo. Ela estende a mão para tocar a parte de trás do pulso dele, mas só com o dedo indicador. Ela tem permissão de tocá-lo; ele fez uma acomodação especial e complexa em sua mente para ela, e apenas ela, mas ela o conhece, e a ponta de um dedo é o mais longe que leva essa liberdade. Por menor que seja o ponto de contato, um tremor em seu braço se comunica com ele. A Dra. Khan está perturbada.

— Eu estou bem, Rina — assegura-lhe Greaves.

Ele está tão arrependido de tê-la preocupado que quase ergue a mão e toca a ponta do dedo dela com a sua. Sua mão para no ar, incapaz de completar o gesto.

— Eu percebi — diz ela. — Graças a Deus. Mas onde você estava, Stephen? Estava fazendo observações novamente? De perto?

Ela o pegou. Sabendo que um *sim* vai desagradá-la, Greaves tenta dizer *não*. Ele começa a gaguejar, cerra o maxilar na palavra que é fisicamente incapaz de dizer.

Seu desconforto com falsidade deliberada é como seu desconforto com incerteza elevado à própria potência. Se ele diz algo que não é verdade, está trazendo incerteza para o mundo. Está cegando as pessoas ao seu redor para uma parte pequena da verdade — e toda parte da verdade é importante. Você não consegue completar um quebra-cabeça se uma das peças foi trocada por uma peça de outro quebra-cabeça.

— Eu sabia — exclama a Dra. Khan. — Stephen, você não pode continuar a fazer isso!

Ele lança um olhar para o rosto dela. Seus olhos, voltados diretamente para ele, estão cheios e brilhantes. Ela disse a ele algum tempo atrás (cinco semanas, dois dias, sete horas e alguns minutos e segundos que ele podia calcular, mas decide não fazê-lo) que o bebê que está carregando vai deixá-la menos no controle de suas emoções do que o habitual. Vai haver uma sopa de hormônios se agitando dentro dela, e isso vai transparecer em suas reações. Talvez seja por isso que ela esquece que ele acha um olhar fixo desconfortável.

— Não vale a pena morrer pelo que quer que você esteja tentando descobrir.

O que é verdade, claro – mas uma verdade trivial. Se ele morrer, não vai conseguir terminar o trabalho, e apenas o trabalho e os resultados vão justificar os riscos que ele corre. Ou não.

Todos eles assumem riscos. Todos aceitaram a lógica implícita. Sem cura para a praga dos famintos, nem jeito de lidar com ela, *todos* vão morrer, um por um. A grande árvore ramificada da humanidade vai ser golpeada a machado na base até cair. Até que o número de sobreviventes seja tão pequeno que anomalias congênitas vão se multiplicar e se intensificar, e nascimentos viáveis vão se reduzir a nada. É por isso que vale a pena correr os riscos que eles correm. É por isso que mandaram Rosie.

Rosie e Charlie – mas o veículo irmão, Charles Darwin, nunca voltou para casa. A teoria mais aceita é que Charlie caiu em uma emboscada armada por lixeiros – bandos itinerantes e fora da lei de sobreviventes – que em seguida desmantelaram o veículo, saquearam a tecnologia e mataram a tripulação. Ninguém sabe de verdade e, muito provavelmente, ninguém nunca vai saber. O máximo que vão conseguir dizer – quando chegarem a um ponto onde deveria haver um repositório de espécimes e não encontrarem nada ali – é a distância que Charles Darwin percorreu antes de ser tomado pelo infortúnio.

Agora é a vez da equipe do Dr. Fournier. Eles vão encontrar o que foram ali encontrar, ou vão fracassar e o evento da extinção vai prosseguir no ritmo atual (que, para extinções, é na verdade muito rápido). Não há plano de contingência, nenhuma cópia de segurança. É difícil quantificar o risco quando eles já estão na corda bamba sem rede de proteção, mas isso parece ser o que a Dra. Khan está pedindo a Stephen que faça.

– Prometa – diz ela. – Prometa que não vai fazer isso de novo.

Ele a olha nos olhos. É difícil para ele. Como puxar algo pesado de dentro de um poço e segurar, com o braço estendido, diante do rosto. Uma parte de si mesmo que ele oferece para ela com muito esforço.

– Não – diz. – Não, Rina.

Ele sai andando, passa por ela e vai para o laboratório.

9

No interior apertado de Rosie, não há privacidade. Durante os meses que moraram ali, os vários membros da tripulação se adaptaram a isso, cada um a seu jeito.

A maioria não conseguiu, como o Dr. Fournier e o coronel fizeram, assumir um território para si. Com a divisão comum de todos os outros espaços, os beliches se tornaram invioláveis. A Dra. Khan e o Dr. Sealey, na maioria das noites, fazem sua refeição com todo o resto na área da cozinha, depois se retiram para suas camas com as cortinas fechadas. Eles não são perturbados: aquele espaço diminuto é sacrossanto.

Os soldados – tanto praças quanto snipers – dedicam a maior parte do tempo livre a um único e interminável jogo de pôquer. Nenhum dinheiro de verdade troca de mãos, mas o soldado Phillips anota os resultados em um caderno de criança decorado com adesivos de Pokémon com mais de um centímetro de grossura. Não é claro para ninguém de onde o caderno veio .

Na maioria das noites, depois que o jogo acaba, o tenente McQueen sobe para a torre e limpa o fuzil, tenha ele sido usado naquele dia ou não.

O Dr. Akimwe e a Dra. Penny trabalham até tarde, a menos que não haja nenhum trabalho a ser feito. Eles cantam canções de musicais muito baixo, percorrendo tranquilamente as obras de Stephen Sondheim e Jerry Herman. Concordaram que o limite era Andrew Lloyd Webber.

Isso já consome todo o espaço disponível de Rosie, mas Stephen Greaves encontrou outro espaço que ninguém quer. Ele se senta na câmara selada e fica totalmente sossegado. Não há luz ali, além do brilho fraco do painel que controla o mecanismo de acionamento da câmara. O mais importante é que parece, para o resto da tripulação, um espaço negociado, uma passagem entre o interior seguro (mesmo que claustrofóbico) e o exterior hostil. Tentar relaxar ali seria fútil.

Greaves não está relaxando. Como Penny e Akimwe, ainda está trabalhando – com luz natural até não restar mais nenhuma e, depois disso, com o facho estreito e concentrado de uma lâmpada portátil de leitura presa ao alto do diário reaproveitado no qual escreve. Ele preferia estar no laboratório, claro, mas o Dr. Fournier impôs restrições severas sobre o uso de tempo de laboratório por Greaves. Ele precisa fazer solicitações, que são consideradas apenas depois que as necessidades de todos os outros foram atendidas.

– Ele é apenas uma criança – disse Fournier em várias ocasiões. – Uma criança brilhante, mas ainda assim uma criança. Nós temos uma atuação restrita. Ele não pode ter permissão de atrapalhar.

Na prática, Greaves normalmente consegue driblar essas restrições, mas faz isso por uma rota precária que o deixa profundamente desconfortável. Ele trabalha quando a Dra. Khan está no laboratório e, se o Dr. Fournier pergunta o que ele está fazendo ali, a Dra. Khan responde por ele.

– Ele está me ajudando.

O próprio Greaves não diz nada e mantém o olhar sobre a bancada, mas a mentira (embora seja de outra pessoa, não sua) se retorce em seu estômago e sua garganta, faz com que sinta vontade de vomitar para tirá-la de dentro de si. Oficialmente, portanto, ele não tem nenhuma pesquisa própria. Sem perguntas, sem respostas, com todas as dificuldades de auxiliar – é esse o melhor compromisso que ele conseguiu encontrar.

Quando a Dra. Khan não está no laboratório, Greaves usa principalmente a câmara selada – um laboratório apenas para experimentos de pensamento. Nessas ocasiões, ele tem uma rotina estabelecida que extrai o uso mais produtivo de seu tempo. Ele separa o cérebro em compartimentos para manter uma ideia central com pensamentos claros, sem distrações. As distrações são transformadas em sub-rotinas nas quais podem existir sem qualquer dano ao raciocínio.

É o que está fazendo agora. De pernas cruzadas e cabeça baixa, tão imóvel quanto um faminto: se exercitando em um trapézio mental.

No nível mais alto – o mais importante –, está tabulando as observações do dia. Abaixo disso, considerando o problema da garota anômala. Ainda abaixo, em um nível mais emocionalmente comprometido que Greaves considera sua secadora giratória, está pensando na discussão com a Dra. Khan.

Greaves não vê nada de especial em seu raciocínio em níveis separados. Ele não está pensando simultaneamente em todos os três níveis; está simplesmente alternando entre eles e deixando que cada um chame sua atenção quando chega a um impasse em um dos outros. Enquanto sua mente consciente está focada no nível um, por exemplo, seu inconsciente paira sobre os níveis dois e três – então, normalmente, na vez seguinte em que um desses níveis chega ao topo da pilha, ele vai ter tido algum novo entendimento.

Na verdade, existe um quarto nível, mas ele deixou de anotá-lo. *O que aconteceu com Beacon para impedi-los de falar conosco?* é uma pergunta urgente com um leque muito amplo de implicações, mas é impossível lidar com isso até ter alguma informação, e atualmente ele não tem nenhuma.

Todos os três níveis ativos estão representados nas anotações que ele faz no diário em um código criado por ele que reduz palavras e frases a riscos únicos do lápis. Ele usa sobrescrito e subscrito para levar a discussão para junto da fonte em maiúscula que representa o assunto principal. Ele tem consciência de que outras pessoas não fazem isso; que, quando elas tomam notas, tentam filtrar e excluir as coisas que consideram não pertencer ao assunto. Greaves acha que as digressões e distrações normalmente estão ali por uma razão e podem render entendimentos inesperados. Por isso, ele escreve tudo o que passa por sua cabeça sem se preocupar. Para poupar tempo, é descuidado com a pontuação e, às vezes, com a sintaxe.

Nível superior

Heliotropismo dos famintos parece efeito colateral do comportamento que segue o calor usado para caçar à noite. Poderia ser aproveitado? Usado contra eles? Como determinar o nível de radiação térmica que ativa o comportamento relacionado ao tropismo? Contraste com a temperatura ambiente de fundo provavelmente crucial. Por isso não buscam o calor durante o dia. Temperaturas gerais mais altas degradam o contraste.

Nível intermediário

Fato: ela não pode ser humana.
Fato: ela não pode ser faminta.

Definir anomalias. Força e velocidade claramente fora do alcance humano, mas dentro de parâmetros observados para famintos.
Além disso, famintos não reagiram a ela. Não a identificaram como presa.
Mas ela demonstrou vontade. Reagiu a um estímulo que não era alimento. Fez uso consciente e criativo do ambiente (eu).
Ela é nova?
Determinar situação ontológica. Prioridade: urgente.

Nível mais baixo
Dra. Khan Dra. Khan Dra. Khan Dra. Khan Dra. Khan Dra. Khan
Rina Rina Rina Rina Rina Rina Rina Rina Rina Rina Rina
Dra. Khan Dra. Khan Dra. Khan Dra. Khan Dra. Khan Dra. Khan

Isso é um resumo de muitas coisas: pensamentos que ele não deseja examinar muito de perto no momento. Ele sofre quando deixa Rina infeliz. Ela é importante de um jeito que outras pessoas não são importantes. Ela é uma exceção a todas as regras. Ela pode olhar para ele, até tocá-lo. Ele consegue ouvir a voz dela sem contar as sílabas das palavras nem fragmentá-las por funções gramaticais e instrumentais.

Ele supõe que a ama. Amor é uma palavra que as pessoas usam sobre outras pessoas o tempo inteiro e Greaves formou uma ideia razoavelmente clara a partir das muitas referências contraditórias. Em mais da metade dessas referências, ele pode botar uma marca positiva ao lado do nome da Dra. Khan em uma matriz multidimensional que imaginou.

Ele sabe, porém, que a matriz não é um modelo preciso do que sente por ela. Apenas define um espaço lógico em que ela parcialmente habita.

Depois de chegar a Beacon, depois de ir para o alojamento 12, Rina apareceu e o encontrou.

— Nós, refugiados, precisamos ficar unidos — disse ela.

Ela estendeu uma coisa para ele pegar. Duas coisas.

O Capitão Power. E a caixa de voz do Capitão Power.

O capitão caiu da mão de Greaves quando ele foi levado do transporte para o orfanato. Greaves ouviu o barulho quando atingiu o concreto. A Dra. Khan deve ter encontrado o brinquedo e evidentemente se lembrava da determinação com a qual Greaves tinha se apegado a ele enquanto saíam de Londres. Ao se lembrar, ela se deu ao trabalho de ir e levar os dois pedaços para ele quando os encontrou.

Quando ele pegou de volta o capitão, com um abalo interior de alívio e assombro, ela cantou para ele. Em um murmúrio suave que nenhuma das outras crianças e adultos na sala repleta pôde ouvir.

— *Ele é o herói do espaço, o engenheiro galáctico...*

Ela parou aí. Muito provavelmente não se lembrava do resto da letra sobre o código terráqueo, a Liga Planetária e como o capitão luta pela verdade.

Greaves pensa nesse dia como o início de seu relacionamento. Na viagem desde Londres, ele esteve consciente dela, mas apenas do mesmo jeito que tinha consciência de todas as outras pessoas na coluna de refugiados.

Nesse momento, ela se tornou a Dra. Khan — e depois, Rina. Como a garota na estação de testagem de água, ela está em uma categoria única. Uma anomalia.

Para Greaves, crescer em Beacon foi como uma caminhada de anos de duração por um campo minado, muito solitária e muito árdua. Só que os erros não eram marcados por explosões, mas por humilhações, por isso não havia nem a esperança de que um passo errado final e fatal fizesse com que tudo desaparecesse. Os professores na escola e os inspetores no orfanato tentavam protegê-lo quando o notavam, mas Beacon era um campo de refugiados com um milhão de pessoas procurando um lugar onde ficar, em um espaço pequeno demais para metade desse número. As pessoas lutavam até a morte nas ruas por cenouras corroídas pelo frio e ratos presos em armadilhas de arame. As leis eram apenas a mesma disputa sendo lutada em um teatro mais amplo.

Greaves descobriu que todo ato de bondade trazia, seguramente, sua própria retaliação. Se um professor dava a ele um livro para ler, uma criança mais velha o tomava — para trocá-lo por comida, ou para desfrutar da experiência do poder — e batia nele apenas pelo pecado de tê-lo. A chave para a sobrevivência era não ser notado.

Até que, de repente, a chave era Rina. Ela o tirava da escola por semanas para lhe ensinar pessoalmente em seu laboratório com paredes de lona — principalmente para lhe ensinar ciência, mas outras coisas também. Ela raciocinou que, se ele amava o capitão, teria gosto por ficção científica e fantasia em geral, então apresentou-o a Asimov e a Clarke, depois Miéville, Gaiman e Le Guin. Ele já tinha aprendido a ler, mas aprendeu então o prazer das histórias, que não se iguala a nenhum outro prazer — a experiência de se deslocar para outro mundo e viver ali pelo tempo que quiser.

Nas ruas, ele passou a caminhar com um pouco mais de segurança. Beacon estava ficando velha junto com ele. Toques de recolher tinham sido instaurados, assim como uma fazenda de trabalho forçado para pessoas culpadas de perturbar a ordem pública. Greaves levava Alice, Ged, Coraline e Grimnebulin na cabeça, junto com o capitão, e falava com eles quando o mundo exterior se tornava problemático. Mas isso acontecia cada vez menos. Ele descobriu o que era felicidade, portanto conseguiu se dar conta de que não tinha sido feliz até então.

Ele parou de ir à escola, abriu mão da cama no orfanato. Ele abria um saco de dormir no chão do laboratório da Dra. Khan toda noite e o guardava em um canto toda manhã. A presença de Rina se tornou sua paz. Sua voz dizia a ele sem parar — não importando o que estivesse mesmo dizendo — que estava em casa.

A memória de Greaves é fotográfica e perfeita, um registro completo de seu passado ao qual informação nova é acrescentada no ritmo constante de um segundo por segundo. Para ele, não é possível esquecer. Mesmo assim, às vezes, quando se lembra da mãe (as mãos lavando seu rosto, o rosto sorrindo para seu berço, o corpo esfriando ao lado do dele sobre o cascalho encharcado de sangue), ela tem o rosto da Dra. Khan. Seu cérebro executou uma substituição semântica entre dois signos quase idênticos.

Então, se houvesse um meio possível de dar a ela o que ela quer — uma promessa de que ele não vai se expor a perigo desnecessário —, ele o faria. Ele gostaria muito de oferecer essa segurança a ela, mas não pode.

Porque, a menos que consiga encontrar um novo entendimento nos meses que restam da missão, a missão vai fracassar. A menos...

Nível intermediário

A menos que a garota seja o que parece. Diferente dos parâmetros humanos e dos famintos. Nova. Encaixada em um espaço cuja forma ainda não consigo definir nem criar uma hipótese. E isso é bom. Isso é muito bom. Se fatores conhecidos não permitem nenhuma solução, qualquer solução deve vir de um espaço além do que é conhecido.

Foco.

As prioridades não mudaram. Só que a lista de variáveis cresceu. Cresceu de um jeito que mostra promessa.

Nível superior (mas esse ainda é o nível superior, ou ela é?)

Resumo de fatores ambientais que se descobriu inibirem ou retardarem a difusão do patógeno faminto.

NENHUM.

Greaves faz uma pausa e olha para o mundo com a ponta do lápis apertada com força sobre o lábio inferior. Há milhares de páginas de diários de missão e anotações experimentais no arquivo duplamente reforçado embaixo da principal centrífuga do laboratório, mas suas descobertas substantivas podem ser reduzidas a uma única palavra. A equipe do Dr. Fournier estudou, tabulou e marcou os efeitos nos famintos de temperatura, som, pressão atmosférica, velocidade do vento, umidades relativa e absoluta, luz (duração e intensidade), presença ou ausência de traços de cinquenta e três elementos no ar e no solo, período térmico, acidez e alcalinidade, macro e micronutrientes e a força do campo magnético da Terra. Eles fizeram isso tanto por meio de amostras quanto do estudo intensivo dos repositórios de espécimes deixados para eles pela tripulação de Charles Darwin.

A esperança era encontrar um inibidor. Uma fraqueza que pudessem pegar e transformar em arma. Se o patógeno fosse afetado negativamente por alguma dessas coisas, Beacon e seus habitantes podiam se ajustar de acordo. Eles podiam se tornar um ambiente o mais inóspito possível para a doença se estabelecer.

No entanto, o *Cordyceps* é robusto e forte. Seu início e progresso são os mesmos em todos os casos. O tecido humano serve perfeitamente a ele e o ancora contra todos os testes e adversidades. O sangue humano o alimenta e rega.

O que, até onde Greaves pode ver, deixa apenas duas outras opções. Uma é sintetizar uma vacina ou cura, mas a equipe não está nem perto disso. Ele viu os relatórios do Dr. Akimwe, sabe que falta anos para combaterem a infecção ou se protegerem dela.

A outra opção é aquilo em que ele esteve trabalhando esse tempo todo: observação comportamental de famintos no campo. Ele está tentando formar um mapa de como o fungo dá forma e reprograma o cérebro mamífero. Um corpo humano não é o ambiente para o qual o *Cordyceps* foi originalmente projetado, por mais que tenha se sentido em casa aí. Ele começou como um parasita em insetos. Então talvez o encaixe não seja perfeito. Talvez seja frouxo o suficiente para que ele encontre uma falha – um gatilho comportamental que faça com que os famintos provoquem danos uns nos outros ou mudem e encontrem alguma outra presa.

Nível intermediário
Ela era real?

Ele odeia pensar nisso, mais ainda escrever, mas não hesita porque não se pode realmente excluir nenhuma hipótese até refutá-la.

Greaves já pensou antes em questionar a própria sanidade (definida como a precisão das avaliações que faz do mundo em seu redor e seus processos, dos homens e mulheres ao seu redor e seus comportamentos, e, claro, dele mesmo separado de todos acima, um sistema único que ele observa desde o interior). Ele sabe que seu cérebro não é como o de todas as outras pessoas. Ele tem consciência total e dolorosa de que as pessoas em geral têm prazer com coisas que o aterrorizam, são atormentadas por coisas que o fascinam. Em geral, ele aprendeu a viver com essas diferenças. Por outro lado, e se elas forem indicações de alguma diferença mais profunda que resulte em danos? Disfunção?

Ficar louco, perder a cabeça, a única coisa que é realmente sua porque é realmente você... Seria absurdamente terrível. Ao mesmo tempo, não seria nada, porque você seria incapaz, dentro desse estado danificado, de reconhecer ou refletir sobre ele. Greaves pensa nesse paradoxo. Ele tem medo de alguma coisa que pode já ter acontecido.

Não, ele tem medo das consequências. Da possibilidade desconfortável e perturbadora de ter perdido o contato com a realidade e nunca mais poder se juntar a ela.

Ele tem certeza de que a garota anômala era real. Quase. Quase certeza. Ela tinha a nitidez assustadora de uma alucinação, mesmo assim...

Um pensamento lhe ocorre. Ele abre os botões da jaqueta, tira a camisa e examina a carne por baixo. Em uma área pequena com uma forma geral elíptica, com um raio longo de três centímetros e um raio curto de dois, sua pele está amarela e escurecendo para um tom azul. Ele está machucado no lugar onde ela o tocou. Onde o calcanhar tomou impulso sobre ele.

Greaves assente, satisfeito.

Nível superior

Os famintos têm comportamentos noturnos e comportamentos diurnos. Mas todas as minhas observações foram feitas durante o dia. O uso de órgãos ou organelas sensíveis à temperatura para caçar à noite foi confirmado por Caldwell e outros no terceiro e último de seus relatórios para a OMS. A falta de um ciclo normal de sono foi defendida por Selkirk e Bale. Mas a base de provas é frágil. Algumas horas de observação em cada caso, de um esconderijo camuflado cuja blindagem e defesa restringiam a visão e mantinham os famintos a distância.

Vê-los à noite de perto poderia fornecer entendimentos valiosos.

Greaves não consegue mentir nem para si mesmo.

Se eu for para Invercrae e ela estiver lá, posso encontrá-la. Estudá-la no local, em seu habitat. Fazer mais observações sobre comportamentos, especialmente alimentação. Possivelmente encontrar alguma pista sobre onde ela vive. Se tiver sucesso nisso, vai ser possível obter amostras de tecido de pele descamada ou células de cabelo.

Claro, deixar Rosie à noite o expõe a um conjunto de perigos em potencial. Mover-se por um ambiente noturno vai ser lento e difícil e, ao mesmo tempo, vai ser mais fácil para os famintos o localizarem e caçarem.

É hora de testar o traje.

10

Com o dia de trabalho encerrado, as portas fechadas e as defesas do perímetro erguidas, os soldados e os cientistas estão livres por uma ou duas horas para fazerem o que quiserem.

O Dr. Fournier está na sala das máquinas. Ele fez questão de informar a todos de que usa as horas do crepúsculo para escrever relatórios que não tem tempo de ver durante o dia. Como comandante da missão, ele tem muitos relatórios para escrever, e alguns deles são de natureza sensível, por isso deu ordens para que não fosse perturbado. Ele toca música clássica — principalmente Wagner — em um tocador portátil de CD tão velho que o Dr. Sealey diz que ele continuar funcionando só pode ser explicado usando um ramo novo da física. O aparelho de som pertence à Dra. Penny e costumava ficar no laboratório até ser requisitado pelo Dr. Fournier — portanto os doutores Akimwe e Penny têm de fazer a própria diversão *a capella*.

O som da música, embora baixo, é suficiente para encobrir o som da voz do Dr. Fournier. Ele está falando em um aparelho de rádio dado a ele pela brigadeiro Fry antes da partida de Rosalind Franklin de Beacon. Ele ganhou o aparelho para poder informar sobre as ações e conversas da tripulação, com um foco específico no coronel Carlisle. Raramente havia algo novo a dizer. Só que o coronel estava fazendo seu trabalho e tentava não falar com o Dr. Fournier mais que o necessário.

Agora não há ninguém para ouvir. Desde que o rádio da cabine ficou mudo nove dias antes, o receptor portátil do doutor também ficou. As ondas de rádio estão vazias. Rosie é uma bolha de significado em um vazio de... ausência de significado. Um vazio despido de...

Ele tenta novamente.

— Dr. Alan Fournier chamando Beacon. Dr. Alan Fournier chamando brigadeiro Fry. Se pode me ouvir, por favor, responda. Dr. Fournier chamando Beacon.

* * *

O coronel Carlisle lê uma biografia de Napoleão, um dos três livros que levou ao subir a bordo de Rosalind Franklin. O relato de Mulholland da vida do imperador é frequentemente parcial e mal pesquisado, mas Carlisle aprecia seu estilo declamatório. *Na verdade*, ele lê, *os anos que testemunharam a queda de Napoleão foram paradoxalmente frutíferos. O maior gênio político de sua era, por falta da graça salvadora da moderação, havia jogado a Europa contra ele: todavia, o mais calculista dos comandantes tinha dado a seus inimigos tempo para estruturar uma colaboração militar eficaz.*

Sem excesso de confiança (ele sabe que não é nenhum gênio), o coronel procura em todos os volumes que lê ecos e precursores de seus próprios erros. Ele viu Beacon se transformar de acampamento armado em uma protorrepública, depois viu essa democracia precária se desmantelar outra vez. Agora ela está à beira de algo realmente horrível e Carlisle está a seiscentos quilômetros de distância cumprindo sua missão de servir de babá – depois de renunciar à sua posição como um ato de princípios e, em seguida, assumi-la novamente sob ordens diretas de uma superior que prometeu, em troca, deixá-lo em paz e não promovê-lo.

Agora o coronel está se perguntando na armadilha de quem ele caiu: a da brigadeiro Fry ou a sua própria. Possivelmente a resposta são as duas. De qualquer jeito, ele trocou poder por uma consciência tranquila e acabou sem nenhum dos dois.

Mulholland novamente: *Uma crença arrogante em seus próprios poderes e na maleabilidade de seus inimigos foi causa tanto de seus triunfos mais grandiosos quanto de sua derrubada sem precedentes.*

Derrubada é uma palavra belamente escolhida. Sugere um lutador sendo jogado no chão. Isso só acontece quando se sai do centro de gravidade. O inimigo não consegue jogar quem está com os pés firmemente plantados.

Coisa que o próprio Carlisle nunca teve, claro. Ele não é um político. Não é mesmo uma pessoa que mede suas palavras. Mas é, no fim, um conformista. Um homem cujo centro de gravidade não pode ser encontrado com facilidade porque nunca tirou tempo para pensar em onde quer estar. Ele só conhece seus limites quando realmente se depara com eles no mundo.

Como, por exemplo, na última conversa cara a cara com a brigadeiro Fry sete meses antes, pouco antes que os portões se abrissem e Rosie passasse por eles no início da jornada. Ele estava fazendo com que a brigadeiro entendesse por que a máquina da democracia é importante, mesmo que de algumas maneiras ela faça com que Beacon funcione com menos eficiência, em vez de mais.

A brigadeiro ouviu com expressão sóbria seus argumentos — que se referiam a transparência e equilíbrio, salvaguarda e sistema redundante. Sua própria posição era que essas coisas eram luxos que vinham com a segurança. Só era possível pensar em redecorar a casa quando estivesse absolutamente certo de que o telhado não estava prestes a cair. Sua política em proveito próprio ilustrava isso perfeitamente. Ela tinha exigido que o Grupamento — os militares de Beacon — tivesse uma proporção fixa das cadeiras nos conselhos e comitês, incluindo a chamada Mesa Principal, onde a política geral era decidida. Então ela expandiu essa divisão até que o Grupamento tornou-se o maior e único bloco de votação. Agora estava questionando a legitimidade de ter qualquer presença civil em conselhos que decidiam questões militares.

Fry escutou com educação enquanto Carlisle defendia sua posição e, em seguida, o corrigiu de forma extremamente meticulosa.

— Você acha que considero a democracia irrelevante, Isaac? Não. Por favor, não pense isso. Quando a humanidade estava em ascendência, quando governávamos o mundo e toda a criação se curvava diante de nós, as instituições democráticas funcionavam, e mais nada funcionava. As ditaduras eram os cantos sórdidos onde as pessoas eram pobres e infelizes, e os governos eram parasitas. Naquela época, eu me curvava diante das autoridades civis, seguia ordens e nunca perguntei a mim mesma se estava sentindo falta de alguma coisa. A democracia fazia sentido.

"Mas quando a praga atacou, tudo isso mudou. Mudou para sempre. Sabe o que eu vejo quando estou sentada à Mesa Principal? Vejo carneiros assustados tentando decidir para onde correr. E se botarmos os carneiros no controle da fazenda, aí todos vamos morrer e a grama vai crescer sobre nós. Não pretendo deixar que isso aconteça."

— Onde está o Grupamento nessa metáfora, Geraldine? — perguntou-lhe Carlisle. — Supondo que você não seja um carneiro, o que é? Uma pastora, talvez?

— Se você quiser.

— Mas os pastores só mantêm os carneiros em segurança até a hora de abatê-los.

Os lábios de Fry se retorceram, um movimento de raiva contida.

— Nós lutamos e morremos por essas pessoas — disse ela. — Todo dia. Então elas se viram e nos dizem para fazer a mesma coisa com um orçamento menor. Com menos soldados. É grotesco. Nós cometemos erros? Cometemos, claro. Mas todo mundo em Beacon deve a vida a nós, e eles nos equiparam à coleta de lixo e à limpeza das ruas.

Houve uma pausa. Um silêncio que Carlisle não conseguiu preencher. Ele podia ter dito: "Seus erros — nossos erros — mataram milhares de homens, mulheres e crianças. Eles acharam que aqueles aviões estavam chegando para salvá-los, mas nós jogamos fósforo branco em suas cabeças. Nós os queimamos vivos."

Por que ele não fazia isso? O que o mantinha ali sentado em silêncio absoluto quando podia ver que ela estava escondendo todas essas ações hediondas em uma caixa identificada como DANOS COLATERAIS?

A mesma coisa que o fizera renunciar em vez de denunciar Fry e se posicionar contra ela. Ele tinha muito respeito pelas estruturas de autoridade, estava com medo dos danos que ocorrem quando elas são abaladas. Às vezes, elas precisavam ser abaladas. Às vezes, precisavam ser desmanteladas e reconstruídas do nada. Ele nunca tinha se visto como a pessoa mais qualificada para isso; nunca encontrou areia suficiente onde traçar uma linha.

Ainda assim, ele se sentia chegando ao limite. Não sabia bem por quanto mais tempo podia se convencer de que não fazer nada era o menor dos males.

Fry o conhecia bem o bastante para ver essa mudança chegando. Provavelmente tomou consciência antes mesmo do que ele. Sem dúvida, escolheu com perfeição o momento da intervenção.

— Tenho uma nova missão para você — disse ela, entregando os papéis. — Alta prioridade. Vai levá-lo para longe de Beacon por algum tempo, o que pode ser o melhor para todos nós.

Carlisle estendeu a mão.

Ele pegou os papéis. Abdicou mais uma vez.

Há uma batida na porta aberta da cabine. Sem arrependimentos, o coronel abandona o passado incerto pelo presente insondável.

É o tenente McQueen.

— Jogo de pôquer, senhor — diz ele. — Os homens estavam se perguntando se o senhor não gostaria de se juntar a nós desta vez.

Carlisle hesita. Em todos os postos anteriores, passava o maior tempo possível com os soldados sob seu comando. Ele sabe muito bem a importância de conhecer suas tropas e ser conhecido por elas. *O imperador considerava uma máxima*, afirma Mulholland, *não confiar seu peso a nenhuma ponte que não tivesse testado e examinado pessoalmente.*

No entanto, a expressão no rosto de McQueen o irrita. O tenente mal se dá ao trabalho de esconder seu desprezo, que vai levar consigo para o jogo. Toda mão vai se transformar em um indicador do antagonismo maior e silencioso entre eles. A aversão mútua vai azedar a atmosfera e drenar o ânimo dos outros soldados, que já está diminuindo constantemente.

Eles olham fixamente um para o outro por um segundo frio, cada um confirmando seus objetivos implícitos. Por que ainda não são ditos, depois de todos esses meses de proximidade forçada? Carlisle não faz ideia. Ele tinha certeza, quando deixaram Beacon, que haveria uma explosão, um ato ou palavra de rebelião que dispararia o raio.

Ali estão eles, sete meses depois, com a tempestade ainda se formando.

— Acho que não, tenente — diz sem inflexão. — Obrigado pelo convite, mas acredito que vocês vão conseguir relaxar melhor sem a presença de um oficial superior.

— Sim, senhor — diz McQueen sem ânimo. — Claro, senhor. Aproveite seu livro.

O que ele não estava conseguindo fazer mesmo antes da intrusão do tenente. Ele tenta novamente, sem conseguir ainda encontrar o clima certo de distanciamento acadêmico. Derrete no solvente universal de memórias recentes. Com um suspiro, deixa Mulholland de lado.

O espelho retrovisor dá uma vista da lateral do veículo. Ele pode ver a câmara selada da seção intermediária e o garoto Greaves sentado ali, escrevendo furiosamente com um toco de lápis tão pequeno que não aparece entre seus dedos curvados.

Ele ainda é um garoto, com quinze anos? A Dra. Khan diz que é uma espécie de sábio, mas Carlisle só consegue ver Greaves como a criança de olhos arregalados e silenciosa que fez a jornada árdua de Londres para Beacon usando uma única expressão imutável de assombro, choque e medo. Agarrando um brinquedo ou boneco de algum tipo. Não abraçando-o junto ao peito nem arrastando-o como Christopher Robin arrastava o Ursinho Pooh, mas segurando-o apertado com as duas mãos, como um talismã que ele podia erguer, em caso de necessidade, contra o mundo.

Provavelmente tão eficaz quanto qualquer outra coisa, pensa o coronel.

11

O TENENTE MCQUEEN VOLTA PARA O JOGO.

— Só nós cinco — diz. — Sua majestade está se masturbando com pornografia de guerra de novo.

— Só nós quatro — corrige Sixsmith. — Phillips está de sentinela.

Sixsmith não gosta quando McQueen critica o coronel. Costuma tentar calá-lo. Ela está entre aqueles — e são muitos — que consideram Carlisle um herói porque tirou onze mil pessoas de uma cidade cuja população era de oito milhões e meio. Aparentemente, uma perda de 99,9% conta como sucesso.

Aparentemente isso também absolve aquele canalha abjeto de tudo o que fez *antes* da evacuação. É como se as incursões incendiárias nunca tivessem acontecido. Como se ele não tivesse presidido o maior massacre em tempos de paz na história militar britânica e liderado soldados decentes e dedicados em um derramamento de sangue que mancharia suas almas para sempre.

É isso o que McQueen pensa sobre si mesmo, seu trabalho e o coronel:

A Grã-Bretanha antigamente tinha um exército que valorizava e premiava a obediência cega. Às vezes isso levava a erros monumentais como a Carga da Brigada Ligeira, mas, na maioria das vezes, funcionava. Funcionava por causa do contexto: um mundo onde as pessoas lutavam contra outras pessoas, século após século, nos mesmos teatros e com as mesmas regras de combate.

As coisas eram assim quando o próprio McQueen se alistou — e ele concordou com isso sem pensar muito. Levando-se em conta todas as questões, ele até se saiu bem. Missões a serviço na Síria e depois no Líbano fizeram com que fosse condecorado quatro vezes e obtivesse promoções rápidas.

Da noite para o dia, o contexto mudou. Algumas pessoas não conseguiram mudar com ele. A maioria dos membros da Mesa Principal em Beacon são exatamente os mesmos babacas jogando com as regras antigas. Jogando um às de paus como se ainda significasse alguma coisa quando o jogo mudou para roleta russa.

Por que McQueen odeia o coronel? Porque o coronel teve a chance de mudar as coisas. Ele foi um dos oficiais de patente mais alta a sobreviver à situação desastrosa global que aconteceu quando a praga dos famintos surgiu, um dos mais respeitados. Ele podia ter assumido o comando e as pessoas o teriam seguido. McQueen o teria seguido.

Em vez disso, ele continuou a obedecer ordens, mesmo quando as ordens nitidamente não faziam sentido. Lançar bombas incendiárias no sul da Inglaterra! Quando havia pessoas ali protegidas em suas casas esperando pela chegada de ajuda. Quando havia aviões civis em solo que podiam ter sido requisitados e utilizados. Quando a porra das próprias tropas iam precisar dessa infraestrutura se algum dia fossem deixar as cercas, fossos e campos minados atrás dos quais estavam escondidas.

É, pensa McQueen, na verdade a metáfora não funciona. Roleta russa é exatamente o que as autoridades em Beacon estavam jogando. Só que elas trapacearam botando uma bala em cada câmara e deram a arma para o coronel Isaac Carlisle disparar.

Não, ele e Sixsmith vão ter de discordar na questão do Incendiário. Quanto ao jogo, no entanto, ela tem razão. Quatro deles estão abaixo da massa crítica. Não dá para montar um jogo adequado de pôquer sem cinco ou seis em torno da mesa.

Ele pensa sobre isso. O serviço de sentinela é mais uma babaquice de seguir as regras. Eles não precisam de sentinela. Os sensores de movimento vão ser acionados se os famintos chegarem. De qualquer modo, os famintos não fazem isso. Não enquanto Rosie está em funcionamento silencioso. Por que apenas praças ficam de serviço à noite? Como se divisões de patente fizessem alguma diferença quando eles estão sentados no meio do nada com nada transmitido pelo rádio, sem ter como saber sequer se Beacon ainda existe. É hora de dar um golpe pelo homem comum e talvez incitar o coronel a finalmente encará-lo de frente.

Ele vai até a plataforma da seção intermediária, onde Phillips está de pé ao lado da câmara selada. O fuzil em posição de descanso. O rosto dizendo *volto em cinco minutos*.

— Alguma coisa? — pergunta McQueen com simpatia.

Philips aponta a câmara selada com a cabeça. Há uma luz acesa ali dentro, aproximadamente na altura do joelho. McQueen leva um momento para se dar conta de que é Stephen Greaves, escrevendo sob a luz de uma luminária portátil de leitura com um LED de cinquenta watts.

— Só o Robô — diz Phillips.

Em particular, McQueen tem alguns apelidos pessoais para Greaves que são menos familiares e amistosos. Ele sacode a cabeça enquanto olha, em seguida toca a testa com a ponta do dedo indicador.

— Queria saber o que acontece aí dentro — diz, embora realmente não queira.

Na verdade, prefere ver Greaves como uma espécie de caixa preta — como os famintos. Pode ou não haver uma pessoa ali dentro, mas, de qualquer modo, não é problema seu. Ele só precisa lidar com o resultado.

— Escute — diz para Phillips. — Não vejo sentido em você ficar aqui fora. O perímetro está armado. Nada pode se aproximar de nós sem disparar um alarme. E o garoto vai gritar se isso acontecer. Você pode muito bem se juntar ao jogo.

Phillips pensa no assunto. McQueen o observa enquanto faz isso, sabe mais ou menos o que está passando por sua cabeça e, educadamente, dá ao outro homem o tempo de que ele precisa. McQueen não é seu oficial comandante; é o coronel Carlisle. A autoridade de Carlisle precisa bater ponto com o Dr. Fournier, mas, nos espaços restritos de Rosie, patente e influência não são a mesma coisa. Não se discute quem tem posição mais alta no panorama mental do soldado, sem falsa modéstia.

— Certo — diz Phillips por fim. — Tudo bem.

McQueen lhe dá um tapinha no ombro.

— Você é um bom homem. Se o coronel falar com você, diga que estava obedecendo a uma ordem direta.

Eles voltam para o alojamento da tripulação.

Greaves os observa ir e lhes dá um ou dois minutos para mudar de ideia. Quando eles não voltam, ele se levanta e tira a roupa.

Só a primeira camada. Por baixo, está vestindo algo completamente diferente. Um traje preto fosco ornado com pequenos botões de vidro muito parecidos com olhos de gato da superfície de estradas. Na verdade, os retrorrefletores com olhos de gato foram um dos pontos de partida de Greaves quando projetou o traje, mais devido à simplicidade e durabilidade do que pelo que acontece quando funcionam. Não é luz que ele espera refratar, mas seu próprio calor corporal.

Ele está trabalhando no traje intermitentemente há quatro meses. Teve a ideia antes mesmo disso, mas só teve tempo de implementar o projeto quando eles deixaram Beacon. Ele levou a maior parte da matéria-prima e confiou no acaso para fornecer o resto. A viagem para o norte ofereceu períodos ininterruptos de semanas inteiras sem trabalho oficial no laboratório. Às vezes ele trabalhava a noite inteira, aproveitando a oportunidade de progredir no traje sem parar de meia em meia hora para responder perguntas.

Agora está pronto — na medida do possível, levando-se em conta as restrições sob as quais ele tem trabalhado. Ele tem confiança no princípio e no projeto em geral. Alguns dos componentes são improvisados e as tolerâncias não são de sua preferência, mas agora já passou muito da hora de um teste de campo. Ele acredita, levando tudo em consideração, que vai funcionar. Em um mundo ideal, é claro, ele não arriscaria sua vida por isso.

Mas o mundo é como é, e isso é exatamente o que vai fazer.

12

Samrina Khan foi cedo para a cama. As cortinas estão fechadas ao redor do beliche, o que sinaliza que — acordada ou dormindo — ela não deve ser incomodada. Apenas algumas gentilezas sociais sobreviveram à viagem de sete meses, mas esta é universalmente respeitada. Só uma grande emergência faria com que alguém da tripulação abrisse as cortinas. Portanto, é improvável que alguém descubra que ela não está sozinha ali dentro.

Botar três níveis de beliches em um espaço de dois metros significou reduzir tudo ao básico. Cada conjunto de beliches é, na verdade, apenas um único recesso dividido em três por duas fileiras de ripas de madeira dispostas sobre suportes de aço. John Sealey, cujo beliche fica acima do da Dra. Khan, enrolou o colchão (o que é bem fácil, pois ele tem apenas três centímetros de espessura) e removeu cinco das ripas, abrindo o espaço de seu beliche para o dela. Ele está debruçado através desse vão em um ângulo oblíquo, de modo que a parte superior de seus corpos podem se encontrar em um abraço apertado. Qualquer outro tipo de abraço seria impossível, levando-se em conta todas as coisas.

Na verdade, é uma iniciativa arriscada e eles não fazem isso com frequência. Esta noite, Sealey foi visitar Rina para animá-la depois do interrogatório oficial com o Dr. Fournier. Como pai da criança que ela está carregando, sente que é o mínimo que pode fazer.

Ele acha o estado de espírito de Rina surpreendentemente resistente a melhorar. Surpreendente, ao menos, até que ela lhe conta o que a está perturbando. Não é o comandante da missão e seu interrogatório frouxo. É Greaves, seu filho postiço.

— Ele vai acabar sendo morto — sussurra ela, parecendo sufocada. — Ele sai sem camuflagem nem apoio. Para observá-los. Não com binóculo. Observá-los a poucos metros de distância. John, basta que ele tropece ou espirre e... eles vão comê-lo vivo!

— Estamos todos correndo esse risco todo dia aqui fora — diz Sealey. — Greaves não é burro. Nem irresponsável.

Rina não parece tê-lo escutado.

— Acho que Fournier sabe — diz ela, levantando a voz um pouco mais do que é seguro.

Só a conversa interna dos jogadores de pôquer a poucos metros de distância lhes dá alguma cobertura.

— Ele só decidiu que não importa. Stephen foi imposto a ele no último momento e ele nunca o tratou como um membro integral da tripulação.

A mente agitada dela encontra outra explicação:

— Ou talvez ele veja isso como um risco aceitável. Ele sabe, a essa altura, que não vamos encontrar nenhum inibidor ambiental. Se Stephen tiver alguma ideia nova, talvez tenhamos algo para mostrar depois de tudo isso.

— Talvez seja isso mesmo — murmura Sealey.

Ele quer dizer um risco aceitável. Se Greaves conseguir realizar mais um feito — tirar mais uma sacada de gênio do éter como supostamente fez com o gel bloqueador E —, então a humanidade pode não morrer toda em uma vala, no fim das contas. Como um membro remunerado desse clube, Sealey veria isso como uma vitória.

As chances são bem remotas. Greaves pode ser o gênio que Rina diz que é, ou na verdade apenas ter tido sorte da outra vez. Rina não está nem pensando sobre isso agora. Ela conheceu Greaves quando ele era basicamente uma criança pequena em frangalhos. Ela estava presente quando seus pais morreram e durante as consequências delicadas disso, quando ele tornou-se mudo por opção. Quando todos achavam que ele tinha problemas mentais em vez de ser uma criança prodígio estranha e esquisita, sem emoções humanas.

É possível passar por todos esses julgamentos sem que eles se grudem em você?, pergunta-se com seriedade Sealey. O sentimento geral, agora, é que Greaves está no espectro autista, mas quanto de sua esquisitice deve-se às conexões básicas de seu cérebro e quanto dela é um produto de trauma?

É uma pergunta acadêmica, mas tem consequências no mundo real. Rina mais ou menos forçou a barra com todo mundo em Beacon para botar Greaves no grupo da missão. Ela sabia o quanto ele dependia dela, temia pela rapidez com que ele poderia desmoronar sem ela.

O ponto de vista do grupo supervisor foi contrário. Eles viam Greaves primeiro e principalmente como uma criança, um amador talentoso em vez de um profissional sério. Então eles olharam para suas avaliações psicológicas e viram algo pior: um obsessivo mal adaptado, uma pessoa com problemas e (sem levar em conta o bloqueador E) um fardo em potencial no campo. No fim, Rina conseguiu fazer com que seu ponto de vista ganhasse com um acordo dois por um: *se vocês me querem, têm de levá-lo também*.

Para ser justo, ela não fez isso apenas para protegê-lo. Ela realmente acha que Greaves pode fazer um milagre ali – uma cura, uma vacina, uma arma, uma armadilha melhor. Mas tudo isso está baseado na ideia de ele ser diferente. Como se seu intelecto recortasse o mundo em um ângulo do qual mais ninguém tivesse consciência.

Rina não admitiria nada disso – pensar em Greaves como uma jogada desesperada –, mas Sealey sabe muito bem que ela está vigiando o garoto. Esperando que as nuvens se abram e uma pomba desça do céu.

Podia ser uma espera longa, na humilde opinião de Sealey. Ele não é nenhum psicólogo, mas não acha que Greaves está no espectro. Ele o vê como um garoto sem sorte que começou normal – bem inteligente, sem dúvida, mas normal – só para ser completamente deformado por uma tragédia horrenda. Então ele se viu preso pelas esperanças de Rina em relação a ele. No orfanato em Beacon, onde os professores tinham desistido dele porque eram apenas voluntários que iam aprendendo a agir enquanto trabalhavam, ela pegou Greaves pela mão. Alimentou-o com livros do mesmo jeito que se alimenta um filhote de passarinho com minhocas e farelos de pão. Transformou-o no que ele é agora.

O que ele é? Um gênio excêntrico ou apenas um explorador mal equipado balançando na frágil corda bamba entre a sanidade e a loucura? O jeito como Greaves age, as coisas que faz... *são* extraordinários. Mas isso é apenas outro jeito de dizer que ele tem seus próprios mecanismos para lidar com as coisas. Não é prova de nada. Claro, tem aquela descoberta incrível, mas Sealey não conhece ninguém que aceite a versão de Khan dessa história. Criança gênio descobre uma enzima que suga os ácidos de cheiro forte do suor apócrino e os transforma em água e dióxido de carbono, cozinha-a em uma panela e a leva para sua melhor amiga, a bióloga e especialista em epidemiologia Dra. Samrina Khan, para ajudá-lo a testá-la. A Navalha de Occam sugere uma sequência diferente de acontecimentos.

Não importa. Rina tem seu ponto de vista e não vai ser demovida dele. Talvez ela seja a única pessoa na tripulação de Rosie que na verdade se preocupa com Greaves. Sealey tentou muitas vezes ter essa conversa com ela, mas nunca acontece.

Corajosamente, mas sem muita esperança, ele tenta novamente.

— Ele é um membro da tripulação, Rina. Seu colega de trabalho, não seu filho. Você precisa deixar que ele faça as próprias escolhas.

Ela olha para ele como se ele tivesse acabado de estender a mão para pegar uma bola que já está no chão.

— Obrigada, John. Esse é um resumo admirável do que é evidentemente óbvio.

Ela não diz isso com sarcasmo ferino, mas com a voz embargada. Seus lábios estão se contorcendo enquanto ela tenta conter uma torrente de lágrimas. Em vez de se irritar ou responder, ele a envolve nos braços. Ela se entrega à infelicidade em silêncio absoluto, com a mão enterrada na dobra entre seu pescoço e o ombro. Ela o puxa para a frente através da abertura nas ripas, de modo que ele sente como se fosse perder o apoio e cair de cabeça em cima dela, depois provavelmente sair dali rolando de lado e revelar todo o esquema. Sua camiseta (que serve de pijama) está, sem dúvida, ficando lentamente saturada com as lágrimas dela.

Rina mergulha direto do choro em um sono exausto. Sealey, então, percebe o quanto o dia foi difícil para ela. Sua preocupação com Stephen é totalmente real, é claro, mas está no topo de todo um grupo de outras preocupações. Ela podia receber uma reprimenda pela gravidez não autorizada, que deteria sua carreira onde está. Ou o bebê podia fazer isso sozinho, com ou sem reprimenda. Ela podia ter de dar à luz ali, no meio do nada. Ela podia perder o bebê.

Ele deseja ser melhor nisso. Está na casa dos trinta, mas ainda consegue contar em uma das mãos os relacionamentos em que esteve sem acabarem os dedos. Nenhum deles durou. Talvez este também não tivesse durado, não fosse pela falta de preservativos e autocontrole.

Foi deixar Beacon o que provocou esse lapso fatídico. Depois de ficar encerrado por trás de cercas e campos minados por tanto tempo, cair na estrada – mesmo no interior de uma lata de sardinha blindada – parecia liberdade. Ele e Rina descobriram a única maneira de comemorar para a qual não era necessário se inscrever, ser aprovado, carimbado, racionado ou relatado.

Agora eles estão presos às consequências. Um ao outro.

Sealey recua desse pensamento alarmado. Rina é incrível e ele a ama mais do que já amou qualquer outra pessoa. Ele fica impressionado com sua coragem – o jeito como ela decide que atitude tomar e se aferra a isso, não importa o que o mundo ponha em seu caminho. Ele admira sua honestidade, que transforma mentiras leves em verdades brutais. Acima de tudo, ele ama seu otimismo, algo em que ele é muito ruim. Rina nunca considera a possibilidade de que o mundo pode já ter acabado. Ela fala sobre o futuro sem ironia, até faz planos. Como parte disso, ela decidiu ficar com o bebê. Ela lhe disse isso de um jeito que não deixava espaço para discussão.

Sealey pensa no que Beacon se transformou e, às vezes, sente-se inclinado a questionar a sabedoria dessa decisão, mas manteve suas dúvidas trancadas. A última coisa que quer é deixá-la com qualquer dúvida de que ele está do seu lado. Ele a protege. Vai estar presente para ela quando chegar a hora. Vai se erguer e ser...

De onde estão vindo todos esses clichês?

Ele se solta do corpo esparramado de Rina – põe a mão por um ou dois segundos sobre o volume indiscreto que é seu filho ou sua filha em desenvolvimento – e se ergue de volta pela abertura no estrado da cama. Ele faz isso com relutância. Toda vez que remove as ripas e a visita, ele se sente como um dos soldados em *Fugindo do inferno*, cavando um túnel para a liberdade.

O que leva a outra reflexão. Talvez não tenha sido a partida de Beacon, afinal de contas, que o deixou tão inebriado, irresponsável e alegre.

Talvez tenha sido ela. Talvez sempre tenha sido Rina.

13

A Dra. Khan na verdade não está dormindo. Há um estado a meio caminho entre o dormir e o despertar no qual ela cai de volta no passado e o revive. Ela o revive em alta definição com som *surround*, todos os sentidos fazendo sua parte. Ela pensa nesse estado como uma reprise; mas, como cientista, sabe que tem outro nome. É um SPT, sintoma pós-traumático. Isso a atinge duas ou três noites por semana e não adianta lutar contra ele. Se ela tenta bloquear as imagens, elas se impingem sobre sua vida quando está acordada, o que é exponencialmente pior.

Uma reprise não é como sonhar. Sonhos têm uma lógica e uma estrutura que nos impedem, enquanto sonhamos, de refletir sobre os acontecimentos nos quais estamos envolvido. Achamos tudo natural porque questionar conscientemente qualquer elemento iria nos despertar.

Em suas reprises, Khan tem consciência de si mesma agora, assim como de si mesma na época. Ela é seu eu atual, sentada como passageira no antigo corpo. (Ela se incomoda de pensar que é assim que os famintos podem experimentar o mundo. Se há algum traço de consciência, de identidade, por trás das defesas que o fungo ergueu em seus cérebros, então tudo o que eles podem fazer é observar. Seus corpos agora respondem a um novo mestre.)

Ela está andando. Por Guildford, Godalming e lugares com nomes ainda mais inócuos. Milford. Haslemere. Hawkley. Seguindo para o sul na direção de Beacon em uma coluna de aproximadamente oitocentas pessoas conduzidas – aparentemente à força às vezes – por soldados em cores de camuflagem urbana.

A viagem faz tanto sentido para ela quanto a correria louca de carros de palhaços no início de uma apresentação circense. Às vezes eles estão em caminhões, ônibus, vans brancas e ambulâncias. Às vezes estão a pé. A Rina *da época*, sem dormir e faminta, não sabe por que sempre deixam a segurança e o calor dos carros e caminham pelo vale artificial que é a A3.

A Rina *de agora* entende que, quando a estrada está bloqueada – pelos restos acidentados e queimados de carros e caminhões que levaram as ondas iniciais de pessoas em fuga –, eles não têm tempo nem recursos para limpá-la. O coronel dá a ordem toda vez para abandonar os veículos e caminhar até o próximo trecho de estrada limpa. Ele manda seus soldados à frente para encontrar e requisitar um novo grupo de veículos viáveis.

Seu ritmo varia, sua quilometragem também. Às vezes ela se senta. Às vezes deita na caçamba de um caminhão olhando para o céu, com o braço inerte de alguém estendido sobre suas pernas, com respiração difícil e soluços por toda a sua volta se misturando com sonhos acordados. Na maior parte do tempo, ela anda, cambaleia, manca, anda com dificuldade, se arrastando pela estrada interminável que se transformou em calvário.

Há duas constantes: a primeira são os famintos. Foi anos antes do advento do gel bloqueador E. Eles não têm maneiras de disfarçar o cheiro, os sons, o calor corporal, por isso são um convite permanente e sempre em movimento para o jantar. Os famintos os seguem por trás, avançam sobre eles pela frente e os atacam pelos dois lados.

O coronel é sua fortaleza. A outra constante, sempre no meio. *Não olhem para trás* é seu mantra. O que está feito, está feito, e aqui estamos nós, ainda seguindo adiante. Ele carrega o fuzil como uma foice, cortando os perseguidores na altura dos joelhos com movimentos precisos e horizontais da arma. Distribui armas para os refugiados e ensina os princípios de fogo de supressão. Prepara lança-chamas a partir de cilindros de oxigênio e aspersores de inseticida. Certa vez, encheu uma van Bedford com gasolina e C4 e a empurrou para baixo em uma ladeira que eles acabaram de subir para que uma depressão na estrada se transformasse em um lago de fogo no qual centenas de famintos se afogaram e afundaram.

Eles estão no inferno, mas o diabo está de seu lado.

Ele está mudando, em suas cabeças. A maioria, antes disso, pensava nele como o Incendiário devido às incursões incendiárias que transformaram a maior parte do sudeste da Inglaterra em um deserto carbonizado. Agora ele é o Velho. Você o chama por esse nome como se o conhecesse, tenha ele lhe dito uma única palavra ou não.

De vez em quando, pessoas se juntam à sua coluna. Elas nunca são rejeitadas. O espaço entre a exposição à infecção e a morte do ego é tão curto para a maioria das pessoas que o risco de aceitar recém-chegados é inexistente. Os poucos que – desafiando a massa de estatísticas – se transformam mais lenta e gradualmente são mortos com uma única bala na cabeça. A Dra. Khan passa por cima dos corpos e segue em frente.

Ela está tendo alucinações por puro cansaço. O coronel é Moisés e eles são seus filhos. *Não olhe para trás*. Os famintos se abrem diante dele como um mar. Sangue meio congelado é a maré vazante, fazendo com que o pavimento sugue seus pés enquanto ela anda. O ar cheira a suor, sangue, merda e cordite, a gasolina, massa de modelar e carne muito passada. Ele os mantém junto de si. Ele os leva para casa.

A A3 torna-se intransitável – uma enorme pilha de mil carros com os mortos meio comidos espalhados. Eles a abandonam e caminham por aldeias desertas. Em uma delas, em uma ponte sobre a estrada que eles deixaram pouco antes, encontram um pequeno grupo de sobreviventes lutando por suas vidas. Eles fecharam as extremidades da ponte com lixo e eletrodomésticos adaptados e recuaram para o centro, mas famintos subiram aos montes por suas barricadas para atacá-los dos dois lados.

O coronel está trazendo salvação, mas ele a traz tarde demais. Últimas resistências corajosas como essa se desconstroem das beiras para o centro. Mordidos uma vez, os defensores corajosos continuam a lutar – por alguns segundos. Então eles ficam rígidos por um momento enquanto o fusível da consciência queima e se extingue. Um instante depois, eles se viram e se juntam ao amontoado, atacando os vizinhos mais próximos e arrastando-os para o chão. Khan observa isso acontecer com uma mulher que está golpeando com um taco de beisebol de alumínio; com um homem com um escudo de tampa de lata de lixo e uma faca de carne; com um querubim louro que recebeu a missão de cuidar do cocker spaniel de orelhas caídas. O cachorro é sua primeira refeição.

Quando o grupo de ataque do coronel consegue chegar ao centro do outro grupo, não resta mais grupo nenhum. As pessoas que eles esperavam resgatar tornaram-se inimigas, tornaram-se alvos, desapareceram todas.

Quase todas. Enquanto os soldados circulam dando golpes de misericórdia de metal, o olhar de Khan encontra um menininho – talvez com cinco ou seis anos – deitado entre dois adultos. Seus corpos estão arqueados para fora, protegendo-o de ataque pelos dois lados. Eles são como um par de parêntesis ao seu redor, isolando-o do mundo. O casal tem tantas feridas – marcas de mordidas, incisões e lacerações, no caso do homem um ferimento de tiro na cabeça – que é impossível compreender como eles morreram. Sem dúvida, estavam tentando proteger a criança.

Que não tem nenhum ferimento ou machucado visível.

Um soldado encosta o cano do fuzil na têmpora do menino.

– Espere! – grita Khan.

Bem a tempo. O garoto deixa escapar uma respiração. Alguém diz:

– Este aqui está vivo.

Outra pessoa solta um palavrão. O soldado dá um passo para trás, choque e medo substituindo a expressão séria e impassível. Quando Khan se aproxima, resgata o menino e o toma nos braços, ninguém diz nada.

Até que Carlisle assente e diz para eles se mexerem.

A reprise termina aqui. A provação não havia acabado – eles demoraram mais três dias para chegar a Beacon –, mas tinha entrado em outra fase, pelo menos para Khan. Ela havia adquirido um papel, uma função. Manter vivo o garoto silencioso de olhos arregalados. Isso a manteve viva também, ela estava e está convencida.

Mesmo naquela época, a imobilidade era a modalidade natural de Stephen. Talvez isso tenha sido a última coisa que sua mãe ou seu pai lhe disseram: fique imóvel e eles podem não te achar. Não faça nenhum barulho. Com o passar das horas e dias que se seguiram, enquanto eles avançavam pesadamente na direção de Codinome Beacon, a imobilidade nunca o deixou. Khan acredita que ele a tinha muito antes de seus pais serem mortos e parcialmente comidos enquanto ele observava. É uma coisa maravilhosa e assustadora. Quando não há nada pelo que correr ou a alcançar, Stephen não corre, nem tenta alcançar. Ele consegue se conter, sua vontade, suas emoções, até – visto por qualquer ângulo exceto diretamente à frente, através de quaisquer olhos exceto os dela – que elas fiquem invisíveis. Para uma cientista, isso é um recurso maravilhoso.

É mais que isso. A imobilidade assumiu uma tintura diferente no dia em que ela o conheceu, no dia em que seus pais morreram.

Khan sabe melhor que ninguém até onde Stephen chegou, o quanto ele conquistou. Ele tinha só doze anos quando sintetizou o gel bloqueador E que salva suas vidas diariamente, embora todo mundo credite a ela essa descoberta. Ele foi um dos primeiros a sugerir o *Ophiocordyceps unilateralis* como o fungo responsável pela praga dos famintos (mas seu nome foi misteriosamente omitido do documento que Caroline Caldwell acabou submetendo). Ele provou que o patógeno cresce diretamente no sistema nervoso de seus hospedeiros e os controla por meio de microtransmissores – proteínas fúngicas de cadeia longa que imitam e sequestram o aparato de sinalização do cérebro mamífero. Em toda Beacon, ninguém teve uma compreensão mais completa do que a raça humana está enfrentando.

Porém, para Khan, parece que parte de Stephen ainda está deitada no asfalto molhado de uma rua de Surrey. Entre parêntesis. Esperando pelo aviso que nunca vai chegar de que tudo está liberado.

14

Dez anos depois do Colapso, a noite é um país estrangeiro e nada amistoso. As fronteiras começam em sua porta. A menos que queira montar uma expedição grande, uma incursão armada, não se cruza esse limite.

Mesmo assim, Stephen Greaves está andando no escuro.

Há óculos de campanha que transformam o escuro em luz, mas ele não tem um desses. Há um único par guardado no armário de armas a bordo de Rosalind Franklin, poupado para o uso exclusivo dos snipers. Greaves podia ter decifrado o código de acesso para pegá-los no armário, mas não podia apagar todos os traços de ter feito isso. Haveria conversas desagradáveis.

Portanto, ele confia na luz das estrelas e da lua crescente, em uma lanterna de bolso que usa com muita parcimônia e nas lembranças muito nítidas de andar por esse caminho durante o dia. A última dessas três é a mais confiável. Greaves carrega um mapa na cabeça e acompanha seu movimento no mapa por meio de um ponto vermelho imaginário, movendo-se por um curso determinado de modo fractal. Quando as estrelas e aquela casca fina de lua deixam de ajudar, como quando está andando em meio a árvores altas que apagam sua luz completamente, ele expande o detalhe do mapa de modo a alertá-lo sobre valas, buracos, rochedos e arame farpado. Ele pode fazer isso quase infinitamente, o limite sendo a habilidade de seus olhos para definir detalhes. O que quer que tenha visto, mesmo uma vez, consegue lembrar.

Ele veio bem equipado para essa viagem curta, mas perigosa. Um saco de lona volumoso pendurado no ombro leva baterias sobressalentes para a lanterna, seu caderno, uma garrafa de água e um sinalizador de emergência. Também uma faca, embora não consiga justificar sua presença. Se for atacado, não vai usá-la. Ele tem a mão hábil com um bisturi e dissecou dezenas de cadáveres sem nenhum problema, mas a ideia de cortar um corpo vivo, humano, animal ou faminto, é nauseante.

Impossível. Como contar uma mentira ou iniciar um toque, simplesmente não está em seu repertório comportamental.

Até agora, ele não foi atacado. Ele está satisfeito e tranquilo com esse fato. Entretanto, não deseja extrapolar a partir disso. Pode ser um acidente de geografia e distância que o salvou até esse ponto. Os famintos mais próximos podem estar tão longe de sua posição atual que, mesmo que tenham captado seu rastro, ainda precisem alcançá-lo. Ele acredita que é mais provável que seja por seu traje camuflado.

Em uma curva da estrada, ele tem a chance de testar sua teoria. Ao dobrar a curva, saindo da escuridão para a luz, ele fica repentinamente na presença de um faminto. É, ou costumava ser, uma mulher. Sob a luz lívida do luar, ela é um espectro enervante, uma efígie descorada como um fantasma surgindo inesperadamente em um negativo fotográfico. Ela balança como uma árvore, os braços pendurados ao lado do corpo. A mancha escura na frente da blusa é provavelmente sangue, seja dela mesmo ou de alguém ou alguma coisa da qual ela se alimentou. Um de seus braços foi devorado quase até o osso, do cotovelo ao pulso. A lua brilha sobre ela como um refletor e Stephen pensa que o satélite e a mulher carregam sua história de um jeito bem parecido, os dois marcados por impactos antigos.

Quando ele surge à sua vista, a mulher avança bruscamente em sua direção — então para. Ele dá mais um passo e a mesma coisa acontece novamente. Ela se retorce e arrasta os pés quando ele se aproxima dela, mas não parece conseguir encontrar seu alvo. Seus pés caminham sem sair do lugar, a parte superior do corpo se contorce e balança.

Greaves continua a andar, contornando a faminta à distância e tomando o cuidado de manter seus movimentos lentos e constantes. Ela continua a fazer investidas em sua direção, ou quase em sua direção, continua parando e se virando outra vez, para a esquerda e depois para a direita. Sua mandíbula move-se com um rangido de couro seco. Sua única mão funcional se abre e se fecha, arranhando o ar com um anseio fútil.

Ela cambaleia atrás dele por uma curta distância, mas para novamente. Ela está perdendo o sinal. Quando ele está a trinta metros de distância, ela cai mais uma vez em seu estado adormecido.

Tudo isso é boa notícia. É compatível com como o traje camuflado deveria funcionar.

Assim que a habilidade dos famintos de seguir o calor tornou-se um fato confirmado, Greaves começou a estudá-la. Ele tentou identificar os órgãos ou estruturas envolvidos em dissecações, mas não há um único favorito. Ele determinou que o córtex visual de um cérebro humano passa por grandes mudanças logo depois do começo da infecção, o que sugere que o patógeno pode aumentar a acuidade visual no âmbito infravermelho. É igualmente plausível, porém, que as células termorreceptoras passivas na base da língua tenham sido cooptadas com esse propósito (o que explicaria por que os famintos ficam de boca aberta quando caçam).

Em determinado momento, ele joga essa questão para uma posição secundária e volta sua atenção para contramedidas. Qualquer que seja o mecanismo preciso de detecção de calor, para confundi-lo, só é preciso encobrir ou bloquear de algum modo suas emissões de calor. Bloquear é problemático. Cria o problema do que fazer com o calor armazenado, que, se não puder ser ventilado, vai matá-lo com a mesma certeza que os famintos. Então ele se decidiu pela camuflagem.

Antes do Colapso, o exército israelense estava testando um sistema de camuflagem com assinatura de calor que eles batizaram de *Adaptiv*. Mesmo na forma de protótipo, ele conseguiu fazer com que um tanque ficasse parecendo um carro ou um caminhão aberto para sistemas de escaneamento térmico, ou torná-lo invisível contra a temperatura ambiente de fundo. O segredo era uma camada de placas lisas sobre a superfície do veículo que podiam ser aquecidas e resfriadas, fornecendo com eficiência uma cobertura de muitas cores no infravermelho.

Inspirado pelo *Adaptiv*, Greaves produziu um casaco verdadeiro sem nenhuma cor. Ele usou tudo o que estava disponível – restos que havia recuperado do laboratório de Rina e levado com ele, materiais de Rosie entregues para conserto e manutenção, descobertas acidentais em paradas ao longo da viagem – e guardou o trabalho em andamento em uma das gavetas do freezer destinadas a cadáveres inteiros. Há dez dessas gavetas, mas apenas sete foram enchidas.

O traje de calor cobre seu corpo como uma segunda pele. A superfície externa é pontilhada aqui e ali com botões de olhos de gato modificados – como as placas do *Adaptiv*, mas tridimensionais – que focalizam e canalizam o calor em vez de luz. O efeito visual é extremamente grotesco, como uma roupa de mergulho projetada por um fetichista sexual, mas, em teoria, o traje vai ampliar e aplainar sua assinatura de calor e até criar pontos de calor no ar ao seu redor. É como ventriloquismo, mas, em vez de projetar a voz, ele projeta energia, o escapamento do metabolismo sempre em funcionamento. Em vez de uma única fonte de calor a partir da qual os famintos conseguem obter uma distância e uma direção, ele é o centro de um distúrbio térmico sempre em mutação. O efeito que espera obter é confusão: se os famintos não conseguirem rastreá-lo com consistência de um momento para outro, talvez seu tropismo — o mecanismo de busca de calor — deixe de funcionar. Com base nas provas obtidas até o momento, a teoria está se sustentando.

Há, porém, um lado negativo. O traje, afinal de contas, armazena calor. Os ventiladores brilhantes funcionam razoavelmente bem quando ele está imóvel, mas agora que está andando pode sentir sua temperatura central subindo. É um problema sério. Ele lamenta não ter instalado algum tipo de leitor de temperatura, um termômetro de LED em uma das mangas do traje. Seria útil para saber se ele está realmente em risco de prostração por calor, ou perto disso. Subjetivamente, ele se sente desconfortável, mas não fraco, tonto ou enjoado. Calcula que vai chegar a Invercrae antes de ultrapassar qualquer limite crítico.

Ele atravessa a ponte Telford sobre o rio Moriston, uma atração turística em tempos passados. O barulho da cachoeira acima da cidade faz com que ele pare por um segundo, com medo, por nenhuma razão definível. Ele se apruma, irritado com a resposta irracional, e entra na cidade. Chamá-la disso parece um exagero cômico. É uma avenida principal e uma praça com algumas ruas laterais curtas e sem graça, a maioria das quais termina no rio. Mesmo antes do Colapso, ela nunca poderia ter tido mais de quinhentos habitantes. Agora, há alguns famintos parados nas esquinas como se estivessem esperando que alguém chegasse e os liderasse de volta para a vida que perderam.

Eles vão ficar assim parados até que os sistemas de seu corpo deixem de funcionar, exceto por eventuais corridas desabaladas na perseguição da fauna local. É uma vida após a morte que nem mesmo a mais lúgubre e menos amistosa das religiões do velho mundo algum dia imaginou. Greaves caminha pela rua principal, seu passo um andar vagaroso, controlado e quase imperceptível. Ele tem o cuidado de manter distância dos famintos. O efeito dispersivo do traje de calor vai ser auxiliado e melhorado em distâncias maiores pela lei do inverso do quadrado, e deve ser suficiente para protegê-lo. À curta distância, ele ainda pode se tornar um foco. Os famintos mais próximos reagem várias vezes, como fez a mulher na estrada. Eles se movem e ganham vida quando Greaves passa, se mexem no lugar por alguns momentos, mas não conseguem traduzir sua agitação em um movimento à frente.

O calor e o desconforto estão ficando maiores. Ele precisa parar de fazer esforço e deixar que seu corpo esfrie naturalmente com a redução do metabolismo. Isso vai levar mais tempo do que levaria se qualquer parte de sua pele estivesse exposta ao ar, mas ele suou pesadamente no interior do traje, quase certamente desfazendo o efeito ocultador do gel bloqueador E. Tirar qualquer parte do traje agora é impossível.

Ele encontra um café cujas janelas foram dobradas para trás anos antes para abrir a fachada totalmente para a rua. Fica no alto de uma ladeira íngreme, um bom ponto de observação de onde a maior parte da cidade é visível. Na época anterior ao fim do mundo, deve ter sido um ponto atraente para se sentar e ver uma pequenina fração dele passar. Greaves sai da rua, entra e encontra um lugar onde ficar na sombra e – ele espera – seguro de detecção. Ele não tenta se sentar: o traje é rígido demais para permitir que faça isso com conforto e, depois de se sentar, ele não conseguiria se levantar rapidamente outra vez.

Tirando seus problemas imediatos, o principal objetivo da incursão permanece inalterado. Dali ele pode ver nove famintos, quatro machos e cinco fêmeas. Ele vai observá-los o máximo possível e fazer anotações mentais sobre seus comportamentos noturnos.

E a garota? Ele não tem nenhuma ideia, nenhuma pista de onde ela possa estar. A menos que ela passe por seu campo de visão, ele vai ser forçado a procurá-la. Devagar. Muito devagar. Se o traje falhar, sua situação vai ficar insustentável.

Ele para imóvel por alguns minutos, deixando que o traje volte ao normal e torcendo para que sua temperatura corporal faça o mesmo.

Enquanto isso, há muita coisa para ele observar e sobre o que pensar. Os famintos se comportam de maneira diferente à noite, como ele havia suspeitado. Os ambientes visual e auditivo são mais fartos, é claro, pois muitos pequenos mamíferos são noturnos. Os cheiros devem ser mais fortes também. Como resultado, os famintos se agitam de seu estado inerte com muito mais frequência. Quase imediatamente, Greaves vê um texugo ser abatido. Alguns minutos depois, de maneira mais impressionante, um faminto macho ganha vida repentinamente em um movimento rápido e pega um morcego no ar. Greaves ouve a trituração dos ossos quando o animal – mais provavelmente um morcego-arborícola-grande, *Nyctalus noctula* – é devorado. Ele fica mentalmente perturbado ao pensar que o morcego está gritando de dor em um registro supersônico que seus ouvidos (especialmente limitados pelo traje) não conseguem acessar. O mundo é informação. Uma torrente infinita. O que quer que escape se torna algo que nunca vai entender completamente.

Outras coisas o perturbam também. Ele ainda está quente demais. O traje não está funcionando. Se sua temperatura não se estabilizar, ele vai morrer de intermação. Ele pode conseguir um lugar seguro no qual possa se encerrar e remover o traje, mas aí vai ficar preso. A equipe científica pode encontrá-lo quando chegar para a missão de coleta de amostras do dia seguinte. A alternativa é que os famintos podem encontrá-lo muito antes disso: ele vai estar enchendo o ar com o cheiro que eles seguem com mais ardor e urgência de todos, o cheiro de carne e feromônios humanos.

Greaves considera a perspectiva de sua própria inexistência fascinante e atordoante. Enquanto pensa nisso, fica preocupado de um jeito anormal. O fluxo de dados sensoriais que ele está acostumado a receber e analisar continuamente fica sem ser analisado por segundos inteiros de cada vez.

Um movimento a média distância o tira da espiral de absorção com um solavanco desconfortável. Ele se permitiu ser surpreendido, coisa que odeia mesmo quando nada está em risco.

Eles vêm avançando a trote pela rua desde o rio, seguindo na direção dele: os cães selvagens que viu antes, ou outra matilha parecida. Nesse primeiro vislumbre, Greaves acha que devem estar caçando-o, mas rapidamente vê que está errado. Eles estão de cabeça baixa e seus flancos se movem com respiração arfante. Alguns estão mancando.

Atrás deles vêm as crianças. Dez delas, depois vinte, depois mais do que ele pode contar com facilidade sob a luz ruim. Para Greaves, a mais nova parece ter cerca de três ou quatro anos, a mais velha, não mais que dez. Como a garota da manhã, estão vestidas de maneira fantástica. Algumas estão usando roupas de adultos: camisetas compridas como saias, moletons com capuz e suéteres de linha com as mangas enroladas ou arrancadas. Outras estão nuas, ou então vestidas com coisas que não são tecnicamente roupas, pedaços aleatórios de tecido e couro recuperados e adaptados. Seus pés estão descalços. Seus rostos estão pintados, como estava o da garota: uma linha horizontal sobre a testa, uma vertical no centro do rosto. Algumas delas carregam armas: facas, bengalas, martelos, colheres de pedreiro, em um caso o que parece ser a haste de metal do centro de um guarda-chuva.

Os cães não são os caçadores aqui: eles são a presa. Eles estão sendo conduzidos. As crianças não caçam como fazem os famintos, correndo a toda velocidade na direção da coisa que querem comer. Elas trabalham de um jeito coordenado, espalhando-se em um semicírculo amplo para manter os cachorros reunidos enquanto correm, para controlá-los e encurralá-los. Algumas, porém, principalmente as mais novas, não parecem ter nenhum papel ativo na caçada: elas correm junto das outras, mas mais afastadas, e não fazem nenhum movimento para reduzir a distância.

Os cães estão acostumados a estar do outro lado dessa equação. Eles estão intimidados e aterrorizados. Seu passo está vacilando. Eles tropeçam, se encolhem, abaixam a cabeça na expectativa de um ataque iminente. Greaves calcula que essa perseguição deve estar ocorrendo há algum tempo e está se aproximando do fim.

Está se aproximando de Greaves também, sem mencionar os famintos que ele estava observando até agora. Os famintos reagem à movimentação súbita que está se aproximando, despertam todos imediatamente de seu torpor e saem correndo adiante. Então Greaves vê que as crianças mais novas na periferia têm motivo para estar ali. A maioria está levando bastões compridos, galhos, porretes e cabos de vassoura que usam para derrubar os famintos, para que eles não interfiram com o trabalho em andamento. Em alguns casos, quando um faminto se recusa a permanecer no chão, duas ou três crianças pulam juntas sobre ele e o prendem no solo. Uma delas, então, saca uma faca e corta com habilidade os tendões da perna do faminto. As crianças voltam a correr sem som algum, deixando o faminto se debatendo espasmodicamente na terra.

As crianças parecem ser praticamente invisíveis para os famintos. Seus movimentos podem disparar uma resposta, um ataque em disparada, mas de perto os famintos parecem perder o rastro delas completamente. Elas não são reconhecidas como ameaça nem alimento!

Greaves procura pela garota ruiva da estação de testagem de água e a encontra – facilmente identificável pela cicatriz lívida que atravessa seu rosto. Ela está na vanguarda, liderando a caçada. Ela mesma derruba um dos cães quase aos pés dela. Greaves sabe por experiência prévia do que ela é capaz, mas mesmo assim fica impressionado com o salto voador que faz com que ela aterrisse em cima do cachorro. Ela o segura, seus braços fortes se fecham sobre o pescoço para girar a cabeça para trás, e ela é a primeira a se alimentar quando ele tomba. O cachorro solta um único ganido agudo, que termina abruptamente quando os dentes dela se fecham em sua garganta.

Ela não é mesquinha. Algumas crianças menores correm para compartilhar do banquete e ela se afasta imediatamente, deixando que elas comam. Seu queixo está banhado em sangue. Ela o limpa com as costas da mão, então lambe distraidamente os nós dos dedos enquanto olha ao redor.

A essa altura, mais dois cães foram abatidos. Todo mundo está comendo. A garota parece satisfeita com isso, como uma anfitriã que fez seu melhor e está feliz por ver que seus esforços foram apreciados.

Um pequeno detalhe chama a atenção dela. Ela puxa um dos meninos para longe de uma das três presas abatidas para dar um lugar à mesa para uma menina esquelética com metade da idade dele. O garoto olha fixamente para ela, emite um rosnado longo e intenso, mas não insiste no assunto. Ele é uma figura estranha, mesmo naquela companhia. Seu cabelo louro foi raspado nos lados da cabeça, deixando uma faixa moicana revolta e macia no centro. Manchas de tinta negra em torno dos olhos fazem com que seu branco se destaque com a vividez de porcelana estilhaçada, e ele desenhou linhas brancas verticais como os dentes de uma caveira em torno da boca verdadeira, transformando-a em um esgar permanente mesmo quando está fechada.

Greaves fica cativado por tudo isso, tão emocionado que mal consegue respirar. As crianças se movem em sua mente semioticamente à deriva. Elas são famintos, mas não são famintos. Elas têm a compulsão por se alimentar, a força e a velocidade sobrenaturais que definem a condição, mas são seres sociais com algum grau de inteligência. O *Cordyceps* apaga a mente como uma lousa e em seguida escreve nela uma única palavra: COMER. A paisagem mental de um faminto é absurdamente simples. Na presença de comida, você come. Quando não há, você se desliga e espera.

Então as crianças, como ele pensou quando viu a garota pela primeira vez, como ele estava esperando desde então, são uma coisa nova. Uma coisa sem precedentes. Elas encontraram um ponto intermediário que nunca esteve ali antes. Ele precisa (ah, ele precisa muito) descobrir qual é esse ponto intermediário.

A refeição é curta. O metabolismo de um faminto é altamente eficiente, precisando apenas de um consumo pequeno e eventual de proteína viva para sobreviver. Uma a uma, as crianças comem sua cota e então cedem seu lugar. A garota com a cicatriz se ajoelha e come uma segunda vez, de uma carcaça diferente, talvez para reforçar sua posição. Ao seu redor, as crianças gesticulam e murmuram. Greaves não tem nenhuma dúvida de que isso é linguagem: uma conversa após o jantar está fluindo e o estado de ânimo é alegre.

Ele está tão arrebatado por suas observações que se esqueceu que não foi convidado para esse banquete. É lembrado do fato à força quando vê que uma das crianças – o menino louro que foi desalojado quando a garota achou que ele tinha comido sua cota justa – está olhando fixamente para ele. Está olhando há algum tempo, mas seus olhos mascarados se perderam na grande mancha escura da pintura de guerra, por isso Greaves não toma consciência do olhar até que o garoto vira a cabeça para encará-lo diretamente.

Greaves sente uma necessidade urgente de parar onde está, mas ele já estava parado esse tempo todo. Ele aguçou sua imobilidade com muita prática até a perfeição. O traje contém seu calor e seu cheiro. Ele não consegue pensar em nenhum sinal que tenha deixado passar que possa tê-lo entregado.

Então ele percebe, quando o garoto dá um passo em sua direção, que essa lógica só se aplica aos famintos. Ela não se sustentaria com nenhuma criança humana de nenhuma idade. No traje de controle de calor, ele é uma visão bizarra, e parte do equipamento mais básico dos seres humanos é a curiosidade – o desejo de testar o ambiente próximo e chegar a uma compreensão dele.

Ele supôs que as crianças fossem reagir como famintos em vez de pessoas. Ele as subestimou e está prestes a morrer por isso.

O garoto avança, para, avança novamente. Ele está a cerca de três metros agora. Ele inclina a cabeça para um lado enquanto estuda o visual estranho de Greaves, seu rosto escondido por uma máscara sem traços e a mochila pendurada no ombro como um enfeite em uma árvore de Natal.

(Uma lembrança desgarrada se intromete: embrulhos coloridos embaixo da árvore em casa em Witley, antes que "casa" se tornasse uma abstração complexa representada da melhor maneira pelo rosto da Dra. Khan. Foi o melhor Natal de todos, porque um daqueles embrulhos continha o Capitão Power. Greaves interrompe o encadeamento de ideias. Ele quer viver, e isso vai exigir concentração total.)

O garoto dá mais um passo. Outras crianças o estão seguindo, mas com cautela e à distância. Elas não têm ideia do que Greaves pode ser. Ele nitidamente não cheira a comida. Ele podia ser confundido com um faminto, mas não saiu correndo quando os cachorros passaram. A parafernália estranha que o envolve convida à exploração.

Ele se pergunta até onde chegaria se corresse. Nada longe, pensa. Mesmo sem o estorvo do traje, ele seria mais lento que as crianças. Se correr servisse a algum propósito, provavelmente seria para acabar com qualquer ambiguidade sobre o que ele é. Cachorros corriam e cachorros eram comida. É uma cadeia curta de raciocínio com uma refeição quente no fim.

O garoto ergue a mão e a estende.

A garota com a cicatriz, de repente, está no caminho, passando à frente para examinar Greaves de perto. Depois, de mais perto ainda. Ela dá dois passos e aproxima o rosto do dele, ficando na ponta dos pés.

Ela olha nos olhos de Greaves através da trama de microporos.

Greaves experimenta um transtorno curioso. Se qualquer um da tripulação de Rosie, qualquer pessoa de Beacon estivesse fazendo isso, ele ia se retrair violentamente da intimidade imposta. Ele odiaria. Um olhar de criança era menos perturbador que o de um adulto, mas apenas um pouco.

A única coisa que pode tornar a situação suportável é que a garota ainda não está categorizada em sua mente. Não há lugar definido em sua paisagem mental altamente organizada onde ele possa colocá-la e ver que ela se encaixa. Ela pode não ser ninguém, desprovida de significado ou valor. A sensação não é essa. No mínimo, é a sensação oposta. Ela está supercarregada de significados em potencial, nenhum dos quais pode ser subtraído até que ele a conheça melhor.

O garoto com rosto de caveira está carregando um martelo de carpinteiro com uma empunhadura preta de borracha e uma cabeça que ainda brilha em alguns lugares através de uma crosta grossa de sangue antigo. Ele o move para a vertical, apertando os dedos abertos da mão esquerda de leve sobre a parte superior do cabo como se estivesse colocando um equipamento delicadamente sintonizado em um alinhamento perfeito.

Greaves improvisa. Ele ergue as mãos (provocando um grunhido de assombro de todas as crianças) e faz o passa e repassa de seu truque de mágica. Os olhos da garota se arregalam, em seguida se estreitam.

Não há nada em suas mãos. Nada em suas mangas. Nada entre ele e a morte exceto a esperança de que ela consiga se lembrar.

— Nós precisamos entrar na velocidade da luz — diz ele, imitando exatamente a inflexão do capitão. Sua voz é abafada pelo material do traje e ele não é, no fim das contas, o herói do espaço, o engenheiro galáctico.

O garoto ergue o martelo. Ele faz uma careta, não de esforço, mas de antecipação do esforço. Ele se aproxima e fica junto da garota.

Ela o empurra de lado sem cerimônia. Em cima de seu gemido de reprovação e ultraje, ela diz uma única sílaba. Não há consoantes no som que ela faz, mas há bastante autoridade. Ela ainda está olhando fixamente para Greaves, mal reconhecendo a presença do garoto de rosto de caveira. O garoto aceita o comando ou a repreensão, o que quer que tenha sido, dá um passo para trás e abaixa a cabeça em sinal de humilhação. Há uma careta em seu rosto, como se sua submissão fosse azeda.

A garota fala novamente. Ela afasta o rosto de Greaves, mas, antes, dá para ele uma última olhada de soslaio. Suas mãos se mexem, imitando o passe de mágica. Então ela se afasta dele, muito deliberadamente, e sinaliza para que as outras crianças a sigam.

Não há nada para ver aqui. Vamos embora.

Elas se afastam rapidamente, andando entre ou por cima dos corpos ainda se retorcendo dos famintos que derrubaram no chão. A rua parece um campo de batalha. Greaves é uma baixa, embora não tenha sido tocado. O olhar da garota perfurou um buraco nele através de armadura muito mais velha e muito mais grossa que o traje de dispersão de calor. Sua misericórdia torceu a faca. Ele tem algum tipo de relação com ela e não sabe o que é.

Ele também vai morrer, mesmo sem a intervenção das crianças. Seu corpo está ardendo dentro do traje. Ele não vai conseguir voltar para Rosie nem sair da cidade antes de desmoronar. Ele tem no máximo alguns minutos.

A solução então surge para ele — como soluções costumam fazer — na forma de uma memória. A noite do banho. Sua mãe testando a água em sua banheira de bebê de plástico amarelo com o cotovelo para se assegurar que ele não vai ser escaldado. Dessa vez, ela está com o próprio rosto, não o da Dra. Khan. Ela murmura algo que ele não consegue mais reconstruir. Sua memória verbal só é precisa para lembranças depois que ele chegou à idade de sete meses, quando começou a extrair verdadeiros significados da paisagem sonora ao seu redor.

Palavras não importam aqui. A água, sim.

Greaves atravessa a rua cambaleante e entra em um dos becos laterais que descem até a margem do rio.

Um minuto depois, está de quatro na parte rasa da corrente rápida do Moriston, com a parte superior do corpo curvada, de modo que a torrente quebre contra seus ombros. A água gelada o refresca e então esfria. Salva-o de seu próprio projeto ruim.

Mas a garota o salvou primeiro.

15

Quando Greaves chega de volta a Rosie, é quase de manhã. A soldado Sixsmith, montando guarda no interior da câmara selada, fica atônita e mais que um pouco alarmada ao vê-lo sair das sombras anteriores ao amanhecer e parar na porta como se fosse uma má notícia.

Pelo menos ela o reconhece. Greaves removeu o traje no fim do caminho, apresentando-se em seu uniforme verde-oliva regulamentar. Ele está torcendo para que isso seja suficiente para protegê-lo de comentários, mas está saturado de suor, tremendo e exausto. Sixsmith lança um olhar duro e intrigado em sua direção enquanto abre as portas da câmara selada e o deixa entrar.

— Mas que merda você andou aprontando? — pergunta ela.

Verificando os sensores de movimento, pensa Greaves. Podia ser uma mentira boa o bastante se ele conseguisse dizê-la em voz alta, mas não consegue porque não é verdade. Ele apenas dá de ombros.

Sixsmith sacode a cabeça, como se a idiotice e a ingovernabilidade dele a deixassem triste, mas não insiste no assunto.

— Bom, não tem mais ninguém acordado — murmura ela. — Você conseguiu muito bem se safar outra vez, seu filho da mãe maluco.

Greaves assente e agradece. Ele se pergunta se Sixsmith sabe que ele esperou no escuro por uma hora para emergir assim que começasse seu turno de guarda, preferindo ela à incerteza muito maior do soldado Phillips.

Talvez ela tenha percebido, porque não encara o agradecimento numa boa.

— Entre logo — diz ela. — Tome um banho. Você está fedendo.

Ele segue o conselho, reconhecendo que ela está certa. Greaves é exigente em relação aos próprios odores corporais, pensando no cheiro como uma espécie de toque a longa distância não solicitado, mas inevitável. Ele esfrega o sabonete de ácido carbólico pelo corpo até ficar coberto dos pés ao pescoço em espuma ardente e picante. Quando ele a lava, sua pele está de um vermelho furioso, mas é uma garantia de que ele está limpo.

Quando termina o banho, o resto da equipe científica está acordado e na fila por sua vez, junto com os soldados Lutes e Phillips e a cabo de artilharia Foss. A quantidade de chuva tem sido elevada desde que eles chegaram ao norte da Escócia, por isso banhos não estão racionados com a mesma rigidez que costumavam ser. A tripulação está aproveitando enquanto o sol não brilha.

Greaves realiza o resto de seu ritual de despertar, apesar do fato de não ter dormido. Não é apenas para evitar perguntas. Ele precisa fazer isso porque cada dia tem uma forma, e o ritual de despertar é um de seus componentes para suportar esse peso.

Ele escova os dentes e se barbeia na pia dobrável no alojamento da tripulação, em seguida volta para seu beliche para se vestir por trás de cortinas fechadas. Embora eles fiquem rotineiramente nus na presença uns dos outros, se vestir é uma coisa muito particular para Greaves. A parte mais particular disso é quando põe o relógio que Rina lhe deu quando ele conseguiu a posição na tripulação de Rosie. Ele pertenceu ao irmão mais novo de Rina, Simon, que estava nos Estados Unidos quando o Colapso aconteceu e nunca voltou para casa. Greaves usa o relógio todo dia, a pressão frouxa da pulseira aumentada por um elástico porque Simon tinha um pulso consideravelmente mais grosso que o seu.

A caixinha falante do capitão também é parte do ritual. Greaves puxa o cordão e escuta o que o Capitão Power tem a lhe dizer. Ninguém sabe que ele faz isso, nem mesmo Rina. Ele iria se sentir tolo explicando, porque está longe de ser uma atitude racional. As palavras do capitão não têm influência sobre os acontecimentos que vão ocorrer com o passar do dia. Greaves não as considera conselhos nem profecias. São apenas parte de se vestir. Às vezes, quando era mais novo, perguntava ao capitão o que fazer em uma situação difícil, interpretando os dois lados da conversa, dando conselhos como o capitão e escutando como ele mesmo. Ele não fazia isso desde os treze anos, não precisava. Mas ouvir a voz do capitão é como vestir um pouco da força e da coragem do capitão.

Nesse dia, a voz arranhada e trovejante declara: "*Nós entramos em um novo universo!*"

Tem razão, capitão. Nós entramos.

Greaves vai até o Dr. Fournier e diz a ele que quer ser incluído no grupo de trabalho do dia. A equipe científica vai até Invercrae e ele quer ir junto. Espera que o Dr. Fournier não lhe pergunte por quê. Há muitas razões e nenhuma delas tem nada a ver com o trabalho previsto para o dia.

O Dr. Fournier fica relutante.

— Achava que você estava mais feliz se dedicando à sua própria pesquisa, Stephen — diz ele. — Com o resto da equipe no campo, você vai ter pelo menos uma vez acesso ao laboratório. Além disso, a coleta de hoje vai ser em uma área construída, o que a torna muito mais perigosa.

— E eu vou ser mais uma coisa com que se preocupar. É, eu sei. Desculpe, Dr. Fournier. Estou muito feliz fazendo minhas próprias coisas e sei que o resto da equipe vai ficar mais confortável se eu não estiver lá.

Isso é verdade até mesmo em relação a Rina, pensa: quando ele está lá, ela se preocupa. Ele se prepara para a frase seguinte. Ele vai contar a verdade, é claro, mas, graças ao que está omitindo, vai estar contornando o buraco negro de uma mentira.

— Mas hoje preciso fazer umas observações próprias.

— Observações de quê? — pergunta o Dr. Fournier.

Greaves engole em seco. Se prepara. Bota para fora com alguma dificuldade.

— De atividades diferentes. Estou procurando... famintos que não se encaixam totalmente nos perfis de comportamento que vimos até agora. Padrões anômalos.

O comandante civil sacode a cabeça.

— Stephen, não há diferenças. Não há anomalias. Se houvesse, a essa altura já teríamos descoberto.

— Eu acho... — experimenta Greaves. — Não tenho certeza. Algumas de minhas descobertas recentes...

Deixado consigo mesmo, ele ia se enrolar e fazer uma confissão completa. Felizmente, o Dr. Fournier o interrompe antes que isso aconteça.

— Nós só vamos ter mais duas ou três incursões de coletas de amostras, no máximo. Invercrae. Depois Lairg. Depois Thurso. Venha hoje, sem dúvida, se você quer ajudar. Mas, se vier, vou exigir que cumpra a agenda que já decidimos. Nada de sair perambulando sozinho. Entendido?

Greaves está com o cenho franzido de concentração. Ele estava estudando o discurso do doutor, dividindo-o em unidades gramáticas, semânticas e intencionais, torcendo para encontrar algum espaço de manobra. Está perto do desespero até que a última palavra – que é funcionalmente uma pergunta – o salva.

– Sim! – diz ele rapidamente, com os punhos cerrados para conter quaisquer outras palavras que pudessem surgir em sua garganta. – Eu entendi, Dr. Fournier.

Fournier dá para ele um olhar triste e preocupado.

– Tudo bem, então – diz ele. – Vou dar as instruções finais da missão em trinta minutos. O Dr. Sealey vai lhe dar seu kit de amostras e lhe dizer o que coletar. Por favor, faça exatamente o que lhe disserem, mesmo que nem sempre consiga ver a razão para isso. Não há tempo para debates em campo. Você só precisa aceitar que os soldados e o resto da equipe sabem o que estão fazendo e que há uma razão para tudo o que acontece.

Greaves não consegue encontrar nenhuma resposta para isso. Ele pode ver que o determinismo pode ser muito reconfortante como posição filosófica, mas não sente que funciona muito bem em relação a ações humanas individuais. Se todo mundo sempre sabe o que está fazendo e age de um jeito perfeitamente racional, como aconteceu a maior parte da história do mundo? Como alternativa para dizer qualquer coisa, ele assente – o que na verdade é apenas dizer "Eu entendo" novamente – e sai rapidamente.

Os outros membros da equipe científica estão reunindo equipamento e envolvidos em uma grande conversa turbulenta com muitas interrupções – o tipo de discussão sem foco que Greaves odeia, porque é difícil saber que fio seguir em meio à confusão de vozes conflitantes. Nos melhores momentos, é difícil para ele lidar com isso. Agora, depois de chegar tão perto de contar uma mentira deslavada para o Dr. Fournier, ele está em um estado delicado demais para aguentar as dificuldades de uma conversa leve.

Em vez disso, vai para a plataforma na seção intermediária e, vendo que a torre está livre, sobe até ela para ficar fora de vista e sozinho. Ele, então, sente-se livre para dizer para o ar vazio o que ele devia ter dito para o Dr. Fournier.

— Quero ir até a cidade porque há crianças ali que preciso estudar — sussurra. — Crianças infectadas, quase certamente, porque caçam e comem como famintos, mas, de outras maneiras, suas ações estão mais próximas do repertório humano normal. Elas ainda parecem capazes de pensar. Se é possível ser infectado e manter algum grau de consciência e autopercepção...

Ele não termina a frase. As possibilidades proliferam e o deixam mudo. A perspectiva de uma cura para o patógeno faminto se tornou remota. O *Cordyceps* cresce para dentro e através do tecido nervoso tão rapidamente que não há como erradicá-lo sem destruir o sistema nervoso do hospedeiro. Uma cura como essa podia conseguir um certificado de boa saúde, mas você seria um vegetal tetraplégico. Mas se Greaves estiver certo em relação às crianças, e se obtiver amostras com as quais trabalhar, ele pode conseguir produzir uma vacina que atue como mediadora ou mesmo negue os efeitos do patógeno.

Porém, há mais. Como acontece com seu caderno, Greaves tem consciência das correntes de pensamento que fluem acima e abaixo do sinal principal.

Acima:

A garota. Ela salvou sua vida, impediu que o garoto com o rosto de caveira o arrebentasse com o martelo. Agora a equipe científica está fazendo uma coleta exatamente onde ela vive. Onde as crianças vivem. O que vai acontecer se eles se encontrarem? Para que servem martelos e paus afiados contra munição de ponta oca?

Abaixo:

Todo mundo? Todo mundo sempre sabe o que está fazendo, menos ele? Não. Isso simplesmente não é verdade. Ele vê mais que qualquer um pensa. Mais do que qualquer outra pessoa vê, porque ele sabe como interpolar e extrapolar, e nunca para de olhar nem de ouvir, mesmo que pensem que ele faz isso.

Ele sabe que o Dr. Fournier tem um rádio só dele e que mais ninguém sabe disso. Ele ouviu Fournier falando tarde da noite quando o resto da tripulação estava dormindo, e depois procurou e encontrou o painel falso na sala das máquinas onde o rádio fica guardado.

Ele sabe que o Dr. Fournier e o coronel Carlisle não são amigos nem aliados. Dos dois lados há cautela e desconfiança, uma divisão que impediu que a equipe da missão realmente se tornasse uma equipe mais que apenas no nome.

Ele sabe que o tenente McQueen não gosta do coronel. Muito.

Ele sabe que Beacon, quando eles partiram, estava mudando — mudando de um estado para outro, como leite quando as bactérias nele suspensas processam suas moléculas e as transformam em ácido lático. Beacon estava azedando em algo novo e assustador.

Ele sabe que John Sealey é o pai do bebê de Rina e que ele tem medo de seu nascimento.

Eles acham que ele não entende. Que ele não vê.

Eles não conseguem vê-lo.

16

As INSTRUÇÕES DO COMANDANTE CIVIL são uma perda de tempo, mas tudo bem. Todo mundo sabe o que esperar e ninguém está ouvindo. Fournier, porém, ocupou o laboratório, então os preparativos reais para a incursão de coleta de amostras tiveram de ser interrompidos. A burocracia precisa mandar.

A Dra. Khan está fazendo uma soma mental envolvendo horários, distâncias e datas. Ela sente a tensão e o inchaço da parte inferior do corpo de maneira muito forte, onde até um mês atrás ela podia fingir não haver nada. Ela sentiu dor nas costas quando se sentou. De muitas maneiras diferentes, o bebê está se anunciando. Dando início ao rufar de tambores que vai terminar quando Khan gritar e o expulsar para conhecer o mundo.

— Ambientes urbanos apresentam perfis de risco únicos — está dizendo o Dr. Fournier, como se essa fosse a primeira cidade que eles encontravam em vez de a vigésima.

Ele tem razão, é claro, mas eles não precisam que ninguém lhes diga isso. Ou, se precisam, deveria ser dito por um dos soldados. São eles que carregam o peso desses riscos extras. Especialmente os snipers, que em uma situação de estouro vão ter de contar com os praças com seus fuzis automáticos para salvá-los do desastre. Derrubar um faminto de cada vez não conta muito quando há duzentos ou trezentos correndo atrás de você.

— Linhas de visão tornam-se problemáticas em uma área densamente construída — diz então Fournier. — E estratégias de saída, mais ainda. O tenente McQueen é responsável por sua segurança em campo, mas ele só pode mantê-los seguros se vocês fizeram o que ele disser para fazer em todas as circunstâncias. Vocês já devem ter decorado os mapas das ruas que ele forneceu, mas guardem-nos com vocês mesmo assim. Mais alguma coisa, tenente?

McQueen está debruçado sobre uma das superfícies de trabalho, com o cotovelo apoiado na centrífuga principal. Ele, então, fica ereto, com algo de languidez em seus movimentos. Você pode até levá-lo à água, parece dizer, mas ele só vai beber quando tiver vontade.

— Só o óbvio — diz ele. — Se vocês se separarem do grupo principal, se escondam. Se possível, encontrem um lugar elevado. Sempre há mais atividade dos famintos no nível da rua. Enviem uma mensagem pelo rádio e nós vamos buscá-los. Não tomem nenhuma atitude por conta própria porque é o melhor jeito de ser morto.

"Todo mundo devia reaplicar o bloqueador E antes de sair da câmara selada e, em seguida, em intervalos de uma hora. Se começarem a suar, ponham mais imediatamente. Não esperem até que os famintos comecem a cumprimentá-los pelo seu delicioso buquê.

"Em relação aos disparos, vale o treinamento habitual: vocês escolhem, nós atiramos. Quando começarmos a atirar, vocês permaneçam absolutamente imóveis. Não quero ninguém surgindo em nossa vista e estragando nosso espaço. Vocês também não querem isso. Alguma pergunta?"

Não há perguntas.

— Muito bem — diz Fournier. — O Dr. Sealey deu a todos instruções específicas para a coleta. Ele vai repassar com vocês agora. Eu estarei na sala das máquinas se precisarem de mim. O tenente vai liderar a saída da câmara selada em dez minutos.

Os cientistas se espalham. Todo mundo já montou seu kit, mas agora conferem tudo novamente, caso tenham deixado algum equipamento crucial no beliche ou no espaço de trabalho. John não repete as listas de compras individuais: ele sabe que não precisa.

Khan olha para Stephen, que está preparando uma caixa de espécimes adicional. Ela observa enquanto ele põe a segunda caixa em sua mochila. Apesar das instruções, ele parece muito inclinado a promover algum projeto pessoal.

Ela ficou surpresa quando soube que Stephen tinha pedido para ir com a equipe. Normalmente, ele trabalha com as amostras que eles trazem de volta, mas faz qualquer coisa para evitar sair em sua companhia. Ela entende, ou acha que entende. As interações dele com outras pessoas são estranhas, e suas interações umas com as outras são uma distração com a qual ele acha difícil lidar.

Qual a diferença de hoje? Khan podia perguntar a ele, é claro, mas atingir Stephen com uma pergunta direta parece pressão demais por pouca coisa. Ele não tem defesa contra perguntas.

Ela não diz nada e confere o próprio kit de amostras pela terceira ou quarta vez.

John Sealey está observando Khan enquanto ela observa Greaves. Ele sente, não pela primeira vez, uma pontada de ciúmes por sua preocupação com o garoto. Às vezes parece que os dois têm uma intimidade na qual ele não consegue penetrar.

É loucura pensar assim, claro. Não é possível ficar íntimo de Greaves; do Robô, como os soldados o chamam. Quando se trata da reciprocidade confusa de relações humanas, a interface de Stephen não é funcional. O que significa que Sealey está com ciúme de uma miragem.

Nós sempre nos irritamos com os ex de nossos parceiros?, pergunta-se ele. Estendemos isso a todo mundo que eles conheciam antes de nos conhecer? Temos ciúme de todo seu passado, como se quiséssemos que eles nascessem outra vez quando entramos em suas vidas? É um pensamento deprimente. Ele acreditava ser melhor que isso, muito mais racional.

Ao mesmo tempo, sofre um pouco quando Rina se preocupa tanto com Stephen Greaves que se esquece que há qualquer outra pessoa — incluindo ele mesmo — no recinto.

Ele toca o ombro dela e a traz de volta.

— O equipamento está arrumado? — pergunta a ela desnecessariamente.

Ela lhe apresenta o kit de amostras como uma estudante exibindo sua lancheira.

— Pronto para a ação — diz ela, com aproximadamente meio sorriso.

— Então vamos — sugere John. — O último a chegar na câmara selada é a mulher do sapo.

O tenente McQueen não gosta muito de seus deveres de babá, mas gosta de sair daquela lata enorme. Ele gosta de estar no comando, e sempre está nessas expedições (o coronel permanece no veículo por causa da perna ruim; o Dr. Fournier também fica para trás porque fica). Ele gosta de usar suas habilidades.

Certa vez, quando uma ou duas garrafas de bebida forte tinham reduzido a demarcação habitual entre os cientistas e os soldados, a Dra. Kahn o acusou de ter uma atitude relaxada em relação a matar. Ele não se ofendeu. Na verdade, ele riu. Ela passou tão longe do alvo que ele não conseguiu nem se sentir insultado.

Ele não tem uma reação mais natural em relação a matar do que ela tem em relação à ciência. A verdade é que é uma disciplina à qual alguns homens (algumas mulheres também, com destaque entre elas para a cabo de artilharia Foss) são mais adequados que outros. Isso não significa que eles não liguem para a vida. Muito pelo contrário. Não se deve matar um homem sem ter consciência das possibilidades e dos futuros que está destruindo. Quanto mais jovem o alvo, mais desses futuros possíveis existem. Matar uma criança é como matar uma grande multidão.

Inversamente, matar um faminto é como matar uma mosca. Não há nada ali, não resta nenhuma possibilidade futura. É só uma concha, um molde de pele do qual um homem, uma mulher ou uma criança se livrou. O que a Dra. Khan considera sua indiferença em relação à morte é, na verdade, um subproduto do quanto ele a entende bem.

Ele pensa rapidamente, enquanto aciona a câmara selada e deixa que ela saia, sobre a possibilidade de matá-la. Não porque quer. Ele não gosta dela, mas nem de longe o suficiente para isso. É só que a complexidade da equação no caso dela torna o experimento de pensamento interessante: matar uma mulher grávida carrega um peso maior de consequências do que qualquer outra morte. Por mais desprezível que seja a doutora (ela é mesmo desprezível, zombando de coisas que não entende, botando em perigo a missão para conseguir transar, sendo condescendente com homens decentes enquanto trata o Robô como um bebê crescido), a vida dentro dela tem seu próprio potencial que não tem nenhuma relação com o dela. Ele hesitaria antes de atirar nela se fosse necessário. Hesitaria devido ao tipo de reflexão do qual ela o considera incapaz.

Então ele faria o trabalho porque precisava ser feito, e ele não recua de uma coisa só porque é difícil, perigosa ou feia. Não que Khan faça isso, ele tem de admitir. É por isso que ele não consegue desprezá-la completamente, do jeito que despreza Fournier e Sealey. Pode-se dizer qualquer coisa sobre ela, mas ela faz o trabalho que tem à frente.

A câmara selada é acionada outra vez e a equipe se reúne em torno de McQueen. Seria possível levar o laboratório para mais perto da cidade e reduzir os riscos resultantes de mover um grande grupo por terra. Mas o barulho de motores, mesmo protegidos, vai atrair todos os famintos da área em uma corrida desabalada. Eles vão acabar girando os eixos sobre carne de cadáver triturada e esmagada, e qualquer chance de uma amostragem organizada vai desaparecer. Desse jeito é melhor, mesmo considerando a quantidade de cuidados dos quais os cientistas vão precisar no caminho, como uma fila de crianças saltitantes em um passeio.

McQueen dá algumas ordens, faz com que eles comecem. Eles saem em boa formação, com Foss e Lutes à frente, Sixsmith e Phillips na retaguarda, deixando-o livre para ir aonde necessário. Os cientistas ficam em um grupo compacto, o que basta. Ele tentou lhes ensinar a fazer movimentos rápidos uma vez, mas uma vez foi o bastante.

Eles estão todos equipados para qualquer coisa que possa acontecer, mas a estrada para a cidade está tão silenciosa quanto um túmulo. A ausência de famintos é surpreendente, considerando quantos eles viram correndo soltos de um lado para outro do vale. Talvez alguma coisa tenha acontecido em algum momento para dispersá-los da cidade. Animais migratórios seriam o suficiente para fazer isso; famintos correm longas distâncias na perseguição de alimento vivo. Mas, nesse caso, McQueen esperaria ver alguns ossos roídos, talvez uma ocasional carcaça meio comida.

Falta de notícia nem sempre é bom, na opinião do tenente. Ele esteve em situações ruins demais que surgiram do nada: costuma ver qualquer convite para baixar a guarda com nítida desconfiança.

Ele tem razão, é claro.

Está tudo bem até que eles atravessam a ponte e entram na cidade. Esse tinha sido um lugar bonito no passado. A água derrama-se na cachoeira, a ponte antiga de pedra logo abaixo dela, tão perto que os borrifos marcam seu rosto como um beijo molhado. Se fosse até ali em qualquer momento nos últimos dois séculos, nada naquela cena teria parecido diferente, exceto, talvez, o mato, que não estaria tão alto. McQueen gosta muito disso.

O que encontram na rua principal da cidade, cem metros à frente, deixa-os um pouco menos entusiasmados. Há corpos no chão. Nada demais por si só, mas o sangue, ainda molhado, o deixa cauteloso. Ele sinaliza para que parem e vai sozinho examinar os mortos de perto. Sem precisar que lhe pedissem, Foss faz um círculo até o centro da rua para lhe dar cobertura.

Uma boa olhada para os restos frescos faz com que o tenente xingue em voz alta. Mais da metade deles são carcaças de animais. Cães. O resto são famintos, mas eles não estão mortos. Eles só tiveram seus tendões cortados e não conseguem ficar de pé. Quando ele se aproxima, eles levantam a cabeça, o reflexo de caça disparado por seu movimento, e começam a se arrastar em sua direção com as mãos e os cotovelos.

Será que um grupo de ataque de lixeiros tinha passado por ali? É definitivamente possível. Os sobreviventes loucos ficam muito satisfeitos em comer cachorro quando está no cardápio; se tivessem se deparado com famintos caçando também, eles os teriam abatido rapidamente e seguido em frente.

Quando examina os cachorros mortos, o tenente questiona o diagnóstico inicial. Os animais não foram mortos com armas de fogo pequenas, nem flechas: foram alcançados e comidos no mesmo lugar. A falta de qualquer outro ferimento além das marcas de mordida sugere que foram devorados vivos.

Se lixeiros tinham estado ali, haviam perdido essa. Os famintos — além daqueles que agora rastejam sem forças sobre as pedras do calçamento em sua direção — comeram o que quiseram.

Os membros da equipe científica estão andando lentamente atrás dele, como se a ordem para parar fosse um espírito volátil que evaporasse gradualmente no ar. McQueen precisa resistir à vontade de repreendê-los, o que, até que tivesse decifrado esse pequeno enigma, seria autoindulgente e estúpido.

— Qual o resultado? — pergunta Foss ao nível do ombro direito dele.

Ela parece tensa, mas seu tom de voz está equilibrado.

— Não tenho certeza — diz McQueen. — Parece que tivemos companhia. Alguém cortou esses famintos com armas afiadas.

Murmúrios de medo dos cientistas, determinados a obter mais amostras de tecido, abençoados sejam. Os soldados olham ao redor avaliando os prós e os contras daquela rua aberta de um ponto de vista defensivo. Eles estão todos pensando isso. Ninguém, na verdade, diz nada.

— Quem quer que tenha sido, não há nada que diga que ainda estão aqui.

Isso foi dito pelo Dr. Sealey, que entre todos eles é normalmente o mais nervoso quando há vestígio de qualquer risco real. McQueen sempre afirmou que o tipo menos impressionante de coragem é a coragem dos oficiais — a coragem para dar ordens horríveis que outras pessoas têm de obedecer. Nesta missão, ele se deparou com a coragem de turistas e precisou revisar sua tabela de níveis.

Ele olha duro para Sealey. Sealey retribui, sem saber o quanto está perto de levar uma pancada na cabeça.

— Não — concorda McQueen. — Também não há nada que diga que eles foram embora. É por isso que, no momento, estamos avaliando nossas opções.

Enquanto diz isso, ele ainda está pensando no assunto e descobrindo muitas coisas que não se encaixam em nada com a hipótese dos lixeiros. Não há nenhum rastro de veículo na estrada que entra na cidade. O mato dos dois lados da ponte, mais alto do que um homem, estava praticamente intacto. Nas bordas da rua, onde as pedras do calçamento dão lugar à terra, há algumas marcas de pegadas de (supostamente) pés recentes; mas, se um grupo inteiro de lixeiros atravessasse uma cidade desse tamanho, deixaria uma marca muito maior que alguns cachorros mortos. Eles são como gafanhotos. Teriam invadido as casas e jogado tudo na rua, brincando de lixo ou tesouro. Além disso, provavelmente teriam trepado e brigado, feito um banquete e, no geral, criado tumulto. A rua estaria cheia dos seus detritos. McQueen tinha caminhado por uma cidade depois que lixeiros haviam passado por ela e sabe exatamente qual o resultado de seus divertimentos abomináveis. Provavelmente nunca esquecerá.

Mais provavelmente, o trabalhinho foi feito por garotos locais, que seguiram adiante ou estão escondidos até que os homens assustadores com armas grandes se afastem novamente.

Ainda é um risco impossível de quantificar. McQueen está quase certo de que é mínimo, mas sua prioridade tem de ser a segurança da equipe.

Todo mundo está olhando para ele à espera de uma decisão. Bom, todo mundo menos Greaves: o Robô está preocupado, movimentando os olhos rapidamente de um lado para outro, como se estivesse esperando companhia. Ele não parece levar isso tão a sério quanto devia.

McQueen se volta para Sealey.

— Vocês acham que conseguem trabalhar com o que têm aqui? — pergunta. — Quero dizer, com os famintos que já foram derrubados?

Sealey olha para a rua de alto a baixo. Para os famintos caídos e destruídos ainda dedicados à perseguição, arranhando com os braços as pedras do calçamento, aproximando-se de sua presa um centímetro sofrido de cada vez. Ele, no início, fica em dúvida; mas, quando olha ao redor e vê toda a extensão do que está à disposição, fica um pouco mais ousado.

— Bom, há muito para escolher — admite. — Muitos deles têm crescimento epidérmico visível. Nós talvez precisemos selecionar e combinar um pouco devido aos danos ao tecido, mas sim. Eu diria que provavelmente estamos bem.

— Certo — diz McQueen. — Este é o plano. Não temos vantagem em coleta em grande escala quando não sabemos se tem mais alguém na área. É melhor fazer o mínimo de barulho e garantir que todo mundo fique junto. Então vocês pegam o que conseguirem desses caras e o trabalho de hoje está feito.

Todos meneiam a cabeça para mostrar entendimento.

— É possível até que consigamos ir cedo para casa — diz a Dra. Penny.

McQueen acaba com sua alegria.

— Não — diz ele. — Vocês não vão. Na verdade, vão levar bem mais tempo do que o normal porque estou botando todos os meus homens no perímetro. Vocês mesmos vão precisar imobilizá-los e esfolá-los. Phillips, Lutes, entreguem o kit.

Os dois soldados põem no chão as bolsas que contêm as varas dos pegadores. O Dr. Akimwe e o Dr. Sealey os pegam, talvez um pouco depressa demais: parece que têm uma preferência clara sobre em que lado daquele procedimento sujo querem estar.

McQueen os deixa fazer isso e se dirige a seu próprio pessoal.

— Vamos reduzir o perfil de risco o máximo possível. Phillips, Sixsmith, ocupem as duas extremidades da rua. Lutes, você fica bem aqui com os cientistas. Cuide para que eles possam colher flores em paz. Foss, venha comigo.

Todos entram em ação absolutamente felizes por outra pessoa ter assumido a responsabilidade e dado ordens. Às vezes, McQueen se desespera com a humanidade.

Ele e Foss precisam chegar a um lugar mais elevado para serem de maior serventia. O ideal seria fazer isso sem entrar em nenhum dos prédios enfileirados ao longo da rua. Deixar as coisas como estão é sua opção padrão. Ele posiciona Foss em cima de uma van alta a cerca de cinquenta metros de distância dos cientistas, que já estão ocupados em seu trabalho. O que isso deixa? Um telhado plano no alto daquele café ali com uma calha ao lado. Dá para o gasto. Ele o escala em segundos, encontra um bom lugar para se aninhar e se instala.

Ele não consegue ver tudo dali, mas vê longe o suficiente. É virtualmente impossível para qualquer um com más intenções se aproximar da equipe científica sem primeiro revelar suas intenções para os soldados.

O tenente está confiante de ter a situação sob controle. Ele relaxa um pouco e encontra uma diversão inocente observando os CDFs tentarem encurralar seu primeiro espécime. Eles estão por toda parte, com medo das próprias sombras, quase prendendo os pés nos laços em movimento enquanto dançam de um lado para outro à procura de um bom ângulo.

Há, porém, algo errado com esse quadro, mas ele leva um momento para perceber o que é. Há apenas quatro CDFs no desfile. Falta uma pessoa da equipe científica.

McQueen sente uma pontada momentânea de alarme. Ele faz uma contagem do pessoal e vê que é Greaves quem está desaparecido, coisa com a qual ele poderia conviver na maioria das situações. Entretanto, se há uma ou mais pessoas desconhecidas andando por Invercrae com mais facões que inibições, não é um bom momento para Greaves estar ali fora fazendo qualquer que seja a porra insondável que ele faz.

O tenente pega o walkie-talkie e o põe no canal três. Na rua, o soldado Lutes fala e diz seu nome.

— Você perdeu um — diz McQueen.

Ele tenta manter a irritação longe da voz: deu a Lutes o trabalho mais fácil porque Lutes chegou na tripulação de Rosie vindo do Corpo Real de Transportes, principalmente como engenheiro. Ele tem o pior desempenho no grupo. Agora, ele nem conseguiu cumprir a instrução muito simples e explícita.

— É só o Robô — diz Lutes.

— Eu sei quem é. Vá buscá-lo. Agora.

Lutes põe o walkie-talkie de volta no cinto com uma truculência que McQueen consegue perceber a cinquenta metros de distância. Ele se afasta do grupo que está na rua, dá uma olhada desalentada no interior da fachada da loja mais próxima, escolhe uma aleatoriamente e entra nela.

Os cientistas nem o veem sair. Eles dessa vez estão fazendo o próprio trabalho sujo e estão com dificuldades.

Chove sobre os justos e os injustos, reflete McQueen. Não há nada que se possa fazer além de puxar a gola para cima.

17

GREAVES FOI FORÇADO A ESPERAR por esse momento, que demorou a chegar. Quando os soldados foram para seus postos e a equipe científica começou a procurar o primeiro espécime com o qual trabalhar, a oportunidade de repente apareceu. Ele caminhou para trás, saiu da rua e entrou na vitrine de uma loja cuja cobertura de vidro há muito tempo havia sido estilhaçada.

Manequins sem rosto vestidos com trapos descorados pelo sol esbarraram nele, mas ele os firmou com as duas mãos e seguiu em frente. No intervalo de um segundo, tinha ficado invisível.

Ele, então, faz uma pausa para saborear a sensação. Privacidade e anonimato o atraem com muita força.

O interior da loja tem cheiro forte de umidade e podridão. Roupas molhadas, cobertas com uma camada de cinco ou seis centímetros de espessura, sugam seus pés enquanto ele anda. Ele passa tateando pelas portas internas, passagens e depósitos e sai em um beco tão estreito que precisa manter o corpo grudado à parede enquanto anda. O barulho do rio está alto em seus ouvidos. Ele deve estar bem perto, provavelmente do outro lado da parede rebocada que está à sua frente.

Ele sai em uma rua lateral e a encontra deserta. Escolhe outra loja, entra pelo espaço aberto das portas deslocadas e segue adiante.

Greaves caminha rapidamente, embora não tenha ideia de aonde está indo. Ele está aflitivamente consciente do pouco tempo que tem. Em excursões anteriores, quando saiu de Rosie por conta própria, escolheu um momento em que ninguém esperava nada dele nem tinha nenhuma razão para procurá-lo. Dessa vez é diferente. Dessa vez ele está na escala da missão e sua ausência deve soar alarmes assim que for notada.

Ele normalmente tem um plano, mas, dessa vez, não. Ele foi desviado da missão pela urgência de seu desejo. Sua paixão mais forte, às vezes sua única paixão, é por explicações. Quando ele encontra algo que vá tão de encontro à sua compreensão do mundo, precisa questioná-lo até que ceda ao seu intelecto.

Dessa vez, porém, é mais que apenas uma loucura de sua natureza. Entender as crianças pode levá-lo a uma cura para o *Cordyceps*, um remédio para todas as doenças do mundo.

As crianças estão escondidas em algum lugar nessa cidade. A cidade é tão pequena que parece que ele inevitavelmente deve encontrá-las, mas a sensação é uma ilusão basicamente atribuível ao fato de ele ter crescido em Beacon. Beacon começou sua existência como um acampamento. A maioria de suas estruturas tem apenas um andar. Milhares de pessoas vivem em barracas ou em abrigos temporários que se tornaram perfidamente permanentes.

Em contraste, uma cidade anterior ao Colapso, mesmo uma cidade tão pequena quanto essa, é uma toca de coelho invertida na qual espaços proliferam verticalmente para cima. Todo prédio é feito de muitos aposentos, com mais aposentos empilhados sobre eles e mais acima desses, e assim por diante. Não exatamente *ad infinitum*, mas em Londres Greaves às vezes se deparava com os próprios limites ao subir até o meio de uma torre de vidro e pedra que se erguia tão alta acima do solo que seu estômago se apertava e doía com náusea sempre que ele olhava por uma janela.

Greaves conhece seu caminho aqui, está confiante que não vai se perder. Ele memorizou o mapa detalhado de Invercrae feito pelo governo britânico e tem lembrança perfeita de sua viagem da noite anterior. Mesmo assim, é difícil alinhar esses espaços fractais vívidos com o abstrato idealizado apresentado pelo mapa. As incertezas proliferam. Uma sala por onde ele passa está cheia de sapatos empilhados até o teto – galochas de cano alto, sapatos de salto alto, chinelos, sandálias e sapatos de bebê. Do outro lado de paredes e janelas na rua ao lado, há um mural pintado de uma cor marrom-ferrugem que lembra a Greaves sangue seco: um homem, uma mulher e uma criança, de braços dados, sorrindo. Memorial? Talismã mágico? Mera insanidade?

O rio é seu guia de último recurso, mas ele o trai. Seguindo o som, ele se vê preso em um beco sem saída cercado por três lados com paredes altas e sem janelas. Isso não corresponde a nada no mapa detalhado, quase certamente é posterior. Greaves está começando a entrar um pouco em pânico. Atravessa uma porta e chega a um corredor fétido cujo carpete se tornou um jardim interno de ervas e líquen. Não tem claustrofobia nem agorafobia, mas qualquer lugar desconhecido tem o potencial de se tornar um inimigo. Nesse momento, seria um conforto deitar e cobrir o rosto com as mãos. Ele tem de fazer um esforço para seguir adiante.

Ele tenta refazer seus passos, mas o aumento da adrenalina o ataca e confunde. Sua memória, normalmente indelével, começa a borrar nas bordas. Ele está em uma sala escura batendo contra paredes, tropeçando em objetos indeterminados. Outra sala. Uma terceira.

A luz filtrada do sol o chama. Ele sai impulsivamente em um grande pátio interno: uma garagem para carros que morreram muito tempo atrás. Um está apoiado sobre blocos de concreto, outro sem as portas e o para-brisa. Ele finalmente consegue ver o céu e um portão através do qual pode sair para a rua.

Ele corre.

Chega ao portão. Cruza o portão.

Para de repente.

O som de armas disparando ricocheteia em sua pele e nas paredes à sua volta. O que faz Greaves congelar e olhar ao redor, perplexo, não é o volume. Os soldados sempre usam silenciadores porque, se animais saem correndo para longe de barulhos altos e repentinos, famintos correm direto em sua direção. Não é um estrondo de trovão; é só um ruído de tosse e escarro ao qual ele se acostumou.

Porém, os disparos estão no automático e estão perto. Quem está atirando?

O que eles atingiram?

18

O SOLDADO LUTES É ENGENHEIRO antes de ser soldado. Na verdade, a distância entre os dois papéis é maior do que isso sugere. Ele nunca quis entrar para o exército, mas, depois de três anos vivendo de auxílio desemprego, queria muito um aprendizado adequado que pudesse transformar em um trabalho adequado. Com um contrato de quatro anos com o exército, raciocinou, ele teria vinte e cinco anos e arranjaria um bom trabalho na Swain's ou na Eddie Stobart com boa chance de, em algum momento, ter sua própria garagem.

Aí aconteceu o Colapso. A praga dos famintos. Ali está ele, mais de uma década depois, ainda preso no serviço militar em um mundo no qual mesmo engenheiros que nunca se alistaram pertencem naturalmente ao exército. Para ser justo, ele ama seu trabalho — ou, pelo menos, a parte do serviço que consiste em pegar máquinas quebradas e fazê-las cantar e dançar com o uso das mãos habilidosas. Esse trabalho é mágico. É Zen. É a paz perfeita da mente desanuviada, tão completamente envolvida que é de algum modo completamente livre.

Ele odeia todo o resto dessa merda. Odeia ser afastado de seu verdadeiro trabalho para fazer coisas que não significam nada, para pessoas que não são gratas. Odeia particularmente sair da cerca do perímetro de Beacon (no momento, a seiscentos e cinquenta quilômetros de distância) e estar sob risco. Se ele está mais feliz com uma chave inglesa na mão, um fuzil o enche de uma certa repulsa. Chaves inglesas desmontam coisas, sim, mas também as põem novamente no lugar. Com um fuzil, tudo o que se pode fazer é desmantelar.

Sentindo-se injustiçado, ele segue se arrastando pelas ruas de Invercrae procurando Stephen Greaves. Como gostaria de abrir esse garoto com uma chave inglesa! Há muitas coisas interessantes para serem descobertas no interior do crânio de Greaves, sem dúvida, embora o Robô seja a própria definição de algo fora do padrão. Se quisesse consertá-lo, teria que fazer suas próprias peças sobressalente do nada, à mão.

O sol sai por um minuto mais ou menos e Lutes se anima. Ele caminha pelo lado ensolarado da rua enquanto dura. A nuvem se fecha novamente e o céu se transforma em um mingau aguado. Parece ser a situação normal nesse lugar infeliz do mundo.

O soldado está tão perdido em pensamentos que demora um segundo para reagir quando ouve o ruído. Exatamente como o tinido de metal ou pedra sobre vidro, mas um som intencional é diferente do que o vento ou a chuva fazem. Ele tem seu próprio perfil, difícil de confundir.

Alguma coisa está em movimento no prédio de seu lado direito. Movendo-se em silêncio, mas a cidade deserta não fornece nenhuma cobertura, nenhuma distração. Depois do tinido, um farfalhar. Talvez o sibilar de uma ordem dita em voz muito baixa.

Essas coisas significam emboscada. Lutes viu os famintos cortados e derrubados como árvores e não tem nenhum desejo de acabar do mesmo jeito. Ele estava andando com a trava de segurança fechada, de acordo com o regulamento, mas agora a abre e — nem precisa pensar — atira.

O fuzil está no semiautomático, reduzido, mas Lutes tem uma pegada mortal no gatilho. Ele esvazia o pente em três segundos lembrando-se de mover os disparos da direita para a esquerda para obter a maior cobertura.

A fachada da loja explode quando as balas atravessam vidro e alvenaria. Pontas ocas, mas com a máxima configuração para penetração rasa. Essas rajadas de ligas metálicas mistas e pontas macias penetram sete centímetros em qualquer coisa, se arrependem e choram metal quando chegam lá. O som suave engana, como papel derrubado despreocupadamente de uma mesa se espalhando pelo chão.

Imediatamente seguido de gritos agudos de dor ou choque e do movimento repentino e concatenado de muitos corpos.

Era uma armadilha e ele a acionou. Pior para quem pôs a armadilha.

Eufórico por ter evitado o golpe e levado a melhor sobre o oponente, Lutes perde toda a perspectiva. Ele faz a última coisa no mundo que devia fazer.

Ele avança para o interior da loja, onde nuvens de poeira de tijolos e argamassa transformam o ar em um coquetel cujo principal ingrediente é parede, passa por uma porta aberta e entra nas profundezas do prédio na perseguição de seus inimigos em fuga.

Ele recarrega enquanto corre e atira novamente. Dessa vez em modo totalmente automático. Não há nada em que atirar, mas que se foda. Esses caras estavam achando que podiam esperar por ele no escuro e derrubá-lo quando ele passasse. Cortar seus tendões e deixá-lo rastejando na terra como tinham feito com os famintos. Bom, que eles provem um pouco do próprio remédio.

Ele sai pela porta dos fundos em um pátio fechado onde sacos negros eviscerados sangram lixo antigo e impossível de identificar. Então chega à rua. Agora consegue ver as formas em fuga à sua frente com a cabeça curvada e o corpo abaixado perto do chão enquanto correm o mais rápido possível. Eles parecem pequenos demais. Perspectiva, provavelmente. Ele dá outra rajada, e um deles cai. Um deles foi derrubado. Ele realmente matou.

Ele salta por cima do corpo caído de bruços e segue em frente, processando o que viu lenta e gradualmente nos segundos que se seguem. Ele está com a mente na perseguição e corre para o interior de outro prédio, um escritório de algum tipo. Passa por fazendas de cubículos agora vazios de todo o gado e cartazes motivacionais que o encorajam das paredes. *Continue em frente!*

Finalmente a ficha cai e ecoa por seu crânio. Uma criança? Era uma criança?

São todas crianças. Agora pararam de correr. Lutes para também, olha fixamente para elas completamente perplexo. Ele não consegue imaginar o que estão fazendo ali, onde estão seus pais, onde conseguiram suas roupas que parecem fantasias. Não, elas não estão vestidas para o Halloween, embora uma delas tenha transformado o rosto em uma caveira estilizada. O resto parece estar brincando de se vestir como mamãe e papai, com mais ou menos o mesmo resultado normalmente obtido por crianças.

Meu Deus, ele acabou de matar uma criança!

Ele abre a boca para se desculpar, para explicar, para tranquilizar, mas nesse momento uma das crianças — o garoto com rosto de caveira — move bruscamente o braço para trás como um jóquei apressando seu cavalo na direção do último obstáculo.

Há uma sensação no olho esquerdo de Lutes, como uma porta se fechando bruscamente. Uma porta grande de aço com muito peso e resistência.

Um segundo impacto, maior, revela-se ser o chão, que ficou de pé e o acertou com força. Agora ele está deitado nas placas imundas de carpete e seus pensamentos desaceleraram em um rastejar melado. Os pés das crianças aparecem em seu campo monocular de visão (seu olho esquerdo está completamente fechado), pisando delicada e cautelosamente ao seu redor e sobre ele, como se ele ainda pudesse ter dentro de si alguma energia para lutar.

— Não tenham... Não tenham medo — diz ele com voz indistinta. — Está tudo bem. Está tudo bem.

Eles não têm medo. Não está tudo bem.

19

Greaves vê o corpo assim que vira a esquina.

Ele olha para a esquerda e para a direita rapidamente. Sua primeira reação é simples confusão. Por que as crianças deixariam um dos seus tombado no chão como mais um saco de lixo derramado em uma rua que não parece oferecer mais nada? Corpos não são lixo. Corpos no campo — corpos de famintos — são espécimes. Corpos em Beacon são importantes por outras razões. Cerimônias. Memórias. Arrependimentos. Aparentemente, de um jeito ou de outro, esse corpo devia ser cuidado.

Barulhos chegam aos ouvidos de Greaves, abafados por uma ou duas paredes, mas muito próximos. Pés correndo, o estrondo de algo caindo. Nesse momento, alguma coisa está acontecendo, o que (não é uma suposição absurda) pode ter forçado as crianças a adiarem a decisão de o que fazer com o cadáver.

No espaço entre duas respirações, Greaves sente a decisão crescer e amadurecer em seu interior. Ele examina a rua novamente, rápido e trêmulo, para se assegurar de que não está sendo observado. Ele está plenamente consciente do perigo ali. As crianças são muito mais rápidas e fortes que ele. Ele não tem como enfrentá-las nem correr delas.

Ao mesmo tempo, o enigma, a impossibilidade, o atrai como um anzol puxando seu cérebro. As crianças são famintos, mas não reagem como famintos. Elas ainda conseguem pensar e sentir. Ele precisa entendê-las. Precisa disso em um nível tão fundamental que seus nervos estão gritando para que se movimente. Para que esqueça o risco e simplesmente faça isso. O que importa sua segurança física? Que terrores a morte guarda em comparação com ter que viver sem respostas?

Ele está seguindo adiante. Em campo aberto, onde está o corpo.

Ele se ajoelha ao seu lado. Tenta adiar a investigação, a análise, mas é óbvio após uma inspeção superficial que o garoto recebeu dois ferimentos de bala e qualquer um deles muito provavelmente teria sido fatal. Uma bala tinha passado direto pela garganta, a outra (Greaves dá um gemido alto de consternação) atravessou a têmpora esquerda do menino e mais ou menos destruiu aquele lado do cérebro.

Greaves está tremendo, menos pela percepção de perigo que pela grande pressão mental do que sua descoberta pode significar — o peso acumulado das possibilidades. Ele não consegue pensar sobre isso. Se pensar, esse peso vai cair e ele vai ficar congelado no lugar.

Ele enfia as mãos por baixo dos ombros e dos joelhos do garoto. Não há peso ali. É como se estivesse segurando um boneco de ventríloquo, uma réplica oca de um garoto. A cabeça destroçada cai sobre ele. Greaves se lembra de estar deitado desse jeito nos braços de sua mãe quando era tão jovem que não conseguia falar frases inteiras. Ele se lembra de dizer a expressão *para a cama* e de sua mãe rir alto de sua precocidade.

— Escute isso! Ele sabe o que precisa fazer, não é, meu amor?

Sob o travo azedo de sangue, o corpo do garoto cheira como um solo de floresta, quente, úmido e velho.

Greaves toma a coisinha destruída nos braços e sai correndo.

Não para a rua principal, mas para o rio. O mapa se ativou em sua mente. Há um caminho de volta para Rosie que não passa pela equipe científica nem pelos soldados.

Em vez disso, ele segue através de juncos e samambaias, de faixas de areia e vaus de volta até a ponte. Uma voz grita às suas costas — a do tenente McQueen —, mas é impossível identificar as palavras e Greaves não acha que o tenente está chamando por ele.

A cabeça do garoto cai na dobra de seu braço. O sangue que mancha o macacão de Greaves é mais marrom que vermelho, embora ele tenha também um pouco de vermelho. Nesse momento, avista os parapeitos da ponte à sua frente e desacelera involuntariamente, começando a ver a dificuldade da tarefa da qual ele mesmo se incumbiu.

Como vai fazer isso? Voltar sozinho para bordo de Rosie é complicado, mas não impossível. Passar com o corpo de uma criança morta pela câmara selada é um problema muito diferente. Ele vai precisar variar sua rota para não entrar pela cabine. Não vai ser suficiente. Com uma equipe no campo, é mais que provável que o coronel ou o Dr. Fournier tenham assumido o controle manual da câmara selada e estejam esperando ali para conferir a volta da tripulação quando ela chegar. Se conseguir evitá-los na câmara selada, eles ainda vão ouvi-lo entrar e vão aparecer para cumprimentá-lo ou interrogá-lo achando que sua chegada anuncia o retorno da equipe.

Talvez devesse esconder o corpo e voltar para recuperá-lo mais tarde, mas isso abre a possibilidade de que as crianças procurem por ele para levá-lo de volta. Na verdade, se seu sentido do olfato for tão forte quanto o dos famintos comuns, não vão nem precisar procurar: elas vão direto para ele.

Greaves chegou à ponte e agora começa a subir a margem íngreme que leva até o parapeito. Ele sobe com a ajuda de uma das mãos, com o peso do cadáver fazendo forte pressão sobre seu peito.

Ele precisa encontrar um caminho de volta para Rosie antes que o resto da equipe de campo chegue lá. Precisa guardar o corpo onde não possa ser encontrado. Precisa se assegurar de que não sejam feitas perguntas sobre sua própria ausência porque, se elas forem feitas, ele terá que respondê-las.

Nesse exato momento, o muro de pedra da ponte começa a vibrar sob sua mão. Ele dá um passo para trás e olha para o outro lado do rio.

Ele não vai precisar ir até Rosie. Rosie está indo em sua direção com a câmara selada e os flancos retráteis recolhidos e as armas erguidas.

O veículo ronca pela estrada estreita e coberta de mato e sai na ponte, que mal tem largura suficiente para comportá-lo. O mato é pisoteado e despedaçado por suas lagartas e se ergue novamente atrás dele em uma nuvem de confete verde. Um ângulo do muro de proteção, atingido pela borda de seu aríete dianteiro, explode. Pedaços de pedra grandes como punhos fechados voam acima da cabeça de Greaves enquanto ele se abaixa e se protege.

Rosie chega onde ele está, passa por ele e desaparece.

Parece que o problema dele se tornou parte de um problema maior.

20

VINTE MINUTOS DEPOIS DE Lutes desaparecer, McQueen tenta chamá-lo no walkie-talkie. Quando não funciona, ele manda interromper o trabalho de coleta de amostras e ordena uma busca.

Não se cogita a possibilidade de dividir a equipe. Se há um inimigo ali fora que os está pegando um por um, o tenente não vai de jeito nenhum tornar o trabalho deles mais fácil. Procuram primeiro na rua principal, depois nas ruas laterais. Eles se mantêm afastados dos prédios, onde qualquer um com tal inclinação poderia armar uma emboscada no tempo que leva para piscar. Procurar nos interiores vai ser um último recurso.

Os cientistas guardaram o equipamento de coleta de amostras e estão com fuzis engatilhados. McQueen torce apenas para que eles se lembrem com qual dos lados daquelas malditas coisas eles devem apontar.

No início, não encontram Lutes nem Greaves, mas em uma das ruas laterais eles pegam uma trilha. A Dra. Khan é a primeira a ver. Ela tem o bom senso de não gritar. Ela toca o ombro de McQueen e aponta em silêncio. O rosto dela está pálido. Ela mais provavelmente está pensando em Greaves, que é seu bicho de estimação protegido e mimado, e possivelmente (ele é só um garoto, mas nunca se sabe) quem a engravidou.

O que Khan viu é sangue, o que, em termos de más notícias, é a primeira, não a pior. Há uma poça grande no meio da rua, tão fresca que ainda está grudenta. Um conjunto de pegadas de botas leva até o prédio mais próximo. Parece que Lutes atingiu alguma coisa ali e a derrubou. Talvez não a tenha acertado com força suficiente porque, o que quer que fosse, não está mais ali. Para o tenente, parece que partiu na direção do rio. Há uma segunda trilha mais fraca de manchas vermelhas escuras e padrões de respingos que leva naquela direção.

— Ah, meu Deus! — murmura Sealey.

Penny, que não é nada fresca, sacode a cabeça violentamente como se estivesse se recusando a admitir que alguma coisa daquilo estivesse acontecendo.

O que quer que tenha caído e ainda não tenha morrido é uma ameaça em potencial. Eles seriam estúpidos para dar as costas para isso. No entanto, Lutes é a prioridade e deve ser mais fácil de encontrar agora que eles têm um vetor. Acima de tudo, pensa McQueen, ele precisa resolver isso antes que os civis comecem a desmoronar.

— Foss, atrás de mim — diz bruscamente. — Phillips, Sixmith, fiquem aqui fora. Cubram os dois extremos da rua e o rio. Se alguma coisa acontecer, mesmo se for uma nuvem no céu, me chamem.

— Sim, senhor — diz Phillips.

— Posso ir com você? — pergunta Khan. — Se Stephen estiver aí dentro...

— Eu chamo se precisar de você — diz o tenente.

Isso não significa nada, mas faz com que ela cale a boca.

Ele entra no prédio com Foss seguindo em silêncio atrás. Ela deixou seu M407 no coldre de lona pendurado em seus ombros: é um risco em um lugar estreito. Em seu lugar ela leva uma Glock .22 (cujo pente, McQueen sabe, está carregado com balas personalizadas que a própria Kat faz usando o cartucho Smith & Wesson .40 como base) e uma .357 de disparo por contato. Boas escolhas. Ele está levando o SCAR-H para a festa, então eles estão com os dois lados cobertos — o cirúrgico e o indiscriminado.

Eles não precisam de nada disso porque a festa acabou. Lutes está caído de costas, apenas um olho voltado para o teto. O olho que parece estar piscando na verdade foi fechado permanentemente por uma pedra cinza lisa cravada na órbita ocular. O sangue que empoça ao seu redor já começou a secar. A garganta do soldado foi cortada tão fundo que o alto de sua espinha foi atingido. Saliências de osso brilham no negrume do ferimento. Há vários outros ferimentos distribuídos amplamente por seus membros e torso, cortes e esfoladuras de qualquer droga de forma que você possa imaginar.

Quem quer que o tenha matado dedicou muita energia à tarefa e muitos implementos. Um dos implementos está no chão ao lado dele. Uma faca, mas não projetada para ser uma arma. Ela tem uma lâmina curta e um cabo de plástico esculpido, enfeitado pelo símbolo de uma marca de utensílios de cozinha.

— Onde estão vocês, canalhas? — sussurra Foss.

Ela gira em círculo rapidamente à procura de um alvo. Já está com uma bala na câmara, e seu dedo está firme no gatilho muito bem equilibrado da Glock, onde 0,68 Joule de energia extra vai impulsionar a bala pelo caminho.

— Abaixe-se — ordena McQueen.

Caso isso não seja suficiente, ele segura seu pulso e aponta para o chão.

Seus próprios instintos são os mesmos dos dela. Ele estava jogando pôquer com Lutes menos de doze horas atrás. Ele passou muito dos últimos sete meses ouvindo as piadas ruins do sujeito e suas afirmações impossíveis de comprovar de como ele é bom no jogo quase extinto de totó. Claro que quer encontrar quem fez isso e fazê-los pagar com unhas e dentes.

Esse é um luxo que ele não pode se permitir. Ele não conhece o terreno e está liderando uma força que equilibra três soldados de verdade com quatro pesos mortos armados. Não se bate manteiga com palito de dentes, por mais que se queira. Ele precisa se proteger e só depois pensar em vencer. Como fortaleza, esse lugar não o impressiona. Grande demais. Aberto demais. Portas demais. Paredes tão finas que não detêm nem um espirro. Linhas de visão horríveis em todas as direções.

Ele faz um sinal para Foss recuar em ordem, e ela sabe que não deve discutir. Eles voltam por onde entraram, deixando os restos totalmente destruídos onde estão. Dói muito, mas é a única coisa a fazer.

Na rua, McQueen reúne os CDFs, que previsivelmente estão cheios de perguntas que ele não tem tempo para responder.

— Lutes está morto? — repete insistentemente Sealey, como se pudesse raspar fora o fato impalatável por repetição abrasiva.

A Dra. Khan segura o braço de McQueen, coisa de que ele não gosta muito.

— E Stephen? — pergunta ela. — Você o encontrou?

— Não há sinal dele — responde. — Isso provavelmente significa que está escondido em algum lugar. Nós vamos chegar até ele quando pudermos.

— Quando pudermos? — cospe Khan, como se fosse veneno. — Nós precisamos encontrá-lo agora, antes de fazer qualquer outra coisa.

McQueen quer agarrá-la pela garganta e gritar em sua cara que, para começar, Greaves *causou* isso ao se afastar. Greaves conseguiu para Lutes essa morte horrível e inconveniente. Ele não diz nada disso porque é a parte da verdade que menos importa. O oficial superior toma as decisões e é responsável por elas. Tudo que aconteceu ali, do início ao fim, é sua responsabilidade.

Ele simplesmente puxa o braço bruscamente da mão dela e dá a ordem novamente.

— Sigam o líder. Fila reta, dez metros de distância. Comecem e parem quando eu mandar. Se algum de vocês sair da linha, vou algemá-lo e fazê-lo marchar com as mãos nas costas, o que vai ser má notícia para todo mundo.

Khan parece querer discutir de novo, mas decide não fazê-lo. O fato da morte de Lutes está sendo absorvido. O rosto dela se contorce de surpresa e dor como se alguma coisa afiada tivesse acabado de penetrar em um lugar macio. Tudo é difícil. Todos eles conseguem ver que estão em má situação, em um lugar ruim.

— Fila reta — repete ele. — Não encurtem a distância.

McQueen os conduz para longe do local da morte mantendo-se nas sombras e nos ângulos das paredes, espaçando-os por uma linha de batalha, tornando-os um alvo tão difícil quanto possível.

Eles estão sendo seguidos. Alguma coisa está caminhando com eles. O inimigo não se deixa ser visto, não claramente, mas há vislumbres de movimento em prédios dos dois lados, a agitação de ruídos. Mais uma vez McQueen fica tentado a reagir, mas o meio da rua não é lugar para montar uma resistência. Esconda-se primeiro, em seguida veja o que acontece, a menos que os canalhas forcem a questão.

Eles não fazem isso. O tenente leva a equipe científica para se proteger no que costumava ser a Bolsa do Milho. Ele consegue encontrar um lugar que pode realmente fortificar, um aposento no primeiro andar com uma vista ampla da rua e um teto plano nos fundos que pode virar uma boa linha de retirada. Estabelece um perímetro com cerca de sete metros de largura.

Ele chama Rosie. Diz ao coronel que eles estão em um buraco do qual não podem sair e que a equipe de campo ficaria muito feliz em vê-lo, caso ele conseguir arranjar tempo em sua agenda ocupada. De traje informal, armas a postos e blindagem em ação.

Carlisle não se dá ao trabalho de fazer perguntas para as quais não precisa de resposta.

— Espere aí — ordena ele a McQueen.

É o que McQueen faz. Enquanto isso, encontra um bom lugar para sentar perto da janela com o fuzil repousando em suas mãos. *Venham, canalhas. Quero ver vocês.*

Não há nada para se ver agora. Nada em movimento. O único som é o de um pombo arrulhando no alto do telhado.

O rádio fica em silêncio por três minutos, o tempo que leva para recolher a câmara selada e as cúpulas extensoras. Quando o coronel entra em contato outra vez, McQueen pode ouvir o som dos motores de Rosie ao fundo, já esquentando. Evidentemente, conseguiu transmitir uma sensação de urgência adequada.

Foss e Sixsmith ficam com as janelas; Phillips está na porta, cerca de dois centímetros entreaberta, com o cano do fuzil apontado para o vão. Os cientistas estão sentados em um círculo apertado no chão, olhando para fora. Estão com as armas engatilhadas, mas McQueen mandou que mantivessem as travas de segurança fechadas. Ele não vai botar sua pele nem a de seu pessoal entre um amador apavorado e um alvo em movimento.

Khan está pálida como papel, as mãos tremendo. Engraçado, ele imaginava que ela seria uma das últimas a perder a calma. É claro, ela está sofrendo pelo Robô.

O rádio fala novamente. É Carlisle, pedindo uma posição de GPS. McQueen dá a ele tanto isso quanto sua avaliação da situação.

— Está quieto, agora, mas eles estão perto, e acho que vão fazer um movimento antes que você chegue aqui.

— Vou levar Rosie direto para você — diz Carlisle. — Tempo de chegada ao local de dois minutos. Se puder, use esse período para localizar posições inimigas. Vou incendiar da rua qualquer coisa que veja antes de resgatar vocês.

— Entendido — diz laconicamente McQueen.

Ele não se dá ao trabalho de dizer "câmbio".

Khan está praticamente arrancando fora o próprio pulso. Seus olhos parecem mais escuros que nunca no rosto descorado.

— Será que podemos tentar enviar alguma mensagem para Stephen? — pergunta ela a McQueen. — Para que ele possa nos encontrar?

— Como o quê? — retruca Foss, chegando ao seu limite. — A porra de um sinal de fumaça?

— Nós não queremos que ele nos encontre — diz a soldado Sixsmith com menos nervosismo. — Não seria uma boa ideia para ele sair em campo aberto agora. Ele está melhor escondido até que cheguemos.

Ela olha para McQueen, como se McQueen tivesse uma opinião sobre isso. O tenente não diz nenhuma palavra, e com destaque entre as palavras que ele não diz estão "não perdemos grande coisa". Ele está muito mais preocupado com o silêncio e a imobilidade na rua. O inimigo estava praticamente seguindo em seus calcanhares e agora desapareceu. Não faz nenhum sentido.

— Por quanto tempo vamos ter que esperar aqui? — pergunta Akimwe.

Não há resposta para essa pergunta que faça justiça aos sentimentos do tenente, mas ele está prestes a tentar algo quando uma coisa que ele estava percebendo subconscientemente chega à frente de sua mente.

O som que ele tinha acabado de ouvir eram asas. Pássaros levantando voo do teto.

Ele olha para cima. Escuta. Quando Akimwe começa a falar novamente, ele grunhe, tenso:

— Cale a boca.

Uma pedrinha solta desce ruidosamente pela borda do telhado.

McQueen aponta para o teto. A próxima coisa que se mexer vai levar bala, só para marcar posição.

A próxima coisa que se mexe é Penny. Ela grita quando a janela se estilhaça, cobrindo-a de vidro quebrado. Ela se agacha e protege o rosto com as mãos.

Não houve tiro. Aquilo chegou em uma trajetória curva e perdeu peso rápido demais. McQueen adivinhou o que era antes mesmo de ver a pedra parada sobre as tábuas nuas do piso aos seus pés. Uma pedra lançada por um estilingue. Ele estala os dedos para chamar a atenção dos cientistas.

— Tirem seus casacos — diz ele rapidamente. — Agora, enrolem-nos e cubram o rosto. Uma pedrada na cabeça é a única coisa que realmente pode matar vocês.

Eles se apressam em fazer isso, todos menos Penny, que ainda está rezando para Meca. Akimwe pergunta se ela foi atingida, mas ela não está respondendo.

Um estilingue é uma arma de baixa tecnologia mesmo para os padrões dos lixeiros, mas é eficiente. Muito mais preocupantes são os sons de arranhar e torcer com força bem acima de suas cabeças. Os monstrengos estão arrancando as telhas. Eles vão entrar pelo telhado.

McQueen faz o necessário. Ele metralha o teto com uma rajada curta e ampla, provocando mais danos que seus invasores ainda invisíveis, mas pelo menos ele está forçando os inimigos a se espalharem. Enquanto ele faz isso, o resto das janelas explode. Pedras pequenas atingem o reboco na parede dos fundos com impactos tão nítidos e limpos quanto balas. Uma delas o atinge nas costas, mas sua mochila absorve a maior parte do impacto.

— Para o chão — ordena ele para a equipe científica, que obedece.

Os soldados também estão abaixados, de joelhos, olhando em ângulo oblíquo em torno das bordas das janelas quebradas, tentando captar um vislumbre do inimigo sem engolir um pedaço de geologia balística.

— Foss — diz McQueen bruscamente. — Phillips.

Ele aponta para o teto quando os sons de cavar e remexer ficam, de repente, mais altos. O inimigo conseguiu destruir as telhas e agora está passando através do que mais houver ali em cima. Com sorte, são vigas de madeira. Do contrário, são apenas ripas e argamassa. Eles provavelmente têm alguns segundos antes de precisarem lidar com a entrada vertical.

Rosie chega primeiro e chega como um trovão, o som mais doce que McQueen já escutou. Os monstrengos no telhado estão escutando também, e sem dúvida vendo o veículo subir a inclinação íngreme da rua principal na direção deles. Bom. Rosie com as armas a postos é uma visão aterrorizante. Eles devem estar morrendo de medo agora.

O coronel não consegue fazer a curva direito. Simplesmente não há espaço para virar as dimensões generosas de Rosie sem atingir alguma coisa. Ele nem mesmo tenta – faz uma curva aberta, destruindo fachadas de lojas e reduzindo bancos de armar e latas de lixo a duas dimensões, e vira no último instante para pegar a rua onde eles estão. Mesmo assim, não tem espaço suficiente para manobrar. Há um poste de luz arrancado do chão e tombado totalmente atravessado sobre a rua, de calçada a calçada, que fica ali como uma árvore caída por meio batimento cardíaco antes que as lagartas de Rosie o esmaguem e achatem.

McQueen pega o rádio.

– Estendam a câmara selada! – grita. – Nós precisamos de proteção!

O veículo enorme finalmente para com a porta do meio bem em frente à porta pela qual eles entraram. Os cientistas se levantam depressa e começam a se dirigir para a saída, mas McQueen os traz de volta com um grito conciso.

– Esperem por ele.

O coronel estende a câmara selada até a porta do prédio. Aquele vidro é à prova de tudo. Se alguém no alto tiver uma arma apontada para eles, ou mesmo uma pedra e uma tira de couro, a tripulação vai ficar exposta apenas por uma fração de segundo quando correrem da proteção da porta até o santuário da câmara selada. Até McQueen teria dificuldade para dar um tiro decente nesse tempo.

– Está bem – diz ele a seu pessoal. – Vão na frente. Um de cada vez, como antes. Cubram os civis, depois de vocês mesmos. Foss, você e eu vamos na retaguarda.

Dessa vez, o esquadrão dos CDFs é rápido e eficiente. Com suas vidas em jogo, eles se lembram de todo treinamento de combate ao qual foram submetidos, cada pulo e cada salto. Eles descem a escada depressa e em silêncio. McQueen percebe quando a Dra. Penny passa correndo que ela não está ferida. O gesto de se abaixar e se proteger foi um reflexo, não uma resposta a um ferimento.

Ele para na porta e Foss também fica para trás sem que uma palavra seja dita. Eles esperam, com os fuzis na mão para ver se alguma coisa desce pelo teto, mas nada vem. Finalmente eles recuam, saem da sala e batem a porta.

Quando chegam ao pé da escada, os cientistas já estão passando pelas portas da câmara selada com Phillips e Sixsmith de cada um de seus lados, vigilantes e prontos.

Eles saem logo dali, de acordo com as instruções. Só Khan parece um pouco sem fôlego quando eles se abaixam e correm, um pouco desajeitada, mas ela está acostumada a fazer manobras sem uma barriga de sete meses de gravidez.

O Dr. Fournier está esperando por eles bem no interior da porta da seção intermediária tentando parecer ter na verdade alguma coisa a fazer ali, gritando ordens como se alguém estivesse escutando.

— Mantenham a plataforma livre! Deixem espaço para as pessoas que estão chegando atrás de vocês! Fechem as portas assim que o último homem entrar!

O último homem é McQueen. Foss, que era a penúltima, retornou para poder cobri-lo enquanto ele chega. Ele acena brevemente com a cabeça em agradecimento e segue em frente, confiando que ela tranque as portas.

— E se Stephen...? — protesta a Dra. Khan, mas McQueen na verdade não está escutando, então perde o resto da frase.

Ele deixa a arma e sobe para a torre.

As portas deslizam e se fecham e a câmara selada é recolhida. Rosie dá ré pelo caminho por onde chegou, destruindo muito mais infraestrutura com sua traseira.

Eles chegam de ré na rua principal, onde fazem uma curva em um arco amplo e destrutivo. Não tão destrutivo quanto está prestes a ficar.

O canhão é inútil a essa curta distância. As balas atravessariam as paredes de Invercrae e seguiriam em frente. O lança-chamas, porém, é uma proposta completamente diferente.

O tenente abaixa a alavanca de ativação e gira a torre, fazendo um círculo quase completo. Ele aponta para o prédio de onde acabaram de sair e dispara, varrendo a casa do telhado para baixo.

Em segundos, é uma grande fogueira. Depois disso, ele borrifa os prédios dos dois lados, com a intenção de pegar qualquer um que tenha visto a torre girar e saltado para escapar. Por fim, ele escolhe alvos aleatoriamente. Invercrae arde como palha seca em torno e atrás deles. McQueen ouve um grito do pé da escada da torre em mais de uma voz. Ele desliga o acionamento, larga a arma e desce para encontrar a Dra. Khan e Foss brigando enquanto os homens observam em estágios variados de estupefação ou horror. Khan estava tentando subir na torre para detê-lo, supostamente, e Foss bloqueou seu caminho.

O tenente gesticula para Phillips e Sixsmith, que imobilizam a doutora tão delicadamente quanto possível, soltando-a de Foss como uma lapa de uma rocha.

— Filho da puta! — grita ela, com ênfase na primeira sílaba da terceira palavra.

Ela tenta imediatamente se atirar sobre McQueen, mas os soldados a seguram firme. Ele vê o Dr. Sealey contemplar um resgate e então, com muita sensatez, dar um passo atrás quando seu sentido de autopreservação entra em funcionamento.

— Seu filho da mãe! — grita Khan. — Stephen está lá fora! Stephen está lá fora e você incendiou o lugar.

Ele não tem resposta para isso. Não tinha se esquecido de Greaves; só não acreditava haver qualquer chance de que o garoto ainda estivesse vivo. Se ainda tivesse uma dúvida, uma dúvida pequena, não pesou muito contra a urgência de fazer com que Invercrae e seus residentes pagassem pelo que tinham acabado de fazer com Lutes. Ele está procurando um jeito de botar isso em palavras que a Dra. Khan vá entender, mas ela ainda está gritando com ele, por isso não consegue nenhum progresso.

É nesse momento que Rosie reduz a velocidade.

Para.

O comunicador interno emite chiados e estalidos.

— Amigos — diz o coronel. — Porta da seção intermediária. É Greaves. Tragam-no a bordo.

Khan é a primeira a se mover. Ela chega à câmara selada. Sealey e Akimwe se juntam a ela, rapidamente soltando as travas de segurança manuais que Foss tinha acabado de prender.

Só Foss, dentre todos eles, tem a presença de espírito de providenciar alguma cobertura quando eles escancaram a porta.

Eles pararam perto do rio, pouco antes da ponte. Stephen Greaves entra. Sem nada a dizer em seu favor, ele apenas salta sobre a plataforma quando as portas se abrem, como um caroneiro que não pode acreditar na sua sorte. A bolsa com os kits está cheia ao seu lado, ainda mais que o habitual.

— Obrigado — diz ele. — Desculpem por ter atrasado vocês. Nós provavelmente deveríamos partir agora. A cidade está em chamas.

21

— Você violou ordens vigentes — diz o coronel Carlisle. — Preciso saber por quê.

Ele sabe que já disse isso antes e sabe o quanto parece inadequado, mas é o menor de muitos males. Ele precisa respeitar a frieza e a formalidade dos regulamentos e procedimentos do mesmo jeito que Odisseu precisou se amarrar ao mastro quando passou pela ilha das sereias. As vozes sedutoras, neste caso, vão atraí-lo para a raiva, e o tenente McQueen está mais perto do que ele.

— Você não viu como acabaram com Lutes— diz McQueen, como se isso fosse uma resposta. — Senhor — acrescenta depois de uma pausa de meio segundo, como quem atira um resto de comida para o cachorro.

Os dois homens se encaram sobre a longa diagonal do alojamento da tripulação, como se fosse um duelo. O resto da tripulação está parado nas bordas, todos menos Greaves, que se escondeu no laboratório, longe das emoções perigosas. Os instintos do garoto são fortes, reflete com raiva o coronel. Seus próprios homens e a equipe científica ainda estão atônitos com o que acabou de acontecer, mas, à medida que descongelam, suas reações tendem para os extremos. Os soldados estão com raiva e magoados porque um dos seus está morto. Samrina Khan está furiosa por uma razão diferente, lembrando-se bem do churrasco unilateral do tenente, e sua voz tem muito peso com os cientistas. Dependendo de como isso se desenrolar, tem o potencial de polarizá-los, deixá-los todos em conflito.

O coronel pega leve. Ele se apega às regras. As regras não estão com raiva de ninguém e as exigências que elas fazem são aceitas pelos soldados na primeira vez que eles vestem seus uniformes.

— Explique-me — diz ele para McQueen. — Por que você disparou o lança-chamas na ausência de uma ordem direta?

McQueen sacode a cabeça como se essa fosse uma das piores perguntas que ele já ouviu. Ele não responde. Carlisle tenta novamente.

— Tenente, você usou as armas da seção intermediária sem permissão e sem verificar que todo o pessoal estava a bordo. Se houve um perigo real e imediato que justificasse a tomada dessa decisão, eu preciso saber. Porque, se não houve, você pôs em perigo toda a tripulação sem nenhuma...

— Eles ainda estão vivos — diz McQueen entredentes. — Todos, menos um. Todos os que ficaram comigo. Você não entendeu? Eu fiz o que precisava ser feito para nos tirar de lá. Eu garanti uma posição e solicitei uma remoção exatamente de acordo com as malditas ordens vigentes. O lança-chamas foi apenas para que eles soubessem que, se ferem um dos nossos, nós vamos feri-los em resposta.

— Isso mesmo — murmura a cabo de artilharia Foss.

Samrina lança na direção de Foss um olhar incrédulo de desprezo. Ela ainda não se recuperou de toda a provação. Seu rosto está desfigurado de estresse e exaustão.

— Isso mesmo? — repete ela. — O que eles ensinaram na escola de snipers? Se alguém te machuca, você retalia com a maior arma que tem, não importa quem possa estar no caminho?

Foss dá de ombros.

— Não havia ninguém no caminho. Nós saímos. Nós saímos inteiros.

— E os fins justificam os meios. Certo. Você é uma idiota maior que ele — acrescenta, apontando para McQueen com um movimento de cabeça.

Foss ergue uma sobrancelha.

— Bem — diz ela com delicadeza. — Essa é uma conversa que podemos retomar em outra hora.

Samrina fala por cima dela com o olhar no coronel.

— Stephen estava desaparecido — diz ela. — Ele podia estar em qualquer um dos prédios que a merda desse idiota incendiou. Não sei como funciona, mas quero alguma garantia de que ele nunca mais vai poder tocar naquelas armas da torre. Eu prefiro me arriscar com os famintos.

McQueen não dá importância ao insulto.

— Nesse caso, você iria se arriscar com lixeiros — observa ele com equilíbrio. — Não vamos esquecer que Greaves ter deixado a missão foi o catalisador de tudo isso. Lutes foi morto tentando encontrá-lo e escoltá-lo de volta.

— Se me permitem dar uma opinião — intervém o Dr. Fournier. — Falando como comandante civil.

— Com todo o respeito, doutor — diz pesadamente Carlisle. — Estou tentando resolver uma questão de disciplina militar.

— Que tem impacto sobre a missão.

É verdade. Assim como tudo mais. Por isso ter dois comandantes de missão nunca fez nenhum sentido.

— Tenente — insiste Carlisle. — O que o levou a disparar as armas da seção intermediária? Por favor, explique.

McQueen faz um gesto com as mãos espalmadas para cima. *Isso é tudo o que eu tenho para você.*

— Eu acho, senhor, que disparei porque senti que a morte de Brendan Lutes importava — responde. — Se discorda, sinta-se livre para me disciplinar do jeito que achar apropriado.

O desafio é lançado. Carlisle se apruma para recolhê-lo.

— Se eu tiver permissão para falar — tenta novamente Fournier. — A presença de lixeiros na cidade mais do que justifica a ação do tenente. Eu estou inclinado a ignorar a desobediência aos regulamentos.

— A presença de lixeiros não foi verificada — diz bruscamente o coronel, que se volta imediatamente para McQueen. — Você usou o lança-chamas contrariando os regulamentos. Em um espaço restrito e comprometido, sem pensar na segurança da tripulação. Você estava disparando em um arco amplo, ignorando o vento contrário e nossa própria aceleração. Você não apenas podia ter matado o Sr. Greaves, como também podia ter incendiado Rosie se o vapor de propano tivesse sido soprado de volta sobre nós. Eu respeito seus sentimentos, mas não posso tolerar seus atos.

— Eu consigo viver com isso — diz McQueen.

— Por isso estou retirando sua patente.

McQueen recebe o golpe em cheio no rosto. Ele pisca algumas vezes, como se para limpar a visão. Há um silêncio que se espalha a partir dele para tomar o resto da sala. Nem a Dra. Khan consegue encontrar nada para dizer nesse momento, embora ela meneie a cabeça apenas uma vez.

Bom. O barulho de gavetas fechando e o chacoalhar de instrumentos – Greaves trabalhando no laboratório – parecem vir de uma grande distância.

– Se esse rebaixamento vai se tornar permanente, é questão para os oficiais mais graduados do Grupamento assim que conseguirmos reestabelecer contato por rádio – continua o coronel.

Ele tenta moderar o tom de voz. A punição é o que é e ela precisava ser pública, mas não há necessidade de levar a humilhação do homem além disso.

– Até lá, sua patente provisória é de soldado raso – prossegue. – De todo modo, a reprimenda oficial vai estar em sua ficha. Cabo de artilharia Foss, você agora é a oficial superiora em grupos de campo e em ocasiões em que eu não estiver presente. Você vai ficar com a patente provisória de tenente.

– Senhor – diz Foss mecanicamente.

Ela está apenas aceitando a ordem, mas nitidamente precisa de algum tempo para descobrir o que significa.

– Permissão para falar, senhor – consegue dizer McQueen.

Sua voz está tensa. Seu rosto está começando a parecer um pouco tenso também, como se a emoção contida estivesse exercendo pressão de dentro para fora.

– Eu não concordo com essa decisão – diz o Dr. Fournier.

– Não é necessário – assegura-lhe Carlisle. – É uma decisão a ser tomada por mim.

– Senhor, permissão para...

– Nós vamos conversar depois.

O coronel fica de pé e faz uma careta devido à dor em sua perna defeituosa.

– Tire algum tempo para pensar sobre isso, depois venha falar comigo na cabine – conclui o coronel.

– Se não se importa, coronel – diz o Dr. Fournier, agora elevando a voz. – Eu acho que há uma decisão maior a ser tomada. Sobre a missão como um todo.

Ele se levanta, também rigidamente tenso, com a cabeça girando enquanto seu olhar se move entre Carlisle e o resto da tripulação. O coronel sabe o que é orgulho ferido quando vê: Fournier não gosta de ser levado aos limites de sua autoridade. Há medo em seu rosto também. Ele não apenas está usando sua influência, como está falando sério. Sobre o que quer que esteja prestes a dizer.

O que ele tem a dizer é coisa séria. Faz a casa cair.

22

A DISCUSSÃO É FEIA, mas está acontecendo no alojamento da tripulação, então Greaves consegue escapar dela indo para o laboratório. Ele odeia vozes elevadas, emoções à flor da pele, palavras transformadas em ferramentas cortantes, mas o outro lado é que isso fornece alguma cobertura para o que ele precisa fazer. Ele começa a trabalhar, fazendo o melhor possível para isolar o barulho.

As vozes, porém, ainda escapam. As mais altas pertencem ao coronel Carlisle e ao tenente McQueen, com cada homem repetindo a mesma afirmação de muitas maneiras diferentes.

O coronel Carlisle está com raiva do tenente McQueen porque ele usou o lança-chamas quando não lhe mandaram fazer isso. Ele violou ordens vigentes. Estava desobedecendo os regulamentos.

O tenente está com raiva porque o coronel não está com raiva suficiente em relação à morte do soldado Lutes, o que tornou o uso do lança-chamas a coisa certa a fazer. Ele também diz que foi tudo culpa de Greaves e não dele mesmo.

Greaves tenta não pensar sobre esse último argumento. O tenente McQueen deve estar errado. Deve ser mentira de algum modo, mesmo que não pareça ser.

O resto da equipe também está com raiva (ele não matou o soldado Lutes) porque eles quase morreram, e o Dr. Fournier está com raiva (mas e se o soldado Lutes morreu por sua causa?) porque ninguém o está escutando, embora ele devesse estar no comando (ele não fez isso ele não fez isso ele não fez isso ele não fez isso ele não fez isso).

Então todo mundo está com raiva e Greaves precisa trabalhar e não pensar em nada dessas coisas, mas especialmente não naquela coisa. O soldado Lutes matou o menino e o resto das crianças matou o soldado Lutes. Foi assim que aconteceu e o tenente McQueen não sabe, porque não estava lá.

Greaves sente o ardor nos olhos, a umidade se acumulando e escorrendo pelo rosto. Ele não consegue limpá-la porque vestiu luvas cirúrgicas. Não pode chorar nem fungar, caso os membros da equipe o escutem e decidam ir até ali para vê-lo. Ele está fazendo uma coisa muito perigosa e delicada em plena vista. Morde o lábio inferior e olha através da película de lágrimas.

O laboratório tem dez gavetas de freezer para cadáveres inteiros. Sete delas estão cheias; as três restantes, vazias. Greaves destranca e abre a gaveta número dez, aquela que, no desenrolar normal das coisas, tem menos chance de ser usada. Aquela onde ele tem guardado seu traje da invisibilidade esse tempo todo.

Ele pega o corpo do menino de sua bolsa de kits. Ele é incrivelmente leve, incrivelmente pequeno; dobrado sobre si mesmo como um porco-espinho ou um tatuzinho. Greaves o coloca diretamente na gaveta, que agora o esconde de qualquer membro da tripulação que olhe distraidamente para o interior do laboratório.

Greaves está em guerra consigo mesmo. Ele está mentindo com seus atos, sem dizer uma palavra. O que mais pode fazer? Antes de Invercrae, podia ter contado a eles o que havia visto, do que desconfiava. Ele não pode — realmente não acha que pode — dizer para eles agora: *Eu troquei o soldado Lutes por isso. Desculpe por não ter alertado vocês, desculpe por não ter contado a ninguém o que eu estava fazendo, mas consegui tudo de que precisava, então, no geral, funcionou bem.*

Eles já o odeiam. De qualquer modo, o desprezam. O Dr. Fournier nunca vai permitir que ele volte ao laboratório, ninguém nunca mais vai falar com ele, a missão vai fracassar, Beacon vai cair, tudo vai ser sua culpa.

A bolsa também precisa ser escondida. Seu fundo está sujo de sangue e tecido encefálico. As costuras estão segurando a massa em liquidificação quase completamente, mas há manchas escuras na superfície da bolsa. Greaves a guarda no fundo da gaveta, abaixo dos pés do pequeno cadáver e ao lado do traje da invisibilidade. Há bastante espaço ali, já que o lugar foi projetado tendo em mente um corpo de adulto.

Ele precisa trabalhar. Precisa encontrar alguma coisa. Quando ele encontrar, pode contar a eles. Tem de ser desse jeito.

A contaminação do espécime vai ser extrema e complexa, mas Greaves não consegue pensar em nenhum jeito para evitá-la. O tecido exposto no ferimento na cabeça está encrostado de poeira e areia da superfície da estrada e partículas de matéria não identificada de sua bolsa. Remover tudo isso consumiria horas de trabalho com a mesa de autópsia totalmente estendida, ocupando metade do espaço total do laboratório, e o corpo estendido em plena vista.

É impossível de ser feito, então não faz sentido se preocupar com isso.

O volume das vozes atrás dele alcançou um novo pico. O Dr. Sealey e o Dr. Akimwe estão gritando com o Dr. Fournier, o que é preocupante, mas também oportuno. Nesse momento, é improvável que ele seja observado.

Ele expõe o crânio no lado que não foi aberto pela bala. Isso vai fornecer a amostra mais limpa que ele pode obter. Ele seleciona uma broca de três milímetros e a atarraxa na furadeira de alta velocidade. Em seguida, põe o ventilador extrator no máximo para mascarar o barulho da furadeira, e rápida e brutalmente perfura o crânio até a abóbada craniana. O fedor de osso queimado quase o sufoca. O ventilador não consegue remover tudo a tempo, por isso ele simplesmente vai ter de ser rápido.

Terminar antes que percebam. Antes que perguntem.

Ele remove a furadeira, solta a broca ensanguentada e suja e a joga na gaveta do freezer. Não há tempo para limpá-la e desinfetá-la e ele não quer explicar para que a usou. Ele seleciona a maior das agulhas de biópsia, enfia-a no espaço escavado e recolhe sua amostra.

Nesse exato momento, a Dra. Khan — Rina — entra no laboratório e se aproxima dele por trás.

Ele sabe que é ela pelos passos, embora nesse momento estejam mais pesados que o habitual (por causa do bebê) e mais irregulares (sem hipótese ainda para isso). Greaves não se vira para olhar para ela. Ele ergue a mão para desligar o ventilador, fecha a gaveta do freezer com o joelho. Ele torce para que Rina não acompanhe o movimento com o olhar.

Então ele se vira.

— Uau — diz Khan com uma expressão contraída, agitando a mão em frente ao rosto com um nojo exagerado. — Quem queimou a torrada?

É uma piada, não uma pergunta de verdade, por isso ele não precisa respondê-la. Mesmo assim, a pressão aumenta. Greaves procura ansiosamente por algo que possa usar para evitá-la. Rina não parece bem. Seus olhos estão brilhantes com lágrimas não derramadas e sua postura está rígida. Esses são sinais que ele aprendeu a interpretar, pelo menos até certo ponto.

— Por que você está aborrecida? — pergunta ele. — O que aconteceu?

Rina sacode a cabeça. Ela toca o antebraço dele por um momento — uma ponta de dedo, o abraço minimalista acordado entre eles — e dá um passo atrás para compensar a intimidade perigosa.

— Eu estou bem — diz ela. — Está tudo bem. O Dr. Fournier decidiu encurtar a missão. Nós vamos para casa um pouco mais cedo do que o esperado.

— Casa? — pergunta Greaves, confuso e, em seguida, alarmado. — Mas nós não fizemos todas as paradas do cronograma. Ainda restam mais duas amostras antes de nós...

Rina está assentindo.

— Eu sei, eu sei. Mas se há lixeiros por aqui, isso muda tudo. Simplesmente não é seguro seguir adiante quando não sabemos o que há a nossa frente. Não é como se estivéssemos encontrando algo diferente. Algo que pudéssemos realmente usar.

Greaves engole em seco.

— E se estivéssemos? — pergunta ele.

Há um tremor em sua voz. Rina não parece percebê-lo. Ela dá de ombros, quase desinteressada.

— Bom, mesmo assim, acho que votaria por voltar para casa.

— Mas a missão... — protesta Greaves novamente.

Rina ri, mas a risada traz um toque de algo.

— A missão precisa de umas cabeças novas — diz ela. — Eu preciso voltar para casa e ter esse bebê. Eu gostaria que não tivesse acontecido desse jeito, porém ainda estou satisfeita por voltar. É uma sensação horrível estar aliviada por algo que é tão...

Um movimento vago de suas mãos irrequietas prossegue de onde as palavras pararam.

Greaves interpreta isso: ela está feliz por si mesma, mas infeliz porque o soldado Lutes está morto. A disparidade entre essas duas emoções a deixa desconfortável. Ele fica impressionado por ver sua própria experiência — a mistura de culpa e excitação que sente — refletida na dela. Isso não acontece com ele com frequência.

Ele quer explorar as semelhanças, mas tem medo de fazer isso. Ele ainda está segurando a agulha de biópsia junto de seu corpo. Quanto mais essa conversa demorar, mais chance há que Rina a veja e pergunte sobre ela. Ou então que ela queira saber o que ele estava fazendo sozinho em Invercrae.

Como se o pensamento dele disparasse o dela, Rina olha para trás, para o alojamento da tripulação.

— Eles não estão muito felizes com você — diz ela.

Não fica totalmente claro de quem ela está falando. O alojamento da tripulação esvaziou. Os soldados saíram, provavelmente para substituir os sensores de movimento e as armadilhas do perímetro agora que Rosie está estacionada outra vez. O coronel foi para a frente e o Dr. Fournier também conseguiu desaparecer, deixando apenas Akimwe, Sealey e Penny. Apesar disso, Greaves decide que as palavras de Rina devem se aplicar a toda a tripulação, independentemente do uniforme.

Ele quer pedir desculpas, mas isso vai provocar mais discussões. Em vez disso, diz:

— Não vou fazer isso de novo.

É uma promessa impulsiva, mas o tempo futuro remove os dois das águas perigosas do passado recente.

Quase.

— Você não pode fazer isso, Stephen — diz Rina com delicadeza. — Não pode mais. Você não é responsável pelo que aconteceu lá, mas, se há um grupo de lixeiros em algum lugar por perto, então estamos realmente em perigo. Você sabe que provavelmente foram lixeiros que pegaram Charlie.

— Nós não sabemos isso — observa Greaves.

Ele está sendo pedante. A comandante de Charles Darwin falou em sua última transmissão para Beacon que estava sendo perseguida por um grupo grande de lixeiros em caminhões de batalha nos quais famintos tinham sido atrelados como bois. Ela disse que evitaria enfrentá-los o máximo possível, mas que reagiria se atacada. Suas últimas palavras foram: "Eles estão nos flanqueando."

— Eles são mesmo perigosos — insiste Rina. — As pessoas pensam neles como selvagens porque escolheram viver fora, na natureza, em vez de em Beacon. Eles vivem de coleta e são muito bons nisso. Eles têm de ser, ou não teriam durado tanto tempo. Eles olham para Rosie e veem armas, munição, equipamento, comida. Todo tipo de coisas de que precisam. Para eles, valemos muito esforço.

Greaves assente cautelosamente. Ele está concordando com o significado explícito das palavras dela (os lixeiros são uma ameaça séria) e não com sua implicação secundária (há lixeiros aqui). Não é mentira, porque ele não abriu a boca, mas novamente está permitindo que uma pessoa acredite em uma coisa que não é verdade. Sua mente o incomoda e uma barra de ferro de tensão pressiona seus ombros.

Rina parece satisfeita com sua reação. Possivelmente está confundindo sua tensão com um medo salutar.

— Então, quando o Dr. Fournier decidiu que devíamos fazer a volta — prossegue ela —, ele estava fazendo a única coisa que podia fazer. Nós teríamos que ser loucos para percorrer o caminho todo até a costa com os lixeiros atrás de nós.

Ela está olhando para Greaves com expectativa. Ele torna a assentir.

— É — diz ele, mas dessa vez ele se sente compelido a acrescentar: — Se houvesse lixeiros aqui, seria ruim.

— Então nós estamos fazendo a coisa certa. Todo mundo acha isso. Todo mundo concordou com a decisão.

Greaves olha novamente para o alojamento da tripulação. Ele acha muito difícil analisar emoções, mas as pistas que aprendeu a associar com celebrações estão nitidamente ausentes. O Dr. Akimwe está sentado à mesa em silêncio, com o queixo apoiado no punho, os olhos arregalados mas desfocados. A Dra. Penny esfrega os lábios cerrados com as costas do polegar. O Dr. Sealey fala com os dois em tons de voz baixos, acendendo fósforos da caixa acima da unidade de cozinha e deixando que eles se queimem em sua mão antes de largá-los, um a um, na pia.

Esses não são comportamentos que Greaves esperaria ver se todo mundo estivesse realmente confortável com a decisão do Dr. Fournier. Na verdade, concordar com alguma coisa é uma resposta cognitiva, mais que emocional. Rina já contou a ele qual o estado de ânimo dominante.

Eles não estão muito satisfeitos com você.

Greaves não pode consertar as coisas. O soldado Lutes está morto. A missão acabou. Não há nada que ele possa botar no outro prato da balança que seja grande o bastante para contrabalançar esses enormes fatos implacáveis.

Nada, exceto uma descoberta nova e radicalmente importante. Uma cura.

Uma cura para a praga dos famintos.

Rina tenta abrandar o que já disse para poupá-lo de mais sofrimento.

— Stephen — diz ela. — Eles estão principalmente infelizes porque a missão é um fracasso. Hoje foi ruim, mas mesmo sem hoje... nós não estávamos chegando a lugar nenhum. Você sabe disso. Todo o objetivo dessas incursões em busca de amostras era encontrar um agente inibidor. Algo que faça o *Cordyceps* crescer mais devagar, ou o impeça de crescer completamente. Mas nós não conseguimos fazer isso porque não existe. Vamos para casa de mãos vazias. Isso é o que dói.

Ela o deixa sozinho. Ela fez o que um toque pode fazer e o que palavras podem fazer. A única outra variável é o tempo.

Greaves a observa se juntar novamente ao Dr. Sealey e aos outros. O peso e a importância do momento fazem com que ela se esqueça de si mesma o bastante para estender o braço e pegar a mão do Dr. Sealey. Eles olham nos olhos um do outro, desfrutando de um pouco de comunhão sem palavras. Greaves acharia essa combinação de toque e olhar insuportável, mas ele sabe que para amantes, ou seja, pessoas que compartilham intimidade física, essas coisas são meios importantes de superar o isolamento da consciência monadária. Ou parecem fazer isso.

Nós vamos para casa de mãos vazias. Ele reprisa as palavras em sua mente três vezes. Isso era verdade ontem, mas não é verdade agora.

O conteúdo da gaveta dez.

O cilindro delgado de tecido cortical na agulha de biópsia.

Ele ainda pode consertar as coisas.

23

O Dr. Fournier teme ter abusado de sua autoridade.

Na sala das máquinas, com a porta fechada e trancada, ele tenta mais uma vez chamar a brigadeiro Fry pelo rádio secreto que, apesar do tamanho diminuto, sempre conseguiu superar o rádio principal da cabine em termos de alcance e força do sinal. A brigadeiro continua sem responder.

Fournier deseja fortemente ter sido capaz de perguntar *antes* de ter dado a ordem de voltar.

Não era medo. Não foi por estar com medo, embora esteja. Com medo de morrer e ainda mais medo de não morrer – de ser mordido e abandonado ali no norte enquanto Rosie volta para casa, um espantalho vivo tomado por *Cordyceps*, parado em um campo para sempre enquanto passam as estações.

No fim, foi a raiva que o empurrou do precipício da decisão. Ele vai ser julgado pelo que a expedição realizou – vai ser julgado com dureza porque eles não realizaram nada. Eles deixaram Beacon com vivas e fanfarras, garrafas de bebida ilegal quebradas em sua dianteira. Os doze na lata, levando as bênçãos do milhão e meio que deviam salvar. Agora vão entrar em casa pela porta dos fundos e ser esquecidos. De repente, ao ver essa vergonha e essa culpa vividamente em sua cabeça, ele encontrou em si mesmo uma avidez inesperada para encarar tudo de frente e responder por seus feitos. *Você não podia ter feito melhor. Ninguém podia ter feito melhor. Nós não encontramos uma resposta porque não há resposta.*

Talvez uma parte dele estivesse pensando: Lutes, provavelmente, é apenas o primeiro. Ele provou que sem dúvida é possível que morramos ali fora. Depois da prova, é esperado que se encontrem cada vez mais indícios que a apoiem.

Talvez. Na verdade, agora não importa.

Ele encontrou sua voz. Encontrou sua autoridade. Ele tomou sua decisão e a levou a cabo. Isso – ficar debruçado sobre o rádio mexendo nos controles de frequência minúsculos com dedos frios e desajeitados, esperando para ser posto em seu lugar mais uma vez – é o preço que ele tem de pagar.

Depois de três tentativas fracassadas de contatar a brigadeiro, ele decide esperar um pouco. Rosie está estacionada, é claro, então não há chance de chegar a uma área com recepção melhor, mas o cair da noite por si só às vezes melhora o sinal.

A decisão de se entrincheirar foi por influência de Carlisle e Fournier não discutiu. Para Rosie, andar à noite é um procedimento perigoso. A maioria das estradas está bloqueada com carros enferrujados, os restos pungentes de um êxodo de dez anos antes. O avanço é difícil, mesmo com toda a visibilidade. O coronel decretou que eles vão ficar acampados durante a noite e sair de manhã.

Parece muito fácil para o coronel se constituir como autoridade quando as outras autoridades falham. Para Fournier, é muito difícil. Seu modo natural é submissão.

Seu relacionamento com a brigadeiro Fry se encaixa muito bem nesse padrão, o que sempre aconteceu, desde quando ele a conheceu. Foi antes de seu status como comandante civil ser confirmado oficialmente. Ele tinha sido entrevistado por três representantes da Mesa Principal e sentiu que tinha se saído bem, mostrando-se uma mão segura, um homem que iria cumprir as ordens em qualquer circunstância. Até que a brigadeiro, como oficial superiora no Grupamento Militar, usou seu direito de entrevistá-lo também. Depois de muitas idas e vindas, ela conseguiu o que queria.

Em sua tenda de comando entre a segunda e a terceira cerca do perímetro de Beacon, ela lhe deu as boas-vindas sem dizer seu nome e serviu uma dose de uísque sem perguntar se ele bebia. Ela tinha algumas perguntas sobre sua experiência relevante, tanto como cientista quanto como líder de equipe, mas eram tão genéricas que sequer comprovavam que ela tinha lido sua ficha. Ela parecia muito mais interessada em falar sobre o coronel Carlisle.

– O coronel é um homem importante e vai ficar longe de Beacon e da Mesa Principal por um bom tempo. Vão sentir falta dele aqui.

Fournier não tinha opinião sobre isso, mas assentiu enfaticamente.

— Ah, sim, tenho certeza. A missão vai ter sorte por contar com ele.

Isso pareceu a ele ser a resposta exigida, mas a brigadeiro aparentemente não ficou muito entusiasmada.

— Eu espero — prosseguiu ela, com ênfase fria e cuidadosa — que os comandantes civil e militar formem uma equipe de apoio mútuo. Cuidem um do outro, por assim dizer. Até mesmo avaliem as competências um do outro e intervenham quando necessário para dar qualquer assistência ou fazer qualquer correção que possa ser necessária.

Dessa vez, Fournier não disse nada, apenas assentiu. Uma aposta muito mais segura.

— Nós aqui em Beacon, quero dizer, no Grupamento, estamos muito interessados em acompanhar o coronel quando ele estiver fora da cerca. Não apenas onde ele está, mas o que está pensando e sentindo. Nós estamos preocupados com seu bem-estar.

O Dr. Fournier pensou sobre isso por alguns segundos tensos. Será que assentir novamente seria resposta suficiente? Ele estava bem certo que não.

— Posso ser franco? — perguntou ele, tarde demais para impedir que a pausa fosse perceptível.

— Sem dúvida.

— A senhora está me pedindo para espionar o coronel?

Fry inspirou e expirou audivelmente. Não foi exatamente um suspiro, mas quase.

— O ânimo aqui em Beacon no momento está volátil — disse ela, o que pareceu a Fournier não ser uma resposta. — O Grupamento funciona sob as ordens das autoridades civis que frequentemente não entendem totalmente nosso trabalho nem compartilham de nossas prioridades. Por isso o comando duplo para essa missão, e por isso tivemos permissão para fazer uma verificação sobre você, embora seu papel, se for aceito, vá ser o de comandante civil.

— Eu compreendo — disse Fournier.

— Que bom. A candidata que entrevistamos antes de você (e, se eu também puder ser sincera, a candidata preferida para a posição) não entendeu. Ela parecia determinada a nos interpretar mal e a definir seu papel totalmente em termos dos objetivos científicos da missão. Nós achamos um ponto de vista muito restrito. Ignorar as dimensões políticas do que está acontecendo aqui é obtuso.

Fournier tentou se conter, mas não conseguiu. O uso do feminino era obviamente uma provocação agitada à sua frente para ver se ele tinha autocontrole suficiente para não tentar adivinhar. Ele não teve.

— Caroline Caldwell? Caroline Caldwell foi sua primeira escolha para isso?

Fry fingiu ficar surpresa com a pergunta.

— Eu disse que, no geral, ela era a candidata preferida, doutor. Eu não disse que ela era *minha* escolha. Na verdade, eu prefiro ter alguém no posto em quem possa confiar para ver, e para servir, a situação geral. A ciência e a política não são dois mundos, são dois hemisférios.

Fournier, que nunca tinha se visto como político, mas agora pelo menos tinha uma noção da descrição do trabalho, concordou. Dois hemisférios, sim. Muito bem colocado. Muito perspicaz.

Caroline Caldwell em Rosalind Franklin, ele deixado para trás em Beacon limpando os tubos de ensaios de outras pessoas, as reputações de outras pessoas? Não, não, não. Esse era o futuro, se fosse haver um. A forja na qual o futuro seria feito. Ele sabia muito bem que era um pesquisador competente; não um grande pesquisador, mas mesmo assim. Ele não podia escolher a irrelevância quando a grandeza estava no cardápio. Ninguém podia, sem dúvida.

Com os interesses claramente estabelecidos, ele continuou a concordar com toda proposta feita pela brigadeiro.

Fry sugeriu que ele podia precisar formar um julgamento em relação à robustez de sua equipe. À moral. À clareza dos motivos. Ele disse que era bom nisso.

Ela demonstrou a operação do rádio, enfatizando que sua existência devia permanecer secreta. Ele prometeu que seria a discrição em pessoa.

Ela indicou que o Grupamento podia querer dar a ele algumas ordens adicionais durante a missão, dependendo da certeza do desenrolar dos acontecimentos em Beacon, ou de não se desenrolarem. Ele disse que não tinha nenhuma objeção.

Quando ele deixou o escritório, estava completamente tomado por aversão a si mesmo, com o estômago agitado e retorcido. Ele queria vomitar.

Quando voltou para o laboratório, já estava se sentindo muito mais calmo. Compromisso não era um palavrão e conveniência não era um pecado, especialmente quando se tratava dos grandes momentos decisivos em sua vida. O mundo ia ser salvo. Rosie era o instrumento cirúrgico e a humanidade era o paciente. Quem, em sã consciência, escolheria ficar deitado na maca quando podia segurar o bisturi?

Agora, sete meses depois, ele sente o bisturi no pescoço. A missão já estava confusa, mesmo antes da morte do soldado Lutes. Desesperado por encontrar qualquer coisa de valor, morto de cansaço de seu confinamento e amedrontado por duas semanas tensas e terríveis de silêncio no rádio, ele agarrou a oportunidade de dar a volta no carro e ir para casa.

As últimas palavras da brigadeiro Fry para ele:

— Você pode ficar tentado, em algum momento, a renegar nosso acordo, Dr. Fournier. Com todos o chamando de comandante, seria fácil cair na armadilha de realmente tentar comandar. Mas, na verdade, não é para isso que o senhor estará lá. Em relação a seu conhecimento científico, eu não tenho a presunção de aconselhá-lo ou dirigi-lo.

"Mas todo o resto é meu."

24

McQueen está sentado na torre quando o sol se põe e as estrelas surgem.

Na cabeça, ele identifica e dá nome às constelações que consegue ver. O Dragão. A Ursa Menor. Cefeu. Ele havia aprendido a maioria delas para usar em orientação, mas também foi tocado pela beleza e a prodigalidade de sua exibição. O dia arde com uma única chama, que em grande parte do tempo arde de modo intermitente. A noite é um milhão de sóis explodindo simultaneamente, acendendo todo o céu. Sem luzes artificiais para reduzir o brilho, elas reclamaram a glória, a importância que tinham no alvorecer dos tempos, quando os homens viviam em cavernas. Mesmo através da curva distorcida do vidro da torre, elas fazem com que McQueen sinta como se estivesse prestes a cair do mundo, inclinado na imensidão além.

Nenhum faminto nesse show de luzes infinito. Nenhum lixeiro. Nenhuma mentira nem enrolação. O mundo acabou mais de uma década atrás, mas a notícia ainda não chegou lá fora e não vai fazer nenhuma diferença quando chegar. A verdade perfeita é preta e branca, e não sabe nossos nomes.

McQueen está em conflito com seu orgulho e com sua definição de si. Ele não gosta nada disso, mas não se esquiva. É absolutamente necessário saber quem é como base para saber qualquer outra coisa.

Disparar o lança-chamas pareceu necessário e óbvio na hora, como se fosse apenas a parte da equação que vem depois do sinal de igual. Ele não pensou na velocidade do vento nem no próprio deslocamento enquanto avançavam. Só pensou na resposta que precisava ser dada para o homem morto no chão, aberto até os ossos como carne no açougue.

Em outras palavras, ele perdeu o controle. Carlisle fez sua jogada e jogou certo. Não se atira em um arco amplo com um lança-chamas de um veículo em movimento a menos que queira fritar a si mesmo e a todos que estão no veículo.

Há apenas dois caminhos para seguir depois de compreender isso. É possível criar histórias estúpidas sobre como na verdade estava certo o tempo todo por causa de X, Y e Z, o que quer que seja. Ou admitir que errou e tentar ser melhor.

McQueen desce da torre. Seus membros estão pesados e ele se sente morto de cansaço. Parece apropriado que as emoções reverberem como as armas de fogo porque, afinal de contas, são igualmente perigosas. Isso não faz com que sejam mais agradáveis de suportar.

Para chegar à cabine, ele tem de passar pelo alojamento da tripulação. Há uma mistura de soldados e cientistas ali e todos erguem o olhar quando ele chega.

Foss é a primeira a reagir. Ela se levanta rapidamente e bate continência. Como sinal, não é nada ambíguo. Phillips vem logo depois. Sixsmith é um pouco mais lenta, mas, em poucos segundos, os três estão ali parados, desafiando os regulamentos e dizendo que ele ainda é o oficial superior ali.

— Vocês só podem estar de brincadeira comigo! — exclama a Dra. Khan, horrorizada.

McQueen, pelo menos, gosta dessa parte. Mesmo assim, precisa cortar a pequena revolução pela raiz.

Ele retribui a continência de Foss, animada e meticulosamente.

— Estamos um pouco confusos, não é, tenente? — diz ele. — Não importa. Vai acabar se tornando normal.

Ele sai andando, deixando silêncio em seu rastro.

A porta da cabine está aberta. Ele entra e a fecha às suas costas. Carlisle deixa o livro de lado e aponta o banco do copiloto para ele com a cabeça. McQueen permanece de pé, embora tenha que se curvar um pouco por causa do teto baixo.

— Permissão para falar, senhor — diz ele.

O coronel dá levemente de ombros.

— É claro — responde.

McQueen não faz rodeios. Não faz sentido.

— O senhor tinha razão sobre o lança-chamas — diz. — Eu o usei sem autorização e sem o devido cuidado, como o senhor observou. Ao fazer isso, botei a segurança da tripulação e do veículo em risco. Eu mereço uma reprimenda por isso, e a aceito. Mas gostaria que o senhor devolvesse meu acesso às armas da torre. Estamos em um lugar ruim e, com lixeiros na história, pode muito bem ficar pior. O senhor pode precisar de mim e não posso fazer muito se não tiver permissão de tocar no equipamento.

Carlisle fica em silêncio por algum tempo. McQueen espera pelo veredicto, querendo que acabe logo.

— Gostaria de se sentar, soldado McQueen? — pergunta o coronel.

— Não quero ofender, senhor, mas não vim para relaxar e conversar sobre os velhos tempos. Só preciso de um sim ou de um não.

— Então é não.

O tom de voz do coronel é monótono, sem emoção. McQueen sente a reverberação outra vez, agora na forma de estática gelada fervilhando pelos nervos. Ele acha que deve ter ouvido errado. Levando-se em conta a magnitude do reconhecimento assumido por ele, a resposta do Incendiário não faz sentido.

— Senhor, eu não acho que um erro de julgamento...

— Sr. McQueen — corta-o de imediato o coronel, soltando as palavras como se fossem uma viga de madeira. — Se o lança-chamas fosse a única questão, eu concordaria. Mas não é.

O coronel se levanta e faz uma breve expressão de dor quando muda momentaneamente parte do peso para a perna machucada. Sem dúvida é importante para ele que os dois estejam no mesmo nível para isso, de um jeito ou de outro.

— Toda sua atitude — diz pesadamente, com cuidado, como um médico dando um diagnóstico terminal — vai contra a disciplina militar e a visão de mundo de um soldado. Servir em um exército, em uma milícia de qualquer tipo, é subordinar seus desejos e instintos às ordens de seu comandante. Um soldado pode ter dúvidas, mas ele faz o que lhe mandam fazer. Enquanto o senhor, McQueen, parece considerar ordens de qualquer tipo um insulto a seu profissionalismo.

McQueen não acredita estar ouvindo isso, nem de quem está ouvindo. Talvez devesse manter a boca fechada até o fim do sermão, mas precisa apresentar argumentos sérios e já tem permissão para falar.

— Eu sei tudo sobre obedecer ordens, senhor. Também sei aonde isso pode levar.

— Obrigado — diz Carlisle com seriedade. — Isso é exatamente o que estou querendo dizer. Me parece que o senhor obedece quando é absolutamente necessário, mas o faz com um espírito relutante ao comprometimento. Acha que seus próprios instintos são mais confiáveis e que poderia conseguir mais se fosse deixado por conta própria.

— Isso não é verdade — diz McQueen.

— É mesmo? As ordens vigentes dizem que...

— Merda, eu já admiti que errei! Uma vez! Eu errei uma vez!

Eles estão trocando olhares à queima-roupa, praticamente pisando nos pés um do outro. O espaço confinado da cabine os empurra na direção do confronto, queiram eles ou não.

— As ordens vigentes dizem que, se a situação em campo mudar significativamente, você deve notificar o oficial superior — repete Carlisle, pesadamente.

— Eu fiz isso.

— Sim, quando encontrou o corpo de Lutes. Você devia ter feito isso no momento em que viu os cachorros mortos.

— Eu tomei uma decisão com base na minha opinião.

— É claro — assente o coronel. — Você sempre faz isso, Sr. McQueen. Uma decisão atrás da outra, sempre com base em sua opinião. A maioria delas foi boa, tenho de admitir, mas era apenas questão de tempo.

— Por quê? — pergunta McQueen, com o desprezo engrossando sua voz. — Porque sua opinião é muito melhor que a minha?

— Não — diz o coronel, com a mesma calma enfurecedora. — Porque exércitos funcionam por algoritmos simples. Os procedimentos, por mais inúteis que pareçam, existem para reduzir a chance de erro. Eles filtram todas as decisões que você toma por intermédio de um leito de verificações e regras de segurança. Mas só se você usá-las. Você poderia ser um bom soldado, Sr. McQueen, se não estivesse em um exército de um homem só.

McQueen sacode a cabeça, amargurado, mas também, agora que a primeira onda de raiva e surpresa tinha passado, se divertindo friamente. Há uma certa simetria. Carlisle o está descrevendo exatamente como ele se vê, mas de cabeça para baixo, de modo que todas as virtudes são vícios, e supostamente todos os defeitos do próprio coronel são pontos fortes.

— Tenho que perguntar — diz ele. — O senhor estava seguindo os algoritmos quando bombardeou Cambridge e Stansted? Quando realizou as incursões incendiárias e fritou todas aquelas pessoas na cama? Essa decisão passou bem pelo filtro?

A boca de Carlisle se repuxa para baixo, como se ele tivesse um anzol no lábio inferior. Essa doeu.

— Sim — diz ele. — E não, respectivamente. Eu fiz o possível dentro do sistema para impedir que as incursões incendiárias acontecessem. Não funcionou. Foi tomada a decisão errada. Eu não tenho desculpas para isso.

— Não — concorda McQueen, com o rosto a centímetros do rosto do outro homem. — O senhor também não foi repreendido por isso, foi? Eu botei uma dúzia de homens e mulheres em perigo, mas eles todos sobreviveram. O senhor matou milhares e saiu disso com uma medalha.

— Você está errado. Ninguém me deu uma medalha.

— Tenho certeza de que vão chegar lá. Se não se importa que eu o diga, é só questão de tempo.

O coronel fica em silêncio por um ou dois instantes.

— Tem mais alguma coisa? — pergunta ele por fim.

— Só o que eu já disse. Eu tenho mais experiência com o canhão que qualquer um. Com o lança-chamas também. Me deixe fazer meu trabalho.

— Se eu achasse que você podia fazer seu trabalho, não estaríamos tendo esta conversa.

As palavras estão borbulhando na garganta de McQueen. Dizê-las não vai adiantar nada. Ele sai como entrou, com os mesmos problemas de ressentimento e solidariedade. Ele não tem utilidade para nenhum deles, mas em Rosie há apenas um caminho de A para B.

25

O NASCER DO SOL ENCONTRA a tripulação de pé e ocupada. Kat Foss, como oficial superior (que loucura, não?), lidera a incursão.

Não que haja muita necessidade de liderança, até onde ela pode ver. Todo mundo faz o que precisa ser feito sem precisar de ordens. Os sensores de movimento e as armadilhas imobilizadoras antes eram um mistério sagrado, mas sete meses tornaram sua operação tediosamente familiar. Os cientistas desmontam o perímetro enquanto Foss lidera um grupo até o lago com os galões de água de quarenta litros. Os tanques que captam a água da chuva de Rosie estão cheios, mas o coronel Carlisle é um homem prevenido.

Quando eles voltam do lago, os papéis mudam. Os cientistas adicionam tabletes de purificação aos galões de água e os guardam na cozinha; Foss manda os soldados fazerem verificações de tarefas de manutenção. Essas rotinas estão previstas no manual operacional de Rosie, que Foss tem na mão o tempo inteiro e consulta cerca de dez vezes por minuto. Há uma longa e exaustiva lista de verificações cobrindo as lagartas, o motor e os controles ambientais. Algumas delas são apenas diagnósticos, outras envolvem sujar as mãos com latas de óleo, chaves-inglesas e chaves de porca. Lutes conhecia o livro de cor e dava a todo o resto a tranquilidade de uma rede de segurança — olhos melhores verificando tudo o que faziam. Com Lutes inevitavelmente morto, Foss faz o melhor possível. Ela fica em cima de Phillips e Sixsmith o tempo inteiro, observando-os com um olhar nervoso e crítico. Então, quando eles terminam, ela faz com que repassem toda a lista devido a uma sensação geral de que há erros pairando acima deles, esperando para cair.

Eles estão indo para casa. Nenhum deles ainda acredita direito e nenhum deles quer atrapalhar.

Apesar do esmero um pouco obsessivo de Foss, ainda é cedo quando eles partem. O coronel Carlisle entrega o lugar do piloto para Sixsmith, sua ocupante legítima, mas permanece na cabine, de modo que possa usar seus comunicadores para falar com todo mundo no espaço principal da tripulação. Foss ocupa o observatório da seção intermediária e deixa Phillips com a torre. Ela ainda está hesitante em dar ordens para McQueen.

Todos, com a exceção dos que estão de vigia, prendem os cintos e esperam a partida. Eles não vão permanecer presos, é claro. A velocidade máxima de Rosie é de trinta e cinco quilômetros por hora em uma estrada boa, mas não resta nenhuma estrada boa. Rosie segue o caminho lentamente pelas artérias esburacadas e escleróticas da Grã-Bretanha e cai para uma média de 12 km/h quando troca o asfalto pela rota panorâmica. A maior parte das atividades do dia a dia, seja trabalho ou lazer, não é inibida pela rodagem fácil. Esse é o momento de fazer a volta, o dia que estavam antecipando há muito tempo. Tanto soldados quanto cientistas estão mostrando um respeito adequado.

Na verdade, os cientistas parecem absolutamente tristes. Foss percebe de onde isso vem também. Mais de meio ano na estrada e nada para mostrar. Por mais que tenham conseguido tiros e dissecações, eles podiam muito bem estar colhendo amoras silvestres. Na verdade, estariam melhor. Frutas frescas são muito valiosas em Beacon.

Se Beacon ainda estiver lá. Deve estar. Nada teria destruído todo o acampamento tão completamente que não conseguissem nem transmitir uma palavra. A falta de comunicação deve ser um problema técnico. Só pode ser isso.

Pessoalmente, ela está em um estado de ânimo bastante positivo. A imagem do corpo de Lutes quase cortado em pedaços ainda está viva em sua mente – muito mais que qualquer lembrança específica dele em vida –, mas o fato de estarem indo mais cedo para casa é a melhor notícia que ela recebeu desde que partiram.

Voltar com uma promoção de campo seria a cereja do bolo se ela não se sentisse tão mal pelo (é apenas força do hábito, mas ela não consegue evitar) tenente. McQueen só fez o que o resto deles estava pensando em fazer, então qual o sentido de fingir que ele merece ser culpado? Quando ele pôs a mão nas armas, a torre virou e o fogo jorrou, Foss quase sentiu como se estivesse acontecendo por sua vontade. Na verdade, ela desejava ter chegado lá primeiro. Agora, indiretamente, ela se sente atingida pela punição de McQueen. Ela não acredita que está sozinha nisso.

Ela não quer cair no mesmo estado de ânimo desgostoso dos cientistas. Ela sai disso novamente pensando no que vai fazer quando chegar em casa. Primeiro, ir ao Pavilhão 27 e ficar bêbada. Depois tomar um ou dois copos com algum cara abençoado com um pau de tamanho respeitável e sentido de direção (há exatamente dois homens a bordo de Rosie pelos quais ela sentiu interesse sexual, Phillips e Akimwe, e – como sempre na história de sua vida – eles só têm olhos um para o outro). Por fim, ir para casa e esfregar a insígnia de tenente na cara de seu pai: *O que acha dessas divisas, sargento intendente?* É bem essa a receita para um ótimo dia e, agora que estão seguindo de volta para o sul, não pode estar a mais que alguns dias de distância.

A estrutura de Rosie estremece quando o motor ganha vida. A pulsação sobe e chega ao máximo. Sixsmith está engrenando as marchas para uma partida que os tire da pegada deixada por seu próprio peso enorme: ela conhece Rosie melhor que qualquer um, agora que Lutes está morto. Eles balançam um pouco, para a frente e para trás, enquanto ela abre espaço para manobrar, até que, com um tranco enorme e um peido grave do sistema hidráulico, se põem a caminho.

Isso conta como uma partida suave e fica um pouco mais suave assim que começam a se mexer. Há uma salva de palmas do alojamento da tripulação.

– Muito obrigada – diz Sixsmith no comunicador interno. – Sua comissária de bordo em breve vai passar pelos corredores servindo bebidas e drogas recreativas.

Há um estalido e a voz do coronel assume o controle.

– Seção intermediária – diz ele sucintamente. – Um relatório.

– Estamos bem aqui – responde Foss.

Phillips discorda.

– Senhor – diz ele do alto da torre. – Estou vendo movimento.

Merda. O que ela perdeu? Foss deixa para mais tarde as fantasias de lar doce lar e dá uma olhada pelo visor na porta da seção intermediária, coisa que devia ter feito antes de abrir a boca. Ela não vê nada além de árvores altas e campos cobertos de mato, borrados em uma sopa verde por seu movimento.

– Bombordo ou estibordo? – pergunta ela.

— Seu lado. Cinco horas.

— Não estou vendo nada, coronel.

— Dez horas também — diz Phillips, extremamente tenso. — Nós com certeza temos companhia.

Foss olha novamente. Ainda apenas paisagem em seu campo de visão. Nada em movimento que não devesse estar.

— Phillips, me diga o que você está vendo — ordena o coronel.

— Não consigo, senhor. Desculpe, são apenas vislumbres aqui e ali em meio às árvores. Não estou conseguindo uma linha de visão clara.

— Coelhos? — opina Foss. — Raposas?

Não são grandes sugestões, nenhuma delas. Simplesmente não há muita vida selvagem por aí nesses dias. Qualquer coisa que sangra é presa para os famintos. Eles preferem sangue quente, mas pegam o que conseguirem.

Há um silêncio longo e tenso, até que Philips xinga.

— Foram embora? — pergunta o coronel.

— Não sei, senhor. Não paro de pensar que estou vendo alguma coisa, mas estão muito baixos.

O que indica animal, não humano. Lixeiros podem rastejar para permanecer sob a cobertura do mato, mas não enquanto acompanham o ritmo de um tanque em movimento.

— Nada aqui ainda — diz Foss.

Ela agora está olhando com muito mais atenção. Ela confia nos próprios olhos, mas Phillips, na torre, está dois metros acima de sua posição, e ele não entra em pânico com facilidade.

Nem o coronel, mas, como observado anteriormente, ele gosta de ser prevenido.

— Sixsmith, vamos mais rápido. Philips, veja se há sinal no infravermelho.

— Nada, senhor — relata Phillips no devido tempo.

Foss pode ouvir o alívio na voz dele e sente o mesmo. Lixeiros apareceriam como pontos de calor no infravermelho, assim como animais vivos de qualquer tipo. Provavelmente são apenas famintos, atraídos pelo som dos motores quando foram ligados. Há apenas um número limitado de defletores que se pode acrescentar a uma tampa de motor e ainda andar.

Famintos *podem* ser mais rápidos que Rosie, mas apenas no curto prazo. Não deve demorar muito para que tenham a estrada só para si outra vez.

— Tudo bem? — pergunta o coronel.

Dessa vez, Foss e Phillips concordam que sim. Os sinais fantasmas desapareceram.

Rosie está indo para casa.

26

Assim que estão a caminho, Greaves solta o cinto e sai do alojamento da tripulação para o laboratório. Ele espera conseguir algum tempo para si ali, já que trabalhar em movimento não é uma opção comum. É muito difícil compensar o balanço do chassis de Rosie. Alguns tubos de ensaio quebrados e amostras destruídas foram o suficiente para fazer com que a maior parte da equipe científica perdesse o hábito.

Hoje não. Ele é seguido quase imediatamente por Rina. Por um momento, fica com medo que ela se ofereça para ajudá-lo, mas parece que ela tem um projeto próprio com o qual se ocupar. Ela sorri para ele quando passa na direção da bancada de trabalho mais distante. É um sorriso fraco. Greaves o cataloga como do tipo *c* (*você é meu amigo*) em uma lista que vai até o *n* (*estou pensando em algo que você não entenderia*).

— Está ficando cada vez mais difícil trabalhar perto de mim, não está? — pergunta Rina, dando tapinhas na barriga protuberante. — Não me deixe atrapalhar, Stephen.

Ele pensa em dizer que ainda há mais de trinta centímetros livres de cada lado do corredor central se ela ficar parada no centro. No entanto, está quase certo (pelo sorriso, que agora se transformou em um *d*) que o comentário foi uma piada. Ele responde com um sorriso, normalmente a opção mais segura, e volta para o trabalho.

Do alojamento da tripulação, chegam as vozes de Sealey e Akimwe. Eles estão discutindo o *Cordyceps*, o grande adversário — seus significados cultural e histórico, com referência especial a lendas folclóricas chinesas sobre seu ciclo de vida. Greaves sabe muito bem que os chineses, quase três mil anos atrás, viram o fungo brotar dos corpos explodidos de lagartas e acharam terem esbarrado com uma metamorfose mágica. Uma criatura que era um animal no verão e um cogumelo no inverno! Eles valorizaram o *Cordyceps* como um tratamento para doença cardíaca e impotência, a essência destilada da própria vida. Gerações posteriores descobriram que o fungo podia crescer através de tecido nervoso danificado e repará-lo. Segundo a teoria predominante, esses usos medicinais do fungo foram os predecessores da praga dos famintos – a porta através da qual o *Cordyceps* infectou as populações humanas.

Ignorando as vozes, Greaves prepara o tecido coletado pela agulha de biópsia para exame. Ele usa o ATLUM, uma máquina aperfeiçoada no Centro de Ciência do Cérebro de Harvard. É um micrótomo, um torno mecânico para cortar tecido neural em seções muito finas, da espessura de uma única célula. O ATLUM monta as seções em uma fita contínua em vez de cortes convencionais. Então, ele permite que o usuário - pelo menos o usuário com um microscópio de varredura de elétrons à mão - construa uma visão tridimensional das estruturas cerebrais e as siga através de camadas sucessivas de tecido. Greaves considera a operação do ATLUM absolutamente fascinante. Descasca amostras de tecido da mesma forma que descascaria uma maçã com um canivete de bolso, mas, em seguida, as reconstrói em maçã.

Quando monta e examina sua amostra, porém, ele fica confuso.

As crianças já demonstraram que não são de jeito nenhum como os outros famintos. Seu repertório comportamental é vasto, talvez tão grande quanto o dos humanos normais, por isso ele espera ver pouca ou nenhuma penetração de fungos no tecido encefálico. Em vez disso, ele se vê encarando um tapete denso de micélio fúngico. O cérebro é uma vasta teia de aranha de filamentos entrelaçados em meio aos neurônios normais desde o córtex externo até o tálamo e a fissura longitudinal. Pelo volume, esse cérebro é metade humano e metade fungo.

Onde estão os danos? A massa encefálica humana devia ter sido esvaziada, devorada pelo fungo invasor. Devia haver uma redução de 55% a 80% na massa real do cérebro e uma degeneração visível de qualquer tecido restante. Uma crosta de células micróglias encobrindo as áreas corticais. A cobertura de mielina arrancada, deixando neurônios nus disparando irregular e futilmente em sinapses que se transformaram em lamaçais de suco necrótico. Nada disso está presente. Se esse cérebro foi invadido, está montando uma resistência robusta.

Ou seria um momento, não um estado? Apenas um equilíbrio breve antes que o tecido encefálico se entregue e o fungo ganhe o dia? Nesse caso, como o cérebro resistiu por tanto tempo cercado e sitiado? Há algum fator em funcionamento que ele nunca viu antes e as implicações são imensas. Quase atordoantes.

Greaves afasta o rosto do visor e olha furtivamente ao redor. Ele sente por um momento como se as batidas de seu coração e o tremor em sua respiração devessem ter sido percebidos, mas Rina não está olhando para ele. Está concentrada no próprio trabalho, sua calma preocupada contrastando com a explosão de excitação de Greaves, que beira o pânico.

Ele volta ao que estava fazendo. Dessa vez, abandona o microscópio por um tempo, extrai outra amostra de tecido e começa uma série de testes para determinar a presença dos principais neurotransmissores, os produtos químicos que transformam o cérebro de um monte de carne inerte no maior concentrador de comunicação do mundo. Há muito mais que cem desses emissários químicos, mas Greaves se limita por enquanto a uma amostra de aproximadamente trinta: aqueles que aparecem rapidamente na presença de reagentes-padrão.

Metade dos transmissores químicos está presente na mesma força e proporção de um cérebro humano normal. O resto não está ali.

O que é impossível.

Ele sabe como o *Cordyceps* deve funcionar, como funciona em todo faminto estudado até então. Segundos após a infecção primária, inunda a corrente sanguínea do hospedeiro humano, onde prolifera com velocidade impressionante. Tendo atravessado a barreira sangue-cérebro, ele se aloja no tronco encefálico e lança um ataque rápido, desativando o funcionamento neural normal por meio de um superestímulo destrutivo das células nervosas. Ele esgota o cérebro.

Ele então torna a crescer para baixo, penetra e desce pela espinha, estendendo o sistema micélico pelos principais troncos nervosos aferentes. Com o cérebro fora de combate, além de alguns comportamentos poderosos e instintivos controlados por meio da ponte e da medula, o fungo está livre para assumir o sistema nervoso periférico e usá-lo para tomar o controle direto das funções motoras do hospedeiro.

Em um cérebro fortemente infectado, a atividade original dos neurotransmissores deve ser de mínima a inexistente. Ainda pode haver alguma consciência – os especialistas discutem isso exaustivamente sem chegar a conclusão alguma –, mas, de qualquer modo, não importa. Os cordões foram cortados.

Esse cérebro é diferente. Estruturalmente, está intacto, e quimicamente é parcialmente funcional: mas de que vale metade de um cérebro? Não é possível dirigir um carro com carburador, mas sem vela de ignição, com cilindros, mas sem pistões. Não é como se meio cérebro pudesse controlar metade dos sistemas corporais. Membros não podem ser postos para se movimentar sem dopamina ou acetilcolina. Não há ciclo de sono adequado sem adenosina, nem reflexos de fome e saciedade sem noradrenalina. O fungo ainda deve estar no controle, sem dúvida, por mais saudável que o cérebro pareça em um corte transversal.

No entanto, Greaves viu como essas crianças se comportam. Tirando a fome, elas lembram pessoas de verdade.

Ele revira a pergunta. Se essa criança, quando estava viva, tivesse imunidade parcial a alguns dos efeitos do patógeno faminto, qual é o mecanismo? Não há nada incomum nas estruturas celulares que Greaves está vendo, exceto que ainda estão intactas, viáveis, quando deviam ser cascas explodidas.

Ele pensa sobre isso. A forma segue a função, mas também dita a função. Há motivo para os famintos serem chamados assim, afinal de contas. Obviamente o reflexo da fome é a primeira coisa da qual o *Cordyceps* toma posse. Mais que qualquer outra coisa, ele precisa que seus hospedeiros comam, espalhando a infecção com cada mordida. Ele viu a garotinha ir atrás daquele pombo e viu a tribo se alimentar de carne de cachorro nas ruas de Invercrae. As crianças têm esse instinto, esse impulso, tão fortes quanto os famintos normais, por mais diferentes que possam ser de outras maneiras.

O que está acontecendo aqui? Apenas um refinamento do acometimento inicial e da progressão normais do patógeno, ou algo completamente novo?

Ele precisa olhar o tecido espinhal para ver o que o *Cordyceps* está fazendo por lá, mas não pode extrair uma biópsia nova com Rina no laboratório trabalhando bem ao lado.

Com relutância, ele desmonta as lâminas e as amostras, e as guarda em sua área pessoal, onde não vão ser tocadas. Rina não ergueu o olhar nem uma vez durante todo o tempo. O que ela está fazendo, porém, não devia ser tão absorvente. É um procedimento mecânico bem básico. Ela está neutralizando ácido sulfúrico com carbonato de magnésio, um jeito rápido e fácil de produzir...

Ah.

A Dra. Khan finalmente ergue o rosto e o olha nos olhos. O vazio reservado que ele vê confirma seu palpite.

Greaves tem dificuldade para aprender sobre as pessoas, mas química é fácil. Na verdade, ele conhece muito bem o sulfato de magnésio: seu perfil molecular, suas propriedades químicas e seu efeito biorregulador. A Dra. Khan quase certamente pretende tomá-lo como agente tocolítico para suprimir as contrações no canal de parto. O bebê está chegando, ou pelo menos anunciando suas intenções.

— O que foi? — pergunta ela, percebendo que tinha sido descoberta.

Greaves não tem ideia do que seria uma resposta adequada do ponto de vista da arquitetura obscura da emoção. Em relação à química, entretanto, continua confiante.

— Nifedipina, Rina — diz. — Nifedipina seria melhor, se quiser retardar o parto. Temos um pouco no armário de remédios, para trauma hipertensivo.

Rina parece atônita. Ela deixa o destilador que estava segurando esse tempo inteiro e afasta-se dele um pouco, como se quisesse negar todo o conhecimento. Depois de um momento, ela ri e sacode a cabeça.

— Incrível, Holmes — diz ela.

— Quê? Quem é Holmes? Por que é incrível?

— Deixe para lá. Não diga uma palavra para ninguém, Stephen. Eu não quero reduzir nossa velocidade nem deixar essa situação estúpida pior do que é. Não diga nada. Por favor?

Greaves assente. Ele pode não ser capaz de mentir, mas tem completa certeza de que ninguém vai lhe fazer essa pergunta em particular. Se alguém fizer uma pergunta mais genérica, como "Tem alguma coisa errada com a Dra. Khan?", ele provavelmente conseguirá manter o segredo dizendo que ela está tomando um remédio normalmente receitado para o estresse. Está confiante de que pode manter sua palavra.

Ele deseja poder neutralizar a descoberta de suas intenções confiando a seu próprio projeto imenso, mas não é a hora.

Logo. Quando tiver descobertas, não só suposições. Quando tiver algo a mostrar além de uma criança morta.

Uma criança morta que, desconfia ele, no momento vai apenas aumentar as preocupações.

27

O Dr. Fournier ainda está tentando obter resposta do rádio, mas há muito tempo se resignou ao fracasso. Ele só está fazendo isso no momento porque não consegue pensar em mais nada a fazer que tenha qualquer valor. Quando a voz do ajudante da brigadeiro Fry, Mullings, emana fracamente do rádio em um borbulhar de estática viscosa, ele leva um susto tão violento que bate o cotovelo direito na capota do motor.

— Beacon. Por favor, identifique-se.

— Chame a brigadeiro — resmunga o doutor, contorcendo-se em torno do braço machucado. — É Fournier. Relatório de campo. Urgência um.

— Ela está em reunião com os oficiais de comando, Dr. Fournier. O senhor vai ter de...

Outra voz murmura ao fundo. Fournier não consegue ouvir as palavras, mas o robusto "Sim, brigadeiro!" de Mullings é alto o bastante para fazer com que ele cubra o microfone do rádio e murmure um palavrão.

— Vá em frente, então — diz Fry. — Qual seu relatório, Dr. Fournier?

Ele tenta:

— Vocês... Nós... Não há transmissão pelo rádio da cabine há duas semanas, brigadeiro. Nós não sabíamos o que estava acontecendo.

— Estou perfeitamente ciente disso, doutor. Pedi que o senhor fizesse um relatório de sua situação, por favor.

— Nós tivemos um incidente. Perdemos um homem, o soldado Lutes.

Ele conta a ela sobre Invercrae com detalhes um tanto desnecessários, afastando-se da questão fundamental o maior tempo possível. Finalmente, diz:

— Nós estamos a caminho de casa.

— Estão, agora? — pergunta com delicadeza a brigadeiro, depois de uma pausa momentânea. — De quem foi essa decisão?

— De todos nós. Foi... foi uma decisão do grupo. Nós tínhamos provas concretas de atividade de lixeiros, afinal de contas. Parecia...

— Você perdeu um homem. Isso por si só não é prova de nada. Honestamente, eu diria que o fato de Rosie não ter sido atacada vai contra qualquer presença de lixeiros.

Lá vão eles. Claro, estão exigindo que Fournier abaixe a cabeça e assuma a culpa. Como um bode expiatório é conveniente, especialmente em uma situação na qual o sucesso é quase impossível. Dessa vez, ele reage:

— Eu fiz uma avaliação com base nos fatos que estavam disponíveis para mim. Também levei em conta o ânimo da equipe e os atritos muito consideráveis entre o coronel Carlisle e o tenente McQueen.

Fry descarta esses argumentos.

— O que importa agora é administrar a situação — diz ela. — O momento não é nada apropriado. Estamos no meio de uma sublevação estrutural significativa aqui, por isso houve um hiato em nossa comunicação. O retorno do coronel neste momento pode ser altamente perturbador.

Fournier está prestes a bater o pé e defender o caso, mas tem uma sensação de desconforto. Sublevação estrutural! Ele imagina a paisagem desoladora escondida sob essas palavras inofensivas e não consegue deixar de espiar por baixo.

— Quando a senhora fala em sublevação — arrisca. — Está dizendo...

Ele tenta pensar em um jeito neutro de enunciar a pergunta, mas descobre não haver nenhum.

— O Grupamento assumiu o controle da Mesa Principal? — pergunta finalmente.

O tom de Fry é cirurgicamente preciso.

— A Mesa Principal cedeu voluntariamente a autoridade executiva para o Grupamento. Uma transmissão pacífica de poder. Não estamos falando de uma mudança de regime, doutor, mas de uma realocação lógica dos papeis e prioridades existentes. Infelizmente, alguns elementos extremistas se recusaram a ver as coisas assim. Eles estão aproveitando essa oportunidade para impor os próprios ressentimentos pessoais e precisamos conter isso com muita dureza.

— Há alguma emergência? — pergunta Fournier, ansioso.

Além do que ela acabou de descrever, é claro. Havia alguma razão para fazer isso além do objetivo de assumir o poder por si só?

— Havia a necessidade de um gerenciamento firme e focado de uma situação volátil — diz a brigadeiro.

Fournier não tem mais perguntas. Ele acabou de ouvir um golpe militar ser definido em palavras que fazem com que pareça um castigo escolar. Ele não quer ouvir mais nada, caso seja pior do que já está imaginando.

Toda a energia para brigar e os descontentamentos de repente se esvaíram. Ele pensa em perguntar "O que a senhora quer que eu faça?", mas, mesmo em sua cabeça, soa fraco e vacilante. Ele não pode liberar essas palavras no mundo. Ele as edita em um formato um pouco melhor:

— Quais são suas ordens?

— Primeiro, com a maior urgência, desative o rádio da cabine assim que possível. Estamos mantendo silêncio no rádio, obviamente, mas queremos nos resguardar contra qualquer outra pessoa que consiga entrar em contato com Rosie.

— Qualquer outra pessoa? — arrisca Fournier.

A brigadeiro não parece ouvir.

— O senhor pode deixar o rádio da cabine inoperante ao abrir o painel com uma chave Allen e remover as duas placas de circuito instaladas na parte de trás da placa-mãe — diz ela. — Vão se soltar com muita facilidade. Faça isso rapidamente, doutor. Quanto mais demorar, maior o risco. Se o coronel for informado dos acontecimentos aqui em Beacon, ele pode querer interferir. Isso é inaceitável.

— Muito bem. Eu... eu acho que posso fazer isso. Há mais alguma coisa?

— Sim, claro que há. Preciso que o senhor permaneça em campo até receber novas informações. Não queremos Carlisle aqui, nem Rosie. Ainda não. Quando a situação se estabilizar, vamos trazê-los para cá. Até lá, descubra um jeito de parar ou reduzir a velocidade.

O Dr. Fournier sente que isso é muito fácil de dizer, e muito difícil de fazer. Ele está prestes a perguntar, com uma quantidade cuidadosamente modulada de sarcasmo, como a brigadeiro acha que vai deter um tanque. Nesse momento, no entanto, há um solavanco tão abrupto que joga sua cadeira e ombro contra a parede.

Rosie parou.

28

— Me desculpe, senhor! — gagueja a soldado Sixsmith. — Eu não vi até estarmos bem em cima. As folhas...

Ela dá de ombros, impotente, e põe a mão de volta no volante, agarrando-o como se quisesse extrair dele alguma força.

— As folhas esconderam — diz ela novamente. — Eu não achei que houvesse nada ali. Desculpe.

Ela não acabou de se desculpar, mas Carlisle faz com que ela se cale com a maior delicadeza possível. Eles precisam reagir ao que acabou de acontecer. Todo o resto pode esperar.

— Está tudo bem, soldado — diz ele em voz baixa. — Você reagiu com rapidez e de maneira apropriada.

Ele abre TODOS os canais do sistema de comunicação e fala com o alojamento da tripulação, o laboratório, a seção intermediária e a torre. Do alojamento da tripulação chega um coro de vozes elevadas. Sealey não para de perguntar o que acabou de acontecer e Penny está chorando.

— Batemos em alguma coisa? No que batemos?

— Não há nada com que se preocupar — anuncia o coronel. — Todo mundo fique onde está e, por favor, não bloqueiem o canal. Phillips, vá para o infravermelho outra vez. Procure inimigos.

— Senhor — diz Phillips, seguido de quase um minuto de silêncio.

Um silêncio provisório, de qualquer forma, com apenas sussurros baixos do alojamento da tripulação; e do laboratório, muito nítida, a voz de Stephen Greaves se ergue com um pânico crescente:

— Rina está ferida! Alguém. Todo mundo. Rina está ferida!

— Dr. Akimwe — diz Carlisle. — Por favor, vá até a Dra. Khan. Sr. Greaves, estamos mandando ajuda. Por favor, saia do canal.

Feito isso, ele espera em silêncio. Ele aprova o fato de o soldado Phillips não fazer isso com pressa. Essa não é uma situação em que uma resposta imediata vai adiantar.

— Nada aí fora, senhor — diz finalmente Phillips. — Pelo menos, nada quente.

O que não exclui famintos, mas famintos não faziam a coisa sobre a qual eles tinham acabado de passar. Era uma barricada estendida através de toda a largura da estrada. Principalmente galhos e ramos, mas os rangidos triturantes vindos da barriga de Rosie sugerem que havia pedras na mistura também.

O que quer que fosse, agora está embaixo deles. O solavanco foi da lagarta passando por cima das pedras antes que Sixsmith pudesse fazer com que Rosie parasse.

— Algum dano? — pergunta Carlisle à piloto.

Sixsmith consulta o painel de diagnóstico, sacode a cabeça.

— Nada vermelho, senhor. Estamos bem. Devo sair e verificar?

— Aqui, não — diz Carlisle. — Siga mais um ou dois quilômetros. Vamos dar uma olhada quando estivermos longe.

Sixsmith faz com que Rosie avance um centímetro de cada vez, alerta para qualquer vibração suspeita, qualquer indício de problema. Ela espera até conseguir ver a barricada no retrovisor para pisar no acelerador.

Nessa situação, viajam por cerca de seis quilômetros antes de Carlisle mandar parar. Ele espera até que a floresta dos dois lados rareie e estejam em terreno relativamente aberto. Mesmo então, manda Phillips fazer outra varredura de trezentos e sessenta graus com o visor infravermelho.

No alojamento da tripulação, ele reúne um grupo de escolta e lhes passa os detalhes. Sixsmith vai permanecer ao volante; Foss vai comandar as armas da torre. Ele mesmo vai sair com McQueen e Phillips para inspecionar o dano, se é que houve algum. O coronel estava esperando ter de responder a perguntas ansiosas da equipe científica, mas eles migraram em massa para o laboratório.

Enquanto McQueen e Phillips se preparam, o coronel vai até a parte traseira verificar a situação da Dra. Khan. Ela caiu quando Rosie parou. Ainda está no chão, muito pálida, sem falar nem tentar se mexer. Seu jaleco e sua camisa estão abertos e o Dr. Akimwe está com um estetoscópio sobre a barriga exposta. Os membros restantes da equipe científica permanecem ao redor, alheios e infelizes. Stephen Greaves está rígido de sofrimento e medo, de cabeça baixa, os dois punhos apertados firmes contra a testa. De modo quase imperceptível, a parte superior de seu corpo balança para a frente e para trás. John Sealey se ajoelha ao lado de Khan, ao mesmo tempo abraçando-a e segurando sua cabeça no alto, longe do aço frio do convés. O disfarce deles, supõe o coronel, agora acabou até mesmo para os piores entendedores. Como se tivesse recebido uma deixa, o Dr. Fournier entra, vindo da sala das máquinas, piscando diante da luz forte dos tubos de néon.

Akimwe tranquiliza o coronel de que não há ossos quebrados. O olhar de Carlisle vai para a barriga de Khan.

— O bebê também parece estar bem — diz Akimwe. — Ele tem um pulso muito forte.

— Bom — diz Carlisle rispidamente. — Fico feliz. Todos vocês, fiquem aqui. Estamos em confinamento total. Vamos avaliar a situação, e depois vamos lhes dizer em que pé estamos.

Ele se ajoelha e aperta a mão de Khan, apenas por um momento.

— Fico aliviado por você não ter se machucado — diz ele.

— Eu também — murmura Khan.

Ela tenta sorrir, mas o efeito fica longe de ser convincente.

O coronel a deixa ali, depois de instruir o Dr. Akimwe a levá-la em segurança de volta para seu assento e prendê-la com o cinto de segurança.

— Cuide do Sr. Greaves também — acrescenta.

— Tem alguma sugestão de como eu poderia fazer isso? — pergunta educadamente Akimwe.

Carlisle não tem, por isso não diz nada. Ele renova seu bloqueador E, observando com aprovação que McQueen e Phillips estão fazendo o mesmo. Então, com os dois homens atrás dele, abre a porta da seção intermediária e sai.

A tarde é nua e clara. Há névoa no chão, mas dos joelhos para cima a linha de visão é boa. Talvez haja agressores escondidos, serpenteando de bruços pelo capim alto. Se houver, sua habilidade de rastejar como cobras é louvável e eles encontraram um meio de encaixar silenciadores em folhas de capim.

Contudo, Carlisle opta por não falar. Ele sinaliza para McQueen cobrir a ele e a Phillips enquanto verificam as lagartas e a parte de baixo do veículo.

Mais uma vez eles sentem a ausência do soldado Lutes, que conhecia Rosie como a palma da mão. Eles conseguem verificar que não estouraram uma lagarta, nem há dano visível ao chassis. Confiante agora de que estão sozinhos, Carlisle traz Sixsmith da cabine para se juntar a eles. Como a engenheira mais competente dentre os cinco, ela é a mais qualificada para fazer uma inspeção visual completa nas conexões da lagarta. O coronel também ordena que ela verifique as saídas de ventilação instaladas na traseira. As saídas são distantes o bastante da estrada e é improvável que tenham sido afetadas, mas ele não quer negligenciar algo tão crucial para sua sobrevivência.

Tudo está bem, ou parece estar.

— Isso foi uma emboscada? — pergunta McQueen.

Do alojamento da tripulação, ele não conseguiu ver nada quando passaram por cima do obstáculo, o que é nitidamente uma questão delicada.

— Havia sem dúvida uma barricada construída — diz Carlisle, atendo-se ao que sabe. — Galhos. Pedras. Algumas estacas afiadas.

— Estacas? — pergunta McQueen, incrédulo.

Carlisle desenha no ar.

— Pedaços de madeira de um metro e meio a dois, divididos pela metade em uma extremidade, com cacos de vidro enfiados na forquilha.

— Era uma emboscada — diz diretamente Sixsmith. — Vocês precisam ver isso.

Na parte traseira direita de Rosie, há marcas rasas de arranhões raspando a tinta verde-oliva. Abaixo deles, uma pequena elipse enegrecida por fuligem mostra onde alguém tentou atear fogo. Os quatro olham fixamente para esses sinais intrigantes como se estivessem tentando decifrar hieróglifos.

— Ontem à noite? — pergunta McQueen por fim.

— Deve ter sido — diz Sixsmith. — Nós estávamos em perfeitas condições quando saímos de Invercrae. Eu verifiquei cada centímetro.

— Por que isso não apareceu nas rotinas de verificação de manutenção? — pergunta o coronel.

Sixsmith lança um olhar amedrontado para ele. Ele a contestou e ela sente, especialmente depois de ir direto para cima da barricada.

— Senhor, as rotinas de manutenção cuidam das partes móveis. Nós não checamos a blindagem.

McQueen ainda está concentrado no inimigo invisível, o ponto crucial daquela situação.

— Alguém passou pelos sensores de movimento e pelas armadilhas e nos atacou?

— É, mas com canivetes — diz Phillips com um riso nervoso. — Canivetes e um fogareiro. Quem tenta esfaquear um tanque?

McQueen não está gostando nada disso. Ele examina o horizonte vazio com uma expressão feia como o diabo.

— Quem tenta esfaquear um tanque? — repete ele. — As mesmas pessoas que nos atacaram em Invercrae ontem com estilingues. As mesmas pessoas que mataram Lutes com a porra de utensílios de cozinha. Eles nos seguiram.

Carlisle sacode a cabeça. Ele considerou essa possibilidade, mas parece totalmente implausível.

— Passaram à nossa frente? Nessa estrada? Como, Sr. McQueen? Não, se isso foi uma emboscada, foi armada para outra pessoa. Alguém que não está andando dentro de quatro centímetros de aço laminado e cerâmica.

Há ainda outra possibilidade, concede dentro da própria cabeça. Podia ser alguém que os havia visto chegar e os houvesse subestimado absurdamente. Se ele e sua equipe tivessem saído para inspecionar as lagartas no local, será que selvagens pintados de azul teriam saído correndo das árvores para atacá-los com lanças e porretes?

Não, claro que não. Faz apenas dez anos que a civilização foi destruída. As pessoas não regridem para a idade da pedra em uma única década. De qualquer modo, Phillips fez um exame minucioso com o visor térmico e não viu ninguém na mata ao lado da estrada. Mesmo que aceitasse a hipótese de que podia ter sido feito por selvagens, ainda pareceria haver uma contradição lógica na ideia de selvagens que armam uma emboscada e depois saem para colher flores.

Apesar das ordens, o Dr. Fournier emerge de Rosie saindo pela cabine, não pela porta da seção intermediária. Desacostumado com o estribo alto, ele quase escorrega e cai. Está muito irritado quando caminha para se juntar a eles, indignação e beligerância nitidamente visíveis em seu rosto. Há, também, outra coisa ali, disfarçada e meio apagada sob aquelas emoções fortes e visíveis. Carlisle atribui isso ao medo. É compreensível para o doutor estar com medo e querer esconder. Não há razão, até onde ele sabe, para acreditar que Fournier tenha qualquer outra coisa para esconder.

Fournier está tremendo descontroladamente e seu estômago se revira de náusea. Ele acabou de desativar o rádio na cabine de Rosie. A placa de circuito que removeu está guardada em seu bolso agora, junto com a chave Allen que usou para soltar o painel do rádio do console e acessar as partes internas.

Durante todo o tempo em que trabalhava, ele estava em plena vista do coronel e dos soldados. Eles podiam ter se virado a qualquer momento, o visto e voltado à cabine para descobrir o que ele estava fazendo ali. Era simplesmente a coisa mais corajosa que já tinha feito, e ele está impressionado consigo mesmo. Ele já tinha ficado impressionado durante o procedimento ao descobrir que era capaz de tamanha coragem e arrojo.

Agora ele estava sofrendo a reação, com o excesso de adrenalina fazendo seu corpo se rebelar contra o desejo consciente como um cavalo indomado. Não há como passar por um estado de normalidade, por isso deixa que os soldados vejam que ele está fora de controle. Eles vão confundir com covardia, mas não é problema. Dessa vez, a falta de respeito por ele vai funcionar a seu favor.

— É demais pedir que o senhor me faça um resumo do que acabou de acontecer? — pergunta a Carlisle.

O tom de sua voz é vacilante. Bom. Que seja assim.

— Nós atingimos um bloqueio na estrada, doutor — explica o coronel. — Não sofremos danos e podemos seguir nosso caminho novamente.

O que é uma notícia muito boa nessas circunstâncias, mas, animado com o sucesso de suas façanhas recentes, Fournier sente uma oportunidade para deixar as coisas ainda melhores. As ordens da brigadeiro para ele eram cuidar para que Rosie se atrasasse; se não há perigo real, melhor ainda. Ele exige detalhes e mais detalhes depois desses. Como comandante civil, anuncia com uma estridência calculada que tem o direito de saber.

O coronel contém visivelmente sua impaciência. Ele faz para Fournier um relato completo e circunstancial dos acontecimentos e especulações recentes. O resto da escolta permanece em meio ao capim alto e molhado, trocando olhares de desprezo e incredulidade.

Enquanto escuta, Fournier pensa na melhor maneira de aproveitar a situação — quanto tempo de paralisação ele pode negociar.

— Nós não podemos seguir em frente até termos certeza absoluta de que não há perigo — diz ele quando o coronel termina seu relatório. — Eu me recuso a submeter minha tripulação a riscos desnecessários.

Do lado esquerdo de Fournier, mas não fora de sua linha de visão, a soldado Sixsmith sacode a cabeça, perplexa.

— Doutor, a única reação sensata é seguir em frente — diz tranquilamente o coronel. — Se há uma ameaça, a melhor coisa que podemos fazer é correr dela.

— Eu discordo totalmente — diz Fournier. — Nós não temos ideia do que podemos encontrar. Rosie deve ficar bem aqui enquanto seus homens fazem um reconhecimento da estrada à frente e se asseguram de que não há mais nada em nosso caminho.

— E se houver? — pergunta Carlisle, a voz tensa com o esforço de ser educado. — Nós ainda vamos tomar a mesma decisão, que é abrir caminho em frente ou dar a volta. Não é bom fazer com que os soldados se exponham a pé a perigos com os quais Rosie está bem equipada para lidar. O senhor pode ver que não sofremos nenhum dano.

Fournier insiste. Ele na verdade não tem escolha e não pode se dar ao luxo de perder a discussão.

— Esta armadilha pode ser a primeira de muitas. Para nos sondar. Testar nossos recursos. De modo que possam nos atingir com mais força na próxima vez. Não podemos supor que, por não ter havido dano dessa vez, não haja ameaça. Na verdade, eles podem estar intencionalmente nos encorajando a subestimar sua capacidade.

O coronel ergue as duas mãos para indicar o vazio por toda a sua volta.

— Quem são *eles*? — pergunta.

Fournier tem consciência do risco que está assumindo, os perigos muito reais que está convidando. Se quem quer que armou a barricada não a fez para eles, mover-se rápido minimiza a janela para novas emboscadas. Ficar ali parado a alarga. Mesmo assim, ele tem um trabalho a fazer. O destino de Beacon está em suas mãos e é mais importante que o destino desses indivíduos. Mesmo seu próprio destino, embora ele evite esse pensamento. Ele quer muito acreditar que o perigo real é pequeno, mesmo enquanto fala e o transforma em uma crise.

A adrenalina que inundou seu sistema depois do ato de espionagem na cabine finalmente começou a ceder. Com a voz mais contida, ele estabelece o limite.

— Seguir na direção de mais bloqueios na estrada e emboscadas não é uma opção, coronel. Caso se recuse a realizar um reconhecimento apropriado, vamos ter de tomar outras medidas em contrário. Nós temos um veículo que foi projetado especificamente para funcionar fora de estradas. Eu sugiro que usemos essa capacidade.

— Mas que porra é essa? — diz a soldado Sixsmith sem fazer esforço para baixar a voz.

O coronel dá uma enfeitada no mesmo sentimento.

— Vamos perder tempo, doutor. Muito tempo. O caminho vai ser mais difícil e vamos ter de parar mais cedo, quando as luzes ficarem fracas. Quanto mais devagar viajarmos, é claro, mais fácil é para qualquer sabotador em potencial nos seguir. O senhor tem certeza de que é isso o que quer que façamos?

— Absoluta — diz Fournier.

— Permissão para falar, senhor — diz a soldado Sixsmith.

Carlisle assente.

— Ir fora da estrada por todo o caminho significa levar mais tempo, o que tem seus efeitos — prossegue ela. — Vamos ficar sem água, a menos que reabasteçamos os estoques. Mas o meu questionamento é o que acontece se estourarmos uma lagarta.

— Você está qualificada para lidar com isso, não está? — pergunta Fournier.

— Já fiz isso em treinamento, Dr. Fournier, mas eu não sou Brendan Lutes. Se tivermos algum problema sério, vou demorar duas vezes mais e fazer metade do trabalho. Isso provavelmente não vai acontecer, mas achei que o senhor deveria saber. Essas montanhas ao redor são as Cairngorms. Seguir fora da estrada significa subir, e vai ficar muito íngreme em pouco tempo. Se encontrarmos problemas por lá, podemos não conseguir sair delas novamente.

Carlisle assente.

— Obrigado, soldado. Aprecio sua honestidade.

Fournier não a aprecia em nada, mas a palavra Cairngorms ativou uma lembrança que ele dispara. Um tiro certeiro, ou pelo menos uma discussão que ele pode ganhar.

— Há outra razão para eu considerar um desvio nesse momento — diz ele, tentando parecer um homem que pensou profundamente sobre aquilo e não está enrolando aleatoriamente. — O repositório que perdemos no caminho está muito perto daqui, no Ben Macdhui. Se sairmos da estrada e seguirmos para o leste por terra, vamos alcançá-lo em menos de um dia.

A ideia cai como um peixe morto. Todo mundo está olhando para ele como se tivesse acabado de sugerir que eles acampassem ao ar livre e observassem as estrelas.

— Doutor, antes de mais nada, foi sua decisão abrir mão do repositório — observa bruscamente Carlisle. — O senhor argumentou que seria muito difícil de alcançar. Não consigo ver como nossa situação estaria melhor agora. Na verdade...

— Eu sempre mantive em aberto a possibilidade de resgatá-lo na viagem de volta — interrompe Fournier. — Agora, sem nenhuma descoberta para relatar, é nossa última chance de encontrar dados significativos.

— Por que esse seria mais significativo que os outros noventa e nove? — pergunta McQueen.

Sixsmith e Phillips trocam um olhar de desprezo divertido que não fazem nenhum esforço para esconder. O coronel não diz nada. Nitidamente, os objetivos da missão ainda têm influência sobre ele. Fournier escolheu a alavanca certa.

— A estrada é reta daqui até Firth — insiste. — Uma autoestrada, para o sul. Se ficarmos nela, vamos dar a essas pessoas um alvo muito fácil. Elas podem montar emboscadas em qualquer ponto que desejarem e vamos seguir direto para elas. Ir por terra é mais lento, mas mais seguro, e nos dá uma oportunidade de recuperar o repositório.

Carlisle, finalmente, assente, provocando murmúrios de raiva dos soldados.

— Está bem — diz ele. — Nós vamos por terra. Pelo menos até o Ben Macdhui. Soldado Sixsmith, siga em velocidade baixa e mantenha-se em solo nivelado sempre que possível.

— Solo nivelado? O Ben Macdhui é a droga de uma montanha — observa McQueen. — Senhor, eu me ofereço como voluntário para verificar a estrada à frente para ver se está segura.

— Obrigado pela oferta, soldado McQueen — diz o coronel. — Suas preocupações estão registradas, mas, por enquanto, vamos fazer como sugere o doutor. Encontrar o repositório e voltar para a estrada no estuário do Forth. Com sorte, vamos perder apenas um dia.

— Dispensados — diz o Dr. Fournier, mas a autorização é só um desejo provocado por ter vencido a discussão.

Os soldados esperam, aparentemente surdos. Nem McQueen se move até que Carlisle acena com a cabeça. Ele pode odiar o coronel, reflete com azedume Fournier, mas receber ordens de um civil? Nitidamente odeia essa ideia ainda mais.

O novo regime em Beacon vai ter seu lado negativo para um homem pensante sem formação militar. Felizmente, sua própria situação vai estar segura. Ele vai ter provado lealdade acima de qualquer dúvida.

29

A soldado Sixsmith faz uma curva com Rosie em um arco fechado e segue em frente. Sem prédios com os quais se preocupar, ela está rápida e confiante, quase exibida. Praticamente não há solavanco quando trocam o asfalto pelo verde selvagem além dele.

Phillips está de volta na torre. A plataforma da seção intermediária agora está vazia, já que os saltos e choques do progresso por terra tornam mais difícil ficar em pé. O Dr. Fournier está na sala das máquinas; o coronel e Sixsmith, na cabine. Todas as outras pessoas estão sentadas no alojamento da tripulação.

Todo mundo menos a Dra. Khan, que se recolheu para seu beliche. A desculpa que ela deu era que ainda estava se sentindo tonta após a queda, mas lançou um olhar para John Sealey ao se retirar – se um deslocamento lateral de menos de dois metros conta como uma retirada. Agora ela está esperando que ele entenda a dica.

Ela espera com as cortinas fechadas e com uma caldeira de lágrimas fervendo em seu interior. Sente uma onda de raiva não direcionada. Nunca chora. A pior coisa nisso tudo é que ela perdeu o controle o suficiente para sentir que pode chorar.

Quase. Quase a pior coisa.

Pobre Stephen! Ele ficou muito impotente quando ela caiu. Mais cedo, quando a viu misturar para si mesma algum medicamento de emergência, ele estava presente com uma solução para seu problema químico. Quando a viu machucada, ficou paralisado.

Nenhum sinal de John. Tudo o que ele precisa fazer é dizer que vai se deitar cedo com um bom livro (um dos três a bordo). Ele deve tê-la visto fazer o sinal, mas não vem. Será que sabe o que ela quer dizer? Será que está se mantendo afastado para impedir que essa caixa seja aberta?

Não vai funcionar, John. Está chegando, estejamos prontos ou não.

— Alguém está com vontade de jogar? — a voz de McQueen, falsamente despreocupada.

Ele vive para o pôquer e, quanto pior fica seu ânimo, mais precisa de sua droga. Há murmúrios de concordância de Foss, Akimwe e Penny. Um não direto de Stephen. Finalmente a voz de John, com um cansaço tão estudado quanto a indiferença de McQueen.

— Eu estou fora. Acho que vou ler.

Ela o escuta andar até os beliches. O retinir metálico de seus pés no degrau de apoio, depois um rangido quando ele se deita. Ela está esperando por mais um som, mas ele não vem. Está demorando. Fazendo jogo duro.

— Quem dá as cartas escolhe o jogo — diz McQueen.

Akimwe declara que sua escolha é o pôquer aberto de Oxford com dois vencedores, o de melhor e de pior mão. Quando as apostas começam, há (finalmente!) um farfalhar abafado de tecido. A cortina de Sealey sendo fechada.

— Boa noite, John-Boy — grita Foss.

— Boa noite, Jane Calamidade — responde Sealey, o que faz Akimwe rir como um colegial.

John espera bons cinco minutos antes de enrolar o colchão e remover uma ripa do estrado. Seu rosto aparece no buraco exatamente acima de Khan, olhando para baixo. Ele fica instantaneamente alarmado com a visão dos olhos vermelhos.

— Ei — diz ele, sua voz um murmúrio desenvolvido para permanecer dentro dos beliches. — Está tudo bem?

Khan sacode a cabeça.

John termina a escavação e se inclina para baixo para se juntar a ela até onde é possível. Para eliminar a distância, de qualquer modo. De um jeito louco, o risco é menor porque eles estão fazendo isso de dia e em movimento. O barulho do motor vai ajudar a encobrir qualquer som que façam, e provavelmente mais ninguém vai se dirigir aos beliches tão cedo.

Hesitando e levando em conta o espaço estreito, o ângulo louco e a fragilidade dela, ele a abraça. Ele não faz nenhuma pergunta, só espera que ela fale.

O que ela faz. Ela segurou aquilo por tempo o bastante e, que se dane, não vai mais se conter.

— Quando estávamos correndo à procura de proteção em Invercrae, eu tive uma contração — diz ela.

Ela fala junto de seu peito para abafar o som. Além disso, ele não tem de olhar para seu rosto vermelho e descontrolado.

— Quando ela não voltou, achei que devia ter sido apenas uma dor de estômago, mas hoje de manhã eu tive três no espaço de uma hora. Eu estou me medicando com tocolíticos caseiros. Primeiro, sulfato de magnésio, depois Stephen me disse que havia nifedipina no kit de remédios. Eu agora estou bem, mas apostaria dez contra um que vou dar à luz antes de chegarmos perto de Beacon.

Há um longo silêncio. Os braços dele se apertam em torno dela só um pouco, transmitindo segurança.

— Está bem — diz ele por fim. — Então você terá o bebê aqui. Está tudo bem, Rina. Podemos esterilizar o laboratório e você está cercada de biólogos. Nós sabemos como isso funciona. Além disso, Lucien tem uma quantidade enorme de treinamento em primeiros socorros. Penny também, acho. Você vai estar tão segura aqui quanto em qualquer outro lugar. Mais segura, até. Conhece outra maternidade que tem o próprio lança-chamas?

Ela sorri da imagem incongruente. No atual estado, ela descobre que tem um certo apelo insano. Pensar no que está por vir ainda pesa sobre ela: o desconhecido conhecido de dar à luz no interior de um tanque no meio de uma zona de guerra. Ela sente um senso de deslocamento repentino e atordoante, uma forte consciência de distâncias insondáveis: dali até Beacon; do passado até o presente; de como o mundo é e como ela gostaria que fosse.

Paradoxalmente, embora esses pensamentos façam com que ela tenha suas dúvidas, não a intimidam nem a levam ao desespero. Agora tem o bebê, um fator novo e desconhecido. O bebê podia ser a ponte sobre todos esses abismos.

— Ei — diz ela, tentando um tom de voz provocador. — Quer ser voluntário para pegar aquele último repositório de espécimes?

Um horror absoluto faz os olhos de John ficarem arregalados como pires.

— Rina, tem que subir metade da montanha! — protesta ele.

Ela sacode a cabeça.

— Perto do topo, acho. Oitocentos metros de altura.

— Você quer dar à luz em cima de uma laje de pedra?

Ele a abraça apertado, como se pudesse protegê-la de sua própria imprudência.

— Eu estava brincando — sussurra Khan.

— Não brinque.

30

O TERRENO A LESTE DA A82 é pedregoso e irregular, uma topografia que muda a cada quilômetro. Rosie segue a baixa velocidade mesmo em plena luz do dia. Quando o sol cai e as sombras se alongam, reduz até quase se arrastar.

A sessão de pôquer é igualmente desordenada. O fantasma de Brendan Lutes paira por ali, fazendo com que as brincadeiras barulhentas habituais pareçam um tapa na cara ectoplásmica. Finalmente, o jogo é interrompido.

McQueen vai até a seção intermediária para lubrificar a arma. Também para pensar, o que ele acha melhor quando feito sozinho. Ele não está acostumado a revelar emoções, ou pelo menos – corrige-se, com ironia – a ter consciência de estar fazendo isso. O que não é positivo para ele, como a maioria das coisas que aconteceram depois de Invercrae.

Ele admitiu que estava errado por disparar o lança-chamas. O coronel, por sua vez, teve uma chance de admitir que, com ou sem ordens, McQueen salvou a pele de todo mundo daquela enrascada. Ele não fez isso. Eles podiam ter chegado a um meio-termo, mas não aconteceu, portanto cada um foi para o seu canto.

Em algum momento, o gongo vai soar para o segundo round.

Enquanto isso, eles têm alguém em seu encalço e McQueen, por dentro, sabe que são exatamente os mesmos filhos da mãe que mataram Lutes. Esses filhos da mãe têm carros ou – em sua opinião – bicicletas e sabem que devem se manter fora do alcance dos visores infravermelhos. Não teria sido difícil pegar algum desvio por trás naquela merda de mato e flanqueá-los. Encontrar algum lugar onde se entrincheirar e esperar pelos fogos de artifício.

Por isso, deixar a estrada foi basicamente a coisa mais estúpida que eles podiam ter feito. Isso os torna um pouco mais difíceis de rastrear, claro, mas são a única coisa em movimento por ali, então não pode ser muito complicado. Quanto mais devagar eles andam, mais oportunidades tem o grupo de Invercrae de passar à frente outra vez.

Nessa noite, no dia seguinte ou no outro – logo, de qualquer modo –, eles vão se ver no meio de outra festa surpresa, provavelmente muito mais louca que a última. Quando isso acontecer, vão precisar dele. Precisar dele nas armas grandes no alto da torre, causando sérios danos. Ele vai cumprir com o dever, seguindo o juramento que fez quando se alistou. Vai fazer tudo o que for preciso para mantê-los todos vivos.

Mesmo que isso signifique botar uma bala na cabeça do coronel e assumir o comando.

Enquanto está refletindo sobre essas questões com o fuzil completamente desmontado, o Robô chega tropeçando vindo do alojamento da tripulação, dirigindo-se ao laboratório. McQueen dá um alerta, mas o garoto passa com agilidade pelo meio dos componentes e trapos sujos de óleo. Ele não toca em nenhuma mola, nenhum parafuso. McQueen acha isso irritante, sem conseguir dizer por quê.

– Isso é equipamento delicado – diz seriamente. – Cada uma dessas peças tem uma função. Não faça bagunça.

Greaves vira para trás e olha para ele. Bem, é provavelmente um certo exagero; o Robô mantém o olhar no chão do jeito que sempre faz. No entanto, está olhando para o chão em frente a McQueen de um jeito que talvez seja um pouco mais insolente que o habitual.

Ele aponta para as peças da arma desmontada dispostas organizadamente sobre o chão e, enquanto faz isso, dá nome a elas.

– Haste de operação. Ferrolho. Mecanismo de disparo e guarda-mato. Carregador. Pulsador. Pino de impulso. Alavanca de manejo. Receptor. Câmara de expansão. Mola recuperadora.

Considerando a falta de inflexão de sua voz, é impressionante quanto desafio e sarcasmo carrega. McQueen fica confuso e até um pouco impressionado.

– Ora, parabéns – diz ele. – Já usou um desses?

– Já.

Claro que já. Todo mundo em Beacon tem de servir na defesa civil, mesmo pessoas que claramente não deveriam ter permissão de usar lápis apontados.

– Já atirou em alguma coisa?

— Não.

— Certo. Então fique com seus tubos de ensaio e eu cuido das armas, está bem?

— Está bem — concorda Greaves.

Ele vai para o laboratório, mas murmura alguma coisa no caminho.

— O que foi? — pergunta McQueen.

Ele não vai aceitar nenhuma insolência dessa pessoa desprezível com problemas para aceitar a realidade.

O Robô para e vira parcialmente para trás, de modo que parece estar falando com seu ombro.

— Essa arma vai começar a disparar sem controle — diz ele e fecha a porta do laboratório entre eles.

— Não fale merda — diz McQueen para a porta fechada, indignado. Como alguém podia dizer isso mesmo sem se abaixar para inspecionar as peças da arma de perto?

Claro que agora ele tem de checar.

Claro também (pois o que é uma piada sem um desfecho engraçado?) que o Robô está certo. Há desgaste no percussor e na trava do percussor, então McQueen provavelmente teria disparos não intencionais nos próximos dez ou vinte tiros. Ele muda a mola de trava e o seccionador. Ele está pensando em coisas sombrias quando começa, mas acha difícil evitar sorrir quando termina. Ele tentou ensinar algo ao Robô e ele mesmo aprendeu uma lição. Isso é bem engraçado, de qualquer maneira que você veja.

Tudo é uma lição. Esta é sobre não julgar pelas aparências. Só porque o garoto tem um rosto tão vazio quanto um balde com um buraco, não significa que ele seja burro. Só porque se esgueira pelos lugares como um filhote espancado, não quer dizer que não tenha vigor.

Todo mundo é especial, certo?

31

No fim, são McQueen e Phillips que sobem o Ben Mcdhui e trazem o repositório de espécimes para baixo. Eles agem com profissionalismo, mas deixam que a irritação transpareça. Seguir fora da estrada já foi uma ideia ruim, mas estacionar para uma tarefa é catastrófico.

Sixsmith facilita para eles, subindo as encostas pouco íngremes do platô Cairngorm quase até o topo com Rosie. Ela faz isso tão bem que eles mal percebem estar subindo.

— De porta a porta — brinca ela quando para no meio do passo Lairig Ghru, diretamente abaixo do cume.

— Deixe o motor ligado — ordena McQueen. — Não vamos demorar.

Está muito frio na encosta e o gelo torna o avanço precário, mas quinze minutos de grande esforço fazem com que eles saiam da linha das árvores. O mundo se abre de repente. Eles podem ver o monte Braeriach a oeste e o solitário Ben Nevis depois, como um deus adormecido que virou de costas para eles, puxando a coberta de neve sobre os ombros. Bem a seus pés, o vale desce e faz um arco até chegar ao lago, ziguezagueando como uma montanha-russa.

Phillips se detém para admirar. Resistindo teimosamente à beleza da vista, McQueen o incita a seguir em frente e subir. Ele viu uma mancha laranja no alto da montanha e quer muito acabar com aquilo.

Phillips parece pensativo enquanto sobem os últimos trinta metros até o repositório. É uma ocorrência tão incomum que McQueen sente a necessidade de verificar.

— O quê? — pergunta ele.

Ele está um pouco aborrecido com a falta de fôlego e a quantidade de ar gélido que engole para recuperá-lo.

— Eu estava só pensando — admite Phillips. — Eu me pergunto qual nossa aparência vistos do espaço?

McQueen olha ao redor para os arbustos marrom-ferrugem e a desolação geral.

— Como duas formigas em um cocô — resmunga.

— Dizem que dava para ver a muralha da China da Lua — insiste Phillips, recusando-se a mudar de assunto. — Mas, na época em que tudo se desmantelou, devia haver muitas coisas humanas que se viam, não?

A essa altura, eles chegam ao repositório e se encostam na pedra para descansar por alguns segundos antes de se ocuparem novamente.

— Cidades grandes e pequenas seriam grandes áreas cinza — diz Phillips. — Se estendendo por quilômetros. Só que elas agora não são mais assim, são? As florestas entraram e retomaram tudo. Do alto de uns cento e cinquenta quilômetros, tudo teria a mesma aparência. Londres seria apenas mais floresta.

— E daí?

— E daí que estamos no alto de uma montanha. Aposto que esse ponto laranja vivo é uma das últimas coisas humanas que ainda se pode ver lá do alto.

McQueen resfolega. A respiração condensada paira à frente de seu rosto, um indício visível de emoção. A maioria dos satélites tinha caído do céu muito tempo atrás, então, de qualquer modo, isso é teórico, mas ele não vê o que há de tão incrível em deixar sua marca nas coisas. É só uma vida, que acaba com a morte. Viver é o que importa, não provar para outras pessoas que esteve lá. A coisa toda é só água escorrendo pelo ralo, mas não é nenhum problema. Água parada fica estagnada.

— Vamos acabar com isso — diz ele.

Ele abre o repositório e pega o primeiro dos cilindros. O lacre parece estar intacto, mas não há nada crescendo dentro do recipiente de vidro: apenas uma mancha de geleia marrom na base. Ele já viu um número suficiente deles a essa altura para saber que está errado.

— Maldita perda de tempo — murmura ele.

— O quê? Por quê?

McQueen sacode a cabeça. Não vale a pena explicar. O frio está começando a incomodá-lo e a descida vai ser mais difícil, porque precisarão tomar cuidado para não danificar os vidros de espécimes.

— Vamos — diz ele. — Pegue tudo.

Há doze vidros. Cada um deles pega seis e os guarda na mochila entre camadas de toalhas enroladas. Phillips leva tempo, distraído pela vista e por pensamentos inúteis. Quando terminam, ele ainda está olhando para o próprio repositório. McQueen percebe que ele está pensando sobre história e o ponto em que ele a toca. Ele está prestes a estalar os dedos embaixo do nariz do soldado, mas então tem uma ideia e, para sua grande surpresa, a diz em voz alta:

— Deixe suas plaquetas de identificação.

Phillips olha para ele de soslaio, alarmado por ter seus pensamentos lidos com tamanha facilidade.

— Para gerações futuras — diz McQueen. — Caso haja alguma. Por que não, porra?

— O coronel vai querer meu pescoço.

— O coronel não vai ligar. Duvido que ele sequer perceba. Vá em frente, se quiser. Não temos tempo para você escrever uma mensagem pessoal.

Phillips assente lentamente. Ele solta as plaquetas de identificação e as coloca no fundo do repositório. Fecha novamente a tampa, com cuidado, testando-a para se assegurar que vá resistir ao vento insistente do leste.

— Tudo bem? — pergunta McQueen, tentando evitar qualquer inflexão.

— Tudo.

— Então vamos, pelo amor de Deus.

Ele dá um chute sonoro na caixa de plástico. Ela permanece onde está: ganchos foram fixados na rocha em cada canto, segurando-a com firmeza no lugar.

— Não tem problema, Phillips. Esse é o som da eternidade.

Normalmente, Greaves acha o laboratório um lugar calmo e reconfortante. É um lugar cheio de certezas, onde novas certezas podem ser produzidas.

Neste dia, entretanto, ele não consegue encontrar conforto nem ficar calmo. Ele não para de ver Rina caindo para trás, com o rosto contorcido pela dor e pelo choque; de ouvir a respiração abrupta quando ela atinge o chão. Sua memória o atormenta com a reprodução perfeita.

Ela podia ter morrido. De muitas maneiras diferentes, a queda foi potencialmente fatal.

Sua cabeça podia ter atingido uma das unidades de armazenamento ou uma base, provocando hematomas, hemorragia intraparenquimatosa ou um ferimento de esmagamento no cérebro.

O choque do impacto podia ter feito com que ela entrasse em trabalho de parto, com risco significativo de morte de hemorragia pós-parto, infecção ou transtornos hipertensivos.

Por outro lado, ela podia ter perdido o bebê, necessitando de remoção cirúrgica do feto morto em um ambiente no qual o apoio e o conhecimento médicos são limitados.

Greaves vê todos os cenários em que pode pensar que teriam terminado com Rina morta aos seus pés. Há dezenas. Embora nenhum deles tenha acontecido, ele os sente se amontoando ao seu redor, adensando o ar no laboratório até que ele começa a hiperventilar. Sua visão fica mais sombria.

Se Rina morresse, o que ele faria?

Essa é a pergunta errada. O que ele pode fazer para garantir que ela *não* morra? Eles estão cercados por riscos, tanto quantificáveis quanto não. Sim, eles estão no interior de um tanque impenetrável, mas fora do casco há um mundo no qual a expectativa de vida caiu para níveis não vistos desde o início da Idade Média. Nem Beacon está segura, embora seja várias ordens de magnitude mais segura que Rosie.

Ele vai precisar ficar vigilante até que eles voltem para lá e vai precisar garantir que, se surgirem situações perigosas, o risco seja enfrentado pelos outros. Os soldados, por exemplo, que têm as melhores armas, o conjunto de habilidades mais relevante e instruções específicas de proteger a equipe científica. Eles devem estar prontos para lutar e morrer para proteger Rina se surgir a necessidade.

Ele também vai estar pronto. Ele está pronto bem ali, nesse momento, e isso não vai mudar. Ele vai mantê-la em segurança, não importa o que aconteça.

Com o ânimo um pouco restaurado, ele volta a atenção para as amostras de tecido.

A calma não dura. As amostras e as descobertas continuam a confundi-lo.

Ele devia classificar a criança morta como um faminto? Por incrível que pareça (e machuca um pouco, penetra em seus nervos e provoca neles uma pontada de dor), ele ainda está indeciso.

A favor: o menino tinha a infecção pelo *Cordyceps* em forma avançada e alguns dos sintomas comportamentais relevantes. Especificamente, ele sentia a necessidade profunda de se alimentar de proteína fresca de fonte viva.

Contra: por outro lado, seu repertório comportamental era mais semelhante ao de um ser humano. Ele ainda era capaz de pensar e de ligações emocionais. Se era um animal, era um animal social. Um animal que usava ferramentas.

Um faminto, então, mas com condições especiais. Um faminto de um tipo que Greaves nunca tinha observado nem visto descrito. Ele nota, com uma leve pontada de alarme, que, ao reconhecê-lo como um menino, prejulgou parcialmente a questão que devia estar decidindo. Isso não é de seu feitio. Ele se vigia em busca de um erro subjetivo o tempo inteiro, alerta para impulsos premonitórios de presunção ou preconceito. A mente é um instrumento e é preciso precisa manter todos os instrumentos ajustados se quiser que estejam prontos para uso.

O cérebro. A explicação para esse paradoxo deve estar no cérebro da criança (não, do espécime). O *Cordyceps* está presente ali em abundância, como Greaves já verificou, mas o tecido encefálico natural está saudável e robusto. Onde a onda de neurotransmissores nativos desapareceu para sempre em famintos, nesse cérebro cerca de metade de todos os mensageiros químicos está presente e correta.

Então quem está no comando ali? O humano ou o fungo? De qualquer modo, qual é o mecanismo aferente que leva ordens da sala de controle – onde quer que seja – para os nervos e músculos do corpo?

Greaves extrai mais amostras. Ele adiciona mais corante e reagente, procurando novamente pelos mensageiros desaparecidos do cérebro. Dopamina. Acetilcolina. Adenosina. Noradrenalina.

Ele não os encontra. Eles não estão presentes para serem encontrados.

Ele encontra outra coisa.

Verifica, encontra novamente.

Novamente.

E novamente.

O cérebro está banhado em micoproteínas, moléculas de cadeia longa produzidas pelo fungo. Greaves dissecou e estudou os cérebros de uns cinquenta ou sessenta famintos e nunca viu nenhuma dessas estruturas moleculares antes.

Ele é tomado por uma suspeita. Uma hipótese.

Com uma micropipeta e um exemplar da população cuidadosamente mantida de ratos de laboratório, ele consegue estimular atividade cerebral mensurável com baixas concentrações de cada uma dessas proteínas fúngicas. Os resultados são consistentes, previsíveis e reprodutíveis.

As micoproteínas são neurotransmissores realizando as tarefas do cérebro na ausência da equipe oficial. O *Cordyceps* está fazendo coisas boas às escondidas. Sua mera presença embaralha o equilíbrio químico do cérebro, e por isso tantos dos neurotransmissores nativos se esgotam, mas agora ele está resgatando o equilíbrio com suas próprias falsificações requintadas.

A massa de fungos no cérebro se transformou em uma fábrica de proteínas. Ela está produzindo cópias dos neurotransmissores que estão faltando na forma de micoproteínas de cadeia longa construídas sob encomenda. Os neurotransmissores fúngicos falsos parecem perfeitamente capazes de realizar o trabalho que os verdadeiros teriam feito, levando mensagens nervosas do tecido cerebral humano para o sistema nervoso periférico. Para o resto do corpo. Esse é o grande truque do repertório do *Cordyceps*, é claro, mas em todos os outros famintos que ele examinou, todo faminto já documentado, o resultado é uma tomada hostil. O fungo sequestra o hospedeiro.

Nesse menino, o *Cordyceps* estava preenchendo as lacunas na função cerebral causada por sua própria presença. Construindo pontes em vez de incendiar prédios. Ele estava ajudando o cérebro a pensar, não enganando-o e imobilizando-o.

Greaves sente-se como se sua cabeça estivesse se abrindo, não de dor, mas com a reação em cadeia de pensamento sobre pensamento sobre pensamento. Essa é uma descoberta que justifica toda a expedição, mas é muito mais que isso. É...

O quê?

O Santo Graal.

A pedra filosofal.

O elixir da vida.

A cura.

Se ele descobrir como falsear aquilo. Como fazer um cérebro não infectado executar a mesma coisa que esse cérebro está fazendo e transformar o invasor fúngico em um amigo e companheiro de viagem. Um simbionte.

Quando a pressão na cabeça fica demais, Greaves se senta rapidamente no chão do laboratório e esconde o rosto entre as mãos.

Ele pode fazer isso. Sabe que pode.

Ele pode fazer uma vacina.

Um a um, ele define os obstáculos procedimentais em sua mente e reflete sobre como podem ser abordados. Essa vai ter de ser uma vacina viva, nem mesmo atenuada. Vai ser heterotípica, incluindo não apenas células do patógeno, mas também células do cérebro com modificações espetaculares dessa criança. Inserir o tecido simbiótico como um cristal semente, para ensinar um cérebro humano a receber o invasor. Como colaborar em vez de resistir.

Há milhares de cérebros humanos em Beacon. A tarefa vai ser enorme. Ele calcula o volume de soro que seria necessário.

Como ele poderia ser obtido.

Cinco minutos depois, ele ainda está sentado na mesma posição. Ainda paralisado pelas implicações do que está prestes a fazer.

32

Eles estão andando outra vez, descendo grosseiramente pelo platô na direção sudoeste. Foss está no alto da torre, desejando muito estar em outro lugar.

Ela passou o dia inteiro vendo coisas. Vislumbres de movimento entre os tojos, no capim alto, atrás de uma saliência de pedra eventual ou no alto de algum monte desordenado de pedras caídas. Há várias coisas ali fora que podiam estar se movendo. Não parece ser suficientemente aleatório: parece que toda vez que ela não vê direito alguma coisa, é a coisa idêntica que ela não viu direito da última vez. Há algum truque de tonalidade, cor ou velocidade que faz com que seu couro cabeludo formigue com a sensação de *déjà vu*.

É só paranoia. Tem de ser. Viver em um tanque dá nisso. Qualquer tipo de espaço restrito, na verdade. O horizonte fica perto demais e nunca se move. Então, quando sobe na torre e dá uma olhada para fora, qualquer movimento que vê fica exagerado. Leva algum tempo para superar, para acertar os olhos novamente.

Não devia levar a droga do dia inteiro.

A tarde está se esvaindo em uma noite tardia e triste. Rosie parece simpatizar com isso, reduzindo para aproximadamente a velocidade do caminhar humano. Vai parar em breve, já que viajar fora da estrada à noite em terreno desconhecido está além até mesmo do conjunto de habilidades de Sixsmith.

O céu começa a vestir cores de crepúsculo; é bonito de se ver e distrai Foss da obsessão crescente por cinco minutos inteiros. O ar que esfria rapidamente dá a ela uma oportunidade de tentar algo novo. Ela pega o visor UV. Ajustado para N-NORMAL, tem a máxima receptividade na faixa de vinte e dois a trinta e três graus Celsius e a distâncias de menos de cem metros. Nessa situação, mostra que Rosie está mais ou menos sozinha na noite sem fim. Há alguns borrões amarelo-esverdeados no nível do chão onde pequenos mamíferos noturnos estão caçando e sendo caçados. O resto é de um azul frio e passivo.

Foss está preparada para aceitar isso, mas tem uma coisa a mais que ela pode fazer para ver o que a noite tem guardado na manga.

Ela reajusta o visor para A-AUMENTADO. Nesse modo, ela pode acessar o software de processamento do equipamento e ajustar a resolução para focar em uma faixa específica de temperatura.

Ela desce. Desce mais. Vai até o fim do controle.

Deus todo-poderoso, esses filhinhos da puta estão por toda parte.

— Do que estamos falando? — pergunta Fournier aproximadamente pela décima vez. — Do que exatamente estamos falando? Eu quero fatos, soldado, não conjecturas.

Bem, eu não era soldado raso quando aceitei esse trabalho, reflete Foss, *e tenho toda a certeza de que não sou soldado agora, então nitidamente você não podia estar falando comigo*. Consequentemente, ela se dirige ao coronel e a McQueen.

Todos estão apertados no alojamento da tripulação, grudados uns nos outros, de modo que não há necessidade de que ela levante a voz. Todo mundo está olhando no rosto de todo mundo, menos o Robô, que se encostou na porta da latrina por puro terror de ser tocado por alguém.

— Essas coisas estão azuis — diz ela. — Frias e passivas. Com forma de pessoas, mas, se fossem pessoas, estariam mortas. Elas não aparecem, a menos que se ajuste o contraste para o máximo, e mesmo assim ficam tão parecidas com o fundo que praticamente só as vejo quando se movimentam. Eu diria que sua temperatura central está em torno de treze graus Celsius.

Ela fala devagar e com clareza. Parte dela quer gritar, acenar e apontar, mas esse é seu primeiro relatório oficial no novo papel e patente e ela quer fazer tudo certo. Além disso, não é como se eles fossem a lugar algum. Estão entrincheirados para passar a noite, após perder o que restava de luz uns dez ou vinte minutos antes. Foi um momento ruim, mas Foss não teria como fazer o que tinha acabado de fazer mais cedo.

— Essa leitura de temperatura é um indicativo de famintos — diz Sealey.

Foss fica grata. Alguém ali tinha de agir com correção.

— Sim, mas o movimento, não — diz ela. — Eles estavam correndo dos nossos dois lados acompanhando Rosie, mas sem se aproximar. Estavam em formação, em uma espécie de cunha dos dois lados, com um ditando o ritmo, e um bando seguindo em uma fila que se alargava. Parecem famintos para vocês?

Ninguém responde. O coronel pega o visor e vai ver por si mesmo, deixando todo mundo no alojamento da tripulação se revezando em abrir a boca, não encontrar nada a dizer e fechá-la novamente.

McQueen, porém, entende rapidamente e acaba no mesmo ponto que Foss.

— Se são os mesmos caras que montaram aquela barricada...

— Não podem ser — intervém Akimwe. — Nós cobrimos setenta quilômetros em terreno acidentado desde que saímos da estrada. Até famintos teriam chegado ao limite a essa altura.

Foss pensa diferente, mas não se dá ao trabalho de dizer isso. Eles pararam para subir a montanha, afinal de contas. Escutam-se histórias de grupos dirigindo por dias seguidos em um jipe ou um Hummer em asfalto bom com um faminto os seguindo por todo o caminho. É, porém, uma questão controversa. Ela não acha que são famintos. Ela não tem ideia do que são. Ela nem mencionou a parte mais assustadora, que é o fato de serem pequenos. Eles têm a estrutura de um corpo humano, mas são muito menores.

Hobbits devoradores de gente? Garotos selvagens de dez anos de idade?

O coronel volta da seção intermediária e devolve o visor. Ele está muito quieto.

Foss tem de perguntar:

— O senhor os viu?

Ele sacode a cabeça.

— Nada à vista.

— Mas eles estão aí fora — diz bruscamente Foss. — Eu não imaginei nada disso!

— Não acredito nem por um momento que tenha imaginado, Foss — diz Carlisle. — Eu suponho que eles ainda estejam perto e que se esconderam quando paramos.

— Nós não teríamos que parar se tivéssemos ficado na estrada — diz Sixsmith.

A voz tem um tom de irritação. Todos se viram para olhar para ela, que dá de ombros na defensiva, mas ainda com raiva.

— Desculpem, mas é verdade — insiste. — Nós podíamos tê-los deixado para trás no asfalto e continuar andando à noite, se fosse preciso. Na atual situação, estamos presos aqui até de manhã. Supondo que eles tentaram nos pegar com aquela barricada, nós entramos na armadilha quando fugimos deles.

Fournier fica de pé, com toda sua dignidade, mas também realmente perturbado. Para Foss, ele parece estar de pé para aumentar seu tamanho físico, do mesmo jeito que faz um gato assustado.

— Posso lembrá-la que sair da estrada foi uma decisão tomada por mim e pelo coronel Carlisle em conjunto, em resposta a uma ameaça real? — diz ele friamente.

McQueen dá uma risada melancólica.

— Ninguém viu nenhuma ameaça além de você — diz ele. — Mas imagino que isso aconteça muito.

Carlisle intervém rapidamente para silenciar McQueen. Não cabia a eles pensar no porquê, evidentemente.

— Já basta, todos vocês. Foss, tem algo que possa acrescentar ao que já nos contou? Números? Aparência?

— Vi oito deles — diz Foss.

Não há nenhuma dúvida disso. Ela parou para contar.

— Mas podia facilmente haver mais, porque, como eu disse, eles estavam correndo em um tipo de formação muito espalhada — continua. — Talvez eu só estivesse vendo aqueles que estavam mais perto de nós. Podia haver mais deles por trás, ou nos flanqueando. Eu não conseguiria uma grande leitura através das árvores.

— Eles estavam armados?

— Não posso ter certeza, senhor.

— Você teve alguma ideia da aparência deles?

Foss podia ter passado sem essa pergunta, mas ela responde mesmo assim, sabendo que vai parecer uma idiota.

— Eles eram bem mais baixos que a altura de um adulto. O mais alto que eu vi tinha mais ou menos um metro e vinte.

Ela hesita por um momento, mas não faz sentido ocultar detalhes que podem ser importantes.

— A luz visível era muito ruim, obviamente — continua. — Por isso, amplifiquei a visão térmica. Parecia que alguns deles estavam segurando coisas. Armas, talvez.

— Ah, meu Deus! — lamenta a Dra. Penny, se virando para olhar para Khan. — Eu disse a você, Rina. Eu vi crianças perto do lago logo depois da coleta. Lembra?

— Crianças? — o tom do Dr. Fournier é de perplexidade com um toque de desprezo. — Nós não estamos sendo perseguidos por crianças.

— Eu só disse que eram pequenos — retruca Foss com rispidez, totalmente sem paciência. — O senhor me ouviu mencionar crianças?

— Pigmeus, então? — indaga Fournier com desdém. — É uma vergonha que você não tenha tido treinamento apropriado em observação.

O coronel intervém outra vez, salvando o Dr. Fournier de levar uma coronhada de fuzil na cara.

— Por favor. Vamos lidar com a situação no campo. Como não sabemos nada sobre o que estamos enfrentando, temos de supor que suas intenções são hostis e nos preparar de acordo. Quero três homens de guarda durante a noite. Na cabine, na torre e na plataforma da seção intermediária. Sixsmith, vamos deixar o comunicador interno aberto em todos os pontos para sabermos instantaneamente se forem avistados.

Enquanto Sixsmith se dirige para a parte traseira, Foss faz a conta.

— Senhor, botar três homens de vigia...

— Eu sei. Com um homem a menos, um de nós vai ter de dobrar. Posso muito bem fazer isso, já que hoje fui o que teve menos o que fazer. Você e Sixsmith ficam no segundo turno. Sr. McQueen, soldado Phillips, vocês estão comigo. Dr. Fournier, é melhor que você e sua equipe durmam um pouco. Vamos partir assim que houver luz adequada.

— Com todo o respeito, coronel.

É Khan que está falando dessa vez, o que não devia ser nenhuma surpresa, já que ela tem uma boca maior do que qualquer outra pessoa na equipe científica (Foss não se esqueceu daquela provocação *idiota*).

Ela quase nunca dá um pio enquanto o coronel está falando. Por alguma razão, ele é ouvido por Khan, enquanto ela fala com o resto da escolta como se eles fossem merda em seu sapato. Mesmo agora ela é respeitosa, quase se desculpando por discordar dele.

— Não acho que devíamos seguir em frente. Não imediatamente. Acho que precisamos descobrir o que são essas coisas.

Ela olha ao redor para Fournier, para o resto dos cientistas.

— Não devíamos? Quero dizer, olhem para os fatos. Se eles são tão frios, não são humanos normais. É mais seguro acreditar que são famintos, especialmente se estão nos acompanhando por toda essa distância. Se você fosse humano tentando manter essa velocidade, seu coração explodiria. No entanto, famintos não usam ferramentas, então isso não faz sentido. Precisamos descobrir o que temos aí fora.

— Eu disse que não vi o que eles estavam segurando — observa Foss.

Embora, talvez, ela tenha visto, só não tenha certeza. Até ter certeza, ela não vê nenhum problema em discordar de Khan.

O que é recíproco, obviamente. Khan a ataca:

— A barricada lá atrás era uma ferramenta — diz ela friamente. — Ela foi feita para destruir nossas lagartas ou nos prender. Por isso, eu acho que nós devíamos parar e verificar. Se eles são famintos, precisamos saber como conseguem fazer esse tipo de cálculo. Ou, por falar nisso, construir estruturas.

— Não temos certeza se fizeram isso — objeta Sealey. — Tem alguma prova de que essas... entidades que estamos vendo agora tiveram alguma coisa a ver com a emboscada lá atrás?

— Por que tipo de prova você estaria procurando? — diz Akimwe. — Sério, John, não faz sentido tentarmos nos enganar aqui. Nós éramos alvos muito antes de nos depararmos com a barricada. Desde Invercrae. Nós fomos atacados lá e tivemos que fugir. Não corremos rápido o bastante e fomos seguidos, de Invercrae até aquela barricada e da barricada até aqui. Ou você está dizendo que de algum modo encontramos três grupos diferentes de pessoas, todas com objetivos hostis?

— Pessoas — diz McQueen sem nenhuma inflexão especial, de modo que é impossível dizer se é uma pergunta ou não.

— Você sabe o que eu quis dizer.

McQueen demonstra ter algo a falar.

— Bom, suponho que você saiba o que diz, mas isso é exatamente o que você na verdade não sabe.

Ele olha de Akimwe para Sealey e depois para Carlisle. Há uma verdadeira intensidade no olhar, um desafio. Não é apenas ele dizendo preto porque o coronel disse branco. McQueen está com algo entalado. Finalmente ele aponta a cabeça na direção de Khan.

— Ela está certa. Vocês sabem muito bem que está. Os monstros de Foss têm cerca de um metro e vinte de altura. A Dra. Penny confirma ter visto alguma coisa que se encaixa nesse perfil no lago. Eles aparecem no visor térmico como famintos, não pessoas. Quero dizer, meu Deus, procurar bizarrices não é parte do objetivo da missão? Não acredito que nenhum de vocês esteja pensando seriamente em deixar isso para trás.

O coronel parece prestes a falar, mas hesita, escolhendo suas palavras.

O Dr. Fournier aproveita astutamente a oportunidade.

— Isso — diz, rapidamente. — Entendo o argumento a favor de parar aqui e descobrir quem ou o que são essas coisas. Leve o tempo que levar. Nós devíamos montar acampamento e investigar. Ficar aqui até termos respostas.

É difícil manter o tom de voz calmo e ponderado — difícil até mesmo falar. Na verdade, ele acha que fugir faz muito, muito mais sentido, mas as instruções da brigadeiro são para provocar o máximo de atraso possível. Sair da estrada foi um começo, mas isso é melhor. Isso podia segurá-los por dias, especialmente se, como ele espera e reza para que aconteça, não houver nada ali fora para ser encontrado.

Duas ou três outras pessoas tentam falar ao mesmo tempo, mas Sixsmith interrompe todas elas quando volta com a notícia de que o comunicador interno não está funcionando. Seu rosto está severo e raivoso.

— Quer dizer que a recepção está ruim? — pergunta o coronel.

— Não, senhor, quer dizer que não está funcionando. Não está funcionando de jeito nenhum. Peço permissão para falar com o senhor em particular.

— Podemos nos preocupar com o comunicador interno depois — diz Fournier rapidamente.

Quanto menos for dito sobre isso melhor, já que foi provavelmente ele quem matou os comunicadores internos ao remover aquele componente do rádio.

— Coronel, a Dra. Khan tem um excelente argumento — insiste Fournier. — O que estamos vendo aqui está diretamente relacionado com o principal objetivo de nossa missão. Acredito que devemos parar e investigar mais a fundo.

O coronel não responde de imediato. Quando o faz, é com uma ênfase pesada. Para Fournier, quase parece que está rangendo os dentes. Como se soubesse que aquilo ia acontecer, mas tivesse que falar sua parte mesmo assim.

— Segundo o relato de Foss — diz ele —, não conhecemos a força numérica do adversário que vamos enfrentar nem como eles estão armados. Quando fala de investigar mais a fundo, doutora, você imagina o meu pessoal ou o seu fazendo a investigação?

— Peça voluntários — sugere a Dra. Khan. — Ninguém que não queira ir tem que ir. Podemos deixar o motor ligado.

— Rina... — começa Carlisle.

— Eu vou liderar uma equipe — interrompe McQueen. — Com prazer.

— Eu vou também — diz Foss. — Quero dizer, se essa for a decisão, coronel. Eu sou voluntária.

— Isso parece muito razoável — diz o Dr. Fournier alegremente. — Uma equipe de voluntários.

— Para fazer o quê? — pergunta o coronel, perdendo a paciência. — Seguir nossos perseguidores e trazer um de volta vivo para ser interrogado? Ou para exames médicos? Como vai se desenrolar essa situação, doutor?

Fournier vê que o coronel perdeu a discussão. Todas as outras pessoas ali estão a favor dele. Os cientistas estão empolgados com a perspectiva de encontrar alguma coisa totalmente nova, e os militares estão vendo uma possível forra pela morte do soldado Lutes.

O único que não parece muito satisfeito com a situação — além do próprio Carlisle — é Greaves. O garoto tem uma expressão ferida e sua boca parece estar se mexendo sem nenhum som, como se ele estivesse falando baixo.

Fournier o ignora.

— Eu espero que seja uma incursão regular para a obtenção de amostras em quase todos os aspectos — diz ele. — Nós escolhemos os alvos, limpamos a área e fazemos a coleta.

— Nós? — repete Foss. — Você vai liderar a equipe científica então, Dr. Fournier?

Fournier finge que não ouviu. Sua presença não é necessária nas incursões para obtenção de amostras. Todo mundo sabe disso. Não faz sentido reavivar velhas discussões. Ele olha para o coronel, cujo rosto sombrio sugere que ele ainda não chegou a um veredicto.

— Se vocês são da opinião de que devemos fazer isso — diz por fim Carlisle, com relutância visível. — Se essa opinião for unânime, com exceção de mim, eu retiro minhas objeções. Se a decisão for dividida, aí não vamos fazer nada disso.

— Todos os que estão a favor levantem as mãos — diz McQueen antes que qualquer outra pessoa possa fazer isso.

A mão dele já está erguida.

Um a um todos se juntam a ele. Khan e Fournier primeiro. Phillips. Sealey. Sixsmith. Penny. Akimwe. Finalmente, quase se desculpando, Foss.

Se o coronel fica desgostoso com a derrota, não deixa que transpareça em seu rosto.

— Muito bem — diz ele. — Está decidido.

Algo está acontecendo do outro lado do aposento e está acontecendo com Stephen Greaves. Ele parece estar à beira de algum tipo de crise, movendo o peso de um pé para o outro como se estivesse andando no mesmo lugar.

— Agora é com você, tenente — diz McQueen para Foss. — Mas pode contar comigo.

— Vou criar uma escala para o pessoal — diz Foss.

Nesse momento, os olhos de todos estão se dirigindo ao Robô. Ele vai dizer alguma coisa, com certeza. Bem, ou vai vomitar.

Na verdade, o que ele faz é sacudir a cabeça. Ele faz isso com algum vigor, como um cachorro saindo de um rio.

— Stephen — diz a Dra. Khan. — Está tudo bem?

— Não — diz Greaves em voz alta.

A seguir, inexplicavelmente:

— Não está.

Ele tem a atenção de todos. Já é um acontecimento raro o bastante para ele ter a palavra quando estão todos juntos desse jeito, e ele nunca foi visto levantando a voz. Na maior parte do tempo, fica de cabeça baixa e fala com o bolso do peito do jaleco como se mantivesse um microfone oculto ali.

— Não o quê? — tenta persuadi-lo Khan.

Greaves sacode a cabeça novamente, de forma ainda mais enfática que antes. McQueen revira os olhos.

— Garoto, os adultos estão...

— Não está decidido — diz Greaves em sua voz que parece um berro de cabra. — Coronel, você disse que mudaria de ideia se todos votassem da mesma forma. Não foi todo mundo. Eu não votei.

Há uma avalanche de olhares de soslaio. Todos olham para todos em vez de olharem Greaves nos olhos (embora captar seu olhar arredio seja, na melhor das hipóteses, um feito difícil). A questão objetiva é que Greaves não tem direito a voto porque é apenas uma criança. Ele só está ali porque a Dra. Khan o impôs na tripulação por meio de um ultimato. Tudo isso é, por si só, evidente, mas, aparentemente, não é evidente para o próprio Greaves.

— Uau — diz Phillips, resumindo o sentimento geral.

Ninguém diz mais nada. Estão todos esperando que o coronel encontre uma maneira diplomática de mandar Greaves se sentar e ficar quieto.

— Você tem razão, Stephen — diz seriamente Carlisle. — Eu disse que só iria concordar com um veredicto unânime. Agradeço seu apoio. mas nós dois juntos não formamos um consenso. Acho que a maioria falou.

Greaves não se detém, embora falar em público desse jeito esteja nitidamente custando a ele um esforço considerável. Seu rosto ficou vermelho. Sua respiração está irregular.

— Eu tenho um relatório — diz ele. — Quero fazer um relatório. É relevante para sua decisão.

Fournier está constrangido por ele. Parece que todos os outros também estão. Elas esperam em silêncio por alguns momentos, em seguida por alguns momentos mais. Greaves não consegue dizer as palavras, embora sua garganta se esforce muito para emitir um som. É como se ele estivesse tentando regurgitar alguma coisa grande e cheia de ângulos que ficou presa na garganta.

— Foi alguma coisa que você viu quando saiu sozinho em Invercrae? — estimula-o Khan.

Antes que Greaves possa dar uma resposta, ela diz:

— Você quer fazer seu relatório para mim, Stephen? Isso seria mais fácil?

Greaves assente, agradecido.

— Está bem — diz Khan. — Dr. Fournier, podemos usar a sala das máquinas?

Fournier está prestes a concordar, mas um pressentimento parcialmente formado faz com que ele hesite. A discussão foi vencida. É muito improvável que qualquer coisa que Greaves possa dizer mude isso, mas não é impossível.

Em vez disso, ele diz:

— Acho que já se falou muito sobre esse assunto.

— Que mal há em escutá-lo? — pergunta o Dr. Sealey com uma olhada rápida para Khan, que ela retribui.

Fournier percebe muito pouco da química sexual das outras pessoas, sendo ele totalmente celibatário, mas percebe, ao seguir a trilha de seus olhares mútuos, que Sealey é o amante de Khan e o pai de seu bebê ainda não nascido. Isso vai entrar em seu próximo relatório, decide ele, assim que todo o resto voltar ao normal.

— Nenhum — diz ele, ficando de pé. — Stephen, se tiver qualquer informação relacionada com a situação atual, seja o que viu em Invercrae ou uma observação com base no que vimos esta noite, você pode, é claro, contar para mim, como comandante da missão. Terei o maior prazer em ouvir qualquer coisa que tenha a dizer. Fora isso, vou considerar esta conversa encerrada. Nós pretendemos começar de manhã cedo, por isso sugiro que aproveitemos essa oportunidade para dormir um pouco.

Dessa vez, sua presunção de autoridade realmente funciona. Com muito poucas palavras, a maioria delas indiretamente relacionada ao assunto, eles se separam sozinhos ou em duplas e encontram seus beliches.

Quando Foss passa pela seção intermediária alguns minutos depois para pegar sua jaqueta de serviço, que tinha deixado pendurada no corrimão da escada da torre, ela vê Stephen Greaves sentado na câmara selada com a cabeça enterrada nos braços cruzados. Ele também levou um cobertor para lá. Não vai ser a primeira vez que ele dorme na câmara. Nem mesmo a centésima primeira. Ele gosta de seu próprio espaço. Foss se surpreende ao se ver especulando o que devia ter custado a ele sair nessa pequena missão, se trancar voluntariamente em uma caixa de aço por quase um ano com as vozes, presenças e personalidades de outras pessoas.

Greaves é visto como um ratinho assustado na maior parte do tempo, mas talvez isso seja um truque de perspectiva. Como o Dr. Fournier avaliar todas as outras pessoas a bordo por seus próprios parâmetros desonestos. Foss descobriu que as pessoas só fazem sentido por dentro. Isso se você tiver sorte.

33

Às 8h da manhã seguinte, o grupo de caça deixa Rosie. Foss decide liderá-lo, o que parece certo, e completa a escolta com McQueen e o soldado Phillips. Os doutores Sealey e Akimwe estão ali para representar a equipe científica.

Sixsmith permanece em Rosie com a justificativa de que é, por quilômetros de distância, a melhor piloto. Quilômetros de distância são exatamente aquilo com o que eles estão lidando ali. Eles desceram cento e cinquenta metros e seguiram algumas dezenas de quilômetros para o sul desde o monte Ben Mcdhui, mas ainda estão no platô, uma paisagem de montanhas e charnecas cortada por dezenas de rios pequenos. O lugar era selvagem antes mesmo do Colapso e agora é muito mais selvagem. Se eles tiverem problemas, Rosie pode precisar ir em seu resgate. Ninguém além de Sixsmith teria chance de encontrar um caminho através daquela vasta confusão.

Sixsmith diz a eles que também vai haver um problema com os rádios de curto alcance.

— Bom, a menos que permaneçam deste lado da colina. Não há nada para amplificar o sinal, agora que o rádio da cabine está fodido, nem nada para rebatê-lo. Ele simplesmente tem de atravessar qualquer merda que atingir.

— Nós sem dúvida vamos para o outro lado — diz McQueen, se esquecendo no calor do momento seu novo lugar na hierarquia. — Você vai ter de pensar em alguma coisa, só isso.

Sixsmith pensa nisso.

— Ou encontramos um ponto alto e estacionamos Rosie lá em cima, ou botamos alguém em cima de uma árvore para ser um transmissor.

O problema é que eles estão ficando sem gente. Não parece uma boa ideia para ninguém dividir ainda mais o grupo, mas fazer com que Rosie faça outra subida íngreme é uma decisão tão obviamente ruim que ninguém a menciona outra vez.

— Nós vamos dar um jeito — decide Foss. — Vamos sair de alcance quando necessário, mas vamos fazer contato outra vez assim que tivermos altura.

— Nós precisamos ficar aqui dentro enquanto vocês não estão? — pergunta a Dra. Penny, o que provavelmente significa que a maior parte dessa conversa tensa passou por cima dela. — Ou podemos procurar em áreas próximas?

— Procurar o quê? — intervém Foss. — Trevos de quatro folhas?

Penny parece surpresa com o sarcasmo.

— Pegadas. Artefatos.

Foss não tem palavras. Ela dá de ombros e olha para o coronel.

— Não acho que isso seria inteligente — diz delicadamente Carlisle. — Considerando que ainda não temos ideia do que estamos enfrentando.

Penny quase faz beicinho.

— Então eu gostaria de me juntar ao grupo de caça. Ou liderar um segundo grupo para dar busca nas áreas próximas.

O coronel veta isso também e os caçadores saem (graças a Deus) sem mais nenhuma conversa. A própria Foss sai da trilha. Ela tem um plano que envolve chegar a terreno mais alto e, em seguida, fazer a volta em Rosie em uma espiral cada vez maior até captar um vislumbre de alguma coisa. McQueen está carregando o visor térmico e o fuzil de sniper. A própria Foss pegou um dos pesados fuzis de assalto. Ela não está aceitando que McQueen tem uma pontaria melhor: ela só está fazendo o trabalho sujo e deixando para ele a parte glamorosa porque isso é o que líderes precisam fazer. Seu lugar é no meio dos acontecimentos. Ela, pelo menos, aprendeu isso com o coronel Carlisle.

Se eles se depararem com algum dos duendes da noite anterior, McQueen vai atirar enquanto ela e Phillips fazem qualquer interferência necessária. Aí os cientistas vão retalhá-lo e todos chegarão em casa a tempo para o chá. É o plano, se for possível chamar isso de plano.

Eles não conseguem implementá-lo porque não encontram nada. Parece que estão completamente sozinhos ali fora, com apenas os esquilos e os corvos por companhia. Pela primeira hora, mais ou menos, isso não incomoda ninguém. É um dia frio de outono pintado com cores loucas. O ar fresco é uma novidade e a liberdade e a sensação de espaço são atordoantes.

Algumas horas depois, porém, eles começam a ficar um pouco cansados.

Se Foss não tivesse visto ela mesmo os duendes na noite passada, estaria achando que eles eram uma ilusão. Um erro. Uma confusão. Só que ela os viu e não pode estar enganada. Ou os filhinhos da puta os estão evitando deliberadamente, ou então foram embora.

Se for a opção A, eles são muito bons nisso. Eles não estão apenas ficando fora de vista, como afastados o suficiente para não aparecer no visor térmico.

É possível, é claro, que os duendes tenham objetivos próprios. De repente desconfortável, Foss sobe até o topo da elevação mais próxima e chama Rosie pelo rádio para uma atualização da situação. Faz menos de meia hora que ela falou com Sixsmith e, obviamente, não há nada de novo para relatar, mas ela faz isso assim mesmo, só para manter a paz de espírito.

— Não está acontecendo nada por aqui também — confirma Sixsmith. — Está silencioso como um túmulo. Só o Robô, que estava chorando um pouco há um tempo atrás.

— Estava? — pergunta Foss, um pouco triste em relação a isso, após a demonstração de força (relativa) da noite anterior. — Por quê?

— Não tenho ideia — diz Sixsmith. — Ele parou agora. Khan lhe deu um pouco de carinho, imagino.

Carinho não teria sido suficiente, claro. Só teria feito com que Greaves chorasse mais forte.

Khan espera em silêncio que o Dr. Fournier se retire mais uma vez para a sala das máquinas, o que iria inevitavelmente fazer. O coronel está no alto da torre, Sixsmith no assento do piloto, e Penny de mau humor no beliche.

Stephen não se mexeu do chuveiro, para onde foi imediatamente depois que o grupo de caça o expulsou da câmara selada. Não há barulho de água corrente, nem roupas no cabide na parte externa da porta.

— Stephen? — diz ela em voz baixa. — Você está aí dentro?

— Estou.

O murmúrio rouco de Greaves é ainda mais baixo que o dela, e há algo de estranho nele.

— Você quer sair e conversar comigo?

Ele chega a puxar a cortina para o lado. Está sentado, totalmente vestido, no chão do chuveiro, com os joelhos junto do peito. Ele está claramente usando o local da mesma forma que usa a câmara selada, como um espaço onde pode seguramente estar sozinho. Khan sente uma leve pontada de remorso por incomodá-lo. Ele tem o olhar vazio de alguém que não dormiu.

— Está tudo bem? — pergunta ela.

— Não — admite Greaves. — Acho que não.

Khan se senta de frente para ele, botando uma toalha entre ela e o metal frio antes de pousar o volume desconfortável no chão.

— É aquilo que ia nos contar ontem à noite? Ainda é um peso em sua cabeça?

— É.

— Você ainda acha que é importante?

— Acho.

— Você contou ao Dr. Fournier?

Stephen faz uma careta, com uma raiva à qual não está acostumado aparecendo em seu rosto.

— O Dr. Fournier não quer saber.

Khan fica surpresa com a precisão da avaliação. Talvez Stephen estivesse ficando melhor em ler as emoções de outras pessoas.

— Não — concorda ela. — Ele não quer. Mas eu quero. Foi alguma coisa que você viu antes de partirmos novamente em direção ao sul?

Stephen faz um gesto defensivo com as mãos espalmadas para fora. Ele não está concordando nem discordando, está só pedindo espaço. Khan espera pacientemente. Demora um bom tempo até que ele fale.

— Uma coisa que eu fiz — diz ele por fim.

— Me conte — sugere Khan.

Quando não obtém uma resposta, ela acrescenta:

— Ou me mostre, se é alguma coisa que você pode mostrar.

Inesperadamente, Stephen começa a chorar. Um choro entrecortado e descontrolado que parece soluços.

— Ei — sussurra Khan. — Ei, Stephen. Está tudo bem. Você não fez nada de errado. Só me mostre. Venha.

Ela passa a ponta do dedo delicadamente nas costas da mão dele até que, finalmente, ele esfrega os olhos e se compõe.

Stephen se levanta devagar, com a respiração ainda entrecortada.

— Eu queria mostrar a você antes — diz ele, parecendo perdido. — Não houve nenhum momento em que eu senti que podia fazer isso.

— Mostre agora — encoraja Khan, com delicadeza.

Ele assente, passa por ela, atravessa a seção intermediária e vai para o laboratório. Há uma batida surda e baixa vinda do beliche de Penny: parece que ela resgatou o CD Player da sala das máquinas. Eles não vão ser incomodados nem ouvidos, o que parece uma coisa boa. O estado de agitação de Stephen está preocupando Khan, embora ela ainda esteja bastante convencida de que aquilo não vai ser nada.

Então ele abre a gaveta dez do freezer e não é nada. É sem dúvida alguma coisa. Khan olha fixamente para o cadáver diminuto com perplexidade, em seguida com um medo vazio. Não há filamentos cinzentos em lugar nenhum do corpo, nenhum sinal de crescimento de fungos. Por um momento, ela está olhando apenas para uma criança morta. É, tem de ser, um faminto, mas isso não faz com que a situação fique bem. Ela não foi registrada. Não tem razão para estar ali.

À luz do alarme da noite anterior, é um ponto de interrogação com um quilômetro de altura.

— Stephen — pergunta ela. — O que é isso? Para o que eu estou olhando?

— Acho que pode ser um faminto de segunda geração.

— Um... um o quê?

Ela olha para ele sem expressão. As palavras não fazem sentido. Famintos não se reproduzem. Eles não fazem nada, exceto comer.

— Não sei, Rina, é só um palpite. Mas havia crianças em Invercrae e elas eram diferentes. Elas estão infectadas, mas têm função cerebral normal. Repertórios comportamentais como humanos primitivos. O soldado Lutes as encontrou. Foi isso que deu início à luta. Ele atirou em uma delas, nesta, e depois elas o mataram. Eu me senti mal porque eu as havia visto primeiro e podia ter contado a todo mundo onde elas estavam. Eu devia ter dito. Devia ter contado a todos vocês, mas não contei, e então era tarde demais.

Ele aponta para os ferimentos de bala com o rosto contorcido de tristeza. Pelo faminto morto, ou pelo dano causado ao seu cérebro? Khan não tem certeza.

— Encontrei o corpo logo depois que o soldado Lutes atirou nele. Eu achei que devia pegá-lo e trazê-lo para bordo e estudá-lo, porque as crianças eram muito diferentes. Achei que essa podia ser a descoberta que estávamos procurando. Eu ia contar a vocês, mas Lutes estava morto, e eu senti como se fosse minha culpa, por isso quis esperar até ter alguma coisa para mostrar a todos vocês. Alguma coisa sólida. Seus cérebros são... — Sua voz fica embargada, e ele engole em seco. — Eu devia ter lhe contado, Rina.

Khan não responde. Ela sente a bile subir em sua boca, não por causa do sangue e do cérebro exposto.

— Stephen — diz ela, tentando manter a voz nivelada e sem inflexão. — O que Lutes... o que Lutes estava fazendo enquanto você encontrava essa amostra e a botava na bolsa? Você simplesmente o deixou lá?

Greaves fica horrorizado diante dessa sugestão.

— Eu nunca nem o vi! Eu ouvi alguns de seus tiros. Ele estava usando um silenciador, então eu devia estar perto, mas quando cheguei lá, tudo o que vi foi... — Sua voz se cala e ele apenas aponta.

Khan ergue os olhos da gaveta do freezer para ver os olhos dele bem fechados, com lágrimas brotando por baixo das pálpebras.

— Está tudo bem — diz ela automaticamente.

Ela tenta encontrar palavras que o tirem dessa crise. O Dr. Fournier vai subir pelas paredes e gritar com ele do teto, mas não adianta se preocupar com isso agora. Há muitas outras coisas com que se preocupar.

— Esse é um achado importante e você fez bem em trazê-lo.

— Eu tentei contar a vocês ontem à noite.

— Eu sei que tentou. Todos vimos o Dr. Fournier calá-lo. Mas antes disso...

Não adianta. Ela precisa contar ao grupo de busca que eles estão em uma missão desnecessária. Eles já têm um espécime intacto.

Ela se dirige à sala das máquinas, então muda de ideia e, em vez disso, sobe a escada da torre. Sua cabeça surge entre os pés do coronel. Ele olha para baixo, surpreso por vê-la ali.

— Rina. O que posso fazer por você?

— Você pode chamar a equipe que está no campo de volta, coronel. Nós já temos o material.

Ela não fala mais nada, apenas vai embora.

Ela precisa de tempo para pensar em uma explicação que não deixe Stephen pendurado na extremidade errada de uma corte marcial, mas claro que o coronel não vai deixar as coisas assim. O que ela acabou de dizer a ele parece não fazer sentido.

Ele desce e a segue até o laboratório. Stephen tinha fechado a gaveta do freezer, mas Khan torna a abri-la e mostra a Carlisle o que há ali dentro.

— Stephen o encontrou em Invercrae. É isso o que está nos seguindo. Não há necessidade de caçá-los.

Carlisle assente, mas não diz nada. Ele provavelmente está se perguntando por que Khan esperou até esse momento para detonar aquela bomba.

— Eu não sabia — diz ela de forma inadequada. — Desculpe.

O coronel segue na direção da traseira. Sixsmith precisa enviar a notícia para o grupo de caça e trazê-lo de volta para dentro o mais rápido possível. Aquilo já está uma confusão, mas pode muito facilmente ficar bem maior.

Khan vai atrás dele e Stephen vai atrás dela. Eles observam, tensos e em silêncio, enquanto Sixsmith tenta contatar a equipe de campo três vezes em um dos aparelhos portáteis. Isso não acontece.

— Foss disse que faria contato toda vez que tivessem uma linha limpa — observa ela por fim. — Nós podemos dizer a ela na próxima vez em que fizer isso.

Carlisle sacode a cabeça.

— Eu mesmo vou contar a ela. Agora.

Ele pega seu equipamento. Khan faz o mesmo.

— Procedimento padrão — lembra ela a ele quando questionada com um olhar. — Você ir lá fora sozinho não faz nenhum sentido, Isaac. Desculpe.

Penny chega enquanto eles estão verificando seus carregadores. Ela também se oferece para ir e o coronel diz a ela para operar a câmara selada. Quando voltarem, é possível que estejam com pressa. Ter alguém à mão para deixá-los entrar podia fazer diferença.

O Dr. Fournier é o seguinte. Ele se aventura fora da toca da sala das máquinas para exigir uma explicação para o motivo de eles todos saírem. Eles deixam com Sixsmith a responsabilidade de fazer isso.

Só depois que saem da câmara selada e estão a cem metros de Rosie, Khan percebe que Stephen os seguiu. É tarde demais para mandá-lo de volta.

Eles caminham juntos por uma subida íngreme, multicolorida e precária, com velhas folhas em decomposição e as que caíram nessa estação. No alto, o coronel tenta o rádio.

Nada.

Ele tenta novamente.

34

McQueen é um rastreador de habilidade e experiência consideráveis. Ele, portanto, fica puto ao descobrir que não há nada para rastrear.

Embora isso não seja totalmente verdade. Há pegadas eventuais sempre que o caminho fica mais macio. Pequenas e rasas, elas confirmam a descrição visual de Foss de sua presa. Elas parecem pegadas de crianças descalças, mas não há direção consistente. Se uma pegada leva para o oeste, a seguinte com quase toda a certeza vai apontar para o leste ou o sul. Se a trilha sobe a encosta, eles simplesmente encontram uma pegada no alto do morro que está descendo novamente. Ou os duendes estão dançando na porra de um círculo enorme, ou estão deliberadamente encobrindo seus rastros. McQueen não está disposto a aceitar nenhuma das hipóteses.

Mesmo assim, está começando a se inclinar na direção da segunda. Foss viu um bando inteiro perseguindo Rosie e essas pegadas só aparecem sozinhas. Se eles não estão seguindo o bando, então estão seguindo alguém que os está despistando propositalmente.

Esse alguém serviria, é claro, se eles conseguissem pegá-lo. Talvez seja isso o que impeça McQueen de sugerir que eles desistam e voltem. Foss também não sugere, mas, afinal, esta é sua primeira operação de campo desde que Carlisle a promoveu a tenente. Obviamente, ela não vai querer parecer covarde ou estragar as coisas. Phillips é um soldado raso. Ele vai fazer exatamente o que lhe ordenarem.

Os cientistas, na verdade, estão se divertindo. Akimwe tira fotos das pegadas. Sealey as mede. Os dois homens se ajoelharam, pelo amor de Deus, e deram uma boa cheirada. Eles passam o tempo todo falando do tamanho de passadas, do espaço entre os dedos, coisas assim. Foss os mandou calar a boca três vezes, mas eles parecem colegiais em um passeio. Só um tapa na boca vai dar resultado, e ele fica seriamente tentado. Eles não vão pegar esse filhinho da mãe descalço de jeito nenhum se ficarem tocando pratos e cantando “Hare Krishna” pelo caminho.

McQueen também é honesto o bastante para admitir que ficar em silêncio não ajuda muito. Em todo caso, é possível que os duendes saibam o que eles estão fazendo.

Ele está prestes a abordar o assunto delicado de jogar a toalha quando o rádio em seu cinto vibra. Foss deve ter recebido a chamada também, e saca mais rápido que ele, porque o fuzil de assalto é mais leve e de manuseio mais fácil que o M407.

— Aqui é Carlisle, equipe de campo — diz a voz do coronel, como se eles não soubessem. — É hora de voltar para casa. Onde quer que vocês estejam, voltem para Rosie pelo caminho mais curto.

— Afirmativo — confirma Foss.

Ela parece aliviada. Ela devia saber, assim como McQueen, que eles não iam chegar a lugar nenhum devagar.

— Alguma coisa que devemos saber, senhor? — acrescenta.

Alguns momentos de estalidos na linha fazem com que pareçam que ela perdeu o sinal, mas então a voz de Carlisle sai nítida novamente.

— Nós já temos um espécime de amostra. Repito, nós temos um espécime no gelo que se encaixa em nossos objetivos.

— Mas que porra é essa? — sai à força da boca de Foss.

Isso não está no jargão da missão, mas precisa ser dito.

— Desculpe — se corrige. — O senhor disse que já pegou uma dessas coisas?

— Eu disse que há um a bordo, tenente. Na verdade, foi obtido pelo Sr. Greaves lá em Invercrae, aparentemente. Vou interrogá-lo no devido tempo, como imagino que o Dr. Fournier vá fazer. Enquanto isso, vocês devem abandonar sua missão e regressar. Não há nada que impeça que nós sigamos caminho.

Várias emoções passam pelo rosto de Foss. Ela olha para McQueen, que faz o gesto de dar um tiro na cabeça. Na verdade, não é seu próprio cérebro que ele gostaria de espalhar por aí.

Ele não conseguiu pegar uma das coisas que matou Lutes porque o Robô chegou lá primeiro. A merda do Robô! É como se você estivesse de olho em uma mulher bonita e gostosa, e a perdesse para Stephen Hawking.

Só que Stephen Hawking, sem dúvida, era muito inteligente.

— Nós vamos ter que conversar sobre isso — profetiza amargamente McQueen.

— Estamos a caminho — diz Foss. — Câmbio e desligo.

Akimwe e Sealey estão parecendo comicamente surpresos. Provavelmente se sentem como se Greaves os tivesse vencido também.

— Alguém está disposto a dar uma última olhada? — pergunta McQueen.

— Estou dentro — diz Phillips.

Akimwe está alguns segundos atrás dele, mas vota com o coração, e com ele são três.

Foss não está contando mãos.

— Nós temos ordens — diz ela. — Vamos.

Bom para você, pensa com relutância McQueen. Como não quer complicá-la em sua primeira missão, ele segue logo atrás.

Pela mesma lógica, ele quer acertar o pescoço do Robô. Além de outro lugar bem, bem mais embaixo.

Carlisle baixa o walkie-talkie e meneia a cabeça.

— Eles estão vindo — diz a Khan.

Ela relaxa, aliviada. Por todo esse tempo, estava com medo de algum tipo de catástrofe que sobrasse, de algum modo, para Stephen. Embora ele esteja com problemas que ninguém tinha pensado. Embora ele não tenha tido uma chance de contar por culpa de Fournier, assim como de todos os outros. No fim de contas, está tudo bem. Vai ficar tudo bem.

Eles refazem os passos desde o alto do morro. É mais difícil descer, especialmente para Khan, porque ela não pode pular, correr ou se arriscar a cair. Ela tem de descer um passo de cada vez, tomando todo o cuidado com sua carga preciosa.

O coronel solta um xingamento repentino e destemperado. Khan se surpreende até que vê o que ele viu: Penny está andando na direção deles vinda de Rosie, com o objetivo de encontrá-los na metade do caminho.

Quando está perto o bastante para falar com ela sem levantar a voz, Carlisle a repreende.

— Eu a mandei esperar, doutora — diz ele. — Não deixar a câmara selada aberta e desguarnecida.

— Eu a fechei quando saí — diz Penny, indignada. — Eu só queria...

Sua voz se cala, mas é fácil preencher o fim dessa frase. Ela não queria ser o último membro da equipe científica deixado de fora, e nesse sentido ela não contava o Dr. Fournier como um cientista igual ao resto.

O coronel não perde tempo com reprimendas. Ele faz com que eles sigam adiante com um aceno brusco da cabeça, e Penny gira o corpo com relutância para voltar envergonhada a Rosie. Ela chega a dar o primeiro passo.

Entre o primeiro passo e o segundo, as crianças emergem da floresta de todos os lados. É tão rápido e natural quanto tinta absorvida por uma toalha de papel. Em um momento eles estão sozinhos; no seguinte, estão cercados.

Eles param abruptamente. Não há outra opção: o cerco de crianças está cheio de pontas e gumes. Elas estão equipadas com um conjunto aterrorizante de objetos encontrados, como se um grupo de alunos do primário se armasse com o que havia nos armários de cozinha e caixas de ferramentas dos pais antes de sair para fazer um passeio. Com uma sensação atordoante de irrealidade, quase como se estivesse olhando para um quebra-cabeça (você consegue encontrar as dezessete coisas afiadas nessa imagem da mata?), o olhar de Khan é atraído para um garfo de trinchar, uma broca de furar, um estilete, um bastão de esqui, um formão. As crianças seguravam essas coisas em estado de prontidão, mas não faziam nenhum movimento para atacar.

Khan experimenta uma fissão estranha da visão. Em uma primeira olhada, ela está vendo crianças. Crianças humanas assustadoras, brincando de jogos de guerra, que nem *O senhor das moscas*. Numa observação mais atenta, ela vê que o branco dos olhos não é branco. É cinza. Infecção com *Cordyceps*, quando chega ao cérebro, depósitos de matéria micelial no humor visceral do olho. São famintos.

Famintos comuns são como raios de luz. Depois que entram em movimento, não conseguem parar até atingirem um alvo. Eles não *escolhem* parar. Também não observam nada do jeito que as crianças os estão observando nesse momento: atentas, avaliando, prontas para tornar a se movimentar de um instante para outro. Khan sente as pernas enfraquecerem, quase cai, mas se firma e permanece de pé.

Uma das crianças dá um passo à frente. Sua líder? É difícil dizer. Como o resto, ela está vestida com panos bizarros, desbotados e puídos pelo uso. Há uma centena de chaveiros pendurados em sua cintura, e o cabelo ruivo é uma imagem imóvel de explosão. Ela tem ar de autoridade e os outros seguem seus movimentos com uma expectativa silenciosa. Parece ter nove anos de idade. A linha de uma velha cicatriz percorre o rosto bonito. Os olhos cinza sobre cinza estão abertos um pouco mais que o normal, pupilas visíveis como círculos perfeitos.

Ela caminha na direção de Stephen. Tem consciência da presença de Khan, do coronel, mas não parece interessada neles. É ágil como um gato: os chaveiros mal balançam quando anda.

Ela põe a mão no centro do peito de Stephen. Para a surpresa de Khan, Stephen aceita o toque sem nenhum sinal de desconforto. Se alguém da equipe, até a própria Khan, pusesse a mão nele desse jeito, ele se afastaria de forma tão violenta que acabaria ricocheteando na parede.

Pela duração de vários batimentos cardíacos, a mão da menina, com os dedos estendidos, repousa sobre o tecido fino da camisa de Stephen. Então ela a retira, a aperta sobre o próprio esterno e a segura ali.

Deixa que seu braço caia mais uma vez ao lado do corpo.

Há um silêncio longo e tenso. É como se eles estivessem em uma peça e todos tivessem esquecido as falas. A mão do coronel se move de forma quase imperceptível na direção da arma no coldre em sua cintura.

Stephen é só um pouco mais rápido.

Ele leva a mão ao interior do bolso de seu uniforme e tira alguma coisa. Um losango de plástico vermelho com um anel branco pendurado em um cordão. Ele puxa o cordão, em toda sua extensão, então o solta.

— *Na velocidade da luz* — diz uma voz. — *Estaremos lá antes que você perceba.*

É uma voz analógica, grave e rouca, tornada quase incompreensível pelo chiado e os estalidos.

Enquanto as palavras são ditas, o cordão se recolhe para o interior do invólucro até que o anel bate novamente contra o lado dele. Por um momento, Stephen olha fixamente para a coisa em suas mãos, com a testa franzida em uma expressão pensativa no rosto. Khan não via o que ele tinha em mãos havia oito anos, mas sabe exatamente o que é. O Capitão Power volta até ela em uma torrente repentina de recordação. O brinquedo que Stephen estava segurando quando eles o encontraram e por todo o caminho desde Beacon. O que ela encontrou, quebrado, e devolveu para ele. A caixa falante devia ser tudo o que restava dele agora.

Stephen a segura na mão espalmada.

A garota a pega e a revira nas mãos. Ela emite um som trinado e estalado, exibindo os dentes. Parece significar aprovação. De qualquer forma, ela enfia o brinquedo no cinto pelo anel, que enrola três vezes. Ela estuda os chaveiros pendurados ao lado, pensando muito, e finalmente escolhe um.

Ela solta o chaveiro e o entrega a Stephen. Sua forma não está clara para Khan até que Stephen o pega e o ergue. É um bonequinho plástico de alguma franquia de brinquedos há muito esquecida: um homem baixo e de bigode com um macacão vermelho e azul, e um boné vermelho que tem uma letra M maiúscula. Seus olhos azuis límpidos reviram em brincadeira e a mão direita está erguida em saudação.

Stephen balança a cabeça para demonstrar que entendeu quando pega a quinquilharia com a menina. Ele abre a argola, passa por uma das presilhas do próprio cinto e a fecha novamente. Dá nele um tapinha de aprovação, fazendo uma demonstração convincente de gostar da forma com que fica ali.

Durante tudo isso, Khan, o coronel e a Dra. Penny permaneceram congelados. Khan pode ver, e supõe que os outros possam, que isso é um ritual de primeiro contato. Suas vidas — no mínimo — dependem de que tudo corra bem.

Aparentemente, a fase da troca de presentes está completa. A garota com a cicatriz repete o gesto com o qual começou tudo aquilo, botando a mão primeiro no peito de Stephen, em seguida no seu próprio. *Você*, diz ela. *E eu*.

Quando ela consegue ver que todos registraram esse gesto — tanto seu próprio povo quanto os adultos —, ela abaixa a mão, de modo que todo seu antebraço fica estendido horizontalmente. Ela o mantém nessa posição por alguns segundos. Então estende os dois braços na direção deles, como se quisesse ser levantada e acariciada, ou como se estivesse pedindo aplausos.

Seus olhos, nesse momento, estão novamente em Stephen, duros e questionadores. Seus dedos e seus lábios se movem, mas, como ele, ela não faz nenhum som.

Khan sente uma onda de assombro tão intensa que é quase uma dor física. Esses sinais são reduzidos ao mais básico, não porque a compreensão da garota seja básica, mas porque ela não está fazendo nenhuma suposição em relação à deles. Ela está mantendo as coisas simples em benefício deles.

Khan vê a postura do coronel, sua prontidão cautelosa, e o rosto exangue de Penny a um ou dois segundos de um grito ou de um choro.

Famintos podem falar! Famintos podem pensar!

Pensar é definitivamente o ponto forte de Stephen, mas ele é péssimo falando. Suas mãos estão se contorcendo. Ele está tentando fazer uma tentativa, mas Khan não pode confiar suas chances de sobrevivência a ele entender corretamente os sinais quando é tão ruim em conversar com sua própria espécie.

Ela levanta os próprios braços, o esquerdo, em seguida o direito, em um movimento decisivo.

Agora escute isso.

O olhar da menina se move entre ela e Stephen. Ela não parece gostar da interrupção.

— Aqui — diz Khan.

Sua voz vacila um pouco, mas as palavras cumprem sua função. Ela atrai a atenção da menina.

Ela aponta para si mesma, para Stephen, para o coronel. Desenha três linhas verticais no ar. Então abaixa o braço, como fez a menina, até ficar na horizontal na altura de sua barriga. A linha horizontal significa o garoto morto, ela tem quase certeza. E a mímica da menina queria dizer *devolvam-no a nós*.

As crianças percorreram todo aquele caminho por um cadáver. Para um enterro. Correndo hora após hora, mantendo formação, deixando suas casas e tudo o que conheciam para trás. Seguindo uma ideia. Mais ainda que a habilidade para se comunicar, esse fato prova sua humanidade além de qualquer dúvida.

— Você pegou amostras? — perguntou Khan a Stephen, mantendo a voz baixa e sem inflexão.

— Peguei.

— Do cérebro?

– Do cérebro. Da medula espinhal. Do coração. Do rim. Do baço. Dos músculos. Da derme. Da epiderme.

– Dra. Khan – diz Carlisle em um murmúrio de conversa. – Poderia me explicar por favor o que está fazendo?

– Estou negociando – responde Khan no mesmo tom. – Por nossas vidas.

Com as amostras de Stephen em segurança e guardadas, eles podem se dar ao luxo de abrir mão do corpo. Isso podia não salvá-los, é claro: quando visse como ele foi desonrado, a garota com a cicatriz podia achar que ainda havia uma questão a resolver. *Parte de mim não iria culpá-la*, pensa Khan. Ela está vendo a si mesma e a todos eles, de repente, surpreendentemente, da perspectiva das crianças. Não é uma imagem bonita.

Ela aponta para Rosie. Põe a mão em frente ao rosto para simular as portas da câmara selada se abrindo, se fechando, se abrindo.

A garota exibe os dentes, com a cabeça inclinada para um lado. É impossível saber se ela entende, mas está escutando. Observando. Esperando que Khan apresente a proposta.

Khan passa os dedos da mão direita pela palma aberta da esquerda. Aponta para Stephen, para o coronel e para Penny, e finalmente para si mesma.

Ele. Ele. Ela. Eu. Todos nós. Vamos embora.

E depois...

O argumento vencedor. Ela faz o sinal do garoto morto outra vez, braço estendido desde o cotovelo, e o desliza muito devagar no espaço entre elas até quase tocar o ombro da menina.

Nós o trazemos para fora para vocês.

A garota a olha nos olhos. De forma dura. Do jeito que qualquer um faria quando há um acordo sobre a mesa e se quer ter uma ideia de quanto peso tem sua palavra. Khan está se perguntando isso também, mas está falando sério. Ela vai fazer isso, se a garota com a cicatriz deixá-los ir. Ela vai manter o acordo, consertar o que foi quebrado em Invercrae, enfrentar as consequências.

Tudo parece bem, pensa Khan. Ninguém foi comido, esfaqueado ou baleado. Nós podemos fazer isso.

Eles não podem.

O quadro se desfaz. Sem aviso, contrariando o bom senso, uma das crianças é jogada para trás. É o garoto parado imediatamente à direita da garota da cicatriz: ele está ali, em seguida desaparece, tão de repente que é quase como se tivesse sido puxado por uma linha. Khan registra o som do disparo, tão suave quanto uma batida de palmas, um batimento cardíaco depois.

Depois disso, as coisas não vão bem.

35

McQueen usou todos os gramas de habilidade de rastreamento que tem e não chegou a lugar nenhum. Então, enquanto eles voltam pelo caminho por onde vieram, descendo o lado mais próximo do morro, a sorte lhe entrega aquilo que ele estava procurando.

Na clareira, abaixo deles, a cerca de apenas cinquenta metros de Rosie, o coronel Carlisle (junto com a Dra. Khan, a Dra. Penny e o Robô, mas não se pode esperar nada melhor deles) se deixou ser emboscado. Todos veem. Ao contrário de McQueen, eles param completamente diante disso. Ficam paralisados. Talvez eles vejam crianças, mas McQueen está esperando coisas que *se parecem* com crianças e não se deixa enganar.

Ele empunha o fuzil com o virtuosismo natural de uma baliza girando um bastão. Ele termina com um equilíbrio ótimo, com a mira diante do olho e o resto apoiado no ombro. Com o braço esquerdo, ele aponta para onda a bala vai acertar. Com a mão direita, puxa o gatilho.

O primeiro alvo cai de forma limpa. Pelo menos, externamente limpa. Por dentro, aquela bala de ponta oca de fragmentação se transformou no tipo de coisa que entope os ralos em um abatedouro. Um abatedouro é no que aquilo está prestes a se transformar.

O primeiro tiro desfaz o quadro em borrões de turbulência impossível de rastrear. Os duendes estão por toda parte e em seguida não estão em lugar nenhum, mais rápido do que ele podia imaginar. Em seu rastro, Penny e Khan foram atingidas. Penny está evidentemente morta antes de cair, com sangue jorrando da garganta aberta. Khan está segurando o braço, vermelho do ombro ao cotovelo.

John Sealey dá um grito de horror e fúria disformes e sai descendo pela encosta, passando direto pela linha de visão de McQueen, mas não importa. Não há nada para o que apontar. Literalmente nada. Foss também está correndo, à frente no caminho de volta até Rosie, e está atirando para o ar, o que é uma boa ideia. Dar pelo menos um susto nos filhos da mãe, talvez ocultar o barulho de suas próprias botas enquanto desce correndo.

O inimigo ainda está bem ali, ele sabe, apesar do que seus olhos estão lhe dizendo. A única maneira de terem desaparecido tão rápido era terem se abaixado em meio ao capim alto. Com o vento vindo do leste, o capim devia estar inclinado para a esquerda, então, onde quer que ele esteja fazendo qualquer outra coisa, há alguém em movimento. Para sua surpresa, o movimento é em sua direção. Os duendes não estão fugindo, estão atacando com força.

Ele dispara mais três tiros em sucessão rápida, apontando para aqueles movimentos suspeitos no capim, e cada um deles tem seu efeito. Phillips também cai, bem ao lado dele, com um corte feito por meios ainda não claros. Uma carga morro abaixo não vai adiantar. Sem dúvida não ajudou Sealey, que desapareceu de vista, enfiado na vegetação faminta.

O tempo para a precisão passou. McQueen se libera com talvez uma leve pontada de remorso. Agora é hora de extrema violência.

Ele se apoia sobre um joelho, larga o M407 e pega o SCAR-H de Phillips. Ao passar, observa que o que matou Phillips foi uma faca arremessada que terminou a trajetória em sua jugular. Foi um arremesso impressionante a uma distância difícil de acreditar. Ele saúda um outro profissional como ele.

Ele ergue o SCAR e se levanta, apertando com firmeza o gatilho. O fuzil fala um polissílabo pontiagudo e contínuo enquanto vai da esquerda para a direita e volta outra vez. A grama alta estremece e se debate.

36

Khan ainda está no centro de uma turbulência mundial. A imobilidade não é por escolha, ela simplesmente não consegue reagir com a rapidez necessária.

O garoto é derrubado.

As outras crianças se espalham, mas se espalhar é a expressão errada. Elas se erguem como uma onda. Passam por cima e através de tudo e todos que estão em seu caminho.

Uma delas, ao passar, derruba o braço de Khan, que ainda está erguido como parte da pantomima diplomática. Outra corta a garganta de Elaine Penny. Então elas mergulham no capim e somem de vista.

Penny recua do ataque, mas só depois que já aconteceu. Debatendo-se, impotente, ela usa as duas mãos para segurar o ferimento irregular, do qual sangue começou a jorrar no ritmo de gluglu de água sendo derramada de um jarro. Ela abre a boca, esforça-se brevemente para falar, mas na verdade isso é tudo o que ela tem a dizer.

Glu. Glu. Pausa.

Ela cambaleia. Khan estende o braço para firmá-la, para segurá-la. O sangue, pensa ela. A primeira coisa é parar o sangue. Uma olhada lhe diz que é inútil. O corte grande não deixou nada intacto para isso.

Penny desaba dos joelhos e tomba.

Khan fica olhando fixamente para o próprio braço. Algum daquele sangue não é de Penny, é dela. Não foi um tapa que ela sentiu, foi uma facada. O corte é assustadoramente largo e profundo. Há sangue acumulado como em um poço, transbordando como uma cachoeira.

Ela aperta o braço contra o corpo, fazendo uma careta com o contato e com a dor latejante que só agora está se fazendo sentir.

Mais tiros ecoam do alto da encosta. Gritos estridentes indicam que eles encontraram seus alvos, ou pelo menos algo vivo. Khan está estupefata. Ela sabe que precisa encontrar proteção, mas não consegue transformar o pensamento em ação. Stephen está se lamentando ao lado dela, com os punhos cerrados diante do rosto como um boxeador nas cordas.

Ela capta o primeiro vislumbre das pessoas que estão atirando. McQueen descendo lentamente pela encosta, Foss fugindo deles em um ângulo íngreme com o fuzil apontado para o céu. Aonde ela está indo?

E John. John está correndo morro abaixo para se juntar a ela, com o rosto avermelhado devido ao esforço. Então ele tropeça e cai de cara, desaparecendo no capim alto.

Khan corre em sua direção. Ele não está sozinho ali embaixo e não caiu por conta própria. Invisíveis na vegetação rasteira, as crianças estão em movimento. Três delas surgem sobre John enquanto ele se debate, esparramado. Um garotinha agarra seu braço e torce-o para trás com uma concentração feroz. Outro, mais velho, atinge-o várias vezes no estômago com uma lâmina menor que um cortador de pizza.

Khan segura o garoto mais velho pelos ombros e o arrasta dali. Seu rosto é uma caveira pintada, os dentes verdadeiros estendidos acima e abaixo da mandíbula em uma expressão aterrorizante e irreal. O garoto se debate em seus braços, impossível de ser contido, e dá uma mordida funda no braço já ferido dela. Quando torna a levantar a cabeça, há um pedaço de sua carne entre os dentes. Ela não sente dor, mas o choque daquilo faz com que caia de quatro no chão.

O que é uma boa coisa. Balas cortam o capim no que teria sido a altura de seu peito. Elas destroçam o menino.

Khan tenta ficar de pé. Tenta pensar. Uma névoa congelante está penetrando seu cérebro, enchendo suas órbitas oculares. Ela está ferida, mas isso não é nada. Ela está infectada. Se essas crianças são famintos, ela está infectada. Ela precisa fazer alguma coisa, mas não há nada; se ela tivesse uma faca, se cortasse o braço nesse exato momento...

Ela não tem uma faca e, de qualquer jeito, provavelmente já é tarde demais. Essa é uma corrida que ninguém nunca venceu.

Mãos a seguram pela cintura e a levantam. Estão tentando carregá-la e, quem quer que seja está achando difícil lidar com seu peso. Ela se debate, achando que devem ser as crianças de volta para pegá-la. Para terminar o trabalho. As mãos se movem, a seguram pelo meio do tronco e ela é erguida no ar, jogada pesadamente nas costas de alguém.

Ela deixa que a névoa a engula. É um alívio não ter de estar consciente enquanto o *Cordyceps* a refaz à sua própria imagem.

37

Foss toma sua decisão e se aferra a ela.

McQueen pode ou não ter uma vantagem muito pequena sobre ela como atirador, mas a logística de atirar morro abaixo em uma multidão que inclui seu próprio pessoal não a empolga.

Então ela corre na direção de Rosie, escolhe um ponto a meio caminho do lado mais próximo onde a estrutura da câmara selada dá a ela alguma proteção e se abaixa em uma posição de tiro. Ela teria preferido ter seu M407 nas mãos, mas o SCAR em semiautomático vai causar danos muito mais rápido, e essa é uma situação em que mais parece ser mais.

— Comigo! — grita ela. — Por aqui! Agora!

O coronel entende imediatamente, mas não vai ser o primeiro a ir. Ele tirou a arma do coldre e está atirando morro acima, onde o mato alto está se movendo com formas rápidas em disparada. Os dois juntos abrem um corredor pelo qual a equipe científica pode recuar.

O Dr. Akimwe aceita o convite, movimentando os braços e as pernas. Ela o avista e aponta para a esquerda, pois é onde o mato é mais denso. Ela vê o movimento e aperta o gatilho. Uma. Duas. Três vezes.

Ela acha que acertou aquilo para o que estava apontando e com certeza não atingiu Akimwe. O que quer que o acerte o pega no nível dos pés e faz com que ele caia com força. Ele está sem fôlego, mas ainda consciente, ainda se mexendo, então por que diabos não se levanta?

Porque há algo preso em torno de seus tornozelos. Eles o pegaram com um tipo de boleadeira.

O coronel está atento. Ele recua na direção dela, na direção de Akimwe, atirando pelo caminho. McQueen está fora de vista, o que Foss torce para significar que ele encontrou um bom esconderijo no alto do morro. Ela consegue ver Sealey e Penny, mas eles não estão se mexendo.

Nada, agora, está se mexendo. Não há som, e o capim finalmente entrou em consenso com o vento. Talvez tenha terminado.

A pedra que passa por seu rosto vem de cima e ressoa contra a lateral blindada de Rosie como um gongo de jantar. Foi isso o que significou a trégua. Enquanto ela estava observando o mato, as crianças tomaram o terreno mais alto. Mais pedras cortam e pontilham o ar, acertam o chão e as árvores por toda a volta dela.

Será que a situação podia ficar ainda pior?

Foss muda a pontaria para as folhas no alto e dispara uma saraivada longa e sinuosa. Desculpem, esquilos. Qualquer coisa fora do chão é um bom alvo.

Finalmente, boas notícias. A torre gira e o lança-chamas é acionado, inundando o dossel acima com chamas amarelas e brancas. Quando saírem disso, ela vai ter de beijar Sixsmith na boca, mesmo que as más línguas comentem. O fogo jorra e a chuva de pedras diminui consideravelmente, supostamente enquanto as crianças encontram algum local no alto onde não vão ser assadas.

Algo grande e disforme desce descontroladamente pela encosta e ela quase atira antes de perceber o que é. É o Robô, andando cambaleante como um bêbado, carregando a Dra. Khan nos ombros. Ela parece já estar morta, mas ele faz o possível.

A chuva de pedras arremessadas recomeça quando Greaves passa trôpega e rapidamente por ela na direção da câmara selada. Foss põe o SCAR-H em modo automático e dá a ele uma proteção de .51 mm.

Greaves consegue chegar à câmara selada, mas tem de largar Khan para poder acionar a porta. Mais acima na encosta, McQueen está andando novamente, em um ritmo constante e deliberado, virando o fuzil em um movimento flexível em forma de oito para atingir o capim e as árvores do lado esquerdo ao lado direito.

Agora o coronel Carlisle está chegando também, do lado direito de Foss. Ele para por tempo suficiente para levantar Akimwe, embora o cientista não esteja andando direito.

Dois mortos, talvez três. A equipe científica dizimada. O coronel estava certo sobre permanecer dentro de Rosie e ela devia ter apoiado sua opinião. Nada disso tinha de acontecer.

Greaves abriu a porta, graças a Deus. Ele se abaixa para recolher o fardo.

Foss luta contra a vontade de sair correndo direto para a porta. Ela ainda precisa dar alguma cobertura para os outros enquanto eles chegam. Ela recua até a seção intermediária de Rosie, um passo de cada vez, enquanto o coronel e Akimwe convergem com McQueen para formar uma linha de combate irregular, mas eficaz. Os garotos podiam ser bruxinhos perversos com pedras e canivetes, mas isso não significava nada se não pudessem levantar a cabeça sem que fossem explodidas.

Ela chega à câmara selada e sobe na plataforma.

A porta se fecha bruscamente em sua cara. Ela escuta o arranhar e as batidas das travas da porta deslizando para as posições, o chiado do ar entrando.

Greaves os trancou do lado de fora.

38

Cada segundo conta, por isso Greaves os estava contando. Ele chegou a setenta. Ele acionou um metrônomo em sua cabeça e confia em sua precisão, não precisa conferir um relógio. Não há tempo. Não há tempo nenhum.

Setenta segundos desde o momento em que Rina foi mordida, e dois minutos é o tempo médio – não o mais curto, apenas a média aritmética – que o patógeno do *Cordyceps* leva para atravessar a barreira da meninge e se instalar no cérebro.

Cinquenta segundos, então, antes de Rina estar perdida.

Botá-la no chão. Fechar e trancar a câmara selada. Quarenta e nove. Ele não pode deixar ninguém ver isso. Quarenta e oito. Ninguém. Quarenta e sete. A fechadura ainda está programada para responder ao código do dia se ele for digitado corretamente do exterior. Resetar o código do dia. Quarenta e seis. Quarenta e cinco. Ele precisa escolher um número do qual vai se lembrar, para permitir a entrada do resto da equipe depois que terminar de fazer o que precisa ser feito. Ele escolhe o pi com dez casas decimais. Óbvio demais? Ele trapaceia e arredonda o último cinco para baixo em vez de para cima.

Quarenta e quatro. Quarenta e três. Quarenta e dois. Ele se ajoelha e pega Rina outra vez. Ela está em convulsões, se retorcendo em seus braços. Ele cambaleia, quase perde o equilíbrio, mas consegue se firmar outra vez.

Quarenta e um. Quarenta. Sixsmith está na torre, diretamente acima de sua cabeça. Ocupada. Greaves sai andando sem sequer olhar para cima.

O laboratório pode ser isolado da seção intermediária por uma divisória deslizante de placas encaixadas. Ele precisa deitar Rina novamente, dessa vez na bancada de trabalho, e empurra todo o resto para o lado para abrir espaço para ela. Trinta e nove. Trinta e oito. Antes que ele possa lidar com a divisória, o Dr. Fournier sai andando a passos largos da sala das máquinas, cheio de pânico e fúria justiceira.

— O que é esse barulho todo? Greaves, em que os soldados estão atirando? Por que...?

Trinta e sete.

Greaves o ataca com toda a força. Antes que Fournier perceba o que está acontecendo, a cabeça abaixada de Greaves bate em seu rosto e o impulso do movimento de Greaves o empurra para trás, até a sala de máquinas, onde ele cai esparramado.

Trinta... e seis? É preciso pular um pelo momento perdido no impacto doloroso. Trinta e quatro.

Fournier está olhando para ele, atônito e horrorizado, o rosto sujo com o próprio sangue. Ele está pronunciando o nome de Greaves em um tom indistinto e perplexo, interrogando a coisa impossível que acabou de acontecer.

A sala de máquinas, na verdade, não é uma sala, felizmente. Ela se fecha e se tranca do lado de fora. Greaves retorna rapidamente para o laboratório, bate a porta e fecha a tranca. Trinta e três. Trinta e dois.

Passos na plataforma da seção intermediária. Ele atravessa o laboratório correndo e fecha a porta divisória bem a tempo, quando Sixsmith desce pela escada da torre saltando o último metro sobre a plataforma.

Trinta e um. Trinta. Vinte e nove. O metal reverbera com as batidas dela.

— Porra, Greaves, ficou maluco? O que você fez com a porta?

Não há tempo. Não há tempo. Ele desliga o barulho, concentra-se no tiquetaquear do metrônomo.

Vinte e oito	extrair o sangue de Rina
Vinte e sete	tentar
Vinte e seis	tentar extrair o sangue de Rina, mas ela está
Vinte e cinco	se debatendo, lutando contra ele, não o
Vinte e quatro	reconhece então ele precisa
Vinte e três	jogar o peso em cima dela
Vinte e dois	prendê-la quando as mãos dela
Vinte e um	encontram seu rosto. Empurram. Arranham seu rosto.
Vinte	Extrair o sangue de Rina. Vinte cc.
Dezenove	Com uma das mãos destampar o tubo de ensaio

Dezoito	o tubo de ensaio errado, ele precisa
Dezessete	do último lote, não rotulado, esse. Aqui.
Dezesseis	Inserir a agulha hipodérmica, ainda com uma só mão.
Quinze	Puxar o êmbolo. O sangue de Rina está se misturando
Quatorze	muito devagar
Treze	com o líquido cefalorraquidiano e a medula do garoto morto
Doze	e as células T do paciente sem nome 13631
Onze	cuja resistência ao *Cordyceps* era promissora
Dez	mas quem sabe? Quem sabe, na verdade?
Nove	Ele o puxa outra vez
Oito	todo ele
Sete	As mãos de Rina empurram a cabeça dele para trás
Seis	então ele está cego e, em seu pânico, o metrônomo quebra. O tiquetaquear para. Seus dedos tateiam e deslizam e não encontram apoio. Ele precisa de um ponto de dispersão no músculo da parte superior de seu ombro perto, muito perto, até seu pescoço. A injeção intramuscular vai tirar proveito do grande fluxo sanguíneo através daquela parte do corpo. O efeito deve ser instantâneo, vai ter que ser.

Porque ele está sem tempo.

Ele enfia a agulha, aperta o êmbolo, joga o remédio não testado em uma parte do corpo de Rina que não consegue nem ver.

Então desiste da luta, perde o equilíbrio e cai.

Rina cai da bancada junto com ele, batendo no chão ao lado dele com o rosto para cima.

Ela não está se mexendo.

Até que ela abre os olhos, abre a boca e grita.

Greaves a segura enquanto ela treme. Não é fácil para ele ficar tão perto de outro corpo humano, sentir o movimento alheio contra sua própria pele, mas, em suas convulsões, ela pode se machucar ou matar o bebê que está carregando.

Depois de algum tempo, ela se acalma.

— Por favor — sussurra ele em seu ouvido, caso ela consiga ouvi-lo. — Por favor. Por favor. Por favor. Não conte a eles, Rina.

Eles não podem saber — ninguém pode, ninguém, nunca — o que ele acabou de fazer.

39

SIXSMITH NÃO É O que ninguém esperaria de uma engenheira, mas ela está longe de ser burra. Com a porta da seção intermediária fora de ação, a cabine vai ter de servir. O problema principal é que ela se abre como a porta de uma cabine de caminhão, ocultando aproximadamente metade do campo visual quando se abre para fora.

Contra isso, há portas dos dois lados.

Ela liga o motor e dirige Rosie em um semicírculo, enfiando uma cunha de aço entre a tripulação cercada e os merdinhas que parecem estar tentando (com algum sucesso) matar todo mundo.

Ela abre a porta do lado mais próximo e grita alguma coisa que mais ou menos se resume a "venham por aqui". Um a um, eles vão. Akimwe, mancando e chorando, tão pálido quanto um muro caiado. Depois Foss e McQueen, ainda disparando no dossel em chamas, embora não haja mais resposta lá do alto. Finalmente, o coronel, que não se mexe até que todo mundo tenha entrado.

Eles não ficam na cabine — ela mal é grande o suficiente para um piloto e um carona. Um a um, passam pela tubulação que leva até o alojamento da tripulação. Sixsmith bate e fecha a porta, acelera o motor e sai andando em uma grande curva. O fogo está aumentando. Toda a maldita floresta está queimando, e as chamas vão para onde o vento levá-las. O único lugar saudável para se estar é bem à frente daquilo.

Ela anda cerca de três quilômetros — nem mesmo tão longe, menos que isso — quando estoura uma lagarta.

40

QUANDO FOSS CONSEGUE CHEGAR à seção intermediária, Greaves destrancou tanto a porta divisória quanto a da sala das máquinas. O Dr. Fournier está gritando com Greaves, sua própria testa com uma mancha chamativa e escura de sangue, enquanto a Dra. Khan, no chão, está chorando e respirando com dificuldade. O cabelo comprido cai sobre a poça de vômito que ela acabou de depositar ali. O braço ferido recebeu um curativo novo, mas não muito bem feito.

Eles acabaram de sair daquilo vivos e talvez devessem estar agradecendo aos céus, mas Foss tem a sensação de que está tudo desmoronando. McQueen passa por ela, passa pelo coronel, empurra Fournier do caminho com uma das mãos e segura Greaves pelas lapelas para levantá-lo do chão e jogá-lo com força contra a parede.

Ele o ergue novamente e o joga na parede outra vez, com ainda mais força.

— Sr. McQueen — diz Carlisle. — Já chega.

McQueen evidentemente não concorda com isso, porque o faz uma terceira vez. O Robô atinge a parede com tanta força que Foss pode sentir as vibrações pelas chapas de aço sob seus pés.

Parece ser a gota d'água. A arma do coronel de repente está no ouvido de McQueen. McQueen solta e Greaves desaba, deslizando pela parede até acabar sentado no chão.

— A disciplina é um hábito mental — diz Carlisle, com uma calma mortal. — Adquira esse hábito. Agora mesmo.

McQueen olha para o Robô. Seus dentes estão à mostra; seus olhos, bem arregalados.

— Quero esse filho da puta fora do ônibus — diz ele com voz rouca. — Ele quase matou todo mundo.

Carlisle não parece muito impressionado com esse argumento. Ele franze um pouco o cenho e seu rosto enrubesce com o esforço do autocontrole.

— Na verdade acredito que essa honra pertence a você — diz ele. — A Dra. Khan estava falando com as crianças. Negociando com elas. Elas não atacaram até você atirar nelas.

McQueen se vira. Ele demonstra claramente como está se sentindo por estar sob a mira de uma arma, como só está se segurando porque a arma está ali, por isso Carlisle guarda a arma no coldre e o prende com um olhar.

— Vai haver um inquérito completo — diz o coronel. — Quando voltarmos para Beacon. Até lá, todos somos membros da mesma tripulação e vamos nos comportar como se isso significasse alguma coisa.

— Tente dizer isso para esse merdinha — diz McQueen, empurrando Greaves com a ponta de sua bota.

— Ele me prendeu na sala das máquinas — se queixa Fournier. — Ele me agrediu e me trancou lá dentro. Eu não consigo fazê-lo se explicar. Exijo saber o que aconteceu lá fora e onde está o resto de minha tripulação.

— Eles estão mortos — diz Foss, sem rodeios.

Ela já aturou demais o comandante civil. Eles acabaram de perder três pessoas, pelo amor de Deus. Além disso, Greaves entrou em pânico e quase matou todos eles, e ali está Fournier reclamando por sua pouca dignidade perdida como se fosse relevante.

A Dra. Khan está tentando se levantar. Foss lhe oferece a mão, mas ela a dispensa, embora tenha de se agarrar a uma barra de apoio para ficar de pé.

— Onde está John? — sussurra ela. — Ele sobreviveu?

— Sealey está morto — diz McQueen. — Penny e Phillips, também. E o resto de nós foi por muito pouco.

Ele ergue o dedo indicador e o polegar afastados dois centímetros a dois centímetros do rosto de Greaves.

— Foi quando o menino gênio trancou a porta para nós.

— Eu exijo saber... — diz novamente Fournier.

— Ah, cale a porra da boca — interrompe Foss. — Se você quiser saber de alguma coisa, ponha a cabeça para fora da porta de vez em quando e dê uma olhada.

Fournier incha como um sapo, mas não responde, o que já é vantagem.

Khan está abalada. Ela torna a cair contra a bancada do laboratório, e quase desliza novamente para o chão. Foss não gosta muito dela, mas conhece aquela expressão de desespero vazio. Ela já a viu com frequência, tanto em Beacon quanto nos momentos logo após o Colapso, antes que Beacon fosse alguma coisa. Impulsivamente, sem realmente saber o porquê, ela põe a mão no ombro de Khan.

— Ei — diz ela. — Seja forte. Pelo bebê.

Khan olha para ela, intrigada. Ela não parece entender o sentido das palavras, mas o toque a acalma um pouco. De qualquer modo, permanece de pé, e sua respiração desacelera um pouco do *staccato* em que se encontrava. Ela está fazendo o melhor possível para se segurar, pensa Foss, e seu melhor não é tão ruim. Mesmo assim, a doutora não para de piscar, como se estivesse com dificuldade para botar o mundo em foco.

Há mais reclamações. Fournier continua falando sobre insubordinação; McQueen continua falando sobre prender o Robô ou botá-lo para fora, em dúvida entre as duas opções. Foss vê que os dois ainda estão agitados pelo que acabou de acontecer e talvez a raiva os impeça de pensar muito sobre o assunto. Durante todo esse tempo, Akimwe está chorando como se não fosse parar nunca.

Rosie parou de andar, percebe Foss de repente. Ela vai até a traseira para ver onde Sixsmith estacionou. Nesse momento, olhar para a situação parece uma ideia muito melhor que ouvir toda aquela baboseira e ver todo aquele sofrimento.

41

Rosie parou. As pessoas em seu interior também.

Diante da tristeza de Khan, que é silenciosa, e da histeria de Akimwe, que é barulhenta e onipresente, o Dr. Fournier volta mais uma vez para a sala das máquinas. Ele sabe como esse hábito de isolamento autoimposto parece ruim para o resto da tripulação, especialmente agora, mas ele precisa entrar em contato com a brigadeiro e contar o que aconteceu. Que a equipe sofreu uma catástrofe. Que o patógeno faminto entrou em metástase de uma forma imprevista para produzir um padrão inteiramente novo de sintomas, possivelmente se tornando ainda mais perigoso. Que Rosie está carregando a prova na forma de um espécime valioso e até então desconhecido.

Ele quer que a brigadeiro lhe dê permissão para voltar para casa. O que eles acabaram de encontrar tem precedência sobre a política. Fry, com certeza, tem de ver isso!

Sua decisão de sair da estrada, para começar, muito possivelmente levou diretamente a esse desastre, reduzindo a velocidade o suficiente para serem acompanhados pelas crianças selvagens. Sem dúvida foi um fator para Rosie romper uma das lagartas, razão pela qual eles não estão em movimento, embora nesse momento haja muitas coisas das quais eles precisem fugir. Fournier sabe muito bem de tudo isso. Ele sente o peso dos julgamentos não ditos da tripulação. Ele é o comandante, e toda decisão que tomou desde que fizeram a volta e seguiram para casa foi errada pelas melhores razões, por ordens diretas do Grupamento de Beacon. Isso é necessário. Tudo isso. Ele está do lado certo da história.

Com o sangue de três pessoas nas mãos.

Ele se sente cercado, o que o deixa perto do pânico. Ele é culpado e está com vergonha, mas quer explicar aos outros as condições de sua culpa, a correção irrepreensível de suas decisões desastrosas.

Ele não pode. Não tem permissão para fazer isso. Sua missão — sua missão maior, que envolve a deles — está em andamento. Pode até mesmo haver mais mortes. Como ele pode saber? Ele se afastou muito além de seu centro de gravidade, e a gravidade é uma lei da qual não se pode escapar.

Ele bota sua mesa de trabalho contra a porta, prendendo-a fechada, e liga para a brigadeiro. Ninguém responde. Ele aperta mais de uma vez o botão do sinal, sem ouvir nada além do ruído de insetos de enfurecer da estática. O rádio só tem uma frequência, por isso ele não pode sintonizá-lo. Não pode fazer nada além de continuar apertando.

Finalmente, ele desmorona e chora, totalmente sozinho em sua desgraça. Até Greaves tem Samrina Khan, mas ele não tem ninguém. Nenhum amigo ou confidente, ninguém para justificá-lo diante do mundo. Claro que é apenas em Rosie que ele é desprezado, por enquanto, mas, quando voltarem para Beacon, vai ser o mundo inteiro. Todos vão saber como ele causou a morte de um terço de sua tripulação. O Grupamento pode proteger sua pessoa, mas não sua reputação, e uma tem pouco uso sem a outra.

Não é sua culpa. Ele não é um agente livre.

Os agentes livres ao seu redor deviam ter trabalhado melhor.

Uma batida pesada na porta dá um susto violento em Fournier. Ele se abaixa até o nível do chão para guardar o rádio e botar a placa metálica novamente por cima do espaço escondido. O esconderijo está ficando um pouco abarrotado agora porque a placa de circuito do rádio da cabine também está ali.

Como está seu rosto? É óbvio que esteve chorando? Ele esfrega o rosto com a base das palmas.

Ele se apruma e alisa a camisa.

— Sim?

— Dr. Fournier. — vem a voz de Carlisle, calma e firme ao ponto de enfurecer. — Posso entrar?

Fournier pensa sobre as várias respostas negativas. Ele duvida que qualquer uma delas vá adiantar. Ele afasta a mesa da porta e a abre. Carlisle entra, a empurra e a fecha imediatamente outra vez.

— Consertamos a lagarta? — pergunta Fournier.

— Consertar a lagarta vai levar horas. Qualquer um que sair para fazer isso vai ter dificuldades para se proteger enquanto está trabalhando. O terreno aí fora é irregular, com muitos lugares onde se esconder.

— Mesmo assim, se queremos voltar a andar...

— Tenho total consciência da urgência da situação, doutor. É por isso que estou aqui.

Fournier se prepara para alguma acusação ou para uma resposta que não possa dar.

— É preciso tomar decisões após o que acabou de acontecer — diz Carlisle. — A tripulação está muito abalada, perto de desmoronar em alguns casos, e eles precisam que nós agora demonstremos alguma liderança. Você não pode ficar aqui dentro.

— Não — concorda Fournier. — Não vou ficar. Eu só precisava me... me recompor.

— Mas é importante que concordemos com uma linha de ação antes de sairmos para falar com eles, não acha? Considerando aonde as divergências nos trouxeram.

— Eu... sim — diz Fournier. — É claro, coronel. Isso faz muito sentido. Você gostaria de se sentar?

Ele indica a única cadeira. Ele gostaria muito de pegá-la para si mesmo porque sente as pernas bambas, mas, sob uma perspectiva não verbal, de linguagem corporal, isso tem implicações preocupantes. Ele não quer olhar para cima para ver Carlisle, que já tem a vantagem de ter provado estar certo.

O coronel sacode a cabeça.

— Há uma sugestão — diz ele a Fournier. — De que devemos voltar e resgatar os corpos. Veio do Dr. Akimwe, mas desconfio que Khan e Sixsmith talvez sintam a mesma coisa. Eu disse que ia consultá-lo antes de decidir qualquer coisa.

Sua expressão se retrai, e ele alterna o peso de um pé para outro.

— Sua perna... — experimenta Fournier, empurrando a cadeira um pouco para a frente.

Carlisle finge não vê-la.

— Em minha opinião — diz ele. — Devemos nos concentrar em nossa própria sobrevivência. Isso significa consertar a lagarta quebrada e seguir direto de volta para Beacon sem fazer nenhuma parada pelo caminho. Você concorda?

A pergunta direta cai com um impacto forte e surdo. Claro que Fournier concorda com todos os nervos de seu corpo, mas sua atuação segundo a brigadeiro Fry aponta exatamente na direção oposta.

— Nós não devemos agir com pressa, coronel — diz ele. — Esta... esta situação... Sim, estamos em uma posição muito ruim. Eu aceito isso. Nós sofremos perdas e... e ainda estamos diretamente ameaçados. Em risco. Muito em risco. Mas fizemos uma descoberta extremamente importante. Sem dúvida é nossa responsabilidade reunir o máximo de dados possível antes de deixar este lugar.

O cenho de Carlisle se franze um pouco.

— Nós já deixamos o lugar — observa ele, sem inflexão na voz. — E temos um espécime intacto.

— Sim — admite Fournier. — Sim, é claro. Mas estou dizendo no sentido mais amplo. Precisamos ver até onde esse fenômeno se espalhou. Fazer... fazer medições e observações. Isso significa um pequeno atraso, eu acho. Um dia. Talvez dois. Não mais que isso.

Carlisle muda de ideia abruptamente e se senta, com um suspiro meio contido. Ele olha fixamente para Fournier.

Fournier abre a boca para falar novamente, mas o coronel faz um gesto de impaciência que o silencia.

— Foi por isso que decidi falar com você sozinho — diz Carlisle, ainda encarando-o fixamente com aquele olhar inquiridor. — Doutor, o problema com os comunicadores internos não se deve a nenhum acidente ou problema mecânico. A soldado Sixsmith me informou que há um componente faltando no rádio da cabine. Que controla o sistema de comunicação interna, assim como mantém nosso único elo com Beacon. Sabe alguma coisa sobre isso?

Fournier se descontrola por um segundo antes de sacudir a cabeça vigorosamente.

— Não. Nada. Como isso pôde acontecer? Está faltando em que sentido?

— No sentido de ter sido retirado. Sixsmith levou muito tempo para descobrir qual era o problema. Ela teve de consultar o esquema. A peça que está faltando é um transformador de frequência intermediária.

Pequena o bastante para sua ausência ser difícil de perceber, mas, na verdade, absolutamente crucial.

— Por que alguém silenciaria o rádio? — pergunta Fournier.

Parece uma pergunta apropriada para um homem inocente fazer.

— Não tenho ideia — admite o coronel. — Possivelmente, o objetivo foi garantir que o rádio não fosse usado para falar com o mundo exterior e o problema na comunicação interna foi um efeito colateral imprevisto, mas isso é apenas especulação. A razão por perguntar a você, doutor, é devido ao momento em que tudo isso aconteceu. A comunicação interna apresentou problemas logo depois de batermos naquela barricada na estrada. Eu me lembro que, quando estávamos examinando Rosie após aquele acidente, você veio se juntar a nós pela porta da cabine. Pelo que sei, foi a única vez que você a utilizou.

— Era o jeito mais rápido! — exclama Fournier com indignação, uma indignação que parece altamente plausível. — Meu Deus! Estou sob suspeita por escolher a porta errada?

— Nesse momento, minhas suspeitas estão divididas com bastante igualdade.

— Mas com certeza, depois de hoje, Greaves deve ser o culpado mais provável, não? Claramente, não se pode confiar nele. Seja alguma aberração mental ou um ato maligno com a intenção de... de...

Fournier para no meio da frase. A única intenção em que ele pode pensar é a verdadeira, a da brigadeiro, como posta em ação por ele. *Para impedir que vocês descubram que houve um golpe de Estado em Beacon, caso sejam chamados a interferir.*

Carlisle dá de ombros.

— Não estou fazendo nenhuma acusação. Eu só lhe perguntei porque sei que você teve a oportunidade. Quanto ao motivo, bem... suponho que podemos concordar que está dentro da grande categoria de sabotagem, não?

Com relutância, Fournier assente. Ele não gosta da escolha de palavras do coronel. As pessoas são fuziladas por sabotagem. Ele acha que tem sido discreto, mas ser um agente duplo em um espaço confinado é uma disciplina loucamente exigente. Ele não pode ter certeza de não haver deixado pistas para trás.

— Caso tenha sido sabotagem — prossegue Carlisle —, quem quer que a tenha levado a cabo queria que ficássemos impossibilitados de falar com Beacon. Posso imaginar algumas circunstâncias em que isso teria sido uma questão. Todas elas são extremas e improváveis, mas a perspectiva de um sabotador em nossa tripulação também é.

Ele ainda está examinando o rosto de Fournier ao dizer isso, com interesse meticuloso e clínico. Fournier faz o possível para parecer preocupado, afrontado e honesto.

— Como isso diz respeito à nossa situação atual? — pergunta, por fim.

Carlisle se remexe na cadeira, contraindo sua expressão novamente.

— Eu pensei que fosse óbvio — diz ele. — Se alguém quer que fiquemos incomunicáveis, precisamos voltar para Beacon o mais rápido e diretamente possível. Sua sugestão de fazermos mais explorações não faz sentido para mim, especialmente em nossa condição enfraquecida. Estamos com pouco pessoal, parte da tripulação está traumatizada e, até onde sabemos, as crianças selvagens ainda estão nos perseguindo. Elas parecem estar fora do padrão humano normal tanto de força quanto de velocidade, assim como os famintos. Parece muito provável que *sejam* famintos de um tipo novo e não identificado. É imperativo que fiquemos à frente delas e que voltemos inteiros para Beacon para entregar o que descobrimos. Está me entendendo?

— Você tem razão — concede Fournier. — Mesmo assim, no interesse do...

— Doutor — interrompe Carlisle. — A pergunta não foi "você concorda?", mas "está me entendendo?". Não estou negociando com você. Estou lhe explicando o que vamos fazer. Espero que você vá lá fora agora e diga à tripulação que essa é uma decisão à qual chegamos juntos. Se você não se sentir capaz de fazer isso, eu vou lhe dar um tiro na cabeça e dizer a eles eu mesmo.

Fournier ri diante do absurdo dessa imagem, mas ela para de ser engraçada quando ele compreende o tom sombrio do coronel e a expressão solene e fechada de seu rosto. Ele está falando sério.

Fournier se assusta.

— Você enlouqueceu?

— É possível — diz o coronel. — Mas acredito que não. De qualquer modo, estou totalmente consciente do que estou fazendo e vou assumir toda a responsabilidade por isso. Pretendo levar esta tripulação de volta para Beacon viva. Se você sugerir qualquer outra linha de ação que os exponha a mais perigos, vai se tornar uma ameaça real. Nesse caso, matá-lo torna-se o menor de muitos males.

— Mas...

Horrorizado, Fournier tenta se aferrar à racionalidade.

— Você não pode simplesmente me ameaçar desse jeito! — insiste.

— Não estou fazendo isso sem razão, doutor. Quando voltarmos para Beacon, pode contar que eu o coagi e ameacei com violência. Não vou contradizê-lo. Nesse meio-tempo, claro, isso vai ter que ser nosso segredo. Como já lhe disse, não quero comprometer o ânimo da equipe quando está em uma maré tão baixa.

— Nós... nós dividimos este comando. Tenho tanto direito quanto você de dizer qual é a missão!

— Até agora, sim. Não mais.

O coronel saca a pistola do coldre e a coloca no colo. Ele espera em silêncio, supostamente para que Fournier decida entre a morte e a rendição.

Há, porém, um meio-termo, independentemente do que pensa o coronel. Fournier pode dizer o que precisar dizer para sair dessa sala e depois voltar a isso. Carlisle não vai ousar matá-lo na frente da tripulação.

O que significa, é claro, que ele também não vai ousar matá-lo na sala das máquinas. A porta fechada não esconde nada. Se ele atirar em Fournier, todo mundo vai ouvir o tiro. Todo mundo vai saber que foi assassinato.

— Desculpe, coronel — diz o doutor. — Não vou ser ameaçado nem receber ordens. Tenho o direito de expressar minhas próprias opiniões e o direito, como comandante civil, de impô-las.

— Então está bem — diz Carlisle.

Ele passa a mão esquerda pelo lado da pistola. Há um único clique, baixo e discreto, mas cheio de importância sinistra. Ele se levanta, sem dizer palavra.

— Espere! — diz abruptamente Fournier.

Carlisle aperta o cano da arma contra o lado da cabeça do doutor. Os olhos de Fournier se fecham involuntariamente diante do clarão e da destruição que estão prestes a ocorrer. Seus joelhos cedem e ele cai ao chão. Ele ergue as mãos para tentar tirar a arma do coronel, mas acaba as deixando no ar em um gesto de submissão abjeta.

— Não — implora.

— Eu não quero — diz novamente o coronel, mas a arma não se afasta da têmpora de Fournier. — Eu quero que saiamos disso intactos, sem mais nenhuma perda de vida. Trabalhe comigo, doutor. Até chegarmos em casa. Depois disso, pode fazer o que quiser.

Fournier pode sentir o gosto de bile na boca. Ele acha que está prestes a vomitar, o que tornaria sua humilhação completa.

— Eu vou trabalhar com você — diz ele, as palavras densas e viscosas em sua boca. — Prometo.

A pressão fria em sua testa vai embora.

— Obrigado — diz Carlisle. — Tem certeza, Dr. Fournier, de que não está com o componente do rádio que desapareceu? Se estivéssemos com ele, poderíamos entrar em contato com Beacon agora mesmo. Fazer um relatório completo e receber ordens diretas. O relatório, claro, incluiria a conversa que acabamos de ter. Não vou tentar impedi-lo de fazer uma queixa formal contra mim.

Fournier fica de pé, sem forças. Ele se sente estranho e distante de si mesmo, formigando e latejando com medo e náusea, mas isso facilita mentir. Ninguém poderia ler sua linguagem corporal agora, quando ele está fraco, doente e estranho até mesmo para si mesmo.

— Eu não sei o que aconteceu com o rádio — diz ele.

— Tudo bem. Estamos de acordo em relação à missão?

— Sim, coronel. Estamos de acordo.

E vou fazer meu relatório de meu próprio jeito. Em meu próprio tempo.

— Então isso é tudo o que importa no momento. Obrigado. Vou lhe dar algum tempo para se recompor, doutor. Dez minutos. Aí vou reunir a tripulação.

42

Há uma reunião no alojamento da tripulação, para a qual todos, menos Stephen Greaves, são convocados. Ele é o espectro no banquete, pensa Khan, a apenas poucos metros de distância, mas invisível, sentado no beliche com as cortinas fechadas. Presente e ausente ao mesmo tempo. Ele vestiu o pijama azul de algodão, como se essa fosse sua hora de dormir, e se retirou, do jeito que costuma fazer. O resto da tripulação também o isolou, de maneiras só um pouco menos óbvias. Greaves podia muito bem estar em outro país.

Foss se juntou a eles desde a torre por intermédio dos walkie-talkies de curto alcance, já que a comunicação interna do veículo ainda não está funcionando. Khan também está presente, pelo menos em parte. Ela está principalmente consciente das flutuações no próprio sangue e das próprias emoções, enquanto a conversa se desenrola ao seu redor e sobre ela.

Ela ainda é humana. O momento em que foi mordida se repete continuamente em seu cérebro, vívido e aterrorizante, mas deve ser uma ilusão. Um resultado de trauma. Ela deve ter sido esfaqueada, arranhada ou cortada, ou alguma coisa raspou seu ferimento aberto e provocou aquela pontada forte de dor. Ela conseguiu evitar a oportunidade (literalmente) única na vida de estudar o patógeno faminto muito brevemente desde seu interior.

Mesmo assim, há alguma coisa muito errada. Por baixo do curativo, sua pele está viva, formigando, como se quisesse migrar para alguma outra parte dela. Sua cabeça está pesada e quente. Seu estômago também, um forno que a assa e a seca. Quando ela chorou por John, o que fez com força e por muito tempo, nenhuma lágrima saiu de seus olhos.

Todo mundo, a essa altura, tinha feito a peregrinação aos freezers do laboratório e inspecionado o pequeno cadáver na gaveta dez. Todo mundo aceitou que ele é o que Greaves diz que é: uma das crianças famintas que eles tinham acabado de enfrentar. As crianças que os haviam praticamente massacrado saídas da imobilidade, apesar da enorme superioridade dos adultos em armas e treinamento.

Se eles soubessem, John poderia estar vivo. E Penny. E Phillips. Khan, até agora, sempre conseguiu encontrar justificativas para a forma de pensar de Stephen. Como ele se comporta. Ela sabe que ele fez o possível para lhes contar seu segredo, mas, neste momento, e pela primeira vez, ela acha difícil olhar para ele e sentir empatia.

Palavras flutuam ao seu redor. Significados seguem o próprio ritmo, ou pelo menos alguns deles o fazem. Ela nem sempre está em casa para receber a entrega.

Akimwe defende voltar. Seu amante, o soldado de primeira classe Gary Phillips, está entre os mortos. Ele diz, várias e várias vezes, que não podem deixá-lo lá. Deixá-los todos lá, como lixo jogado na estrada.

John está lá também, pensa Khan. *Eu devia me sentir da mesma forma que Akimwe está se sentindo*. Ela não se sente. Quando pensa em John Sealey, ela pensa em seus corpos apertados juntos entre os beliches do alto e do meio — o espaço estreito que eles defendiam contra o mundo. Isso é importante. A cientista nela insiste nisso. Suas lembranças são os restos mortais de John, aquela carniça ao lado da estrada não é nada.

No entanto, os vivos têm uma dívida com os mortos. Até as crianças selvagens sabem disso. É por isso que correram muito no rastro de Rosie desde Invercrae. Elas querem que seu irmão, seu amigo, um dos seus, lhes seja devolvido. O que é exatamente o que quer Akimwe.

Ela vê isso tudo nesse momento. Tudo o que está acontecendo e que tem de acontecer, mas que lhe escapa outra vez. Sua mente não consegue fechar a mão para segurar nada.

Sobra para o Dr. Fournier explicar a importância do espécime no freezer. Como ele é único. McQueen desdenha dessa palavra. Como ele pode ser único, quando eles estão cercados por aqueles filhinhos da puta? É verdade que nesse momento as palavras de Fournier soam um pouco vazias. Na verdade, tudo em relação a ele é vazio. Ele parece a própria silhueta recortada em papelão, de pé como um display de ponto de venda na época em que rostos sorridentes vendiam coisas. Não que ele esteja sorrindo.

As crianças são, ou aparentam ser, algo completamente novo, diz ele para o alojamento silencioso. Elas estão infectadas, mas ainda conseguem pensar. Pesquisas corretamente focadas podem conseguir identificar o mecanismo envolvido e, em seguida, duplicá-lo. Para encontrar uma cura ou uma vacina. Essa é a descoberta mais importante feita por qualquer pessoa desde o início do Colapso.

Fournier especula brevemente sobre o que as crianças podem ser. Os filhos de mulheres que já estavam grávidas quando foram infectadas, ou talvez os filhos de famintos atípicos que preservaram alguns impulsos humanos além de se alimentar. Segunda geração, quase com certeza. O patógeno do *Cordyceps* tem de ter sido mediado através de alguma coisa para explicar essas mudanças funcionais e estruturais, e o candidato mais provável é a placenta.

Khan sente uma vibração quando Fournier diz essa palavra, das profundezas de sua própria barriga. Por um momento, sente que Rosie anda está em movimento, mas é apenas ela: um trem de carga de vagão único, passageiro único, destino ainda desconhecido.

Fournier, finalmente, parece se dar conta de como as pessoas se importam pouco com suas especulações. Ele se apruma e faz um resumo rápido. Eles precisam levar a amostra – a criança de Invercrae – de volta para Beacon junto com o relatório. O esforço científico necessário então vai envolver dezenas ou centenas de pesquisadores e anos de trabalho. Esse trabalho não pode começar até que eles levem seu espécime para casa. Com o rádio quebrado, nem mesmo podem informar à Mesa Principal o que encontraram. Eles precisam levar a amostra de volta, ou tudo o que fizeram terá sido desperdiçado.

É um discurso bastante longo. O Dr. Fournier o faz, na maior parte do tempo, com os olhos baixos, olhando para o piso de aço em treliça. Quando acaba, ele olha para o coronel Carlisle só uma vez, como se estivesse em busca de aprovação ou concordância.

Foss, pelo walkie-talkie, agradece. Ela diz que gosta de saber em que está atirando, especialmente quando são mais fofos que gatinhos. Ela acrescenta que, se resolverem começar a mexer na porra daquelas lagartas, resta a eles aproximadamente uma hora de luz do dia.

McQueen diz que não acha que a luz do dia vá fazer muita diferença. Eles têm holofotes e todo o equipamento. O problema é que, assim que saírem pelas portas, o inferno provavelmente vai começar novamente. Eles estão presos ali pela duração daquilo, o que pode significar até que estejam todos mortos. Nesse momento, ele está mais preocupado com a questão do que eles vão fazer com Greaves — só que ele não diz Greaves, diz "o Robô". Ele apresenta algumas sugestões. A mais suave é que empurrem Greaves para fora da câmara selada e o deixem lá fora para morrer. Uma outra, não a mais extrema, envolve uma baioneta.

O coronel declara, sem nenhuma inflexão, que anotou as ações de Stephen e vai usá-las para julgamento e punição assim que eles voltarem para Beacon.

McQueen diz que isso não é bom o bastante. Akimwe concorda e todo o alojamento fica tenso à beira de um confronto que parece prestes a acontecer há um bom tempo. É horrível, tudo isso é horrível, mas Khan sente como se estivesse assistindo através do lado errado de um telescópio. Ao mesmo tempo, tudo está perto demais, confinado demais. Rosie está cheia do fedor azedo de corpos humanos apertados e rolados uns contra os outros como queijo em um barril. Toda vez que ela inspira, o cheiro atinge o fundo de seu nariz, onde faz cócegas e arde.

John está morto e não resta nada que não esteja queimando até o chão. Menos seu bebê. Menos aquele fiapo de vida que se agarrou a ela e vicejou.

— Ele me salvou — sussurra.

Ela limpa a garganta e diz isso outra vez, mais alto.

Essas são as primeiras palavras que ela falou. Todo mundo olha para ela, que ergue o braço com o curativo.

— Stephen me salvou depois que me feri.

— Isso não tem nada a ver — diz McQueen.

— Não para mim.

— Ele quase matou o resto de nós.

— Bom, você fez isso primeiro — observa Khan. — Você atirou em um deles sem nem ver o que estava acontecendo e tudo virou um inferno. Nós, até aquele instante, estávamos bem. Ah, por falar nisso, você devia saber que, a menos que deixemos aquele corpo aqui para que o encontrem, eles vão continuar vindo atrás de nós. É disso que se trata. Sempre se tratou disso.

— Para começar, quem trouxe a maldita coisa a bordo? — pergunta McQueen. — Obrigado. Vocês entenderam o que eu quis dizer. Já passou da hora de pararmos de falar sobre isso e começarmos a lidar com essa porra.

O ex-tenente parece ter chegado ao fim das palavras. Ele se levanta bem devagar, exibindo-se.

— Precisamos de um pouco de liderança aqui — diz ele. — Aquele idiota nos deixou na fogueira e provavelmente destruiu o rádio também. Agora, vocês vão mostrar a porta de saída para ele, ou eu mesmo preciso fazer isso?

Com uma sensação pesada de inevitabilidade, Khan encontra um garfo — o único implemento afiado na mesa — e o pega com a mão saudável, a esquerda. Ela está tão cansada e se sentindo tão mal que preferiria só ficar ali sentada, mas, se McQueen vai enfrentar o coronel para decidir o destino de Stephen, então ele vai fazer isso com três dentes de garfo alojados no rim.

Stephen interrompe a cena. Ele afasta para o lado as cortinas do beliche e olha para eles, como se durante todo o tempo estivesse apenas esperando por uma deixa. Seu rosto está pálido e seus olhos, arregalados, mas o tom de voz quando fala é calmo e preciso.

Ele diz:

— Fico satisfeito em ir lá para fora. Eu na verdade ia sugerir isso.

Em seguida, acrescenta, embora Khan ache que deva ter ouvido mal essa parte:

— Vou precisar vestir meu traje.

43

A SOLDADO SIXSMITH NÃO É uma boa professora, pensa Greaves. Ela localiza e monta o puxador hidráulico e o ensina a usá-lo, mas omite várias informações que ele considera cruciais.

Um: ela não diz a ele que Rosalind Franklin tem uma lagarta "viva" e não "morta", mantida sob tensão pelas escovas de borracha em cada peça da lagarta quando passam pelos rolamentos de retorno. Se ele já não soubesse disso, esperaria que a lagarta na parte superior ficasse sob uma tensão menor que a lagarta na parte inferior.

Dois: ela diz a ele para programar o puxador hidráulico para uma força de mil e oitocentos cavalos, o máximo possível. Isso só é adequado se a ruptura for no meio de um raio, e deve ser ajustado dependendo da distância dos rolamentos de retorno.

Três: ela deixa de mencionar que Greaves vai precisar substituir os conectores existentes nos blocos intactos adjacentes aos defeituosos. Mesmo que pareçam sólidos, podem estar com estresse no plano da ruptura existente. Colocar blocos novos em encaixes que sofreram estresse vai praticamente garantir outro problema na lagarta.

Na verdade, nenhuma dessas omissões causa nenhuma dificuldade prática para Greaves. Ele leu o manual do puxador hidráulico de cabo a rabo na segunda semana depois que saíram de Beacon. Ele leu os manuais de todos os equipamentos a bordo, até aqueles com os quais já estava familiarizado do laboratório de Rina. Mesmo assim, é útil ver uma demonstração ao vivo e, a esse respeito, ele não tem nenhuma reclamação a fazer das instruções de Sixsmith. Ela mostra a ele como posicionar a bomba e o ângulo mais seguro para acionar as tarraxas. Essas coisas são úteis de se saber e o manual não as mencionava diretamente.

— Algumas guerras atrás, esse era um trabalho para quatro homens — diz a ele Sixsmith. — A barra do carro-tanque, o removedor de porcas e parafusos, toda a porra do equipamento. Mesmo agora, eu não o invejo por fazer isso sozinho. O puxador hidráulico torna possível, mas não fácil.

— Obrigado, soldado Sixsmith — diz docilmente Greaves. — Vou fazer o melhor possível.

— Tem certeza que não quer levar uma arma?

— Nós não vamos dar uma arma a essa porra de retardado — diz McQueen.

Greaves não responde, já que a resposta de McQueen tornou a sua desnecessária. Ele não quer uma arma de jeito nenhum. Ele não vai ter mãos livres para carregar uma arma e, de qualquer jeito, não conseguiria usar uma. Ele leu todos os manuais de pistolas e fuzis também, é claro, mas só para entender seu funcionamento. Não porque tivesse pensado seriamente em disparar uma delas.

Todos observam enquanto ele veste o traje. Sua existência parece deixar o Dr. Fournier com muita raiva, embora ele não diga nada. Talvez ele sinta ser o único a bordo que devia ter permissão para guardar segredos dos outros. Talvez segredos devessem ser um privilégio hierárquico.

— Isso é grotesco — diz McQueen, sacudindo a cabeça.

Greaves tenta explicar que a forma é consequência da função.

— O princípio é a difusão de calor por meio da colocação de...

— Não quero saber o princípio, babaca. Só quero que você vá lá fora e faça o trabalho. Ou seja devorado, para sabermos em que situação estamos.

A Dra. Khan não está presente. Ela disse não estar passando bem e foi para o beliche. Greaves achou que ela pudesse tentar convencê-lo a não sair, mas ela parece estar com dificuldades momentâneas para concentrar a mente no que está à sua volta. Na última vez em que ele a viu, quando ela se retirou, seu rosto estava corado e ela tinha um tremor perceptível nas mãos.

Greaves fica preocupado. Essas coisas são sintomas de quê? Só choque, ou algo pior? Será que sua cura — ou melhor, sua tentativa deliberada de contornar a infecção — foi efetiva, ou falhou? Neste último caso, a doença podia ficar ativa outra vez a qualquer momento.

Ele não pode ajudá-la a menos que saia e adquira aquilo de que precisa. Esse é todo o objetivo de se oferecer para consertar a lagarta quebrada.

Mentira.

Mentiroso.

Não é *todo* o objetivo. Tem mais uma coisa que ele precisa fazer. Vai arriscar sua vida para fazer, embora não tenha ideia de por que isso importa tanto. Não devia importar nada.

Ele veste a máscara que cobre seu rosto e o capuz com uma sensação de alívio. Se eles não puderem ver seu rosto, não podem ver seus pensamentos.

— Lá vai você, seu maluquinho.

Sixsmith diz isso sem raiva, quase com respeito. Ela lhe entrega, um a um, o puxador hidráulico, o cilindro fino de ar comprimido com sua alça para pendurar no pescoço e a caixa de ferramentas.

— Também quero meu kit de amostras — murmura Greaves. — Por favor.

McQueen revira os olhos, mas eles fazem o que ele pede. Acham que está apegado a uma rotina apenas pelo conforto que isso proporciona. Acham, como sempre, que o entendem. A tenente em exercício Foss traz o kit e Greaves o prende a seu cinto, que vestiu intencionalmente por cima do traje de dispersão de calor.

Foss abre a porta interna da câmara selada e ele entra. Greaves está acostumado a não entender os sinais enviados pelos rostos de outras pessoas e a compensar a informação perdida de outras maneiras, mas ele vê o momento em que o Dr. Akimwe desvia o olhar. O Dr. Akimwe o culpa pela morte do soldado Phillips, que ele amava. Ele sabe, é claro, que o soldado Phillips morreu antes que Greaves trancasse a porta da seção intermediária, mas a lógica em operação ali não é simples e linear. Culpa e inocência estão emaranhadas uma na outra, omitindo-se.

Foss se afasta quando Carlisle se aproxima e toma seu lugar nos controles da câmara selada.

— Tem certeza de que quer fazer isso, Stephen? — pergunta o coronel.

Stephen assente. Ele está muito certo disso — e muito grato pela imprecisão da palavra "isso". Ele tem certeza do que quer fazer e não tem desejo nenhum de explicá-lo.

— Cuidado — diz o coronel. — Entre ao primeiro sinal de movimento.

Ele conhece Greaves bem o bastante para não tentar tocá-lo, mas dá para ele um aceno tranquilizador, e talvez de reconhecimento, com a cabeça. Então fecha a porta interna.

Greaves agora está comprometido.

Por dentro da máscara, ele sorri, devido à certeza. Porque estar comprometido significa uma redução da aleatoriedade, uma diminuição de possibilidades. Vai ser difícil e ele pode morrer, mas é bom ter uma linha de pensamento limpa e não depender de nada além das próprias habilidades.

A porta externa se abre. Ele sai por ela.

No início, está muito escuro. A lua encheu um pouco desde sua caminhada noturna da véspera, mas há cortinas de nuvens correndo pelo céu, então ela surge e desaparece.

Ele está sozinho na noite, até onde pode dizer. Todo o resto da tripulação está dentro do casco. Eles não podem vê-lo nem interagir com ele. Sixsmith tinha tentado equipá-lo com um microfone de rádio, mas desistiu ao ver como a máscara e o capuz se encaixavam justamente nele. Um microfone que rompesse um dos fechos do traje seria pior que inútil.

Porque, de outro ponto de vista, ele está longe de estar sozinho. As crianças estão ali fora em algum lugar, possivelmente muito perto. Greaves saiu do próprio mundo e entrou no delas. À noite, ele sabe, elas só conseguem ver calor. Sua visão do espectro visível não é melhor que a dele, então o traje vai disfarçá-lo, mas não vai abafar o barulho que fizer trabalhando, que vai ser considerável. Sua maior esperança, talvez a única, é que o incêndio iniciado pelo lança-chamas de Rosie os tenha forçado a ir para outro lugar.

Ele se volta para os reparos. É a primeira vez que usa qualquer uma daquelas ferramentas, mas a operação é simples e a estrutura algorítmica da tarefa o atrai.

Localizar os blocos danificados da lagarta. São apenas dois, o que é bom.

Soltar a lagarta, removendo os conectores terminais nas bordas interna e externa. O puxador hidráulico tem preso a ele uma tarraxa como uma perfuradora de ponta rombuda especificamente para isso. A tarraxa é acionada com o cilindro de gás e entrega uma quantidade colossal de força em uma área com talvez cinco centímetros quadrados em corte transversal. Para Greaves, é como se estivesse usando uma marreta sem ter de erguê-la. O recuo o assusta um pouco, mas os conectores se soltam quase sem nenhuma resistência.

Substituir os blocos danificados por outros inteiros. Ele trouxe dez e usa quatro — trocando os dois blocos danificados e os vizinhos mais próximos de cada lado.

Prender as pinças do puxador hidráulico às duas extremidades soltas da lagarta e, em seguida, programar o medidor principal para mil e quinhentos cavalos, que, após uma olhada, calculou serem suficientes. O sistema hidráulico começa a funcionar conforme ele opera a bomba juntando as extremidades partidas sob tensão cada vez maior até que, finalmente, elas estão onde precisam estar. O puxador hidráulico agora está segurando a lagarta na posição, como a ponta de um dedo em um nó.

Encaixar conectores novos usando a tarraxa mais uma vez.

Soltar o puxador hidráulico. Isso é de longe a parte mais perigosa: se ele calcular mal a tensão, a lagarta vai arrebentar e ele vai estar parado bem em frente a ela — posicionado perfeitamente para receber um golpe no rosto com uma luva de placas de aço modulares se movendo a uma velocidade de oitenta a cem metros por segundo.

Ele não calcula mal. O puxador hidráulico se solta e a lagarta fica no lugar.

O relógio interno de Greaves lhe diz que ele está ali fora há quarenta minutos. Sem nenhuma confirmação visual da extensão do dano, Sixsmith tinha estimado que o conserto provavelmente levaria em torno de três horas. Greaves reinicia seu cronômetro imaginário com uma pontada meio dolorosa de tensão. Ele não contou a ninguém o que pretende fazer. Ele lhes permitiu acreditar que vai acabar de consertar a lagarta e voltar imediatamente para a câmara selada.

Ele na verdade não contou nenhuma mentira. Esse limite brilha no escuro diante de seus olhos, ainda profundo e traiçoeiro.

Greaves deixa o puxador hidráulico, o cilindro, a caixa de ferramentas. Ele se afasta de Rosie na direção do escuro e do silêncio, seguindo uma das duas trilhas alisadas deixadas pelas lagartas do veículo. Este é um lugar selvagem, irregular e imprevisível, mas ele avança com relativa facilidade enquanto permanece na trilha. Ele faz um bom progresso.

Depois de meia hora, ele está de volta em meio às árvores. Pode sentir o calor residual do incêndio daquela tarde, mas o cheiro não o alcança. Ele se pergunta se incluiria carne chamuscada além de madeira e matéria vegetal queimadas. Ele se pergunta se foi até ali em uma busca infrutífera.

Os corpos estão intactos. O lança-chamas estava apontado para o dossel e o vento leste espalhou as chamas na direção do oeste, deixando-os intocados. As crianças vivas, até onde ele pode ver, ainda não tinham voltado para recuperar seus mortos. Greaves se senta e espera a lua sair de trás das nuvens em movimento, permitindo que ele tenha luz o bastante para trabalhar.

Sete das crianças morreram no confronto da tarde. Ele extrai líquido cefalorraquidiano de cada uma delas inserindo a agulha de amostragem no espaço subaracnóideo entre a terceira e a quarta vértebra lombar.

Ele enche todos os frascos de kit. Vai precisar de todo o líquido cefalorraquidiano que conseguir. Ele acha que, se for morrer esta noite, vai ser neste momento, enquanto rouba os mortos. Se alguma das crianças estiver de vigia, elas vão ficar ofendidas, vingativas e furiosas. Ele não pode deixar que isso o detenha: há muita coisa em jogo.

Rina. Rina está em jogo.

Tem, também, mais uma coisa, a coisa menor, mas não tão pequena agora que ele está olhando para os corpos pequenos e encolhidos. Ele verifica se a garota com a cicatriz não está ali. Ele quer que ela ainda esteja viva.

Ele olha para um rosto de cada vez enquanto trabalha.

Ela não.

Ela não.

Ela não.

Ela não.

Ela não.

Ela não.

Ela não.

Seu peito, onde ela o acertou na estação de testagem de água, dói um pouco. É como se eles ainda estivessem se tocando.

Assim que o último frasco fica cheio, ele faz a volta e vai embora. Ele imagina as crianças vendo-o partir: nos galhos, sentadas em longas filas com as menores bem no alto para que as maiores mais em baixo possam mantê-las em segurança se alguma coisa feroz subir do solo da floresta. É bom, por um segundo, imaginar essa companhia fantasma. Mas o fato de ele ainda estar vivo prova que, na verdade, ele está completamente sozinho ali fora.

TERCEIRA PARTE

NASCIMENTO

44

Com as lagartas consertadas e Greaves de volta a bordo (ele fez o trabalho dentro das três horas previstas por Sixsmith, com cinco minutos de sobra), eles continuaram para o sul. Agindo sob as ordens do coronel, Sixsmith está tentando pegar a estrada principal novamente em Pitlochry. Quando estiver no asfalto, ela vai pisar no acelerador. Enquanto isso, ela conduz Rosie com uma paciência nervosa pelo terreno irregular, dando à nova lagarta bastante tempo para se firmar no lugar. Distanciar-se dos perseguidores vai ter de entrar na lista de coisas a fazer amanhã. Essa é a notícia ruim.

A notícia pior é que as crianças selvagens ainda estão ali fora. Ninguém as vê ao longo do dia e todo mundo a bordo está começando a ter esperança, mas, assim que começa a escurecer, Foss coloca os óculos de visão noturna e os regula para máxima sensibilidade. Abracadabra. A noite está cheia de luzes encantadas correndo. As crianças estão atrás de Rosie e de seus dois lados, mantendo uma formação ampla e esparsa, apesar do terreno difícil. Acompanhando sem fazer esforço.

O estado de ânimo a bordo é volátil. Essa, pelo menos, é uma palavra educada para isso, pensa Foss. O pequeno truque do Robô com o puxador hidráulico lhe garantiu um pouco de liberdade de movimento por parte das pessoas que o odeiam. O sentimento principal, agora, é que, quando ele os trancou do lado de fora, foi por estar em pânico porque a Dra. Khan tinha sido ferida. Todo mundo menos McQueen parece preparado para aceitar isso como atenuante — e até McQueen foi visto dizendo que o garoto marcou mais pontos do que era esperado. Ele não se esqueceu, porém, do rádio sabotado, e disse a Foss em particular que vai ser a sombra do Robô pelo resto da viagem. Olhos no prêmio por todo o caminho até voltarem para Beacon, passarem pelos portões de entrada e estacionarem de verdade.

— Tem alguma coisa acontecendo ali dentro — diz ele, quando Foss tenta brincar para que ele se esqueça da promessa. — Basta olhar para o rosto do garoto.

O que é bem verdade. Afinal de contas, tem algo acontecendo por trás dos rostos de todos eles.

No caso de Akimwe, é tristeza, simples e sem fim. Foss sempre imaginou que ele e Phillips estivessem transando apenas por conveniência e proximidade, o que mostra como ela sabe pouco. Akimwe está no fundo do poço e não vai subir de novo tão cedo.

Fournier está numa fossa quase tão funda quanto ele, mas seu meio de expressão é a autopiedade e, na opinião de Foss, o terror. Ele se enrijece com barulhos altos, sua voz vacila inesperadamente quando ele está falando, e seus olhos parecem perpetuamente úmidos com lágrimas contidas. É bom que ele passe a maior parte do tempo na sala das máquinas porque é um velório humano.

McQueen é uma bola de fúria compacta.

Khan está sonambulando, procurando um meio de despertar.

O coronel está... o quê? Esperando, talvez. Como se visse para onde todo o resto deles estava seguindo e tivesse a intenção de se aproximar e se juntar quando achasse ser a hora.

Só Sixsmith parece ter o trabalho em mente. É bom, levando-se em conta qual é o trabalho. As lagartas não vão sair novamente do lugar enquanto ela estiver ao volante.

Perto das 21h, quando eles chegam a um terreno relativamente nivelado, Sixsmith pisa fundo no pedal. Esse era um plano do coronel: ir devagar e em ritmo constante até o anoitecer e então, se as condições permitissem, acelerar quando as crianças estivessem reduzindo a velocidade. É esperar demais que Sixsmith consiga despistá-las completamente, mas, se abrir alguma distância, pode dar bom uso a ela.

Cerca de uma hora depois, o coronel identifica um bom ponto defensável em uma encosta rochosa nas cercanias de Dunkeld, onde eles param e se instalam. Sensores de movimento, barricadas com arame cortante, minas terrestres, a parafernália toda. Eles estão, talvez, a uns oito quilômetros de onde a Floresta de Birnam fez sua visita inesperada ao castelo de Dunsinane na peça *Macbeth*, mas não há risco disso ali.

Carlisle escolheu um local sem cobertura no solo por quase um quilômetro em todas as direções. A Floresta de Birnam ia precisar ganhar muita velocidade para passar por Foss, que está no alto da torre com as armas aquecidas e prontas. Claro, não são árvores que ela pretende queimar.

O coronel assume a plataforma da seção intermediária, apesar de ter feito turno dobrado na noite anterior.

No dia seguinte, eles vão reencontrar a estrada. Esta noite, vão dormir.

Ou, no caso do Dr. Fournier, dar alguns telefonemas atrasados. Ele tenta várias vezes a linha da brigadeiro. Parece improvável que ela vá atender no centésimo toque depois de ignorar os noventa e nove que vieram antes, mas ele não consegue parar. Ele precisa explicar a ela que estão chegando. Ele fez todo o possível e tudo o que qualquer pessoa poderia esperar que fizesse, mas eles estão chegando. Que o Grupamento cuide do coronel Carlisle. É o Grupamento, afinal de contas, que tem um problema com ele.

O doutor, finalmente, pega no sono, com o rádio seguro em sua mão.

Ele desperta para encontrá-lo sussurrando, vibrando em sua pegada.

— Isso! — exclama, um pouco alto demais.

Ele se contrai diante do som da própria voz no silêncio delicado. Ele pressiona o rádio contra os lábios e murmura:

— Sou eu! Fournier!

— Você tem tentado falar comigo, doutor.

A voz da brigadeiro está calma e fria.

— Tenho! Desde ontem. Houve algumas evoluções. Aconteceram coisas que eu preciso relatar. Nós perdemos Penny, Sealey e o soldado Phillips em um confronto com...

— Silêncio.

Fry faz com que ele pare imediatamente com essa palavra. Os lábios de Fournier continuam a se mover, mas sem nenhum som, nenhuma respiração.

— Vou ouvir seu relatório depois, se houver tempo — diz Fry. — A situação aqui ficou...

Há uma pausa audível antes que ela continue.

— Instável — conclui. — Os elementos subversivos em Beacon conseguiram conquistar alguns territórios e manter seu domínio sobre eles. Estamos lutando em várias frentes, quando devíamos estar nos consolidando. Suas perdas são altamente lamentáveis, mas não tenho tempo agora para ouvir um relato detalhado.

— Eu... eu entendo — diz Fournier.

Ele pensa: Instável? O que eles fizeram com Beacon? O que está acontecendo por lá?

Enquanto isso, Fry continua, sem fazer pausa.

— Então minha pergunta para você é essa, Dr. Fournier: você pode levar Rosalind Franklin para um local específico dentro de um horário específico?

Fournier fica horrorizado.

— Não! — exclama. — Com certeza, não! Brigadeiro, a cadeia de comando aqui foi rompida. O coronel Carlisle me ameaçou. Me ameaçou fisicamente. Ele desconfia que eu sabotei o rádio e... está me vigiando o tempo inteiro. Ele não vai aceitar nenhuma sugestão vinda de mim nem por um instante.

Silêncio do outro lado da linha, entrecortado com estática cíclica.

— Tudo bem — diz por fim Fry, com uma resignação irada. — Explique.

Fournier tenta, mas não se sai bem. Os acontecimentos do dia anterior se espalham por sua mente como detritos de um deslizamento de terra. Ele se esforça para encontrar uma ideia central e nitidamente não consegue. Fry parece confusa em relação às crianças e totalmente desinteressada na ameaça do coronel Carlisle de matá-lo. Ela entende o fato de que eles encontraram uma nova forma de faminto e obtiveram um espécime intacto. Ela o parabeniza — mecanicamente — por essa realização, mas não parece entender o que ela pode significar.

Quando ele tenta explicar, a brigadeiro volta a uma coisa que ele disse a ela em sua última conversa.

— Você disse que havia algum tipo de atrito pessoal entre Carlisle e McQueen. Isso ainda é verdade?

Fournier fica confuso.

— Bom, é — diz ele. — Eles quase brigaram ontem. O coronel, afinal de contas, rebaixou McQueen. McQueen não perdoou isso.

— Então deixe-me falar com McQueen.

Fournier acha que pode ter ouvido mal, então ignora a ordem e volta para seu tema principal.

— O espécime é uma criança. Ela pode ter nascido de uma mãe infectada, e seu tecido cerebral...

— Depois — interrompe Fry. — O ponto importante é que você tem dados novos e pertinentes para trazer para casa. Isso é uma notícia excelente e você vai ser recompensado no momento certo. Mas isso é para outras pessoas examinarem e interpretarem. Neste momento, preciso que você traga McQueen para a sala das máquinas e deixe que eu fale com ele.

Ele ouviu direito mesmo. Depois de todos esses meses de segredo completo, ele acha essa mudança nos parâmetros da operação difíceis de processar.

— Mas, na verdade... se McQueen descobrir que tenho informado a senhora...

— Como ordenado — lembra a ele a brigadeiro. — Você não fez nada de errado. Trata-se da sobrevivência de Beacon, e há apenas um lado certo nessa briga. Traga-o, Dr. Fournier, por favor. Eu suponho que ele ainda esteja acordado, não?

— Acho que estão todos acordados. Posso ouvi-los conversando. Eles estão no alojamento da tripulação, muito provavelmente jogando pôquer.

— Então vá buscá-lo.

Não é fácil como parece. Dessa vez, o coronel está na seção intermediária, não na cabine, de vigia com Foss, então Fournier tem de passar por ele a caminho do alojamento da tripulação — com o olhar para o chão, incapaz de encará-lo de frente —, e vai ter de passar por ele outra vez no caminho de volta.

Ele precisa de uma cobertura plausível para uma conversa em particular com o ex-tenente e não consegue pensar em nada que não vá parecer suspeito. McQueen não está sob seu comando direto. Simplesmente não há razão para que ele precise falar com o homem sobre nada que normalmente não passe por Carlisle. Eles estão tão dedicados ao jogo de pôquer infinito que McQueen provavelmente não vai nem escutá-lo.

Ele tem uma inspiração no momento em que se aproxima deles. Um jogo reduzido, com apenas McQueen, Sixsmith e Akimwe à mesa (e Akimwe ali apenas em corpo, como um boneco colocado de pé). Eles não erguem os olhos.

Até que Fournier recolhe as cartas da mesa e estende a mão pedindo as que eles ainda estão segurando.

— Que merda é essa? — pergunta Sixsmith, perplexa.

— Estou confiscando esse baralho — diz Fournier. — É ruim para o ânimo.

Como eles ainda estão segurando firme as cartas que têm em mãos, ele dá as costas e sai andando com a maior parte do baralho como prêmio.

— Boa noite, coronel — murmura ele ao atravessar a seção intermediária. — Espero que não vejamos nenhuma atividade lá fora.

Ele anda rapidamente. Se há uma resposta, ele não escuta.

Ele se fecha na sala das máquinas outra vez e espera ali, na agonia da antecipação. Será que julgou mal? Ele achou que conhecesse McQueen bem o suficiente para ter certeza de que não ficaria parado diante de uma intervenção tão arbitrária, mas eles estão com o ânimo tão baixo depois do ataque que, dessa vez, aquilo podia passar sem comentário.

Há uma batida na porta. Uma pancada única e decidida. Então ela se abre e McQueen está parado no vão.

— Vou precisar dessas cartas — diz ele.

Seu tom de voz é sinistro, com uma expressão fechada de alerta no rosto.

— É claro — diz rapidamente Fournier. — Mas entre e feche a porta.

McQueen chegou preparado para discutir. Ele não está esperando uma desistência instantânea e não parece entusiasmado. Ele gesticula impacientemente pedindo as cartas.

— Por favor — diz Fournier. — Esse é um assunto realmente muito importante... tenente.

Sua pausa deliberada carrega a última palavra de ênfase. Ela cumpre seu objetivo. McQueen entra, fechando a porta com um golpe do calcanhar. Ele tenta demonstrar indiferença, mas o resultado é outro.

— O que foi? — diz ele, com truculência.

Fournier ergue o rádio.

— A brigadeiro Fry — diz ele, omitindo o que teria de ser uma explicação comprida e complicada. — Ela ligou de Beacon e quer falar com você.

A surpresa torna o rosto normalmente severo de McQueen, por um ou dois momentos, um vazio completo. Ele pega o rádio, mas olha fixamente para ele como se não soubesse ao certo o que fazer com aquilo. Quando o leva ao ouvido, o faz com cautela, com evidente desconfiança.

— McQueen — diz ele. — Câmbio.

Ele escuta em silêncio por um bom tempo. Fournier escuta também, mas, embora se esforce para ouvir, não tem nenhuma pista do que a brigadeiro Fry está dizendo. Ele está tremendo fisicamente de frustração e impaciência quando McQueen finalmente se volta para ele, cobrindo o radinho com a mão grande como se fosse o bocal de um telefone.

— Ela falou para dizer a você que isso é particular — diz ele, arqueando as sobrancelhas como se quisesse transmitir um desespero compartilhado com os caprichos de oficiais de alta patente. — Desculpe. Você vai ter que sair.

45

STEPHEN GREAVES SONHA COM a garota da cicatriz.

No sonho, ela pode falar e conta a ele sobre a vida que leva com as outras crianças. *É muito bom*, diz ela. *Nós não nos lembramos de nossas mães nem de nossos pais e não precisamos deles. Nós temos uns aos outros.*

Isso parece bom para Greaves, mas ele fica desconcertado por ter essa conversa na cozinha da casa velha, onde ele morava com a mãe e o pai até o dia em que os famintos chegaram. Quando a garota nega a realidade da perda, ele se lembra do que perdeu.

Um simbolismo conflitante, comenta uma parte de sua mente. Você quer acreditar, mas está dizendo a si mesmo para não fazer isso. Greaves deixa o pensamento estacionado em um guarda-móveis em algum lugar por trás ou por baixo do nível do sonho. Ele pensa: por trás? E depois: por baixo. Ele precisa ser claro nas relações espaciais mesmo em sonhos, onde o espaço é puramente abstrato e imaginário.

A cozinha está muito bem formada, nada abstrata. Sua bolsa de escola está na mesa guardada pelo Capitão Power. A última lista de COISAS A FAZER de sua mãe está presa na geladeira com um ímã de Homer e um ímã de Madge. Ela diz:

EVACUAÇÃO 12H BIBLIOTECA!!!

Acho que vocês todos são de segunda geração, diz Greaves à menina com a cicatriz. *Filhos dos infectados. Então sua mãe tinha o patógeno em seu sistema antes de você nascer. Você nunca iria reconhecê-la como ser humano.*

Um ser humano é uma coisa muito difícil de ser, diz a menina com gravidade.

Greaves concorda.

Mas, sério, diz ela para ele. *Venha viver com a gente. Traga a Dra. Khan.*

Não posso fazer isso. Greaves está triste por ter de dizer isso, mas sabe que é verdade. *Não posso ser como vocês, nem Rina. Tenho certeza absoluta de que é preciso ser exposto à infecção no útero para formar a ligação simbiótica com o fungo* Cordyceps *que você e as outras crianças têm.*

Você é muito inteligente, Stephen, diz a garota com a cicatriz, admirada.

Obrigado.

Mas então, o que vai acontecer com a Dra. Khan?

Enquanto diz isso, ela aponta. Para trás dele. Greaves deve se virar e ver aquilo para o que ela está apontando. É assim que o sonho deve funcionar. Quando ele resiste a isso, quando se recusa a mover a cabeça, alguma coisa o segura pelos ombros. Uma mão.

A mão de Rina.

Ela está ali, atrás dele. Já mudada. Já afastada de si mesma para sempre, sequestrada ou apagada pela infecção.

Eu não quero ver, suplica.

A garota assente. Ela entende. Ela o dispensa disso. *Você não precisa olhar se não quiser. Mas precisa decidir. Precisa decidir o que vai fazer.*

Rina aperta seu ombro. Ela não consegue mais pensar, mas, mesmo assim, concorda claramente.

Então ele se dá conta de que não é a mão de Rina que o está segurando, são os dentes de Rina. Em um acesso de puro pânico, ele tenta se afastar. Se ela infectá-lo, se ele se tornar um faminto, não vai haver ninguém que possa salvá-la. Ao perdê-lo, ela vai perder a si mesma.

Quando seus músculos se rasgam entre as mandíbulas apertadas dela, ele acorda. Seu rosto está encharcado de lágrimas, e seu corpo com um suor rançoso. Ele está se sentindo insalubre e repugnante. Se saísse agora, os famintos seriam atraídos por ele como abelhas por uma flor. Como corvos pelos mortos recentes.

Ele se senta. O alojamento da tripulação está absolutamente silencioso. Sem sequer abrir a cortina, Greaves sai e desce. Seu pé descalço toca o metal do chão e ele quase leva um susto com o frio chocante. Ele odeia não estar calçado, mas não está preparado para o risco de abrir seu armário. Quanto menos barulho fizer, menos chance há de ser desafiado e pressionado por perguntas que não pode responder.

Sob luz filtrada pela plataforma da seção intermediária, ele pega o kit de amostras de sua bolsa. Então vai na ponta dos pés até a porta segurando protetoramente os frascos de plástico contra o peito.

A plataforma parece estar vazia, mas, quando ele passa, vê o coronel sentado encostado na porta da câmara selada com a cabeça caída sobre o peito. Greaves está prestes a dizer oi quando alguém o chama do alto com um estalo urgente da língua. Ele olha para cima. É Sixsmith, controlando a torre. O turno de vigia de Foss terminou, evidentemente, e ela pegou o seguinte.

Ela aponta para o coronel.

— Deixe que ele durma — sussurra. — Ele ficou em pé por quarenta e oito horas direto.

Greaves assente para mostrar que entende.

— O que está acontecendo aí dentro que não podia esperar até amanhã? — pergunta Sixsmith na mesma voz baixa. — Deixe para lá, não me conte. Mas falem baixo e fechem a porta divisória. Nós devemos ficar no escuro.

Stephen está analisando essas palavras quando entra no laboratório, uma palavra em particular. *Falem*, plural.

Rina está parada no posto de trabalho ao lado do freezer. Na verdade, ela está debruçada para a frente com os dois cotovelos apoiados na bancada. Seu rosto está bem perto do visor do microscópio de fase invertida TCM400, mas seus olhos, Greaves pode ver, estão fechados. Eles se abrem lentamente quando ele puxa e fecha a porta divisória deslizante, e ela se vira em sua direção. É como se ela estivesse esperando por ele, ou pelo menos não mostra nenhuma surpresa com sua chegada.

Do lado de Stephen, a surpresa é absoluta. Ele foi até ali para ficar sozinho. Para fazer um trabalho que mais ninguém deve ver. Por um momento ele confunde os frascos e vidros na bancada diante de Rina com suas próprias amostras. Não são. São a última partida das culturas legadas pelo Charles Darwin, as que o soldado McQueen e o soldado Phillips trouxeram do Ben Mcdhui no dia anterior. Quando o soldado Phillips ainda estava vivo, assim como o Dr. Sealey e a Dra. Penny.

Muito tempo atrás.

Rina se afasta da bancada com uma expressão de dor ou de esforço e vai até onde Greaves está parado. Nesse espaço restrito, são necessários apenas quatro passos. Ela olha em seus olhos. Normalmente, ela sabia que não devia fazer isso, se lembrava de como é difícil para ele suportar o holofote do olhar de outras pessoas. Os olhos dela estão muito abertos, com a circunferência inteira de cada pupila nitidamente visível, suas íris grandes como ele nunca viu. Elas não se contraem nada, embora os tubos fluorescentes sejam muito claros. Sombras parecidas com hematomas os sublinham com uma ênfase selvagem, visíveis até na tez marrom de Rina.

— O que você fez comigo? — pergunta ela.

As palavras saem baixas mas fortes, com um rosnado provocado pelo exalar de sua respiração. Ela cheira a doença. Seu hálito está carregado de bile e remédios.

— Rina — diz Stephen.

Por um momento, isso é tudo que ele pode oferecer a ela. Seu próprio nome como um distintivo, como um encantamento para conjurá-la de volta a si mesma.

Ela agarra as lapelas do pijama dele e o arrasta para perto com força surpreendente.

— O que você fez? — repete ela.

Greaves ainda está lutando para entender as palavras, não conseguindo organizá-las bem em uma sequência coerente, mas, de qualquer forma, Rina o solta, tão de repente quanto o agarrou. As pontas dos dedos dela traçam linhas trêmulas no peito dele quando lhe dá as costas. Ela se senta abruptamente no meio do chão e afunda a cabeça entre os punhos cerrados.

— Não foi você — murmura ela. — Desculpe. Eu não devia descontar em você. John está morto, e eu sinto... eu não sinto o *suficiente*. É como se eu estivesse muito longe de vocês todos. De tudo aqui. Nada disso é real.

Greaves se enche de desânimo. Rina está relatando um afeto alterado, o que provavelmente significa que o efeito da inoculação está passando. Ele precisa produzir um novo lote do soro imediatamente usando as novas amostras de tecido que tirou das crianças mortas depois de consertar a lagarta.

Além disso, precisa responder às perguntas dela. Para ele, ocultar a verdade — embora tenha feito isso recentemente, com um efeito terrível — é como impedir que um caminhão desça uma ladeira íngreme apenas com as mãos.

Ele põe o kit de amostras sobre a bancada de trabalho e começa a remover os recipientes individuais de seus receptáculos.

— Fui — diz ele.

Depressa. Correndo por um campo minado feito de palavras.

— Fui eu, Rina — continua. — Uma das crianças te mordeu, e precisei impedir que você mudasse. Eu lhe dei um remédio feito do líquido cefalorraquidiano do menino morto. Eu vim aqui agora para fazer mais.

Ele ergue dois dos tubos com amostras, um em cada mão, para mostrar a ela, mas Rina não está olhando para ele. A cabeça dela está curvada em um ângulo estranho do pescoço, como se estivesse pesada demais para se manter de pé, e ela olha fixamente e com os olhos arregalados para o braço enfaixado. As ataduras estão soltas e penduradas: em algum momento ela deve ter removido o curativo e olhado ali dentro. Ela deve ter visto as marcas de mordida no antebraço.

— É — murmura ela por fim. — Eu, na verdade, sabia. Só esqueci.

Lapsos de memória. Outro sinal de alerta. Ele precisa fazer aquilo nesse momento, e precisa fazer direito.

Ele conta toda a história a Rina enquanto trabalha com muita pressa para preparar nova quantidade do soro. Ele não acredita que ela esteja de fato escutando. Ele está apenas soltando as palavras na esperança de segurá-la ali — sua consciência, aquilo que faz dela Rina — por mais alguns minutos. Ele faz perguntas também. Ela se lembra do que aconteceu depois que eles tornaram a entrar em Rosie? Como ele trancou a porta e como empurrou o Dr. Fournier de volta para a sala das máquinas?

— Você devia ter visto a cara dele, Rina — diz ele sem parar. — Você teria rido!

É só um palpite. Nem mesmo isso: é algo que as pessoas dizem sobre momentos estranhos e grotescos em que as pessoas não agem de maneira natural ou algo inesperado acontece. Você devia ter visto a cara deles!

Ele não consegue olhar para o rosto dela enquanto mistura e filtra a vacina viva. Ele extrai sete mililitros, o que deixa em torno de vinte e cinco na retorta. É uma dose um pouco maior que antes, mas com os ingredientes exatamente na mesma proporção. O que ele fez antes funcionou: ele não pode se dar ao luxo da experimentação.

Lembrando-se do combate de luta livre traumático que aconteceu da última vez, Greaves se mantém longe do pescoço de Rina e injeta na veia cubital mediana, na parte interna do cotovelo esquerdo. Rina ajuda, batendo na veia para deixá-la dilatada e protuberante. Isso o tranquiliza, mas só por um momento. Isso significa que ela entende o que ele está fazendo, ou é apenas uma memória muscular estimulada pela visão da seringa?

Ele se ajoelha ao lado dela e, em um pesadelo de ansiedade, espera que ela reaja. Que fale ou faça alguma coisa que lhe diga se ainda está ali com ele ou desaparecida para sempre. Seu relógio interno marca o tempo: ele não consegue desligá-lo. Por dezessete segundos desolados e prolongados, não acontece nada.

Então ela estende o braço e toca as costas de sua mão. Com a ponta do dedo indicador.

Ele exala uma respiração que estava presa, tremendo inteiro de alívio.

— Ei — sussurra Rina, sem forças. — Stephen. Quando você chegou aqui?

— Ei — responde Greaves.

Sua voz fica embargada, e ele não consegue continuar.

A cabeça da Dra. Khan se ergue devagar. Seus olhos se encontram. Dessa vez, só por um momento. Ela sabe afastar os olhos no instante em que ele começa a ficar tenso. A ponta de seu dedo pressiona com força a pele dele.

— Eu preciso de uma bebida — diz ela com voz rouca.

Eles não podem ir até o alojamento da tripulação sem passar pelo olhar de Sixsmith e nenhum deles está pronto para fazer isso. Além disso, seria impossível para eles conversarem lá dentro. Rina tem um pouco de café solúvel escondido no fundo de uma prateleira, um estoque precioso encontrado por John em uma das incursões feitas por eles quando estavam seguindo para o norte. Ela derrama água armazenada em um galão em um béquer e a esquenta com um bico de Bunsen. Eles se sentam lado a lado na bancada de trabalho com as pernas penduradas e dão goles alternados. Está amargo e quente demais: o único conforto que traz vem do fato de eles o estarem compartilhando.

Eles conversam em voz baixa.

— Como Alan reagiu quando você contou a ele? — pergunta Rina.

— Quando contei a ele o quê?

— Ora! O que você acha? O que você fez aqui, Stephen. A...

— Eu não contei a ele.

Ele intervém rapidamente. Se ela não disser, não usar a palavra *cura*, ele não vai precisar desdizê-la.

— Ótimo. Quero estar presente quando você fizer isso. Sabe, eu na verdade não consigo acreditar. Não posso acreditar que foi tão fácil. Meu Deus, se John... se ele tivesse vivido um dia a mais...

Ela fica sem palavras, completa o pensamento com uma flexão mínima da mão.

Greaves sacode a cabeça. Ele está caminhando na corda bamba sobre o abismo de uma mentira deslavada.

— Vai levar mais de um dia — murmura ele.

— Você sabe o que estou dizendo — diz Rina.

Ela toca as costas de sua mão novamente por um momento, com as emoções transbordando de um jeito que o assusta.

— Você teve sucesso onde todo mundo falhou — acrescenta. — Estou orgulhosa de você.

É mais do que Greaves pode aguentar.

— Não, Rina, não — diz ele.

Isso soa como uma súplica. Talvez seja. Ele leva o punho cerrado até a boca para desacelerar as palavras que estão saindo, mas não consegue detê-las.

— O que quer dizer com não?

Ele está impotente nas mãos de sua compulsão.

— Eu não curei você — sussurra ele. — Não vou curar. Não consigo.

46

Com os primeiros sinais de luz, quando o ar ainda está frio o bastante para usar o modo amplificado no visor, Sixsmith faz uma leitura e declara que eles estão sozinhos. McQueen na verdade não acredita nisso, mas mantém o fingimento enquanto eles guardam os sensores e as armadilhas, esperando a todo momento serem pegos em uma nuvem de pedras jogadas por estilingues e monstros com cara de bebê.

O objetivo é saírem dali depressa e em silêncio para estarem na estrada e aumentarem a velocidade antes que as crianças selvagens saibam que eles se foram. Esse cronograma encontra um pequeno obstáculo quando Foss faz uma contagem do pessoal e descobre que o Dr. Akimwe não está mais a bordo. McQueen não fica nem um pouco surpreso. Se ele alguma vez viu um homem morto andando, era Akimwe, desde o momento em que disseram a ele que Gary Phillips não tinha sobrevivido.

Nenhum dos pertences do doutor está faltando, mas ele abriu o armário de armas (Phillip deve ter dado a ele o código) e pegou uma das pistolas.

— Mas o imbecil não levou nenhuma munição — diz McQueen depois de uma verificação meticulosa. — O carregador devia estar cheio, mas, depois disso, ele está por conta própria.

Os registros eletrônicos de Rosie indicam que a porta da cabine do lado do passageiro se abriu e fechou outra vez às 2h17. Sixsmith ainda estava de vigia na torre e não viu nem ouviu nada.

Acontece mais um falatório no alojamento da tripulação e todos entram em um concurso de gritos sem sentido sobre a possibilidade de encontrarem Akimwe vivo se fizerem a volta. Isso simplesmente não vai acontecer. Não a menos que ele se mantenha na estrada, mas, para começar, se pretendesse fazer isso, não faria muito sentido sair escondido como um ninja.

— Ele foi enterrar Phillips — diz Sixsmith. — É onde nós vamos encontrá-lo.

— É, mas não — observa McQueen. — Ele não vai chegar tão longe.

— Pelo amor de Deus! — diz Sixsmith, que fica de pé e o encara. — Quatro mortos em ação não são o bastante para você? Se formos devagar, podemos vê-lo com o infravermelho. Ele não pode ter ido longe.

Eles estariam voltando na direção das crianças, mas era uma decisão muito drástica para todos eles. Quando o coronel dá a ordem para continuar a seguir na direção sul, ninguém dá um pio. Nem mesmo Sixsmith. McQueen acha que ela está só se sentindo mal porque deixou que o doutor saísse e passasse por ela. Como se, de algum modo, fosse sua culpa o fato de Akimwe ter decidido se matar. Se eles conseguissem alcançá-lo, pensa McQueen, a primeira coisa que ele pessoalmente faria era bater na cabeça de Akimwe com uma coronha de fuzil por roubar a pistola. A pistola é realmente útil.

Eles finalmente partem. A atmosfera a bordo está extremamente tensa. Para McQueen, é como se todos estivessem calculando suas chances. De qualquer jeito, todos menos ele. O que ele está fazendo é criar um diagrama imaginário chamado "o inimigo de meu inimigo é meu amigo". A brigadeiro Fry prometeu devolver sua patente se ele ajudá-la com um probleminha, o problema em questão sendo o coronel Isaac Carlisle.

Não há absolutamente nenhum problema para jogar o coronel em uma banheira cheia de vidro quebrado. No entanto, conspirações, tramas e objetivos de outras pessoas, tudo isso entala um pouco na garganta de McQueen e lhe dá vontade de hesitar. Ele preferia enfrentar o coronel em um pequeno terreno gramado em algum lugar. Deixá-lo com um lábio cortado, algumas costelas quebradas e talvez um dente a menos. Conduzi-lo a algumas conclusões sobre a dignidade humana.

Isso não vai acontecer. Se Beacon está se desfazendo, por responsabilidade da brigadeiro, ele vai precisar encontrar um lugar onde marcar posição. Ele bem podia escolher o que traz o benefício adicional de se livrar do coronel. Em sua opinião, tudo é igualmente ruim, mas o coronel é a única pessoa pela qual McQueen já teve algum respeito, portanto o único que já o decepcionou. Ele mesmo era responsável por isso.

Ele procura Carlisle na cabine e pede permissão para falar em particular — com um olhar penetrante para Sixsmith no assento do piloto. Eles seguem na direção da traseira até o laboratório. Ninguém está trabalhando ali. O coronel fecha a porta e espera que McQueen fale.

McQueen põe o radinho de Fournier em cima da bancada de trabalho. Carlisle olha fixamente para ele e uma expressão fechada se abate sobre seu rosto.

— De quem é? — diz ele.

Ele sabe o que está vendo e provavelmente adivinhou imediatamente o que significa.

— É de Fournier. É um rádio pessoal. Fixo permanentemente em uma única frequência. Caso esteja se perguntando quem está do outro lado, é a brigadeiro Fry.

Carlisle assente, aceitando a explicação sem questionar. Por que não? Faz muito sentido.

— E como você descobriu? — pergunta ele a McQueen.

— Eu o ouvi falando e o abordei. Ele contou tudo sem que eu precisasse nem perguntar. Fry queria alguém para ficar de olho em nós por aqui. Para fazer o jogo político, uma merda assim. Acho que ela escolheu Fournier porque sabia que ele sempre obedeceria quando lhe dessem uma ordem. Ele nunca diria não.

Carlisle finalmente pega o rádio.

— Ele ainda está funcionando?

McQueen assente.

— Eu não falei com Fry, mas pude ouvir um sinal de chamada repetido por alguns minutos depois que o peguei de Fournier.

Está parecendo bom. O velho canalha está comprando toda a ideia. A essa altura, não é como se ele tivesse muita escolha. O rádio é muito importante, não importa como o veja. É sua salvação. Eles estavam perdidos e agora foram encontrados. Carlisle nada pode fazer além de pegá-lo e usá-lo.

McQueen espera. O coronel não diz nada.

— Posso ter incomodado um pouco o doutor ao fazer isso — sugere McQueen. — Espero que não me acusem de nada. Ele na verdade não queria largá-lo.

Carlisle olha de forma dura para ele. Examina atentamente seu rosto. McQueen suporta o escrutínio, totalmente impassível.

— É, obrigado — diz ele, por fim, para romper o silêncio pesado.

Carlisle não diz nem "dispensado". Apenas guarda o rádio no bolso e volta para a cabine. Dá as costas para McQueen como se McQueen nem estivesse ali.

Ah, merda, ele merecia isso.

Ao passar pelo alojamento da tripulação, Carlisle tem tempo para perceber como as coisas estão silenciosas. Não um silêncio bom, mas um silêncio nervoso. Foss está deitada no beliche com um braço jogado sobre os olhos, exausta demais até para dormir. Stephen Greaves está sentado à mesa com os braços no colo olhando para o nada. Samrina Khan está na área da cozinha, agarrada à bancada dos dois lados da pia, com a cabeça baixa como se estivesse prestes a vomitar, ou tivesse acabado de fazê-lo.

O coronel fica perturbado com o rádio, mais ainda com McQueen. Ele sempre foi razoavelmente habilidoso em avaliar caráter, mas algo em McQueen é opaco para ele. Talvez tenha permitido que alguma desconfiança se estabelecesse em sua mente só por esse motivo, bem distante de suas dúvidas sobre as qualidades do homem como soldado. Mas encontrar o rádio foi uma coisa boa, e entregá-lo era melhor ainda.

O rádio. É um presente de Deus, mas Carlisle não gosta nada do que isso implica. Quando ele se senta ao lado de Sixsmith, quando põe o pequeno aparelho sobre o painel da cabine, sente como se tivesse pegado um grande peso em vez de se livrar de um insignificante.

Sixsmith fica intrigada e olha fixamente para o rádio.

– De onde veio essa porra? – pergunta ela.

– Contribuição do Dr. Fournier – observa o coronel, mantendo o tom de voz cuidadosamente neutro.

Não faz sentido deixar que sua raiva transpareça. Não faz sentido senti-la, embora já sejam águas passadas. Nunca houve confiança entre ele e a brigadeiro. Quando ele tentou renunciar ao serviço – o mais passivo dos protestos –, ela viu isso como uma rebelião aberta e discutiu com ele para que desistisse. Desde então, ela sempre teve medo de que ele tornasse a atacá-la de outra direção. Ele, recentemente, se sentiu perto de fazer isso. Foi por essa razão que Fry o mandou em missão, mas mandá-lo em missão sem dúvida não foi o bastante.

– O Dr. Fournier – repete Sixsmith, fazendo com que o nome parecesse um palavrão.

— Aparentemente, isso foi entregue a ele quando deixamos Beacon, como um sistema de apoio em caso de emergência. Acho que nossa situação atual se qualifica como tal.

Não há mais nada a dizer sobre esse assunto, ou pelo menos nada que Carlisle confie em si mesmo para dizer.

— Eu vou ligar para Beacon, soldado — diz ele a Sixsmith. — Se conseguir estabelecer a ligação, posso precisar de sua ajuda para manter o contato. Esse é um aparelho muito pequeno e muito direcional. Se começarmos a perder força de sinal, por favor, reduza a velocidade do veículo e se prepare para parar se eu mandar.

Sixsmith lança para ele um olhar carregado de perguntas silenciosas.

— Sim, senhor.

Carlisle liga o rádio e espera. Quase não há estática, apenas um zumbido baixo de equipamento eletrônico. Depois de algum tempo, uma voz masculina fala:

— Esta é a linha de campanha da brigadeiro Fry.

— Aqui é o coronel Carlisle. Eu gostaria de falar com a brigadeiro, se ela estiver disponível.

Não há nenhuma pausa e nenhuma surpresa no tom de voz do homem.

— Sim, coronel. Um momento.

Eles estavam me esperando, pensa Carlisle. Muito provavelmente o doutor perdeu uma chamada marcada e eles tiraram as próprias conclusões.

— Isaac.

Dessa vez é a voz de Fry, e embora ela pareça cansada e estressada, faz uma verdadeira performance de ser pega desprevenida.

— Como você encontrou esta frequência? — pergunta Fry. — Eu não me lembro de tê-la dado a você.

— Estou ligando para a senhora no rádio do Dr. Fournier, brigadeiro.

Ele não oferece nenhuma explicação, mas vai direto à essência do relatório:

— Nós agora estamos seguindo para o sul na direção da extremidade norte da M1, e fazendo boa velocidade. Houve desenvolvimentos da maior importância sobre os quais a senhora e toda a Mesa Principal precisam ser informados.

— Prossiga — diz Fry.

Ele não desperdiça palavras. Primeiro, detalha a descoberta de Greaves porque é o cerne da questão. Eles estão carregando um espécime absolutamente único, cuja importância científica não pode ser subestimada. Uma criança que parece ter imunidade parcial ao patógeno faminto! Uma criança cujos restos mortais podem guardar a chave para uma cura.

Só depois disso conta a ela os detalhes sobre o malfadado grupo de busca e as mortes. Ele declara, formalmente e para os registros, que está assumindo toda a responsabilidade por essas coisas. Por fim, deixa claro que Rosie está seguindo na direção de casa, uma decisão não negociável, e que ele pode não estar sozinho quando chegar.

Quando termina de falar, há um longo silêncio. À sua direita e na periferia de sua visão, as mãos da soldado Sixsmith apertam o volante com mais força do que o estritamente necessário.

— Então, depois de sete meses sem nada para informar, agora está me dizendo que pode ter feito uma descoberta definitiva? — diz por fim a brigadeiro Fry.

O tom de voz dela é clínico, sem traço de entusiasmo nem curiosidade.

— Estou. Exatamente.

— O momento é interessante, Isaac. Quase fico tentada a dizer suspeito.

Carlisle fica confuso tanto pelas palavras quanto pela forma acusatória e fria com a qual elas são ditas.

— Suspeito? — repete ele. — Eu não entendo, brigadeiro. Do que a senhora suspeita?

Outro silêncio.

— Não é importante — diz finalmente Fry. — Vou pensar no que precisa ser feito. Mantenha o rádio aberto nesta frequência.

Essa última instrução não significa nada, já que o rádio não tem controle de sintonia. Lutes talvez pudesse conseguir botá-lo em outra frequência usando peças do rádio principal da cabine, mas mais ninguém a bordo tinha a menor ideia de como fazer isso.

O silêncio repentino no rádio deixa claro que Fry desligou. Evidentemente, Sixsmith se sente livre agora para extrair a moral da história.

— Então o Dr. Fournier estava espionando todos nós desde que pegamos a estrada?

— Beacon tinha a liberdade de estabelecer sistemas múltiplos de relatório — diz Carlisle com cuidado.

Defende mecanicamente o *status quo*. Por que faz isso? Por que passou a vida inteira obedecendo e sancionando decisões ruins tomadas por pessoas que ele só pode desprezar? Ele expira, no que se torna um suspiro.

— Estava — admite. — O Dr. Fournier estava enviando relatórios secretos para o Grupamento, embora devesse ser o comandante civil. Vou fazer uma reclamação oficial quando voltarmos para Beacon.

— Que tal uma porrada não oficial na cara?

O tom de voz de Sixsmith é tenso, e o coronel não acredita que ela esteja brincando.

— Soldado — diz ele. — Não vale a pena o risco de uma repreensão ou de uma dispensa desonrosa por causa...

A voz de Fry o interrompe. O canal está aberto outra vez, podia estar o tempo inteiro.

— Eu arrumei uma escolta para vocês — diz a brigadeiro, sem preâmbulos. — É da maior importância que seu espécime seja trazido para Beacon para mais estudos, e Rosalind Franklin sozinha é vulnerável demais a ataques.

— Está bem — diz Carlisle. — Quais são suas ordens?

— Encontro na base Hotel Echo, perto de Bedford, dentro de quarenta e oito horas. Se tiver problemas para chegar a esse encontro, informe-me com boa antecedência.

— Não estou familiarizado com o Hotel Echo — admite Carlisle.

— Não há nenhuma razão para que estivesse, coronel. Ele ainda não existe. É o velho quartel da RAF de Henlow. Nós o estamos transformando em base avançada para incursões de coleta técnica em Stevenage e Milton Keynes. Anote as coordenadas.

Carlisle faz isso. A brigadeiro continua a lhe dar instruções mais detalhadas para o encontro. Ela vai providenciar que um esquadrão de vinte soldados esteja presente junto com três veículos blindados, todos sob o comando de um capitão Manolis. Se eles não estiverem presentes, Carlisle deve simplesmente esperar. Ele não deve usar o rádio de jeito nenhum, nem para falar com a própria brigadeiro nem para tentar fazer contato com qualquer outra pessoa de Beacon. Quando o capitão Manolis se apresentar, Carlisle vai entregar Rosie para ele e seguir em um veículo para oficiais até Beacon à frente do resto da coluna para um relatório imediato.

Carlisle acredita saber no que esse relatório vai implicar nesse contexto. Apesar de sua descoberta revolucionária, a expedição teve perdas inaceitáveis e, pela lógica militar, alguém deve ser culpado por isso. Ele vai assumir essa culpa, enquanto Fournier leva o crédito pelo novo espécime. Talvez isso, ou algo semelhante a isso, sempre tivesse sido o plano, antes mesmo que eles deixassem Beacon. Talvez o único propósito da expedição na cabeça da brigadeiro fosse dar a Carlisle uma oportunidade pública de fracassar.

Fry ainda está falando com ele sobre os protocolos para o encontro. Supondo que não haja famintos, diz ela ao coronel, ele e seu pessoal devem primeiro sair de Rosie levando o espécime e se reunir na área principal de desfiles da base do Hotel Echo. Manolis e seu esquadrão vão aparecer, pegar o espécime e assumir essa transferência ordenadamente.

Fry pede que Carlisle confirme e aceite essas ordens. Ele obedece, mas se sente obrigado a acrescentar algo apesar da presença de Sixsmith ao seu lado.

— Você devia ter confiado em mim, Geraldine. Eu nunca lhe dei nenhuma razão para questionar minha lealdade a Beacon ou ao Grupamento.

— Bom — diz Fry, deixando a palavra pairar sozinha por um momento. — A lealdade é apenas como as rodas de um ônibus, Isaac.

— O que isso significa?

— Significa que mantém as coisas em movimento, mas é neutra quando se trata da direção em que elas se movem.

O coronel contém uma pontada de desespero.

— Acredito que era exatamente isso o que eu estava dizendo. Eu fui neutro em um nível que podia ser chamado até de patológico. Mesmo assim você decidiu que, de qualquer modo, eu preciso ser vigiado. Posso perguntar por quê?

Há uma pausa, preenchida apenas por estática.

— Nós sentimos sua falta, Isaac — diz a brigadeiro. — Estou ansiosa para escutar tudo sobre suas aventuras ao norte da fronteira.

Ela encerra a ligação.

De qualquer forma, ele sabe a resposta para essa pergunta. Fry é um animal político permanentemente envolvido em um jogo de soma zero: ela joga com habilidade, em todas as circunstâncias, e tem um sentido inequívoco das cartas que as outras pessoas têm nas mãos. Enquanto ela consolidava seu próprio controle sobre o poder, Carlisle era praticamente o único oficial do Grupamento com a combinação de importância e aprovação pública para desafiá-la. Ela nunca deixou de esperar que ele fizesse sua jogada.

O coronel olha fixamente adiante pelo para-brisa. A estrada se abre à frente deles, milagrosamente limpa. Eles estão fazendo bom progresso pela primeira vez desde que saíram de Invercrae.

A pergunta é: aonde eles estão indo?

47

NO ALOJAMENTO DA TRIPULAÇÃO, a Dra. Khan está caindo.

Suas mãos estão apoiadas na beira da pia, com os pés firmemente plantados sobre as chapas de aço do piso de Rosie, mas, mesmo assim, ela está em queda livre. Ela está assim há horas, desde que falou com Stephen no laboratório, e ainda não chegou ao fundo. Talvez não haja fundo.

A tenente Foss resmunga enquanto dorme. Fala de galinha assada. Fala de tempo. Khan mergulha na espuma difusa da voz da tenente sem reduzir a velocidade.

Eles estão indo para casa, mas não é real. John está morto, o que é a coisa mais real possível, mas até isso é apenas um fato do qual ela tem de se lembrar a cada minuto para renovar a tristeza.

— A estrada vai ser acidentada — exclama Sixsmith da cabine; na falta do sistema interno de comunicação, ela precisa confiar no grito. — Há uma pilha de carros velhos à frente, mas são basicamente apenas ferrugem e musgo. Acho que vão simplesmente se desfazer quando os atingirmos, mas vocês vão sentir um solavanco. Segurem firme.

Khan se segura firme. Não faz diferença.

— Rina — diz Stephen, no nível de seu braço. — É melhor você prender o cinto. O bebê...

O bebê. Isso. Tudo bem. Ela desacelera e abre os olhos em um momento presente no qual desesperadamente não quer estar. Uma ferocidade se ergue dentro dela, lhe dá equilíbrio. Ela se recompõe e, por pura força de vontade, para completamente, embora Rosie continue em frente. O bebê precisa que ela tome decisões racionais sobre a própria segurança, já que sua segurança garante a dele.

Ela vai até uma poltrona com as mãos segurando a barriga inchada, senta-se e prende o cinto. Stephen pega o assento ao seu lado e verifica o cinto, assegurando-se que não está cruzado nem torcido e que a bobina que libera o cinto e o trava no impacto está funcionando direito.

O alerta de Sixsmith acordou Foss, mas ela apenas se vira no beliche e some de vista.

— Tenente Foss — chama Stephen. — Nós precisamos...

— Vou assumir o risco — resmunga Foss.

Rosie sofre solavancos e balança. As chapas metálicas do piso rangem. Eles são jogados de um lado para outro por desvios, arrancadas, paradas e partidas repentinos. Khan olha fixamente à frente, segurando-se firme no assento.

Não é uma cura, dissera Stephen. No laboratório. Quando eles conversaram. Quando conversaram antes. *Eu sei como vai ser a cura, mas não tive tempo de fazê-la. Tudo o que consegui fazer foi estabilizá-la de um jeito um tanto bruto. As crianças selvagens produzem seus próprios neurotransmissores que se comunicam com o fungo, e agora seu cérebro também tem esses químicos.* O Cordyceps *acha que você é um amigo.* O Cordyceps *acha que vocês todos são parte de uma grande colônia de fungos.*

— Mas isso *é* uma cura — sussurrou Khan.

Em seu desespero, ela estava agarrada à sua manga, quase tocando-o, quase invadindo-o.

— Essa é uma definição de uma cura, Stephen, um meio de impedir que o patógeno nos mude — insistiu. — É o que sempre estivemos procurando! É o suficiente. Não é o suficiente?

Não.

Sim.

Talvez, se houvesse remédio suficiente. Não há. Ele não vai continuar a fazê-lo, nem mesmo para ela. Vai mantê-la estabilizada até o nascimento, até que a vida em seu interior esteja liberada. Isso vai gastar todo o soro que ele tem em mãos e ele não vai sair à caça de ingredientes frescos. Não considerando de onde eles teriam de vir.

Dos cérebros e colunas das crianças selvagens.

Ele não vai cometer assassinato por ela.

Quando ele disse isso e ela percebeu que sua vida como ser humano estava medida em dias, ou talvez em horas, ela se sentiu despencar. Ela despencou dele, de Rosie e de seu eu fleumático e impotente, de tudo que exigia uma resposta.

Que luxo. Que montanha de autopiedade. Ela se odeia por ter essa traidora dentro de si mesma, essa covarde. Ela está de volta, agora, no controle, o que quer que isso signifique. Ela vai seguir com isso até o fim pelo bem do bebê, considerando que, neste momento, seu próprio bem não existe.

Ajuda pensar em si mesma como um receptáculo. Como Rosie. Levando uma carga preciosa por terreno acidentado, seguindo na direção de um abrigo onde muito provavelmente — depois de servir a seu propósito — será aposentado e desmontado. Não há vergonha nisso. Não há estigma em estar morta quando se fez tudo o que precisava fazer. Ela tem essa carga para entregar e precisa manter a blindagem até que o trabalho esteja feito.

Um aperto repentino na barriga promete que o trabalho vai ser feito em breve.

E se ela o entregasse? Gritasse o segredo de Stephen para o resto da tripulação? McQueen ia extrair a receita dele sob a ponta de uma baioneta, apertá-lo como a uma esponja. O mundo seria salvo.

Não. Não seria. O tratamento parece exigir novas doses, como a vacina composta pelo toxoide do tétano. Khan vislumbra um futuro no qual as crianças selvagens são pegas e criadas, alojadas em currais como porcos e carneiros eram antes do Colapso. Criadas para usarem seu tecido nervoso.

Quantas vidas vale a minha?, pergunta-se ela, atônita e enjoada. Ela não consegue fazer a conta. Enquanto o bebê estiver dentro dela, não vai nem tentar.

Ela vai manter a boca fechada enquanto eles correm na direção da separação. O que acontecer depois disso vai depender de quem ela for quando chegarem lá.

48

ANOITECE E ELES CONTINUAM a seguir em frente. Devagar, circunspectos, sempre avançando. É um risco calculado. A estrada é larga e plana, e eles podem ver uma boa distância à frente. Tão longe ao norte, os obstáculos são poucos. Como Sixsmith tinha mapeado a rota enquanto subia, ela dificilmente será surpreendida.

Com os primeiros sinais do amanhecer, ela acelera novamente. Rosie alcança sua velocidade máxima e pesada e devora os quilômetros. Famintos os veem e perseguem — não as crianças, apenas os do tipo normal —, mas na maioria das vezes não se aproximam. Quando fazem isso, Rosie passa por cima deles com um solavanco que mal é perceptível.

Pelos cálculos de qualquer um, eles ainda estão a dois dias de Beacon, mas agora não estão seguindo na direção de Beacon. Se mantiverem essa velocidade, têm mais um dia, mais uma noite. Eles vão conseguir chegar ao encontro em algum momento perto do nascer do sol do dia seguinte. Falou-se sobre helicópteros armados com metralhadoras. Eles vão para casa com estilo, deixando Rosie para trás como uma casca de aço, uma pele removida.

Esse pensamento provoca uma pontada de melancolia na tenente Foss, mas, em todos os outros aspectos, a notícia é boa. Ela já não aguenta mais trabalho de campo. Ela quer um banho quente, uma foda bem suada (os pensamentos não chegam em nenhum tipo de sequência lógica) e, acima de tudo, a sensação de que ninguém vai arrancar um pedaço dela com uma mordida se abaixar a guarda. É para isso que ela está vivendo agora, e está perto o bastante para que as fantasias prazerosas a que ela se permite pareçam promessas que ela realmente pode cumprir.

Olhando ao redor, porém, ela não vê o mesmo entusiasmo. Certo, os cientistas estão de luto. Ela entende e respeita. Mas o coronel não está dizendo nada para ninguém, Sixsmith está emburrada e até McQueen se fechou mais, tornou-se impenetrável.

Ela o encontra na seção intermediária fazendo munição. É algo que ela mesma faz, mas pelo que nunca o viu interessado. Os cartuchos RIH e as Lapuas Magnum antigas que Beacon usa como equipamento padrão parecem bastar para ele, que não pareceu impressionado pelos argumentos altamente técnicos dela sobre poder de parada a longa--distância comparado com precisão a curta-distância. Agora ele está ali, sentado no chão com uma prensa manual e um recarregador Lee Challenger (ela tem quase certeza de que é o dela) limpando cápsulas de cartucho usadas com a intensidade silenciosa de um monge passando pelas melhores partes de seu rosário.

— Você sabe escolher seus momentos — diz Foss, cutucando o ombro dele com o joelho. — Em que acha que vai atirar?

— Nunca se sabe — diz McQueen.

Ele não desvia o olhar do trabalho.

Foss se apoia no corrimão da torre e vê a paisagem passar. Ela sente uma forte determinação para extrair um momento de companheirismo daquilo.

— Lembra aquela vez quando estávamos subindo, ficamos atolados na lama e tivemos de prender a porra do guincho dianteiro na porra do asfalto porque não havia mais nada onde amarrá-lo?

McQueen assenta mais uma cápsula de cartucho e decanta pólvora no funil estreito do Challenger.

— O que tem?

— Nada. Só espero nunca mais ter de fazer isso de novo.

Nenhuma resposta.

— O que você espera? — estimula Foss.

Ele ergue o rosto em sua direção, com olhos frios.

— Um pouco de paz e silêncio — diz ele.

Foss entende o recado.

— Tudo bem — diz ela. — Divirta-se.

Ela o deixa com sua munição artesanal que, na verdade, não se iguala à munição padrão dela. Ele é desleixado com os calibradores e irregular com a pólvora.

O alojamento da tripulação parece desconfortavelmente vazio, como um maxilar com alguns espaços recentes abertos entre os dentes. Khan está deitada, o rosto pálido brilhando com suor. O Robô molha uma toalha na pia e a leva até ela, que está segurando o barrigão e murmurando para si mesmo em voz baixa. Contando, aparentemente. Foss soma dois mais dois e chega a um total de *puta merda!*

— Você está brincando? — pergunta ela. — Está chegando? Está chegando *agora*?

— Logo — diz Greaves, dando um olhar rápido e angustiado para Foss. — As contrações estão com intervalos de quinze minutos.

Khan não diz nada. Está olhando fixamente para o teto. Ela está em algum lugar muito no fundo de si mesma, mal consciente do ambiente ao redor.

A última pergunta é a mais pertinente.

— Khan — diz ela. — Você está prestes a dar à luz? Me dê uma previsão de quando ele vai chegar, pelo amor de Deus.

— Ainda pode demorar algumas horas — diz a ela o Robô. — Quando ela estiver totalmente dilatada, as contrações vão chegar bem mais depressa. Provavelmente a bolsa vai romper.

Nada ainda de Khan, nem mesmo um olhar.

Foss volta a atenção novamente para Greaves.

— Você consegue fazer o necessário? — pergunta ela.

O Robô! Ela não pode acreditar nas palavras que estão saindo de sua boca. Qual a alternativa? De algum modo, ela não consegue imaginar nem Fournier nem McQueen dizendo a Khan para empurrar — e o coronel e Sixsmith têm outras coisas para fazer. Vão ser os dois, que Deus os ajude, e Foss não tem ideia de qual deles vai se mostrar mais qualificado. Ela tem quase certeza de que Greaves nunca tocou em uma mulher na vida, mas ele parece conhecer toda a teoria. Eles vão ter de fazer o melhor possível.

Ela fica pelo alojamento da tripulação com uma sensação geral de que o momento final não vai demorar a chegar. Para passar o tempo, ela joga paciência. McQueen está com seu carregador, mas, de qualquer forma, ela tem estocada toda a munição de que precisa.

Cerca de uma hora após o início dessa vigília, Khan começa a se debater e a ranger os dentes. Não é um sintoma de parto do qual Foss já tenha ouvido falar. A doutora, sem dúvida, parece bem alarmada. Greaves corre até o laboratório e volta cerca de um minuto depois com uma seringa hipodérmica que esvazia no braço de Khan, e ela se acalma novamente.

— O que foi isso? — pergunta Foss.

Ela espera uma resposta de uma palavra – analgésico, talvez, ou sedativo, ou alguma palavra médica que ela não vá entender. O Robô não responde nada. Ele emite um gemido baixo, como se estivesse sentindo dor, e balança parado onde está, de um pé para o outro.

– Merda! – exclama Foss. – Greaves...

– Para conter os sintomas – geme o Robô.

Seu rosto fica corado e suas mãos balançam no ar, descrevendo alguma forma abstrata complicada.

– A progressão – continua. – É um inibidor. Paliativo. Cuidado paliativo. Não... não é uma cura.

– Tudo bem – diz Foss, com muita delicadeza.

Uma cura para a gravidez? Ela adoraria ver como seria isso.

– Eu retiro a pergunta – completa. – Não se preocupe.

– Obrigado – murmura Greaves, com os ombros um pouco arqueados.

Ele na verdade parece aliviado, como se ela dizer isso fosse uma verdadeira concessão.

Foss muda de assunto, para o bem dele.

– Ei, quer que eu ferva um pouco de água? Precisa fazer isso?

– Eu já esterilizei o laboratório – diz Greaves, olhando intencionalmente para baixo como se estivesse verificando que as placas do piso ainda estivessem ali. – Não precisamos de água.

– Está certo, então – concorda Foss. – Tudo bem.

Todos ficam bem por cerca de três horas depois disso. Está na verdade bem pacífico no alojamento da tripulação. Foss joga infinitas partidas de paciência, perdida no fluxo algorítmico como se fosse uma meditação Zen, e Khan bombeia o ar entre os dentes em um ritmo que acelera, em seguida desacelera de novo e de novo, como as ondas atingindo a base de uma falésia.

Então, quando Foss está tirando o terceiro ás, a bolsa da Dra. Khan explode como a porra das cataratas de Niágara, atravessando o colchão de três centímetros de espessura para chover no beliche de baixo (que é do Dr. Fournier, então não há problema).

– Parece que chegou a hora, querida – diz Foss com delicadeza.

Quando se está quilômetros além dos limites de sua competência, há algum conforto em parecer saber o que está fazendo.

49

Eu ainda sou eu, pensa Khan.

Verificando. Assegurando-se de que é verdade. Devia ser verdade por definição – ela pensa, logo existe –, mas talvez a voz em sua mente esteja seguindo adiante aos tropeções depois que as luzes se apagaram, simplesmente fazendo seu negócio porque é tudo o que conhece.

Ela se esforça para lembrar. Fazer amor com John, a defesa da tese de doutorado, fragmentos da infância. Ela revisa as lembranças na cabeça e passa por seus significados. Porque, se têm significado, ela ainda é humana.

Ela tem de fazer essas coisas nos intervalos entre as contrações, e os intervalos estão ficando mais curtos. A cada dez minutos, depois a cada cinco, depois a cada três, seu corpo se fecha como um torno, e o horizonte se aproxima correndo. Não há nada além da dor.

Em suas bordas, alguma coisa. O metal frio da mesa de dissecação sob suas costas, sua bunda e a sola de seus pés. O travo de desinfetante, o incenso sagrado de sua profissão, no ar. Ela está no laboratório. Eles a levaram para o laboratório porque chegou sua hora.

Ela está tirando o navio da garrafa, empurrando outro ser humano para fora de seu corpo. Uma réplica pequenina e imperfeita de si mesma, ou talvez seja de John, feita a partir de quaisquer peças dos dois que estivessem disponíveis, moídas, trituradas, misturadas e deixadas para crescer no forno de seu abdômen. No último momento, o ingrediente extra e ultrassecreto: o *Cordyceps*.

Ela geme alto.

– Você está indo bem, doutora.

Essa é Foss. Foss está ali. Stephen também, seu tabu contra toque esquecido. Ou não. Os olhos dele estão arregalados enquanto aperta sua mão dizendo a ela o ritmo exato de sua respiração em um código Morse de pressão e soltura.

— Ah, merda! — diz Foss. — Estou vendo a cabeça. Estou vendo a cabeça do bebê!

— Você precisa se conter — murmura com urgência Stephen, debruçando-se sobre ela enquanto desvia os olhos. — Use a respiração para fazer isso. Relaxe, Rina. Tente relaxar.

Quando ela tinha seis anos, seu pai a botou em uma bicicleta novinha e a empurrou morro abaixo. *É assim que se aprende*, disse ele. A bicicleta ia cada vez mais rápido, e ela apenas se segurava no guidão esperando uma morte terrível, aterrorizada demais para frear ou desviar, até que a bicicleta bateu em um muro de jardim e ela caiu, estatelada. Seu braço estava quebrado. Sua mãe chamou seu pai de filho da mãe desmiolado, e ele repetiu, teimoso: *É assim que se aprende.*

Quae nocent saepe docente. A dor é a grande professora.

— Tudo bem, agora empurre! Força, Dra. Khan!

— Força, Rina!

A dor não tem nenhuma agenda. Ela não nos ensina nada, só o que dói. Se não puder evitar as coisas que doem, qual a utilidade da lição?

A dor se agarra a ela, move-se por ela em grandes ondas até que, finalmente, encontra uma saída.

Seu bebê chora.

— Puta merda — grita alegremente a tenente Foss.

Depois, novamente:

— Puta merda, a águia pousou.

Há um movimento harmônico no espaço entre as pernas dobradas de Khan. Algo que sai dela. A sensação de estar cheia se torna uma enorme ausência. Ar frio bate em suas coxas encharcadas de suor.

— É um menino. Parece saudável. Bom trabalho, Dra. Khan.

Então, em um tom de voz diferente, diz:

— Ele está coberto dessa substância viscosa. Isso é normal?

— É — diz Greaves. — É normal. Deixe que ela o segure.

O bebê é posto em seus braços. Cheira a sangue e a ela. A doçura e a abatedouro. Ele lutou furiosamente para vir ao mundo e agora está deitado exausto sobre seu peito. Manchas marrom-avermelhadas marcam onde seu punho diminuto desliza sobre a pele dela.

— John — sussurra ela.

— Não — diz Greaves. — Sou eu. É Stephen.

— Ela está dando nome ao bebê, idiota. Em homenagem ao pai.

Não é o que está fazendo. Nem se esquecendo de que John está morto. Ela só quer invocá-lo nesse momento para de algum modo tê-lo ali para aquilo. Ela anseia que ele a toque e diga seu nome. Mais que isso, anseia que ele veja o que os dois fizeram juntos. Sua solidez e presença milagrosas. Esse é o outro lado da equação. Tese: John morreu. Antítese: o bebê está vivo.

Ele encontra seu mamilo, mas não faz nada com ele. Apenas respira, com os lábios afastados em torno do mamilo inchado.

50

NA AUTOESTRADA A1(M), um pouco ao norte de Leeds, eles chegam a um bloqueio que não podem contornar nem passar por cima. Folhas de metal corrugado amontoadas com pilhas de pneus cheios de concreto. Alguma ideia para controle de fronteiras, talvez. Manter os famintos bem para o sul com os banqueiros da cidade e a alta sociedade local ou, quem sabe, empurrá-los para o norte com os pobres e desordeiros. De qualquer modo, os eventuais ossos embranquecidos e espalhados pelo vento sugerem que a barricada pode não ter sido eficiente para seu propósito. Os famintos não têm pátria, sua lealdade é apenas com a próxima refeição substancial.

Os soldados precisam sair e limpar um caminho. Os cientistas também, menos a Dra. Khan, que tem de cuidar de um bebê, o que todos reconhecem como uma desculpa muito boa e firme. Fournier se junta ao resto deles, o que Sixsmith observa com aprovação carrancuda. Ela teria arrastado aquele canalha traiçoeiro da sala das máquinas pelo pescoço se ele tivesse tentado se esconder lá.

— Como não vimos esse problema chegando? — reclama McQueen.

Ele está com uma ressaca enorme depois de ficar acordado até tarde com uma garrafa de uísque que encontrou entre os pertences pessoais do Dr. Akimwe.

— Nós fizemos um desvio por Wakefield — grunhe Sixsmith, rolando um pneu cheio de concreto para fora da estrada. — Não passamos por esse trecho.

Seus braços e pernas estão doendo e ela precisa voltar para o banco do piloto depois que acabarem ali. Ela está de mau humor, e ele não está melhorando.

O coronel Carlisle sugere de forma concisa que eles guardem a conversa para mais tarde. É um dia frio e claro, e o som vai viajar. É melhor para todos eles que não viaje até muito longe.

Foss não parece ter recebido a circular. Ela está olhando para trás, para a estrada, primeiro protegendo os olhos com as mãos, depois olhando pela mira da arma.

— Nós temos visitas — grita ela. — Gente, vocês precisam ver isso.

Todo mundo se vira para olhar. O aglomerado de pontos em movimento a cerca de dois quilômetros na estrada podia ser qualquer coisa. Carneiros. Cães vadios. Ou famintos, sempre a probabilidade preferida. Mas eles estão se movendo em uma espécie de formação espaçada, espalhados pela estrada, e seu ritmo é constante, uma corrida incansável em vez da carreira em disparada de um faminto.

— Ah, não — diz Sixsmith, protestando contra a realidade.

— Ah, meu Deus! — sussurra o Dr. Fournier.

São as crianças selvagens ainda em seu encalço. Ainda acompanhando o ritmo deles depois de mais de duzentos e cinquenta quilômetros.

O coronel grunhe ordens, mas apenas o extremamente óbvio. Tirar os últimos obstáculos da estrada, voltar para Rosie — imediatamente! — e sair dali.

Todo mundo começa a fazer isso. Menos McQueen, que fica parado na estrada com seu M407 nas mãos e uma expressão contemplativa no rosto. Dois quilômetros é uma viagem longa, mesmo para uma arma como aquela, mas todos já estão sabendo que McQueen decidiu preparar pela primeira vez sua própria munição. Ele deve estar tentado a experimentar seus cartuchos feitos sob medida nesses alvos gentilmente disponíveis. Ele ergue lentamente o fuzil para a posição de tiro.

— Sr. McQueen — chama o coronel. — Precisamos de você aqui.

McQueen ajusta a mira telescópica e faz uma leitura da distância e da velocidade do vento. Seu dedo toca o gatilho e começa a apertá-lo com uma pressão delicada e firme. Então ele se vira com a arma ainda posicionada. Ele está apontando direto para o coronel, agora, com a mão firme como rocha e o gatilho ainda meio puxado para trás.

— Desculpe, senhor — diz ele. — O que foi mesmo?

O coronel olha para McQueen por trás do cano do fuzil absolutamente impassível.

— Precisamos de mais mãos — diz ele. — Agora. Você pode demonstrar seu virtuosismo outra hora, quando vai realmente ter serventia.

Sixsmith se prepara para a explosão. Para ela, aquilo tinha de acontecer. Como McQueen podia fazer uma ameaça dessas e depois recuar? Todos tinham visto, o que por si só devia forçar a questão.

McQueen não dispara. Ele apenas olha com firmeza para o coronel por cima da mira do fuzil, de onde finalmente tirou o olho.

— Você não é nem de longe tão inteligente quanto pensa que é — diz ele.

Há uma desolação em sua voz, como se ele estivesse anunciando a hora da morte do paciente.

Carlisle parece refletir sobre isso.

— E algum de nós é? — pergunta ele por fim. — Remova essas pedras e aquela folha.

Ele dá as costas como se não devesse se preocupar com a ameaça do fuzil de precisão, nem mesmo reconhecê-la.

Ainda podia acontecer, pensa Sixsmith. Ela dá um passo à frente sem saber o que pretende fazer, mas querendo estar perto o bastante para que fazê-lo possa ser uma opção.

Não há necessidade. McQueen solta uma respiração pesada e insatisfeita. Pendura o M407 e começa a trabalhar. Eles acabam em um minuto e entram de volta em Rosie em noventa segundos, preparados para eventuais problemas com a seção intermediária fechada.

— Vá — diz o coronel a Sixsmith.

Ela corre na direção da cabine, liga o veículo e parte. Aquelas coisas selvagens comem sua fumaça. Por aproximadamente oitenta quilômetros, ela fica maravilhada com duas coisas, alternando-as para que ambas tenham uma cota justa de sua atenção.

As crianças, de algum modo, estão acompanhando. É pessoal, deve ser. Elas não querem apenas uma refeição, querem aquele espécime de volta. Ou, mais provavelmente, querem sangue.

McQueen, naquele momento prolongado, não quis.

O que ele queria não estava nada claro.

51

A Dra. Khan está de volta ao próprio beliche. Stephen trocou os lençóis e o cobertor. Com as lacunas na tripulação, há muitos vazios e disponíveis. Ela acredita que está deitada agora no que era o colchão de John, e a ideia lhe agrada.

O bebê dorme, acorda, descansa em cima dela. Depois daquele primeiro grito de chegada ao mundo, não emitiu nenhum som. Ele também não se alimentou. De vez em quando, balbucia e mexe nos seios de Khan como se estivesse brigando com eles, mas não faz nenhuma tentativa de beber por mais que ela o estimule.

Ela produz leite com os dedos, umedece os lábios do bebê. Ele franze o rosto em algo semelhante a frustração. Sua boca se abre e se fecha, mas ele não lambe os lábios, não engole.

Khan sabe quando Rosie para e quando anda novamente. Perguntar o motivo não passa por sua cabeça. Sua mente está envolvida com outra pergunta, que se agiganta muito maior.

Um pouco depois que eles voltam a andar, uma sombra cai sobre as cortinas fechadas do beliche.

— Rina — sussurra Stephen.

Ela se senta.

— Agora?

— Acho que sim. É melhor não demorar demais.

Ele vai embora outra vez. Khan envolve o roupão atoalhado — o roupão luxuoso, grosso e felpudo de Akimwe, resgatado por Stephen do armário do doutor — em torno de si mesma e sai do beliche de um jeito estranho e cuidadoso. O bebê está dormindo outra vez e ela pensa em deixá-lo ali, bem enrolado, acomodado e protegido por travesseiros para não cair do beliche, mas é cedo demais para eles se afastarem um do outro. Ela o levanta, aninhando sua cabeça, e o enfia por dentro da gola do roupão, segurando-o ali dentro contra a fornalha bem abastecida de seu corpo, longe dos ares frios do mundo.

Não há ninguém à vista. Supostamente, Fournier está dormindo no beliche ou na sala das máquinas, e os soldados estão em seus postos. Stephen já está se dirigindo para a parte traseira e ela o segue, andando suavemente com os pés descalços. O chão vibra e balança embaixo dela com o movimento de Rosie para frente. Ela usa uma das mãos para se apoiar, a outra para abraçar o bebê contra o corpo. Se ela cair, vai fazer o possível para girar e bater de costas, protegendo-o com o corpo.

Tem alguém na torre, mas Khan só vê botas nos estribos da plataforma das armas. Quem quer que esteja ali em cima não os escuta, ou pelo menos não olha para baixo.

O laboratório é uma caverna escura. Ele fede a produtos químicos para preservação e (um quê oculto e suave) às coisas que não conseguiram preservar. Stephen, de início, não acende as luzes. Ele abre a porta muito devagar, evitando qualquer barulho que possa ser ouvido acima dos ruídos dos motores, da estrada e do vento.

Khan espera no escuro até que as lâmpadas fluorescentes tremeluzem e se acendem. Então ela espera sob a luz. Stephen prepara uma injeção tomando cuidado meticuloso. Medindo, filtrando, medindo novamente. Finalmente, ele se vira.

— Arregace a manga — murmura ele.

Ela não pode fazer isso. Exigiria usar as duas mãos; exigiria soltar o bebê.

— Quanto tempo eu tenho? — pergunta ela em vez disso.

Stephen permanece rigidamente imóvel. A seringa aponta para o teto e suas duas mãos estão segurando a base. Ele parece um cavaleiro em uma pintura pré-rafaelita entregando sua espada ao serviço de Deus ou de alguma outra causa aleatória.

— Quanto tempo? — repete ela.

— Tem mais duas doses depois dessa. Aproximadamente do mesmo tamanho ou um pouco menores. Elas podem durar seis ou sete horas cada. Talvez até oito, mas isso seria um exagero. Eu não acho que elas são... Eu não as vejo durar tanto tempo.

Um dia, então, no exterior. Ela olha para seu relógio, descobre que passa um pouco das três da manhã. Ela ainda vai estar humana quando o sol nascer. Ela talvez até o veja se pôr outra vez. Depois disso, toda a situação é imprevisível.

— Alguém precisa cuidar do bebê — diz ela.

Isso é a coisa mais urgente. A única coisa urgente. Sair de si mesma vai ser o problema mais fácil do mundo. É ficar ali que é difícil. Mas como ela pode morrer e deixar seu filho recém-nascido desprotegido? O mundo é uma máquina de debulhar, seria simplesmente deixá-lo cair entre as lâminas.

— Eu queria — murmura Stephen. — Fazer alguns testes. Em... John. Depois de dar a injeção em você.

Khan recua um passo com as duas mãos envolvendo a forma diminuta. Ele se mexe e faz um som, uma respiração suave e parcialmente vocalizada, mas não acorda.

— Não — diz ela. — O nome dele não é John. E não.

— Só para ver — insiste Stephen.

— Ver o quê?

Ele hesita, escolhe as palavras.

Escolhe muito mal.

— O que ele é. Para ter certeza.

— Ele é humano — retruca Khan. — Tão humano quanto eu.

Stephen não capta o alerta em seu tom de voz.

— Acho que ser humano significa outra coisa agora.

Que é basicamente o que ele já disse.

Eu não curei você. E não vou. Porque o ingrediente principal da cura seriam as crianças, e não posso fazer isso com elas.

Pode imaginar, Rina? Meio milhão de pessoas em Beacon. Meio milhão de doses de vacina, só para começar. Se eu levar isso para casa, se contar a eles... vamos vasculhar o país inteiro, de uma ponta a outra. Provavelmente vamos precisar enviar alguns grupos invasores para o outro lado do Canal da Mancha também. Então, quando não for suficiente — nem de perto —, vamos começar um programa de reprodução. Capturar famintas fêmeas vivas e engravidá-las. Pegar os bebês e...

Decompô-los. Liquidificar, sintetizar e produzir em massa.

Construir fazendas com gaiolas em bateria cheias de reprodutoras sem consciência. Enchê-las e esvaziá-las repetidas vezes.

Talvez se eles estivesse falando apenas sobre famintos isso fosse suportável, mas Khan se lembra do encontro na floresta. A garota com a cicatriz aceitando a caixa plástica falante, pegando um chaveiro do cinto e entregando-o para Stephen. Ela olha para a cintura dele, vê que ainda está ali: o homenzinho de plástico saudando-a com sua expressão extremamente divertida.

Marco? Mario? Alguma coisa assim. Um brinquedo de criança, produzido aos bilhões em uma era em que tudo — vida, alimento, conforto, segurança — vinha sem esforço.

As crianças são humanas de todos os jeitos que importam. Crescidas em um mundo selvagem, sem nenhum modelo de vida adulto exceto pelos famintos, descobrindo tudo por conta própria. É um milagre que elas tenham chegado tão longe tão rápido. Que tenham formado uma família em vez de quebrar o crânio umas das outras e comer as melhores partes. Apesar dos porretes, facas, estilingues e pedras, apesar de Lutes, John, Phillips e Penny, elas não são monstros de ninguém.

Monstruoso seria triturar seus cérebros e medulas espinhais para fazer remédio. Khan entende por que Stephen não consegue fazer isso, mesmo por ela.

— Nunca pensei que ia lamentar o fato de você ter muita empatia — diz ela.

Ela tenta sorrir, tirar as farpas das palavras. Se a aparência externa do sorriso é tão ruim quanto a sensação em seu rosto, deve ser uma falsificação terrível.

— Finja que eu não disse isso — diz ela. — Eu entendo. Você não gosta de genocídio. Eu só... eu queria...

Ela fica sem palavras e acaba a frase com um dar de ombros.

Quando suas mãos voltam para a bancada, Stephen enrola a manga dela e lhe aplica a injeção. Por um momento, ela pensa em detê-lo. Se sua vida acabou, por que não devia acabar agora? Mas esse milagre obscuro dá a ela mais algumas horas com seu filho recém-nascido. Algumas horas para conhecê-lo e — se houver um jeito, qualquer jeito — para salvá-lo.

— Eu quero fazer alguns testes — diz Stephen novamente.

Khan inclina a cabeça para tocar a testa do bebê com seus lábios e seu nariz. Ele respira gorgolejando, estende as mãozinhas para tocar seu rosto.

— Esqueça — murmura Khan.

— Rina, nós precisamos saber.

— Por quê?

— Porque vai fazer diferença.

Ela quase o odeia por esse circunlóquio.

— Não para mim — diz ela entredentes.

O bebê esperneia e se contorce, de repente irrequieto. Sua boca está bem aberta e Khan se vê olhando fixamente para gengivas avermelhadas com quatro dentinhos já saindo no maxilar inferior — dos dois lados, um canino e seu vizinho incisivo. Ela inclina a cabeça do bebê e vê o mesmo padrão no maxilar superior.

Seu filho não é um faminto, não importa que corrupção esteja revolvendo seu sangue. Ele já está alerta, já se interessa pelo seu entorno. Ele não é uma marionete com fios cortados nem um tubarão farejando restos de peixe, e os famintos são sempre apenas uma dessas duas coisas.

— Vou precisar fazer uma punção lombar — está dizendo Stephen.

Ele anda pelo laboratório, reunindo os instrumentos de que precisa.

Nenhuma diferença. Nenhuma diferença mesmo. Ela não pode ser levada a amar mais, nem menos, aquele pedacinho desolado de humanidade.

Stephen realiza seus testes. Quando o bebê chora, Khan o abraça apertado e canta baixinho. A mesma cantiga de ninar que sua mãe cantava para ela.

— Positivo — sussurra Stephen. — Sinto muito, Rina. Sinto muito mesmo.

Ela continua cantando.

Nana, neném.

Do meu coração.

52

Eles continuam seguindo para o sul enquanto o horizonte empalidece de um preto profundo para um azul leitoso.

As crianças foram avistadas três vezes durante a noite. Sempre muito perto, sempre correndo no mesmo ritmo constante – da mesma cor no visor que os famintos normais, mas fáceis de distinguir porque permanecem naquela formação em forma de ponta de flecha, espalhadas pela estrada. Isso é apenas a vanguarda. Há outros grupinhos correndo pelo solo coberto de mato dos dois lados da pista. Elas parecem estar acompanhando o ritmo, o que supostamente significa que os que estão na estrada estão mais devagar para deixar que os outros acompanhem.

Eles não fazem nenhum movimento. Rosie segue sem ser incomodada durante o dia, que ganha força ao seu redor e depois decai, como se estivessem em um filme acelerado. Eles estão devorando os quilômetros que, na viagem de ida, levaram tantos meses árduos. Eles foram pegos pela força de alguma gravidade.

Stephen Greaves e a Dra. Khan visitam o laboratório no meio da manhã e novamente no fim da tarde. Cada vez eles passam cerca de dez minutos encerrados juntos sem supervisão. O resto da tripulação faz a suposição óbvia que Greaves agora é o médico de Khan. Levando-se em conta que o único outro candidato é o Dr. Fournier, isso ocorre sem provocar nenhum comentário.

Eles chegam finalmente ao entroncamento e entram no que costumava ser uma estrada A. Uma placa bonitinha com o desenho de um cavalo de carga com um pato sorridente em suas costas lhes dá as boas-vindas a Alconbury Weston. Vinte ou trinta cascas queimadas de prédios mostram onde antes ficava a cidade. Sixsmith não se sente muito bem-vinda e não reduz a velocidade. Ela está consciente das crianças correndo logo atrás.

Eles estão a aproximadamente cinquenta quilômetros da base Hotel Echo. Normalmente, a coisa a fazer nesse momento seria transmitir alguma coisa para ver quem estava por perto, mas disseram a eles que não se aproximassem do rádio – que, em todo caso, fala em uma única frequência. Tudo o que podem fazer é disparar alguns sinalizadores: verde para amistoso, branco para chegando. Cinco minutos depois, eles fazem a mesma coisa outra vez, de modo que qualquer pessoa que estivesse realmente olhando desde a base pudesse localizá-los e fazer uma estimativa.

Em outras palavras, *ponham as panelas no fogo*.

É o coronel que dispara os dois conjuntos de sinalizadores, e depois da segunda vez, ordena uma parada. Ele desce da cabine e para por um tempo na estrada, olhando ao redor com um binóculo. Não o infravermelho, apenas um normal. Sem esperar por um convite, Sixsmith desce atrás dele e leva seu fuzil. A porta da seção intermediária se abre e Foss desce também. Parece que as duas tiveram a mesma ideia: como sem dúvida há problema chegando, elas podem muito bem encontrá-lo a meio caminho.

Carlisle olha à frente, para onde deveria estar a base. Talvez ele esteja esperando um sinalizador de resposta, mas, se é isso, fica decepcionado. Ele se vira e olha para trás, para o caminho por onde chegaram até ali.

Sixsmith se junta a Foss na porta da seção intermediária.

– Se Beacon se atrasar para o encontro, essas crianças vão cair em cima da gente – murmura ela.

– É, mas o segundo round vai ser diferente – diz Foss.

– Vai? Por quê?

– Não vamos ser só nós. Vamos ter mais gente e mais armas. Dessa vez, estaremos preparados.

Sixsmith se sente na obrigação de dizer o óbvio.

– O mesmo vale para elas, não é? Elas agora sabem o que nossas armas podem fazer e a que distância podem disparar. Duvido que saiam novamente em campo aberto.

– Elas são apenas crianças – diz Foss.

– É – diz Sixsmith. – São. Mas quase nos massacraram lá atrás quando você tinha vantagem em relação a elas e estava em posição elevada.

Foss não parece gostar muito dessa versão dos acontecimentos.

– Que tal se você dirigir – sugere ela. – E eu atirar? Tudo bem?

Na verdade, ela preferia que não, pensa Sixsmith sem dizer nada.

O coronel acaba sua observação. Todos voltam para dentro, e a viagem do balão mágico continua.

A estrada fica mais acidentada. Eles estão seguindo em meio a mato alto o bastante em alguns pontos para obstruir a visão à frente e para borrar a distinção entre a pista e o que tem ao redor. Sixsmith também tem de ir devagar para evitar surpresas ruins, quedas repentinas ou obstruções escondidas que possam estragar as lagartas. O Robô fez um ótimo trabalho de reparo da última vez, contra todas as probabilidades sensatas, mas não faz sentido tentar a sorte.

O coronel faz a navegação e diz a ela quando virar, mas ele está seguindo a bússola mais que o mapa na maior parte do tempo. Esse é um lugar que parece não ter sido pisado desde o Colapso. A Mãe Natureza teve bastante tempo para se estabelecer e ficar confortável, apagando a sinalização da estrada, as linhas brancas no asfalto e a maioria das estruturas que antes serviam como pontos de referência. Igreja com uma torre? Em algum lugar naquela direção, atrás de um espinheiro de três metros. Ou mais provavelmente no meio dele. O dia passa nessas tolices.

Então um longo trecho reto revela as crianças concentradas neles pelo retrovisor, surpreendentemente perto, correndo incansavelmente em seu encalço.

— Senhor... — diz Sixsmith.

— Eu estou vendo — confirma o coronel. — Podemos ir mais rápido?

— Não com segurança, senhor, não. A superfície está horrível, e o mato está escondendo a maior parte dela. As valas são facilmente profundas o bastante para ferrar com nosso eixo. — Ela hesita. — Eu posso sair da estrada.

— Desconfio que isso faria com que fôssemos mais devagar que elas — diz secamente o coronel.

Eles estão entre a cruz e a caldeirinha. Quando Sixsmith não está olhando para a estrada, ela observa o rosto do coronel, no qual se desenrola uma pantomima de conflito interno. Ela sabe o que ele está pensando. Eles não podem chegar ao ponto de encontro levando verdadeiros inimigos. No entanto, receberam ordens de manter silêncio no rádio, então não podem alterar o horário nem o local.

Finalmente ele fica de pé.

— Mantenha essa velocidade, soldado — ordena ele. — Ou o mais perto disso possível.

Sem dizer mais nada, ele segue para a parte de trás. Sixsmith se concentra na direção até que um movimento na seção intermediária chama sua atenção. Ela olha no espelho e fica atônita e boquiaberta. Desde aquele sermão na Escócia, depois que McQueen perdeu sua patente, ela não esperava ver o que está vendo nesse momento.

O lança-chamas se estende e se eleva. O injetor de combustível bafora algumas bolas grandes de fogo. A floresta se acende. Atrás deles e depois dos dois lados à medida que o jato de fogo e fumaça preta vomita em golfadas densas e oleosas. A torre vira, e o lança-chamas cria um rio curvo de fogo. Ele se espalha a partir deles, rapidamente se tornando um mar.

O primeiro pensamento de Sixsmith é: ele enlouqueceu. Nós com certeza vamos queimar.

O segundo: mas é muito inteligente! A loucura do coronel pertence à raposa ou alguma espécie relacionada. As crianças não podem correr através do fogo, e vai ser uma longa viagem para dar a volta nele. Quando encontrarem a estrada novamente, Rosie vai estar longe. Não só isso, mas os sinais com os quais os famintos contam — cheiro e calor corporal — estarão monumentalmente misturados com o fedor e o calor residual do fogo.

Eles não pegam fogo. A mão do coronel no lança-chamas é hábil e precisa. Ele o mantém apontado para trás, girando a torre em um arco de sessenta graus. Eles se afastam da destruição, deixando que as crianças selvagens lidem com ela.

Quando Carlisle volta para a cabine, Sixsmith dá um sorriso para ele.

— Boa ideia, senhor.

O coronel está sombrio. Claro que está. Não se esquece uma missão incendiária. Não para quem voou em uma delas, menos ainda para quem as ordenou.

Não avistam mais nada. Eles parecem finalmente ter se livrado das crianças.

Eles chegam ao Hotel Echo com bastante tempo. Daí as coisas vão ladeira abaixo, porque o Hotel Echo é apenas uma cerca em torno de mais do mesmo terreno que eles estavam atravessando.

Não há nenhum sinal de atividade ali. Nem mesmo de limpeza: o mato sobe alto até a cerca. Eles dão a volta no perímetro até encontraram o que costumava ser o portão principal, e durante esse tempo não veem nenhum sinal de vida ali dentro.

O portão está praticamente perdido no meio do mato. Ele tem um cadeado grande e grosso que se transformou em uma roseta vermelha de ferrugem áspera.

— Senhor — diz Sixsmith. — Há alguma chance de a brigadeiro ter pensado em algum outro lugar? Essa não me parece uma base avançada.

Carlisle apenas aponta. À esquerda do portão, quase perdida no mato, há uma placa que diz HENLOW — RAF. Placas menores no mesmo lugar anunciam que aquela é a sede do Centro de Medicina Aeronáutica da RAF e do Esquadrão Tático Militar. Sim, verdade, antes era assim. Agora são cerca de oitenta hectares de porra nenhuma.

— As coordenadas estão certas — diz Carlisle. — Este é sem dúvida o ponto de encontro no qual a brigadeiro estava pensando. Ela só disse que ele tinha sido escolhido como uma possível base avançada. Ela não indicou que tivesse sido limpo ou fortificado.

— Mas então para onde nós vamos? — pergunta Sixsmith, sendo tomada pelo desespero. — Se estiver assim por todo o caminho, vamos brincar de esconde-esconde na droga de uma selva.

— O ponto de encontro é a área principal de desfiles. Isso, pelo menos, deve estar parcialmente limpo, mesmo que nenhum trabalho tenha sido feito. Prossiga como ordenado, soldado.

Sixsmith faz o que lhe foi ordenado. Ela sai com o alicate de pressão e arranca o cadeado, com a pele da nuca formigando o tempo inteiro, como uma queimadura forte de sol. Não há como abrir à mão os portões. A massa de mato crescido é alta e profunda demais. De volta à cabine, segue adiante com Rosie com o aríete dianteiro abrindo caminho para eles.

Então ela dá uma ré sobre os portões para fechá-los novamente. Uma excursão fora do casco de Rosie já basta nesse momento.

Eles encontram uma estrada, ou algo que costumava ser uma estrada, e a seguem acompanhando o perímetro por dentro. Algum tipo de artilharia importante devia ficar armazenada ali no passado porque as casamatas de concreto pelas quais estão passando parecem ter sido construídas para resistir a golpes de proporções bíblicas. Espinheiros saem pelas janelas cobertas como lágrimas de arame-farpado.

Eles encontram os restos de uma pista para veículos e viram nela. Ela os leva para oeste, na direção do sol poente, e finalmente eles chegam à área de desfiles. Não há ninguém à espera deles. Não há nada em movimento na superfície de toda a terra arruinada com a exceção de Rosie. Quando o motor para, o silêncio os engole por inteiro.

– Ordens, senhor? – indaga Sixsmith de forma lúgubre.

O coronel dobra o mapa e o põe em cima do painel.

– Nós esperamos – diz ele. – Até que eles cheguem.

Sixsmith não pergunta de que *eles* ele está falando.

53

O Dr. Fournier é sensível a estados de ânimo e o interior de Rosie azedou ao ponto de ele não aguentar mais. Ele está escondido da tripulação, do coronel e de seus deveres.

Claro, isso não é uma novidade. Esconder-se foi parte importante de seu repertório desde que eles saíram de Beacon. Foi por isso que, inicialmente, ele colonizou a sala das máquinas, que lhe serviu bem. Nesse momento, porém, ele acrescentou algumas camadas à ocultação. Está escondido de coisas novas e desconhecidas. De McQueen, por exemplo, que pegou seu rádio e parece, por haver feito isso, ter tomado seu lugar como agente da brigadeiro Fry a bordo de Rosalind Franklin.

Mais importante ainda, ele está escondido da revelação odiosa que o botou do lado errado de uma discussão crucial. O golpe da brigadeiro em Beacon foi irrefletido e mal pensado. Ele levou a uma guerra civil, algo que o resto da humanidade não pode se dar ao luxo de fazer. Ganhe ou perca, Fry terá provocado danos terríveis e arrastado toda a população do enclave em combate até seu limite caótico e em desmoronamento.

Se ela perder, essa é a história que vai ser contada. O nome de Fournier estará nela em meio aos enganados e aos desprezíveis. Não estará em destaque. Não estará no alto das manchetes. Será uma nota de rodapé turva e ridicularizada. Outras pessoas estão voltando dessa expedição com algo de honra e algo de sucesso. Ele está voltando como um adendo.

Ele tentou amortecer a consciência disso do jeito tradicional: com bebida forte. Mas descobriu novamente aquilo que devia ter lembrado: uísque, mesmo em doses moderadas, não vai bem com seu estado físico. Beber direto da garrafa o perturba e desmantela.

Agora ele está sentado na sala das máquinas com os ombros apoiados na cobertura do motor, a cabeça jogada para trás de modo que sua parte de cima fica encostada diretamente sobre o metal frio. Rosie parou de andar há algumas horas, mas um vazio em sua mente e estômago o deixa aterrorizado de se levantar. Ele está no estágio de querer muito, muito mesmo, não vomitar, mas percebeu que todo movimento deixa isso mais próximo.

A porta da sala das máquinas está entreaberta. Do outro lado, no laboratório, Stephen Greaves está se movimentando. Com as luzes apagadas, invisível no escuro, Fournier o observa através do vão entre a porta e o batente. Greaves está trabalhando com afinco com o conteúdo de vários frascos retirados de seu kit de amostras. Quando estava ali mais cedo, estava com Samrina Khan. Fournier quase falou com eles, mas falar é uma das coisas que ele acha que podem fazer com que vomite. Então ele só ficou sentado e observou quando Greaves misturou algum tipo de remédio caseiro e o injetou em Khan.

Eles conversaram sobre as crianças selvagens e sobre o bebê da Dra. Khan. Eles falaram sobre uma cura. A maior parte de tudo passou pelo Dr. Fournier sem chamar atenção, mas agora ele percebe que parte do que eles disseram se fixou em sua cabeça, afinal de contas.

Eles estavam falando sobre uma cura como se fosse algo que realmente pudesse acontecer. Ou... *tinha* acontecido? Fournier se pergunta com atraso o que era aquele remédio e no que Greaves está trabalhando com tanta assiduidade nesse momento. O suposto gênio (Fournier não viu nenhuma prova convincente!) murmura consigo mesmo enquanto trabalha — duas vozes diferentes, dois lados de uma conversa. Fournier não consegue ouvir tudo, mas capta a essência. Greaves está se dirigindo a alguém como "capitão" e depois respondendo às suas próprias perguntas com um tom de voz mais profundo e exageradamente masculino.

— Mas não vai ser suficiente — diz como ele mesmo. — Ele vai acabar!

— Você trabalha com o que tem, garoto — responde na outra voz. — É impossível tirar leite de pedra.

— Eu preciso salvá-la! — A voz normal de Greaves novamente, trêmula e petulante. — Eu preciso!

— Certo. Mas é melhor calcular o custo antes de começar a pagá-lo. Há vidas em risco aqui. Não apenas a dela, mas a das crianças também. Até onde você está preparado para ir?

— Mas eu ainda tenho um pouco de líquido cefalorraquidiano. Isso pode ser suficiente para... para fazer alguma coisa que funcione. Não um bloqueador. Algo que funcione direito!

Fournier tinha levado a garrafa de uísque aos lábios para dar outro gole, um bom tempo antes, e permanecia ali desde então. Ele a baixa novamente com cuidado e em silêncio.

— Não é — diz a voz mais grossa. — Não é suficiente.

— Pode ser.

— Não.

— Você não sabe! — protesta Greaves, esganiçado. — Você não sabe, capitão.

— Garoto, eu sei que as células com as quais você está trabalhando estão mortas. Sei que a contaminação por príons chegou a 14%. Quantos lotes você está pronto para fazer? Aquela pipeta provavelmente é suficiente para dez, na melhor das hipóteses, então você tem um máximo de dez configurações que pode testar. Como isso usaria todo o líquido cefalorraquidiano que ainda lhe resta, você não poderia aplicar outra dose nela novamente, o que significa que precisa ter resultados positivos nas próximas três horas, antes que a dose atual dela perca o efeito. Como qualquer coisa pode crescer em três horas?

Greaves parou subitamente durante esse discurso. Suas mãos estão congeladas no ar, com a pipeta em uma delas, de modo que ele parece um maestro prestes a dar à orquestra o sinal para começar a sinfonia.

— Você não sabe — diz ele novamente, com a voz pouco mais que um sussurro.

Ele parece desmoronar em câmera lenta, ficando primeiro sobre um joelho, em seguida, os dois. Sua cabeça se curva sobre seu colo.

— Eu vou ter que contar — geme ele. — Vou ter que contar se eles perguntarem.

É bom ouvir isso, pensa o Dr. Fournier. Porque ele pretende perguntar.

54

A FESTA DE BATISMO É IDEIA de Foss e surpreende a si mesma.

Ela encontra ovos em pó, açúcar, farinha e um pedacinho de toucinho e assa uma espécie de esponja, com café e gelatina e muito mais açúcar como cobertura. Ela arrasta todo mundo para o alojamento da tripulação, gostem disso ou não, para brindar ao bebê com a bebida de sua escolha. Desde que seja água ou uísque, ou uísque cortado com um pouco de água.

— De que diabos se trata isso? — pergunta McQueen com truculência quando ela o puxa da torre.

Desde que ele desdenhou dela no dia anterior, ela passou a sentir que não deve muita coisa a McQueen, e sem dúvida não deve explicação. Talvez, na verdade, ela esteja explicando para si mesma.

— A essa hora, amanhã, vamos estar de volta em Beacon — diz ela. — E vamos seguir caminhos separados. Alguns de nós vão esbarrar uns nos outros novamente, mas nunca mais vamos ser *isto* outra vez. Esta tripulação.

— Graças a Deus por isso — murmura McQueen.

— É, mas isso importa. Nós fomos parte de uma coisa, e odeio ver isso desaparecer sem... você sabe.

— Não. Não sei.

— Sem fazer alguma coisa. Todos juntos uma última vez. Depois disso, que se foda. Vamos deixar tudo para trás. Mas é errado deixar para trás sem uma despedida adequada. Pode chamar de superstição, se quiser. Mas qual o problema? Venha tomar uma última bebida. Conheça o bebê. Faça as pazes com o coronel.

Esse final foi um erro. McQueen estava parecendo quase convencido, mas nesse momento ele se contém e a encara fixamente.

— Você não sabe porra nenhuma sobre mim e o coronel — diz ele.

— Não — admite Foss. — Nem preciso. Acabou, parceiro. Isso é tudo o que estou dizendo. Acabou, e esse é um bom jeito de se despedir.

Ele finalmente vai junto. Todo mundo vai, menos o Dr. Fournier, que, com uma voz um pouco arrastada, diz ter trabalho a fazer. Bom, ele que fique à vontade; de todos eles, é o único cuja ausência, na opinião de Foss, não vai fazer falta.

Então há seis deles, que é um grupo maior do que o alojamento da tripulação abrigava desde Invercrae. Khan, a princípio, não parece muito interessada, mas dá uma risada fraca quando Foss traz a esponja. Então chora, o que deprime um pouco o ambiente.

Foss serve pequenas doses de uísque. McQueen faz uma careta e empurra a sua para o lado, mas pensa melhor e a pega de volta. Todo mundo pega um copo, menos o Robô. O coronel Carlisle propõe solenemente um brinde para o mais novo membro da raça humana e sua mãe importante. Depois de pensar por um momento, ele acrescenta o nome de John Sealey ao brinde.

Eles bebem. Foss torna a encher os copos. Khan ainda está em um estado estranho que Foss não consegue interpretar, mas ela imagina que dar à luz a deixe um pouco atordoada de várias maneiras.

— Então você escolheu John — diz Foss. — John Khan.

Khan sacode a cabeça.

— Não — murmura. — Não sei. Não decidi.

— Bom, se quiser dar um nome composto para o pequeno, acho que Foss soa bem. Fica a sugestão. Jonathan Foss Khan. Uma pessoa com um nome desses com certeza vai ser respeitada.

É necessário um pouco de persuasão, mas Khan deixa que todos segurem o bebê. Ou todo mundo que quer fazer isso, o que (com a recusa veemente de Sixsmith e McQueen) são Foss e o coronel. Depois Foss novamente. Ela está simplesmente cheia de surpresas. Ela nunca tinha pensado antes em ter filhos, mas essa trouxinha de alegria absurdamente quieta a leva a um devaneio estranho que não é desagradável. É uma espécie de tranquilização, pensa ela, uma espécie de promessa. As coisas não têm fim, afinal de contas. Elas apenas mudam e você continua mudando com elas.

Ela estende impulsivamente o bebê para McQueen.

— Vá em frente — diz ela. — Conheça o único membro da tripulação que tem um vocabulário menor que o seu.

McQueen sacode a cabeça.

— Estou bem — diz ele.

— Covarde. É só um bebê.

— Todo mundo em algum momento é só um bebê, Foss. É assim que começa.

Foss desiste.

— Vamos, então, fazer outro brinde — diz ela. — A Rosalind Franklin e a todos os que viajaram nela. Fodam-se os militares e a Mesa Principal. Somos nós que fazemos as coisas acontecerem.

Há um "Sim!" enfático de Sixsmith e uma risada triste de McQueen. Ele gira seu uísque no copo de plástico por um bom tempo antes de beber.

— Bom, nós conseguimos, gente — diz Foss.

Ela ainda não sabe ao certo por que está tão empenhada, mas por alguma razão quer mesmo que eles sintam isso. Sintam ao menos alguma coisa, mesmo que ela tenha de montar uma atmosfera a partir de escombros.

— Nós viemos, vimos e, porra, vencemos. Lutes, Phillips e os outros não morreram por nada. Eles morreram para que chegássemos até aqui. Mais um pelos cinco, está bem? À memória de...

McQueen pousa o copo vazio e o empurra para longe sobre a mesa.

— Pare com isso, pelo amor de Deus — diz ele. — Não temos nenhuma serventia para ninguém se estivermos grogues.

Ele volta para a seção intermediária.

— A Lutes, Penny, Sealey, Phillips e Akimwe — diz o coronel em voz baixa.

Ele pega a garrafa, serve um copo para si mesmo e o esvazia. Foss faz o mesmo, mas o ânimo foi para o cacete. Khan está chorando de novo.

Não, não chorando. É um som diferente, uma espécie de exalação seca, como se ela estivesse tentando cuspir alguma coisa. O bebê está de volta em seu colo, mas ela não o está segurando. Suas mãos estão fortemente cerradas, com os nós dos dedos brancos.

— Samrina — diz o coronel. — Você está bem?

Greaves está de pé.

— São complicações — diz ele rápido demais, com urgência demais. — Do... complicações do...

Suas mãos fazem formas no ar.

— Ela precisa de remédio — conclui. — Venha, Rina.

Ele segura seu ombro. É uma visão estranha, percebe Foss: o Robô tocando alguém em vez de se afastar em todas as direções ao mesmo tempo em seu próprio espacinho rígido. São complicações muito complicadas. A boca da Dra. Khan está escancarada e ela está piscando rapidamente como um sinalizador. Ela parece prestes a ter um ataque.

— Você tem remédio para isso? — pergunta Foss a Greaves. — Está bem, vamos levá-la para o laboratório.

Ela se mexe para ajudar Khan a se levantar. O Robô está em seu caminho.

— Eu faço isso — exclama ele. — Eu consigo. Deixem-na em paz.

— Merda, Greaves, eu só estou tentando...

Ela não consegue dizer o que está tentando fazer. Os sensores de movimento disparam como um coral de grilos cricrilando que abafa completamente suas palavras.

Eles têm companhia.

55

O coronel Carlisle faz uma suposição considerando a pior situação possível – que as crianças os alcançaram novamente – e manda todos eles para as posições de combate. Foss assume as armas da torre (e o visor infravermelho); McQueen, a plataforma da seção intermediária; o coronel e Sixsmith, a cabine. Cada um pega um walkie-talkie quando sai. Sem comunicação interna, eles vão ter de gritar uns para os outros e torcer pelo melhor.

Da cabine, nada é visível. A noite caiu sobre eles como uma cortina. Se as crianças estão ali fora, elas têm a vantagem porque estão caçando pelo cheiro. Não há nada a fazer além de permanecer ali dentro e deixar que venham, torcendo para que não tenham nada em seu arsenal que possa ser uma inconveniência para um tanque.

Carlisle ainda está debatendo se deve ou não acender as luzes quando outra pessoa toma a decisão. Fachos duplos iluminam a noite. Depois mais dois e, finalmente, um conjunto de holofotes ferozes de halogênio, todos eles apontados para Rosie de pontos a cerca de cem metros de distância. Figuras humanas andam de um lado para outro em frente aos holofotes com uma falta de disciplina que o coronel acha bizarra e um pouco chocante.

– Não atirem – diz ele em seu walkie-talkie. – Mas estejam prontos. Acredito que é nossa escolta, mas não vamos pressupor nada.

O rádio quebrado exclui uma saudação normal. Ele manda Sixsmith usar os faróis para enviar uma mensagem de duas palavras em código Morse. *Rosalind Franklin.*

Um dos dois pares de faróis em frente a eles pisca em resposta, enviando quatro palavras para eles. *Beacon. Manolis. Se apresentem.*

Carlisle se levanta e prende o walkie-talkie no cinto. Sixsmith também fica de pé, mas ele sacode a cabeça.

– Eu vou sair para encontrá-los – diz ele. – Essas foram as ordens da brigadeiro.

— Senhor... — começa a dizer Sixsmith.

Ela não parece satisfeita.

— Descansar, soldado. É Beacon. É apropriado que eu encontre o oficial mais graduado e entregue formalmente o comando a ele. Eu também posso ver que planos eles têm para nós e ficar satisfeito por todos vocês estarem sob cuidados. Não tem nenhum problema aqui.

Sixsmith permanece de pé.

— Bom, pode ter, senhor, se essas crianças nos farejaram novamente. Só estou dizendo. Nós não devíamos informar a escolta sobre a situação antes que qualquer pessoa saia? Isso é apenas bom senso, certo?

É, Carlisle não pode negar.

— Muito bem, soldado — diz ele. — Envie outra mensagem.

— Sim, senhor. Obrigada, senhor.

Sixsmith fica visivelmente aliviada. Ela se senta novamente e aciona os faróis. Transmitiu apenas alguns pontos e traços quando as luzes à frente começam a piscar também, interrompendo-a.

Se apresentem, soletram eles.

Sixsmith fica revoltada.

— Babacas — murmura.

Ela começa novamente a sequência da mensagem.

A mesma coisa acontece. Os faróis do outro veículo piscam à frente dela de forma abrupta e violenta. A mesma sequência de antes: *se apresentem*.

Sixsmith sacode a cabeça sem acreditar.

— Talvez eu devesse tentar sinalizar com a porra da arma da torre — murmura. — Senhor, permissão para fazer isso outra...

— Sim — diz Carlisle. — Vá em frente, soldado. Tente outra vez.

Sixsmith faz isso. Dessa vez, pelo menos, o oponente permite que ela termine sua mensagem. *Cerca comprometida. Possíveis elementos hostis.*

Depois de meio minuto, chega a resposta com uma inevitabilidade sinistra.

Se apresentem.

— Estamos lidando com um imbecil — surpreende-se Sixsmith.

O coronel pega o walkie-talkie e grita por Foss.

— Senhor?

— O que você está vendo no visor, tenente?

— Aproximadamente uns vinte e cinco soldados de infantaria, senhor, com tanta técnica para se manterem ocultos quanto a porra de um piquenique escolar. Três veículos. Tem alguma coisa um pouco estranha em relação aos veículos. Um deles é um tanque, provavelmente um Challenger, a julgar pela configuração da torre. Os outros dois... bom, eles podem ser carros para oficiais, mas um deles parece mais um ônibus. O outro está rebocando algum tipo de peça de artilharia. Com laterais largas como um trailer. Não estou vendo um helicóptero.

Carlisle é tomado por um pressentimento. Ele o evita à força.

— Algum sinal das crianças selvagens? — pergunta ele.

— Não, senhor. Nada. Mas tem muito mato aí fora. As linhas de visão não se estendem tão longe quanto eu gostaria.

— Obrigado, tenente. Estou chegando para me juntar a você.

Ele diz a Sixsmith para manter o motor ligado e segue na direção da parte traseira. O alojamento da tripulação está deserto. Supostamente, Greaves levou a Dra. Khan para o laboratório para examiná-la ou tratar dela.

Uma dúvida o está incomodando nesse momento, e ele não consegue aplacá-la. *Se apresentem*? No escuro, em um local inseguro sem nenhuma tentativa de delimitar um perímetro? Talvez Sixsmith tenha razão e o capitão Manolis seja um imbecil. A alternativa é mais preocupante.

McQueen está esperando na plataforma da seção intermediária. Ele parece com raiva. Sua mão esquerda agarra a escada da torre, com os nós dos dedos brancos. A tenente Foss desce da torre para se juntar a eles. Há um barulho abafado vindo do laboratório, onde algum tipo de comoção parece estar acontecendo, mas o coronel não tem tempo para se preocupar com isso.

— Abram a porta — ordena ele. — Mas fechem quando eu sair. Eu vou até eles sozinho.

— Senhor — diz Foss. — Com todo o respeito, tem alguma coisa que não está certa em relação a esses veículos aí fora. Ter alguém de seu lado podia ser bom. Eu adoraria ir junto.

— Ou eu vou — contribui McQueen.

— Não — diz o coronel. — Eu não estou antecipando problemas, mas, se surgir algum, é bom que Rosie esteja segura.

— Ainda vai estar segura se o senhor tiver alguém na retaguarda — diz McQueen.

A tensão deixa sua voz dura e sem inflexão.

— Obrigado pela preocupação, McQueen — diz Carlisle, olhando nos olhos do homem. — Como eu disse, se alguma coisa complicar a transmissão de comando, eu prefiro saber que vocês estão aqui. Eu confio em vocês, nos dois, para proteger a equipe científica e Rosie.

Ele estende a mão para digitar no teclado numérico e abre a porta da câmara selada. A mão de McQueen é mais rápida e segura o pulso de Carlisle. Seu rosto está ficando vermelho. Nesse momento, há algo em funcionamento ali, uma raiva que não parece ter objeto.

— Sr. McQueen...

— Você é mesmo muito estúpido, não é? — praticamente cospe McQueen. — Não consegue identificar uma emboscada quando vê uma?

O coronel puxa e solta a mão, mas não toca o teclado.

— Fale — diz em voz baixa.

McQueen faz uma careta e sacode a cabeça, mas fala com uma espécie de nojo terrível, como um homem cuspindo sangue e desinfetante em um balde depois de fazer um tratamento dentário.

— Eles o trouxeram aqui para poder matá-lo e tomar Rosie. Essa foi a única razão pela qual mandaram Fournier entregar o rádio a você. Para que pudessem trazê-lo até aqui no meio do nada e tirá-lo da equação.

— Mas de que droga você está falando? — pergunta Foss.

Ela ri e olha para o coronel como se esperasse que ele também risse.

— O Dr. Fournier não me deu o rádio — lembra Carlisle a McQueen. — Você deu.

McQueen ergue as mãos em um gesto sardônico de rendição.

— Merda! Não estou dizendo que não estou envolvido. Podemos não desviar do assunto? Fry quer o seu fim, e toda a ideia de se encontrar aqui em vez de em Beacon é para fazer com que isso aconteça. Sem confusão. Sem relatório. Você simplesmente não volta para casa.

Carlisle sente uma certeza sombria se abater sobre ele, mas luta contra ela.

— Por que deveria importar se eu volto ou não para casa? Eu não tenho autoridade em Beacon. Não sou ameaça para a brigadeiro.

— É, mas agora pode ser. Enquanto estávamos longe, ela decidiu tomar a Mesa Principal, mas eles estão reagindo. Ela teve grandes baixas, então precisou estender a mão e fazer um acordo. Com os lixeiros. Esses aí fora são caminhões de batalha dos lixeiros. Agora ela está preocupada que você possa contribuir com o lado adversário. Além disso, ela precisa de Rosie por causa das armas e da blindagem, e ela não acha que você esteja disposto a simplesmente entregar as chaves.

Foss não disse mais nem uma palavra durante todo esse tempo. Ela está apenas olhando para McQueen. Então ela pendura o fuzil para liberar as mãos, movendo-se com agilidade mas com cuidado, e lhe dá um soco na boca. É um soco firme. Faz com que McQueen balance um pouco. Ele o recebe em silêncio: apenas limpa o sangue do lábio e avalia o estrago com a ponta do polegar.

— Seu filho da puta idiota! — grita Foss.

— Certo — murmura McQueen. — Tudo bem.

— Lixeiros? Um acordo com os lixeiros? O quê, com seu... com esses estupradores recreativos, essas merdas de canibais e... Merda! Merda!

— Bote tudo para fora — diz McQueen com frieza, revirando os olhos.

— O que você achou que ia acontecer com o resto de nós depois que eles matassem o coronel? Bebida boa e travesseiro macio? Ele não entrou em uma armadilha, *você* entrou. Nós estamos perdidos quando sairmos! Seu grande idiota!

Ela ergue os punhos cerrados. Outro soco parece iminente. McQueen afasta o olhar da raiva transbordante dela na direção da noite opaca.

— Tenente — diz Carlisle.

Seu tom suave funciona. Foss se controla, embora ainda esteja tremendo com fúria contida. Carlisle a viu copiar os maneirismos de McQueen no campo; a ginga de seu andar, a forma como ele usa a base da mão para liberar a trava de segurança do SCAR-H quando é obrigado a usar um. Sua desilusão é um mergulho em queda livre.

— Deixem suas diferenças de lado — diz ele para os dois. — Agora, por favor. Estou inclinado a concordar com a avaliação de Foss. Se me matar é o objetivo principal, é difícil imaginar que as mortes parem por aí, especialmente se formos testemunhas de uma aliança ilegal com os inimigos de Beacon. Nós precisamos impedir que Rosie caia em mãos não autorizadas e precisamos proteger a equipe científica. Além do mais, e isso é mais importante que qualquer coisa, precisamos nos assegurar de que a notícia do que descobrimos chegue a Beacon. Não podemos fazer nenhuma dessas coisas a menos que estejamos lutando do mesmo lado.

Não é eloquente, mas é o melhor que ele pode fazer. As palavras calculadas parecem pusilânimes mesmo para ele, mas a alternativa é ficar ali discutindo enquanto Fry os cerca.

— Então o que vai ser, idiota? — rosna Foss na cara de McQueen.

Há um pausa longa e tensa. Finalmente, McQueen dá de ombros.

— Não me importa se você viver ou morrer — diz ele para Carlisle. — No geral, eu preferia vê-lo sangrar. Se Beacon se desintegrar, foi porque você não fez nada quando podia tê-la transformado em algo melhor. Mas tenho que admitir que não pensei muito nisso. Estou com você até resolvermos isso e sairmos daqui.

Foss saca a pistola e a pressiona no rosto de McQueen. Mesmo com toda a fúria, sua mão não treme.

— Só para você saber — diz ela. — Se alguém sangrar, vai ser você. Senhor, quais são suas ordens?

Carlisle decide começar pelo começo.

— Assuma as armas da torre, tenente. Se formos atacados, vamos precisar estar em posição para responder ao fogo.

Ele se vira para voltar à cabine. Sixsmith está logo atrás dele segurando o rádio de Fournier.

— Coronel — diz ela. — Nós estamos sendo saudados.

— Pelo capitão Manolis?

— Não, senhor. Pela brigadeiro Fry. Ela está em algum lugar lá fora. E quer falar com o senhor.

56

Não é como das outras vezes. É muito pior.

Os olhos da Dra. Khan estão se revirando para trás, mostrando branco puro por segundos de cada vez. Seus movimentos são violentos e descoordenados. Ela quase cai várias vezes no percurso curto do alojamento da tripulação ao laboratório.

Enquanto Greaves tenta misturar o soro, ela arranha o braço dele, agarra cegamente sua cabeça. Ela não fez nenhuma tentativa de mordê-lo, mas há urgência em seus movimentos, quase desespero. A sensação de necessidade está despertando dentro dela, fazendo com que se mova. Deve ser apenas questão de minutos, pensa Greaves, talvez segundos, antes que o *Cordyceps* em seu sangue e seu cérebro consiga fazer com que ela faça o que ele quer.

Balbuciando desculpas em um fluxo interminável, ele tenta prender a Dra. Khan à bancada de trabalho. Quando a bancada foi instalada, a vivissecção de famintos sem anestésico era levada em consideração e realizada. É fácil enrolar e apertar a primeira correia em torno do pulso esquerdo de Rina. Depois disso, ela luta com mais força, chutando e tentando arranhá-lo. Seus maxilares estão começando a funcionar, se fechando e se abrindo com um estalido áspero de cartilagem. No fim, ele precisa deixá-la com apenas um braço preso.

— Vai ficar tudo bem — promete ele. — Eu só vou... fazer a dose. Não se preocupe. Não se preocupe.

Lágrimas o cegam enquanto ele trabalha. Esse é o último lote de soro. Esse é o adeus. Cada dose funcionou por um período mais curto que a anterior, e essa é o que sobrou do lote, menor que as doses precedentes e, é claro, menos fresca. Ela pode nem funcionar, ele pode tê-la deixado para tarde demais, e, se funcionar, vai ser por apenas algumas horas. Depois disso, Rina vai desaparecer para sempre, e tudo o que vai restar vai ser um animal que veste seu rosto. O que ele vai fazer sem ela? O que vai fazer com o que resta dela?

O que vai acontecer com o bebê?

Quando ele se aproxima de Rina com a seringa, ela tenta mordê-lo e rosna para ele. Baba suja seus lábios, que retrocederam muito de seus dentes expostos. Não há reconhecimento em seus olhos arregalados.

Greaves agarra o braço livre dela e arregaça sua manga, usando o ombro e o peso do corpo para forçar sua cabeça para trás contra a bancada. Ele pode sentir as mandíbulas de Rina se abrindo e fechando contra a parte superior de seu braço, mas há várias camadas de tecido ali e ele não acha que ela vai ter tempo de abrir caminho com os dentes.

Ela está lutando furiosamente. Ele enfia a agulha em seu braço, mas não acerta a veia cubital por uma fração de centímetro. Na segunda vez, não chega nem perto. Na terceira, com os dentes de Rina se esfregando em seu ombro, ele acerta o alvo e empurra o êmbolo.

Tecido se rasga quando ele se solta dela. Um pequeno pedaço de pano fica entre seus dentes cerrados, como os fundilhos da calça do ladrão na boca do cachorro em uma velha revista em quadrinhos que ele viu uma vez no orfanato. Ela o cospe e se esforça para alcançá-lo para tentar dar outra mordida. Ele é forçado a recuar para o outro lado da bancada, fora de seu alcance.

Ele espera para ver se ela vai reconhecê-lo. Ele está chorando novamente, com soluços violentos que o abalam e machucam quando são expelidos. Ele repete seu nome em voz alta a cada poucos segundos na esperança de que ela responda.

Ela não responde, mas sua respiração se acalma e, aos poucos, ela fecha a boca. Ela cai sobre os joelhos, com as pernas flexionadas sob ela, e tomba um pouco, embora o pulso preso a mantenha mais ou menos ereta. A expressão vazia deixa seus olhos. Agora ela parece apenas exausta e confusa, com o cenho franzido em pensamento enquanto olha ao redor do laboratório. Ela pisca devagar, apertando os olhos fechados por vários segundos antes de abri-los de novo e dar uma segunda olhada — como se esperasse que um novo lance dos dados tivesse um resultado diferente.

— Rina? — diz Stephen mais uma vez.

Mais uma vez, ela não fala. Quando ele estende a mão na direção dela, ela toca sua palma com a ponta de um dedo. Ele dá uma risada chorosa, retribuindo o abraço de um dedo. Rina vira a cabeça, com as pálpebras tremendo um pouco enquanto olha para a correia em torno do pulso. Ela puxa o braço para ver se cede. Tenta abri-la com os dedos da mão livre.

— Desculpe, desculpe — diz Stephen com voz embargada. — Eu precisei fazer isso. Desculpe.

Ele caminha rapidamente na direção dela para soltá-la.

Não chega lá. O Dr. Fournier sai do escuro da sala das máquinas, cuja porta estava aberta todo esse tempo, e bloqueia seu caminho. É tão repentino que Stephen dá um pulo para trás e bate o ombro dolorosamente na quina do freezer. Ele dá um grito e envolve os braços em torno da dor.

— Não a toque — diz bruscamente o Dr. Fournier. — O que você fez, Greaves? Me conte o que fez. Meu Deus, ela está infectada. Ela está infectada e você encontrou um jeito de controlar. Você encontrou uma cura.

— Não! — diz Stephen.

É completamente involuntário. Diante da afirmação falsa, ele não tem escolha além de corrigi-la.

— Eu sei o que vi. Me conte. Me conte como fez isso.

— Não posso — geme Stephen. — Por favor!

Na intensidade de seu sentimento, o Dr. Fournier agarra os ombros de Stephen e o empurra para trás contra o freezer.

— Me conte! — rosna.

O choque do contato físico congela Stephen no lugar. Ele nem mesmo luta. Palavras se acumulam por trás de seus dentes e começam a transbordar.

— Li... líquido cefalorraquidiano dos famintos capturados. Você pega uma... uma massa básica com entre vinte e cinquenta cc e prepara com...

Há um som como o tinido abafado de um gongo. O Dr. Fournier dá um grunhido, se enrijece e cai de cara, inconsciente antes de atingir as chapas do piso.

Rina deixa que o suporte de laboratório deslize de seus dedos. Ele atinge o doutor novamente quando cai, deixando um corte triangular em seu rosto.

Os olhos de Rina se reviram, arregalados e selvagens. Ela pisca e sacode a cabeça, faz um som de *brrrrr*.

— Assim está melhor — diz ela através de dentes cerrados. — Eu consigo me ouvir pensar.

57

— AQUI É CARLISLE PARA a brigadeiro Fry — diz o coronel. — Carlisle para Fry ou para o Grupamento de Beacon, câmbio.

Ele aumentou o ganho do rádio o máximo possível e a maioria dos membros restantes da escolta militar de Rosie está reunida na cabine com ele. Só Foss está faltando, operando a torre outra vez para alertá-lo se os outros veículos no asfalto fizerem algum movimento.

A resposta demora bastante tempo para chegar e a brigadeiro parece muito relaxada quando finalmente responde a saudação do coronel.

— Isaac. Bem-vindo à base Hotel Echo. Você teve algum problema para nos encontrar?

Carlisle não fica tentado com o convite para bater papo.

— Brigadeiro — diz ele. — Nós identificamos elementos hostis na área próxima. Solicito permissão para seguir nosso plano original e nos encontrarmos em Beacon. Este lugar não é seguro.

— Perdido negado — diz Fry no mesmo tom de voz calmo. — Eles não são hostis, são aliados. Agora, tendo em mente minhas instruções explícitas para você ontem, por favor, abra as portas e reúnam-se no asfalto. Minhas tropas vão assumir Rosie a partir daqui, junto com o espécime que você mencionou, supondo que ele realmente exista, e vocês vão ser transferidos para Beacon.

Ali estão eles, no ponto onde o fingimento educado precisa terminar.

— Transferidos como? — diz Carlisle. — Estamos vendo caminhões de batalha dos lixeiros e uma unidade de lixeiros em solo. Não estou convencido que a senhora pode garantir nossa segurança.

— Posso garantir sua segurança se vocês saírem imediatamente. Não se continuar a desperdiçar meu tempo.

A brigadeiro, nesse momento, soa só um pouco irritada, como se estivesse se esforçando muito para evitar qualquer desagrado, mas percebendo com relutância que, afinal de contas, podia se tornar necessário.

— Nós vamos voltar juntos agora mesmo. Suas ordens estão de pé, Isaac. Por favor, saia.

À beira de insubordinação direta, Carlisle sente a relutância familiar em seguir em frente. Em vez disso, ele permanece no lugar.

— Geraldine, você está trabalhando junto com assassinos e estupradores que se opõem a tudo em que acreditamos. Eu me recuso a endossar essa decisão. Deixe-me levar Rosie de volta para Beacon e vamos fazer a entrega lá no momento certo.

— Isso não é possível — diz Fry sem meias-palavras. — Isaac, deixe-me explicar a situação a você. Não há espaço aqui para discussão nem negociação. As alianças que fiz são absolutamente necessárias para garantir a sobrevivência de Beacon. Eu não estou lhe oferecendo nenhum tipo de explicação nem de desculpa. Sou sua oficial superior e você vai me obedecer. Estou requisitando seu veículo para o Grupamento de Beacon. Aqui. Agora. Se você se recusar a entregá-lo, vai ser culpado de motim e traição junto com toda sua tripulação, e tratado de acordo. Como inimigos do Grupamento e do regime.

— Ela está blefando — diz McQueen de trás dele. — Ela quer Rosie intacta, não aos pedaços.

— É o tenente McQueen? — pergunta Fry. — Se for, por favor, diga a ele para ficar quieto e respeitar a cadeia de comando. Se você compartilha do seu otimismo, Isaac, tenha em mente que é melhor ter Rosie aos pedaços do que tê-la, e a você, em campo contra nós.

— Geraldine — diz Carlisle, fazendo um último apelo à razão. — Eu não menti para você. Nós encontramos um novo tipo de faminto e obtivemos um espécime. É de vital importância que nós o entreguemos intacto em Beacon.

— Foi o que você me falou — retruca Fry. — Preciso dizer que isso parece improvável depois de sete meses sem nenhuma descoberta. Estou inclinada a achar que você previu a chegada desse momento e preparou essa artimanha. Mas, se estiver dizendo a verdade, é mais razão ainda para desistir sem lutar e deixar que Beacon aproveite o benefício de seu sucesso.

Carlisle faz uma careta. Por um segundo, ele aperta o rádio contra o peito enquanto formula uma resposta.

— Sim — admite ele por fim. — Eu posso acompanhar a lógica desse argumento. Estou preparado para entregar o espécime se pudermos concordar com uma forma para fazer isso. Mas eu não posso entregar Rosie. Preciso pensar na segurança de minha tripulação. Em relação a isso, você devia saber que nós também temos um bebê aqui dentro. Samrina Khan deu à luz dois dias atrás.

Há uma pausa minimamente perceptível.

— É mesmo? — diz Fry. — Isso é maravilhoso. Contra as regras da missão, é claro, mas essas coisas acontecem. Estou ansiosa para brindar ao neném. Chega de discussão, Isaac. Você, seu pessoal, Rosie, o espécime. Você vai entregá-los todos a mim agora mesmo. Você tem cinco minutos. Use-os com sabedoria. Eu vou apontar um telescópio para sua porta da seção intermediária. A contagem de tempo não para até a porta se abrir e eu vê-los sair.

— Brigadeiro...

Ela encerra o contato.

— Senhor — diz Foss, no walkie-talkie, com a voz rápida e urgente. — As coisas acabaram de piorar. Mais dois veículos estão chegando por trás de nós com as luzes apagadas. Com certeza artilharia de lixeiros, completamente cobertos por tramas de arame farpado e placas feitas de uma merda qualquer. Há mais alguns soldados a pé aproximando-se às nossas três horas e às nossas nove.

De modo que eles não podem recuar nem avançar. Se há uma situação intermediária que não foi excluída, ele não está vendo. Eles estão sem opções e quase sem tempo.

— Foss — diz ele. — Fique onde está e prepare o canhão. Mas não gire a torre. Isso pode fazer com que eles comecem a atirar.

Ele se volta para Sixsmith.

— Traga os membros restantes da equipe científica para o alojamento da tripulação, soldado — diz para ela.

Sixsmith bate uma continência falsa e vai na direção da traseira para o laboratório. O próprio Carlisle vai para o alojamento da tripulação esperar a chegada deles. Ele olha na direção dos beliches com uma dor aguda de saudade. Está morto de cansaço, e parece improvável que volte a dormir deste lado do túmulo.

Sixsmith traz a Dra. Khan e Stephen Greaves. McQueen entra atrás deles. Khan está em péssimo estado, apoiada em Sixsmith até conseguir afundar em uma cadeira.

— E o Dr. Fournier? — pergunta Carlisle.

— Senhor, ele estava inconsciente.

— Ele estava...?

— Eu bati na cabeça dele com um suporte de laboratório — explica a Dra. Khan. — Ele estava agredindo Stephen e eu agi sem pensar. Peço desculpas.

— Não fique muito preocupada com isso — diz Sixsmith. — Sério.

Carlisle não tem tempo para conseguir informação sobre a história nem muito interesse. Ele resume o que está acontecendo em tão poucas palavras quanto consegue e explica sua própria decisão.

— A brigadeiro Fry ofereceu levar todos vocês de volta para Beacon — diz para eles. — Desde que eu entregue Rosie para ela dentro dos próximos poucos minutos. Se eu acreditasse que essa oferta é sincera, eu já teria me rendido. Mas não acredito. Acho que ela pretende matar todos nós. Considerando que suas tropas consistem principalmente de lixeiros, não posso nem garantir que a morte vai ser rápida.

— Traidora filha da puta — diz Sixsmith. — Traidora nojenta e filha da puta.

Ninguém diz nada.

— Neste caso, a escolha, para mim, parece clara — prossegue Carlisle. — Não quero entregar Rosie para ser usada como argumento decisivo em um golpe de Estado. Mas a única alternativa que vejo é tentar fugir daqui. Os caminhões de batalha dos lixeiros são veículos civis muito mais leves que Rosie. Seria possível bater em um deles, tirá-lo do caminho e conseguir passar. Mas estamos em grande inferioridade numérica, mesmo levando-se em conta apenas os veículos que podemos realmente ver. Pode facilmente haver mais posicionados por trás das casamatas, e é quase certo que os soldados que se aproximaram de nossos flancos estão levando lançadores de granada.

— Afirmativo, senhor — diz Foss pelo walkie-talkie. — Eu já vi dois. Bazucas ou lançadores de granada, equipamento pesado.

— Então todos vocês precisam decidir — conclui Carlisle. — Se querem ficar a bordo e fazer essa tentativa, ou sair daqui. Lamento não ter melhores opções para oferecer. Se algum de vocês quiser sair, vou montar a câmara selada e abrir a porta da seção intermediária. Acredito que vocês vão estar se entregando para torturadores e assassinos que a brigadeiro não vai conseguir controlar mesmo se quiser, mas é possível que eu esteja errado.

O silêncio um pouco aturdido persiste. Os soldados já sabem tudo isso, é claro. Só a Dra. Khan e Greaves estão ouvindo pela primeira vez.

— Contei a eles sobre seu bebê, Samrina — acrescenta ele. — Isso pode funcionar a seu favor, se você decidir...

— Eu não vou sair daqui — diz Khan.

Ela esfrega os olhos, que estão vermelhos e inchados, com a base da mão.

— Eu vou tentar a sorte com vocês — insiste.

— Eu também — concorda Sixsmith.

Foss, pelo walkie-talkie, diz o mesmo.

Finalmente, McQueen dá de ombros e assente.

— Não vejo o que mais podemos fazer — diz ele. — Ficando ou correndo, eles vão nos explodir. Nós bem podemos levar alguns desses filhos da puta conosco.

— Alguns deles são soldados de Beacon — lembra Carlisle. — Como você. Parte de sua função é obedecer mesmo quando não entendem completamente.

— Isso não devia ser parte da função de ninguém.

Carlisle assente com relutância.

— Talvez não — concede.

Ele se sente jogar metade de sua vida no fogo com essas duas palavras.

Só Stephen Greaves não deu uma resposta. Carlisle agora sabe quais foram as consequências de não lhe dar voz da última vez que falou desse jeito. Ele acena com a cabeça para o garoto, então abaixa deliberadamente o olhar para facilitar que Stephen encontre as palavras.

— Acho que sair pode ser uma boa ideia — diz Greaves.

— Você ouviu o que eu disse, Stephen? A grande probabilidade é que...

— Eu sei, eu sei.

Greaves gesticula com as mãos em um ritmo cada vez mais acelerado, sem ilustrar nada, apenas acumulando energia para falar.

— Muitas pessoas vão morrer, mas, se tomarmos cuidado, não vamos ser nós — explica. — Porque sabemos que elas estão vindo.

— Sabemos que *quem* está vindo? — pergunta Sixsmith sem muito interesse.

Stephen confirma ter ouvido a pergunta lançando para ela um olhar que dura cerca de um décimo de segundo.

— As crianças — diz ele. — Nós podemos trazê-las.

58

A TENENTE FOSS ESTENDE e monta a câmara selada, e eles se reúnem na plataforma da seção intermediária.

Cinco deles, não todo o grupo.

Uma das pessoa que não está é o Dr. Fournier, que permanece inconsciente. Quando Khan voltou ao laboratório para ver como ele estava, tomou a precaução de erguê-lo e apoiá-lo na bancada de trabalho e prender seus pulsos, os dois juntos, com uma das correias. Sua respiração está entrecortada, mas regular, e ela desconfia que ele ainda pode demorar um tempo para acordar, mas, quando fizer isso, ela quer ter certeza de que ele fique exatamente onde está.

Porque os outros dois membros da tripulação que estão ficando a bordo são Stephen, que vai fechar a câmara selada depois que eles saírem, e seu bebê.

— Isso pode dar horrivelmente errado — diz ela para Stephen, pouco antes de saírem. — Mesmo que funcione. Mesmo que elas venham, nós podemos acabar todos mortos. Eu o estou deixando com você porque confio em você para... para garantir que ele fique bem.

Ela tenta se equilibrar por um segundo na ladeira escorregadia desse conceito.

— Não deixe que eles o levem, Stephen — pede ela. — Aconteça o que acontecer, não deixe que eles o levem.

— Não vou deixar — promete ele. — Vou fazer o que dissemos. Aconteça o que acontecer.

Ela toca as costas de sua mão com a ponta do dedo e aperta forte.

— Você também, fique em segurança — diz ela com voz vacilante. — Eu te amo, Stephen.

Tudo o que ele pode oferecer em resposta é um aceno trêmulo de cabeça.

— Eu... eu... — tenta ele. — Rina.

Ele fecha os olhos e se envolve na emoção para encerrá-la. Mesmos constrangimentos sociais comuns são uma tortura para ele, então Khan não pode imaginar o que ele está sentindo nesse momento. Ela deseja que sua condição lhe permitisse tomá-lo nos braços e acariciar sua cabeça. Ela sente como se estivesse deixando seus dois filhos para trás. Toda sua família. Eles não conseguem se abraçar, só se despedir, e prolongar isso só vai machucá-lo mais.

Então ela sai sem dizer mais nada e sem romper o cordão sanitário em torno de seu corpo frágil. Ela está cheia até a borda de dor. O fato de que logo vai estar vazia é a coisa mais dolorosa de todas.

Os soldados estão todos na câmara selada quando eles chegam lá. Foss está conversando com McQueen sobre balas.

— Você pode conseguir experimentar uma delas, afinal de contas. Só espere até que eu esteja em outro lugar, está bem?

— Essas são de primeira — diz McQueen. — Você vai me implorar pela receita.

— Ah, eu sei a receita. É isso o que me preocupa.

Mesmo com toda essa conversa sobre armamentos, seus fuzis permanecem pendurados às suas costas. Suas mãos estão vazias.

— Uma palavra, coronel — diz Khan.

Ela sinaliza para que ele se aproxime.

— É claro.

Carlisle se abaixa em sua direção e ela sussurra em seu ouvido algumas frases curtas. É o único presente que ela pode dar a ele, mas não é pequeno. Quando ela se afasta e ele se apruma, ele a encara com uma perplexidade solene.

— Você tem certeza? — pergunta ele.

— Tenho.

Ela tem certeza.

— Mas isso muda...

Ele não termina a frase para que Khan não precise discordar. Nesse lugar, nesse momento, não muda nada. É apenas o final de uma piada que ela não vai estar viva para contar.

Carlisle parece querer dizer mais, mas nesse momento Stephen sai do alojamento da tripulação para a seção intermediária. Ele trouxe o bebê para se despedir dela, e a presença do bebê de algum modo eclipsa todo o resto.

Stephen estende a trouxinha bem enrolada com cautela, incerto, com os olhos movendo-se de um lado para outro enquanto tenta evitar tantos olhares próximos à sua volta. Khan envolve a mãozinha com as duas mãos e se inclina para beijá-lo no topo da cabeça, que está coberta com uma penugem de cabelo incrivelmente belo.

— Boa sorte, moleque — sussurra ela.

— Parece com o pai — diz Foss. — Coitada dessa criaturinha.

Parece não haver mais nada a dizer. O momento chega de repente para eles. O coronel digita no teclado numérico. As placas do piso trepidam quando o sistema hidráulico da câmara selada desperta.

As portas deslizam e se abrem, e os soldados saem sobre concreto rachado. Khan desce logo ao lado deles, contraindo-se quando seus pés tocam a área de desfiles. Seus músculos parecem destruídos, sem reação. Ela se alinha com o resto do grupo, que está parado sob as várias fileiras de faróis mostrando as mãos vazias.

Mostrando seu número também. A brigadeiro Fry sabe que há sete pessoas no total em Rosie. Ela deve saber, quando as portas da câmara selada se fecham novamente depois que eles saem, que dois membros da tripulação permaneceram no interior. Isso é um convite para negociar, não uma rendição completa.

A decisão permanece com ela.

Um homem entra no facho dos faróis, onde se transforma imediatamente em uma silhueta bidimensional. Ele não é soldado. Está usando uma camiseta antiga com um slogan indecifrável, jeans rasgado e sujo de lama e botas de neve laranja. Ele acena para que eles se aproximem.

Khan dá uma última olhada para trás, para Rosie. Seu lar durante os longos meses da missão e o último que vai conhecer. Não, quase o último. Seu corpo também é uma casa para algo sutil e inefável que responde ao seu nome. Ela carrega consigo seu último lar, caminha adiante pelo mato e o concreto até uma luz viva com partículas de poeira.

Tudo, pensa ela. Tudo está vivo. Eu queria ter percebido isso antes.

Eles andam cem metros. Mais cem.

— Já basta — diz uma voz.

Uma voz de mulher. Da brigadeiro Fry.

Khan esteve com a brigadeiro apenas uma vez, no dia de sua partida, quando ela lhes disse diante de uma multidão de setenta ou oitenta mil que o futuro de Beacon viajaria com eles. A doutora mal reconhece a figura baixa e elegante que se aproxima nesse momento vestindo camuflagem urbana feita para uma estrutura maior e botas pretas que mal aparecem por baixo da poeira e da lama. A brigadeiro parece cansada. Sua boca está um pouco aberta, o que faz com que Khan se lembre de uma fala de *Macbeth*. *Saciai-me de horrores.*

Mas, nesses dias, quem não se saciou?

Fry gesticula. Homens e mulheres se posicionam atrás deles, cortando o caminho para Rosie. Mais chegam dos dois lados da brigadeiro com os fuzis erguidos e apontados. Cerca de quarenta, calcula Khan, talvez mais. Um terço deles está com uniformes militares e segurando fuzis fornecidos por Beacon. O restante veste qualquer coisa, carrega qualquer coisa. Ela vê facões e arcos artesanais em meio a armas automáticas.

Como óleo e água, os soldados e os lixeiros não estão se misturando muito. Os soldados parecem estar mantendo faixas específicas de terreno entre eles e os guerreiros lixeiros empertigados, parados imóveis como rochas e observando cautelosamente seus novos aliados pelo canto do olho.

Os lixeiros gritam e vaiam, cutucam e se apoiam uns nos outros enquanto mantêm grosseiramente suas posições ou se mudam para ter uma visão melhor do que está acontecendo. Um deles joga uma pedra na direção de Rosie junto com algumas palavras obscenas. Os soldados permanecem rígidos e em silêncio. Ninguém está nem fingindo que isso é um acontecimento normal.

O olhar de Fry examina o pequeno grupo e os cantos de sua boca se curvam para baixo.

— Há apenas cinco de vocês — diz ela. — Onde estão os outros?

— Ainda a bordo — diz Carlisle. — Com a porta trancada. Eles estão esperando pelas minhas ordens, brigadeiro, seja para entregar Rosie ou destruí-la junto com o único espécime valioso sobre o qual conversamos antes.

Fry, agora, está a apenas alguns metros de Carlisle. Os homens dos dois lados dela estão tensos e vigilantes. O coronel vai morrer se mover a mão na direção de sua pistola, provavelmente se fizer qualquer movimento. Fry parece achar a resposta levemente intrigante.

— Destruir Rosie? — repete ela. — Como faria isso?

— Se chegarmos a um acordo amigável, você nunca vai precisar descobrir.

Fry dá um sorriso. É um pouco frio, um pouco abatido, mas está ali. Esta é outra razão para eles ainda estarem vivos, compreende Khan. A brigadeiro construiu esse momento em sua cabeça, prometeu a si mesma o luxo de uma conversa. Ela quer seu momento e quer que ele seja compartilhado com o coronel Carlisle.

— Já dei a vocês todas as garantias que posso, Isaac — diz ela. — E, na verdade, aqui você não tem nenhum poder de barganha. Você mencionou um bebê. Entretanto, agora espera-se que eu acredite que você e a mãe pensaram em um plano no qual o bebê fica para trás em Rosie para ser explodido ou morrer queimado se não conseguirmos chegar a um acordo. Sei que você é melhor que isso.

O coronel deixa que seu olhar percorra a linha irregular de guerreiros lixeiros.

— Acho que nós dois mudamos as opiniões que expressamos da última vez que conversamos — diz ele.

Por aí vai, pensa Khan. Vá em frente. Mantenha-se firme. Enquanto o sinalizador invisível é disparado na noite. Eles tiraram o bloqueador E antes de saírem de Rosie, todos eles. Mesmo famintos normais podem seguir mínimas variações químicas por quilômetros. As crianças selvagens mostraram ser mais tenazes, com muito mais recursos.

Vamos, meninos. Estamos bem aqui, vamos fazer uma festa!

As crianças não aparecem e a mente de Khan parece uma chama febril extraindo a luz e o calor dos faróis abrasadores e transformando-os em algo ainda mais iluminado e quente. Ela está indo embora. Ela sabe que está. Sua consciência vai sublimar no ar. O animal de olhos embotados que ficar para trás vai fazer algum movimento sem propósito que vai assustar os soldados e dar início à matança.

Não é assim que isso acaba. Não pode ser. Se eles morrerem, Fry vai tomar Rosie. Stephen vai contar tudo o que sabe sobre a cura — ele não vai conseguir se segurar — e seu bebê vai ser despedaçado em uma mesa de autópsia ainda vivo. Ele vai ser o primeiro de uma grande multidão.

— O quê? — diz Fry para o coronel. — Você finalmente percebeu que a democracia tem um lado inconveniente? Acho difícil acreditar nisso.

Ela se volta para o oficial ao seu lado.

— Capitão Manolis, leve um grupo até Rosalind Franklin — ordena. — Seis homens, incluindo dois engenheiros. Desmonte suas lagartas para que ele não consiga se mover.

O oficial faz uma continência e desaparece no escuro.

— Eu aconselho veementemente que você não faça isso — diz o coronel. — Meus homens a bordo vão interpretar como um ato hostil.

Fry quase dá um sorriso malicioso.

— Seus homens a bordo? Acredito que esteja falando do garoto autista, Stephen Greaves. E o Dr. Fournier, que responde a mim e, de qualquer forma, é covarde demais para contemplar se matar.

A brigadeiro sacode a cabeça. Ela enxergou através de todos os subterfúgios do coronel Carlisle e está efusiva com sua vitória, mas não efusiva demais.

— Nós ainda podemos fazer isso sem a perda desnecessária de vidas — diz ela. — Diga a eles para sair. Faça isso agora. Do contrário, vou ter de ordenar que o capitão bloqueie as saídas de ventilação. Quando estiverem todos mortos, vamos abrir a fogo nosso caminho pela câmara selada sem nenhum dano ao casco.

Carlisle inspira fundo e prende a respiração. Ele está tenso, e os soldados em torno deles se preparam visivelmente, interpretando seu movimento involuntário como um sinal de que está prestes a atacar a brigadeiro. Mas ele não faz isso. Ele só olha para trás, além da distância que os separa de Rosie (ela parece imensa para Khan, um golfo sem ponte possível), antes de deter seu olhar novamente em Fry.

— Posso lembrá-la do bebê? — diz ele, em um tom de voz ainda próximo da calma.

— Sem dúvida, Isaac. Posso lembrá-lo de que estou lhe dando a escolha?

Há um momento de silêncio. Fry ergue o rádio observando Carlisle à espera de uma decisão. Khan se sente ser tomada por outra onda de fraqueza, de falta de foco, de *ausência*. Ela encontra um pensamento e o mantém em primeiro plano em sua mente. Se Fry começar a falar no rádio, ela vai detê-la. Essa ordem não vai ser dita, custe o que custar.

— Geraldine — diz Carlisle. — Você cometeu um erro terrível.

— Cometi? — indaga Fry com uma educação gelada. — Acho que não.

— Mas cometeu — insiste Carlisle, esforçando-se abertamente para ganhar tempo (não muito tempo, no máximo segundos). — Tudo isso, toda esta situação, foi criado por você. Você tinha tanta certeza de que aquilo que a humanidade mais precisava era de você, que estava preparada para matar todos para provar que estava certa. Coisa que, por falar nisso, você não estava. Mesmo que inicialmente estivesse certa em relação a Beacon precisar de uma estrutura de comando forte e centralizada, você conseguiu exatamente o oposto. Você introduziu caos e imprevisibilidade em um sistema que mal conseguia sobreviver. Lixeiros! Você sabe o que eles fizeram, como eles vivem. Se Beacon sobreviver, vai ser apesar de você. Imagino que esse seja o epitáfio mais simpático que você vai conseguir.

— Eu não sou da mesma opinião — diz a brigadeiro.

É a concisão dessa resposta, depois da acusação intencionalmente longa do coronel, que diz a Khan que a conversa está no fim. As crianças os decepcionaram. Eles estão sem tempo.

Ela também. Não resta nada ao que se aferrar. Ela se esvai com a onda de sua própria respiração. Ela vai morrer, seus amigos vão morrer, Stephen também e depois, por último, seu bebê. Ela olha de um rosto para outro tentando encontrar uma âncora que segure sua mente em fragmentação nesse lugar por mais alguns segundos. Nenhum rosto está virado em sua direção.

Uma centelha úmida de entendimento tremeluz, perde a força, quase se apaga. *Todos* os rostos estão virados. Os soldados de Beacon e os lixeiros estão com suas armas apontadas para Carlisle. Para Foss. Para McQueen. Para Sixsmith. Os homens e mulheres de uniforme com fuzis às costas e pistolas no cinto. Os perigos evidentes e imediatos. Eles não levaram em conta a mulher asiática baixinha de jaleco sujo. Ela nitidamente não é uma preocupação, não é um fator em nada disso.

Ela dá meio passo à frente.

— Soldado — diz ela.

Sua voz é algo lastimável, rouca e entrecortada, sem respiração para impulsioná-la.

Ela não diz isso para ninguém em especial, e o homem que olha em sua direção não é nenhum soldado. Ele é um lixeiro, um macho alfa com músculos definidos nos braços, tranças no cabelo na altura dos ombros e um bigode que lembra a Khan um homem forte de circo. A afirmação satírica definitiva da masculinidade. Com o fuzil ainda apontado para o coronel, ele estende a mão para empurrá-la para trás.

Khan pega a mão com as suas duas. Ela a vira de modo que a parte carnuda na base do polegar fica claramente exposta. Ela podia estar tentando ler seu futuro. Mas ele não tem nenhum, não mais do que ela.

Ela abaixa a cabeça e morde com força.

59

— Se Beacon sobreviver — diz o coronel a Geraldine Fry. — Vai ser apesar de você. Imagino que esse vai ser o epitáfio mais simpático que você vai conseguir.

Fry lança um olhar de desprezo evidente.

— Eu não sou da mesma opinião — diz ela.

Algo em sua atitude muda. Não é fácil definir, mas é inconfundível. Ela recua um pouco. Na próxima vez que ela falar, o coronel Carlisle sabe, sem nenhuma dúvida, que vai ser para mandar seus homens abrirem fogo.

À esquerda, fora de sua linha de visão direta, Samrina Khan estende o braço e pega a mão de um dos lixeiros que os estão vigiando. Então ela se curva — até onde ele sabe — para beijá-lo. É uma visão tão grotesca e inesperada que faz com que Carlisle hesite tropeçando nas palavras contemporizadoras que está tentando dizer.

Ele não diz nada. Apenas ri. Um riso longo e alto, arrancando o som do fundo de seu peito. Prolongando-o. Sacudindo a cabeça e esfregando lágrimas imaginárias do canto do olho.

Só para ganhar alguns segundos a mais, enquanto Fry assiste à pantomima de rosto duro em vez de dar a ordem.

— Você gostaria de nos contar a piada, Isaac? — pergunta ela quando ele se aquieta.

Carlisle acena com a mão, como se estivesse impotente demais para falar.

— Preparar fuzis — diz rispidamente a brigadeiro.

Ela não vai além disso. O homem que a Dra. Khan acabou de beijar se jogou violentamente sobre o homem ao seu lado. A própria Khan avançou até o soldado uniformizado de seu outro lado, tirando proveito de sua desatenção momentânea para cravar os dentes em seu pulso. O homem puxa a mão e ergue o rifle para golpeá-la. Antes de completar o movimento, congela completamente. O fuzil cai de suas mãos, e seus pés se arrastam como se ele estivesse tentando andar, mas esquecendo-se das regras mais complexas. Abruptamente, ele gira e ataca a soldado que está às suas costas, engolfando-a em um abraço apertado e desajeitado. Eles caem juntos. Enquanto isso, tanto o lixeiro mordido por Khan quanto o soldado que ele atacou encontraram novos parceiros e avançam sobre eles.

— Preparar fuzis! — grita Fry novamente.

Agora o distúrbio está se espalhando. Toda aquela parte da linha está envolvida em uma luta livre complexa, os homens abençoados pelas mãos — e pelos dentes — de Kahn transmitindo a má notícia para os colegas mais próximos, que por sua vez...

Todo homem e mulher ali tem experiência suficiente com isso para saber o que estão vendo. A continuidade dessa corrente é o que eles temem mais que qualquer outra coisa no mundo. É o que acontece quando as pessoas são expostas ao patógeno faminto.

De algum modo aparentemente impossível, Khan os infectou. Ela é o vetor dessa microepidemia, que agora está se espalhando em ondas que partem dela. Há gritos de pânico. Homens e mulheres são sumariamente baleados ao se levantarem do terreno irregular por aqueles que ainda não foram afetados. Eles não perceberam que Khan é o ponto de origem porque ela não está se jogando contra eles da maneira que estão fazendo os homens que ela tocou. Ela só fica ali parada e observa o caos que causou através de olhos com pálpebras pesadas, como se estivesse repentinamente exausta

A brigadeiro Fry ainda está gritando ordens. São boas ordens. Recuem. Não entrem em contato. Mirem baixo. Isolem e incapacitem. Os famintos recém-transformados caem um por um.

O mesmo acontece com os homens que estão atirando sobre eles. Alguma coisa passa zunindo pelo ouvido do coronel, invisível, e atinge com força o crânio de um lixeiro a dez metros de distância. Uma pedra preta, angulosa e altamente polida. Vidro vulcânico, talvez: o norte da Escócia, recorda vagamente o coronel, é rico em retinita mesolítica. O que quer que seja isso, acerta com força suficiente para ficar cravado na testa do homem enquanto ele cai.

As crianças selvagens finalmente chegaram.

Geraldine Fry olha de um lado para outro, atônita. Ela não entende, nesses primeiros momentos, o que é essa nova ameaça, nem onde está localizada. Quando se dá conta, seus homens estão caindo como trigo.

Ela tenta animá-los. Grita para que retornem ordenadamente para os veículos. Se estivessem acostumados a servir sob o mesmo comando, se soubessem o que era uma boa ordem, talvez tivessem uma chance. Os lixeiros correm em todas as direções. Os soldados de Beacon não conseguem nem começar a manter a linha que restou.

Um oficial auxiliar perto do Challenger vira-se para retransmitir as ordens da brigadeiro. Ele morre com a boca aberta e uma flecha no pescoço, cortando as palavras que estava prestes a dizer.

A essa altura, McQueen, Foss e Sixsmith tiraram os fuzis dos ombros e os puseram em posição. Eles estão fazendo pontaria tão longe quanto o necessário. A essa distância, o SCAR-H não é uma arma discriminatória.

Atirando à vontade, eles avançam, afastando-se de Rosie e das crianças que estão atacando, através da linha irregular das tropas de Beacon e dos lixeiros, que estão correndo de um lado para outro sem formação nenhuma. Nada fica em seu caminho, ou, pelo menos, não por muito tempo: eles abrem um corredor pelo meio do caos e caminham por ele. Carlisle os segue com passo mais lento devido à sua coxeadura, e mais deliberado na escolha de alvos. Ele atira em lixeiros onde quer que possa, e evita os poucos militares que consegue ver. Sua simpatia ali está com os homens e mulheres – com certeza devia haver alguns – que achavam estar lutando por algo real.

Romper a linha é muito mais fácil do que ele esperava. Os lixeiros se espalharam, o que é um suicídio fácil e rápido. Os soldados de Beacon estão fazendo o que seu treinamento diz a eles para fazer, se ajoelhar ou deitar de bruços para se tornar um alvo menor, usando o mato alto como cobertura. O inimigo na noite, ao vê-los por seu calor corporal, mata-os do mesmo jeito.

Os remanescentes da escolta de Rosie escapam pela outra extremidade do cordão e os deixam por conta própria. Predadores e presas podem resolver as coisas sozinhos. O pequeno grupo corre para dentro do mato denso na borda do campo de concreto, com Carlisle ainda na retaguarda. McQueen cambaleia, emitindo um grunhido de dor e surpresa. Ele foi atingido na parte superior do corpo, embora seja impossível, no escuro, dizer exatamente onde. Seu fuzil cai de suas mãos. Ele saca desajeitadamente a pistola com a mão esquerda e continua em frente.

Finalmente, eles colocam os dois veículos de oficiais e o Challenger entre eles e o pior do tiroteio.

O plano, agora, é seguir adiante em linha mais reta possível para chegar até a cerca do perímetro e, depois, segui-la no sentido anti-horário até o portão sul da base, onde Rosie vai encontrá-los. É um plano horrível, construído sobre a premissa otimista de que seus dois inimigos vão necessariamente enfrentar um ao outro e não deixar ninguém de sobra para persegui-los. Também pressupõe que eles não vão se perder uns dos outros no escuro.

Infelizmente, isso já aconteceu. O coronel diminui a velocidade ao perceber repentinamente que a Dra. Khan não está mais com eles. Ele se vira e olha para trás, para o caminho que tinham acabado de fazer, mas os faróis dos veículos parados são a única iluminação, e eles estão apontados para Rosie do lado mais distante da área de desfiles. Figuras pequenas e ágeis entram e saem correndo dos fachos de luz. Como morcegos, elas são quase rápidas demais para serem vistas. Quando uma rajada de metralhadora rasga os espinheiros a alguns metros de Carlisle, ele é forçado a seguir adiante novamente.

Por mais cinquenta metros. Dessa vez é Sixsmith quem para de repente. Ela aponta para a esquerda sem dizer nada.

— Não acredito! — exclama Foss com incredulidade. — Não acredito mesmo!

A brigadeiro sem dúvida devia ter deixado pelo menos um pequeno grupo guardando o helicóptero, mas nesse momento não há sinal deles. Talvez tenham ido se juntar à luta. Talvez, ao ver como as coisas estavam se desenrolando, tenham se espalhado e se protegido. Qualquer que tenha sido a decisão tomada por eles, isso provavelmente não vai fazer diferença para seu destino final.

O helicóptero é uma coisa rústica e funcional: um ovo bulboso na extremidade de uma fuselagem que pouco mais é que que um único suporte de aço.

— Que merda é essa? — grunhe McQueen, enojado.

Ele está curvado como um velho com o braço direito dobrado sobre o peito. Onde quer que ele tenha sido atingido, Carlisle acredita não ser um ferimento leve.

— MH-6 — murmura tensa Sixsmith, que passa correndo por ele e salta para o banco do piloto. — Um passarinho. Eu posso pilotá-lo. Posso pilotá-lo até Beacon.

— Verdade, mas nós não podemos ir nele — protesta Foss. — Não há espaço.

— Ele leva quatro.

— Mas somos oito, porra!

— Estou dizendo quatro na plataforma de artilharia. Além do piloto e do copiloto. Khan pode levar o bebê no colo e o comandante civil pode voltar a pé para a porra de casa.

— Para mim, está bem — diz McQueen.

Ele sai andando adiante, mas não parece capaz de levantar o pé alto o bastante para subir na traseira do helicóptero. Foss tem de erguê-lo e fazer força para ajudá-lo a entrar, o que é uma luta. Então ela embarca depois dele.

Carlisle hesita, olhando para trás mais uma vez na direção da área de desfiles onde rajadas de tiros e gritos de desespero ainda podem ser ouvidos, mas a intervalos cada vez maiores.

Ele deixa que se passe tempo demais. Abaixa a guarda, como um tolo, achando que o perigo ficou onde estava. Alguma coisa fria toca sua têmpora.

— Seu canalha — diz Fry com raiva em seu ouvido. — Isso era nosso futuro. Você roubou nosso futuro!

Os dedos dela tateiam o braço dele, encontram sua pistola e a tomam de sua mão. Ele escuta o baque pesado e surdo quando ela cai no mato. McQueen e Foss estão no interior do espaço para passageiros do helicóptero e não perceberam o que está acontecendo. Sixsmith vê, mas largou o fuzil no assento do copiloto para cuidar dos controles do helicóptero. Ela olha para ele agora, mas não há como chegar perto dele antes que Fry atire.

— Você fez isso, Geraldine — diz Carlisle. — Quando começou isso. Ninguém a obrigou.

— Eu quero que Beacon sobreviva. Foi isso que me levou a fazer o que fiz. Diga a seu pessoal para sair de meu helicóptero.

— Não.

— Diga a eles, Isaac. Agora.

— Não.

— Certo.

Subconscientemente, ele espera ouvir o clique da trava de segurança, mas porque ela estaria acionada no meio de um massacre? O que ele escuta é o estrondo alto e ecoante da pistola da brigadeiro disparando bem ao lado de seu ouvido. O tiro passa longe, embora tenha sido à queima-roupa.

As pernas de Fry cedem sob seu corpo, e ela se dobra para trás, girando os braços. Os maxilares de Samrina Khan estão fechados em sua garganta. Elas atingem o chão juntas.

Carlisle se ajoelha rapidamente e procura por sua pistola no capim alto. Khan também está ajoelhada, com a parte superior do corpo debruçada sobre a brigadeiro e escondendo-a quase totalmente de vista. Os sons, porém, sinalizam claramente que o que foi escondido é de natureza extrema e canibalística.

Carlisle encontra a arma no mesmo momento em que Samrina levanta a cabeça. O sangue está negro sob a luz mortiça, espalhado pela metade inferior do rosto da doutora como uma máscara de ladrão de estrada. Até seus dentes estão pretos, de modo que sua boca aberta parece apenas um túnel.

Sixsmith, agora, pegou seu fuzil: ela o abraça junto ao peito como se isso a reconfortasse. Foss salta da plataforma traseira com a arma erguida e pronta.

Então ela vê quem está agachada de cócoras no capim.

— Ah, merda! — sussurra ela.

Carlisle fica sobre um joelho, com a perna dura protestando contra o uso hostil.

— Samrina — diz ele. — Você precisa embarcar no helicóptero. Você está me entendendo?

— Senhor... — protesta Foss.

— Agora, Samrina. Depressa.

— O senhor pode muito bem ver que ela está transformada!

— Isaac — diz Khan com voz rouca.

A palavra é praticamente inaudível.

— Sim, Samrina. Para o helicóptero. Agora.

Khan levanta a mão. O movimento é irregular e feito com esforço, uma reunião de uma dezena de atos diferentes de força de vontade. Ela toca a ponta do dedo estendido no centro da testa.

— Não olhe para trás — diz ela, com clareza.

Seus olhos perdem foco, como se ela estivesse olhando com dificuldade através de ondas desordenadas de memória para outro tempo e lugar.

Seus lábios ainda estão se movendo, mas ela ficou sem palavras. Não importa. Não há como confundir o que ela quer dizer.

— Coronel, por favor! Saia do caminho para eu poder dar um tiro limpo.

Khan expira, um sibilo longo e arrastado.

Ela se recompõe, com a parte superior do corpo se curvando um pouco quando compacta os músculos das pernas e dos braços. As mãos estão espalmadas. A boca está aberta.

No segundo antes de ela pular, Carlisle põe a pistola contra sua testa exatamente no ponto que ela indicou, e puxa o gatilho.

Pega o que restou de Samrina Khan e pinta o capim e o concreto com ele.

O ataque abortado a joga em seus braços. Ele larga a pistola novamente para pegá-la. Seu peso, agora sem substância, não o faz sequer cambalear. Ele a bota no chão com cuidado excessivo.

Ele não está chorando. Ele não faz nenhum som. A tristeza é tão funda que ele não consegue transformá-la em respiração.

Sixsmith está examinando o corpo da brigadeiro. Depois de circundá-lo cautelosamente por um momento, ela abaixa o fuzil. A maior parte da garganta e do peito de Fry desapareceram, por isso não há nada ali para se temer. Ela volta sua atenção para a Dra. Khan, que está ainda mais indubitavelmente morta.

— Que desperdício — murmura.

Ela se esforça para encontrar palavras, mas não consegue pensar em nada melhor.

— Que merda de... *desperdício*! — repete.

— Ela salvou todos nós da morte lá atrás — retruca Carlisle. — Todo mundo em Rosie também. Isso não é desperdício. Nunca chame isso de desperdício.

A tenente Foss se abaixa para ajudá-lo a ficar de pé, mas ele se levanta sem auxílio, embora a dor o faça arquejar.

— Senhor, precisamos ir embora daqui — diz Foss.

As palavras fazem sentido e ele está prestes a segui-la, mas comete o erro de olhar para trás. Ele fica onde está, imóvel.

— Senhor...

— Rosie — exclama o coronel.

É o melhor que ele consegue.

— Vamos nos encontrar com Rosie no portão sul, como planejado — diz Foss.

Mas então ela acompanha seu olhar e vê o que ele viu.

Rosie não está se movendo. Está cercada. Não pelo capitão Manolis e seu grupo, nem pelos guerreiros lixeiros: as figuras diminutas amontoadas na frente nas laterais só podem ser as crianças selvagens. O fato de todas elas terem saído do esconderijo supostamente significa que todo o pessoal de Fry está morto ou fugiu.

Com uma expressão obscena, Foss faz pontaria.

O coronel segura o cano do SCAR-H e o força para baixo.

A porta da seção intermediária acabou de se abrir. Stephen Greaves emerge da câmara selada e desce no meio das crianças. Ele está segurando o bebê de Samrina Khan nos braços.

— Escute, tenente — diz rispidamente Carlisle.

Ele conta a Foss o que Khan lhe contou na câmara selada de Rosie. Ele não precisa explicar a ela o que isso significa. Ele lhe diz para levar os sobreviventes de volta para Beacon e contar tudo para qualquer um em que eles confiem.

Então ele volta pela área de desfiles desviando dos mortos no caminho.

60

Com o bebê de Khan enfiado no beliche de Rina, cercado por seu cheiro e sua presença residual, Greaves observa a batalha do alto da torre. Ele odeia aquilo, mas precisa observar, porque fez uma promessa para Rina que pretende cumprir. Sua janela de oportunidade, se ela por acaso surgir, vai ser estreita. Ele não pode se dar ao luxo de perdê-la.

Ele está ainda mais angustiado por ter feito uma promessa ao coronel Carlisle que vai ter de quebrar. Ele não mentiu, claro que não, mas sabe que o coronel entendeu um significado diferente em sua resposta do que o que estava em sua mente quando ele falou.

— Se isso funcionar, Stephen — disse o coronel. — Se as crianças vierem, quero que você nos encontre no portão sul assim que for seguro se mover. Imagino que você saiba pilotar Rosie, não?

Sim, Greaves disse que sabia. Ele tinha lido e decorado o manual. Tinha confiança de que podia pilotar Rosie em caso de necessidade. Enquanto estava dizendo essas coisas óbvias e fáceis, ele preparava sua resposta para a pergunta maior.

— Se o senhor conseguir, coronel... e se eu conseguir... então vou encontrá-lo no portão sul.

Ele disse isso de forma impetuosa, forçando a saída das palavras de sua boca contra a rebelião de sua respiração.

O coronel confundiu sua intensidade com alarme e tranquilizou Greaves.

— Você vai ficar bem. Eles não vão atirar em Rosie a menos que seja absolutamente necessário, e nós sairmos vai significar que eles não precisam fazer isso. Pelo menos é o que eles vão supor. Nós vamos mantê-los falando até a chegada das crianças, e depois disso eles devem ficar ocupados demais para se preocupar conosco.

— É — concordou Greaves. — Eles vão ficar ocupados demais.

— Aqui — disse o coronel ao lhe dar o pequeno rádio portátil que costumava ser do Dr. Fournier. — Ele está na frequência da brigadeiro, então você não pode usá-lo para nos ligar. Ainda não. Mas quando chegar na cerca, se não nos encontrar, mantenha-o ligado que entro em contato com você.

Então o coronel foi embora.

Agora ele está sentado na torre esperando e observando, sabendo que nunca vai ver o portão sul. Ele mentiu por omissão. Isso pesa em seu estômago como uma pedra.

Uma voz vinda do interior do laboratório espalha seus pensamentos.

— Coronel! McQueen! Qualquer um!

O Dr. Fournier acordou e parece estar com muita raiva. Talvez isso não seja surpresa, considerando que ele foi golpeado com um objeto e deixado inconsciente, e agora se encontra preso à bancada de trabalho. Greaves tenta não escutar, mesmo quando o Dr. Fournier exige esganiçada e repetidamente ser solto. Mesmo quando seus gritos acordam o bebê, que começa a chorar.

O Dr. Fournier é a outra razão para Greaves estar no alto da torre. Ele tem medo do doutor e precisa seriamente manter uma distância segura caso ele deixe de reclamar e fazer exigências, e comece a fazer perguntas outra vez. Na última vez em que isso aconteceu, a única coisa que impediu que Greaves entregasse tudo o que sabia foi Rina derrubando o doutor com um suporte de laboratório de aço muito pesado. Rina não está ali, então ele precisa tomar muito cuidado.

A luta no exterior chegou a um crescendo. Greaves põe o visor infravermelho, que transforma o derramamento de sangue em uma peça abstrata de formas e cores. Ele morde o lábio inferior com força e tenta não pensar na carne traspassada e perfurada. Dedos, pedras e balas. Sangue escorrendo pelo asfalto rachado. Ele torce ardentemente para que Rina e os outros tenham conseguido escapar antes do início da luta. Que eles não estejam ali fora no meio daquela matança.

O movimento do lado de fora dura um bom tempo. Os gritos e berros, tanto súplicas quanto xingamentos, muito mais tempo.

Quando os últimos homens de Fry são eliminados, as crianças saem dos espinheiros e das árvores para o espaço relativamente aberto da área de desfiles. Elas inspecionam os corpos, acabando com aqueles que ainda estavam se mexendo. Só então se ajoelham e se alimentam. Talvez seja imaginação de Greaves, mas ele acredita poder ver o momento em que a garota com a cicatriz (ele a reconheceu pela silhueta e pelo jeito de andar) dá permissão com um aceno de cabeça. Ele se pergunta se ela está procurando por ele em meio aos mortos do mesmo jeito que ele procurou por ela depois do fogo. Ele se pergunta o que a caixa falante do capitão disse a ela naquela manhã, supondo que ela tenha puxado o cordão e ouvido as palavras. De qualquer modo, ela não as teria entendido. Ela não fala a língua do capitão.

Esses são pensamentos sem sentido. Está na hora, decide. Ele precisa descer. Ele supõe que as crianças vão chegar de qualquer jeito para completar a tarefa que as trouxe tão longe, mas, só por garantia, ele vai além do meio do caminho para se encontrar com elas. Ele desce da torre.

— Greaves! — berra o Dr. Fournier.

Greaves se contrai.

— Posso vê-lo daqui — insiste. — Solte-me. Solte-me agora mesmo, ou vai enfrentar uma corte marcial. Estamos sob lei militar! Posso mandar que você seja fuzilado!

Greaves se apruma e entra no laboratório. Ele está tremendo de terror, mas tem um plano de contingência. Se o Dr. Fournier fizer perguntas a ele sobre a cura ou qualquer outro assunto, então Greaves vai cantar a canção tema do Capitão Power alto o suficiente para abafar as palavras.

O Dr. Fournier relaxa aliviado ao ver Greaves.

— Obrigado! — reclama ele com sarcasmo pesado.

O Dr. Fournier emite uma expressão alta de susto quando Stephen passa por ele.

— Greaves! — chama. — Pare o que você está fazendo e solte essas correias! Estou lhe avisando...

Ele é o herói do espaço, o engenheiro galáctico, diz Greaves para si mesmo. Ele não diz em voz alta, mas está pronto para isso. A qualquer momento. Se uma única palavra perigosa sair da boca do Dr. Fournier. Ele mantém o rosto virado enquanto enche um cantil de água e pendura sua correia a tiracolo. Enquanto abre a gaveta do freezer dez e remove o menino morto. Enquanto põe o corpo sobre a bancada de trabalho a alguns centímetros da cabeça de Fournier, que se afasta com um gemido de protesto.

— *Estou lhe avisando,* é uma repetição desnecessária — diz Greaves.

Ele quase grita isso, com a voz tensa ficando mais aguda. Esse é o momento mais perigoso, com as crianças selvagens na linha de visão do Dr. Fournier, um indício visual para o assunto proibido.

— O quê? — balbucia o Dr. Fournier.

— Dizer que está alertando uma pessoa é desempenhar um ato de linguagem que se cumpre em si mesmo. O alerta está contido nas palavras usadas para anunciar que um alerta está sendo dado.

Ele está tagarelando, empurrando a conversa como um rochedo para longe do lugar aonde ela não deve ir.

— Greaves, você está louco?

O rosto do doutor escureceu para um vermelho fechado, quase roxo.

Talvez ele esteja. Não haveria como saber, o que, é claro, é sempre o problema, não apenas para ele, mas para todo mundo. A sanidade é um estado em suspenso, abrigada em nada além de si mesma. Você testa um chão um centímetro à sua frente, segue adiante como se fosse sólido. Mas o mundo todo está em queda livre, e você está em queda livre também.

— Não sei — admite Greaves. — Simplesmente não sei.

Ele está olhando, culpado e desolado, para o pequeno cadáver. A vida que havia ali se foi há muito tempo, mas os amigos do garoto morto percorreram um longo caminho para recuperar a parte dele que ainda podem ver. Greaves desrespeitou essa parte. Há incisões e escavações onde tirou amostras de tecido, ferimentos abertos que nunca sangraram porque o sangue já havia congelado antes que a carne fosse rompida.

— Greaves.

O tom de voz do Dr. Fournier mudou. Ele está olhando fixamente para Stephen com nova urgência.

— Ponha esse espécime de volta. Está me ouvindo? Ele pertence à expedição. O que você aprendeu, suas descobertas, tudo isso! O coronel vai ficar com muita raiva de você se fizer qualquer coisa para colocar nossa missão em risco. Nossa... nossa missão conjunta. Ele vai ficar com raiva e decepcionado. Por que você poria em risco tudo o que nós...?

Stephen fecha com força a gaveta do freezer e vai embora levando o cadáver com ele.

— Ele é o herói do espaço! — grita. — O engenheiro galáctico!

— O quê? Greaves! Volte!

O bebê. O bebê é o próximo. Coisas demais, fatores demais para manter em ordem em sua cabeça. Ele bota o menino morto na seção intermediária logo após a porta da câmara selada. Suas mãos estão tremendo. Não há sequência ali. Nenhuma das coisas que ele está fazendo está na lista muito longa de coisas que ele já fez antes.

Por um momento, ele fica completamente perdido. Em pânico, quase toca os controles da câmara selada. Não, não, não. Ainda não. Ainda não.

Os gritos do Dr. Fournier o seguem até o alojamento da tripulação. Eles ecoam à sua volta enquanto ele vai buscar o bebê no beliche de Rina, mas os berros da criança chorando são mais altos e o ritmo da própria pulsação de seu sangue parece ainda mais alto. É fácil, agora, abafar qualquer significado na torrente de sons vinda do laboratório.

O bebê está deitado de costas gritando, a boca em um "O" de infelicidade histérica. Ele chutou o cobertor para longe. Greaves o pega e o enrola novamente com um cuidado animado. Milagrosamente e muito de repente, o bebê para de chorar nesse momento, como se tudo o que quisesse fosse contato humano. Como se todas as tristezas fossem resultado de estar sozinho. Talvez isso seja verdade para todo mundo.

— Logo — sussurra Stephen, olhando fixamente para os olhos solenes e inescrutáveis do bebê.

O cobertor é verde, como todos os cobertores de Rosie. Material militar. Greaves pega outro em seu próprio beliche puxando-o e soltando-o com uma das mãos e com o bebê aninhado no outro braço. O Dr. Fournier continua a gritar durante tudo isso, mas o bebê de Khan permanece quieto. Mesmo assim, ele abre a boquinha e prova o ar, que sem dúvida está cheio de cheiros de possíveis alimentos. Greaves percebe que todos os dentes do bebê agora estão totalmente crescidos.

Ele volta para a seção intermediária levando o bebê em uma das mãos e o cobertor extra pendurado no braço. Isso vai ser suficiente? É tudo o que ele pode fazer. Ele bota o bebê sobre as chapas do piso, fazendo um ninho com o cobertor dobrado para protegê-lo um pouco do metal frio.

— Não vou demorar — sussurra ele.

Do outro lado das portas da câmara selada, a noite está impenetravelmente densa. Através do visor infravermelho, quando ele o coloca novamente, vê uma floresta de losangos azul-claros convergindo para

Rosie de todos os lados. O azul indica uma temperatura entre dez e catorze graus Celsius, pouco mais alta do que o ambiente de fundo. As crianças estão chegando para encontrá-lo.

— Greaves, eu exijo que você me solte! Esse é seu último aviso!

Stephen hesita por um bom tempo. Finalmente volta para o laboratório, abre uma das gavetas de instrumentos e encontra um bisturi. Ele se vira para olhar para o Dr. Fournier.

O doutor fica tenso. Ele se encolhe quando Stephen se aproxima, emitindo um som que fica a meio caminho de um choro e um suspiro.

Stephen enfia o bisturi cuidadosamente entre os punhos cerrados do Dr. Fournier. O doutor abre as mãos e faz com que o bisturi caia. Na segunda tentativa, quando percebe que Stephen não está tentando assassiná-lo, ele o aceita.

— Você pode se soltar sozinho — diz a ele Stephen — Provavelmente. Mas é melhor não me seguir, Dr. Fournier. Não é seguro para você aonde estou indo.

Os olhos de Fournier imploram a ele.

— Greaves, espere. Me conte...

— Ele é o herói do espaço, o engenheiro galáctico! Ele leva o código terráqueo para todos os planetas, próximos e distantes!

— Pelo amor de Deus! *Greaves!*

Ele se foi ainda cantando. A nave do Capitão Power se chamava *Copérnico*. Ele era um cientista e também um herói, e o conhecimento era sua maior arma. Ele teria odiado o Dr. Fournier, que tenta transformar o conhecimento apenas em coisas que ele quer.

Na plataforma da seção intermediária, Stephen se ajoelha e se prepara. Ele encontra o totem da menina com a cicatriz, presente dela para ele, e passa o mindinho pela argola. O homem sorridente de boné vermelho e macacão azul fica pendurado entre seus dedos.

Ele aperta o controle da câmara selada. Quando a porta desliza e se abre, ele sai.

Em meio a uma turba. As crianças estão por toda parte, uma multidão com dezenas. São tantas! Será que elas trouxeram reforços dessa vez, ou sempre foram um exército, e não uma família?

Elas *são* uma família. Os mais jovens se apertam junto dos mais velhos ou se escondem atrás deles, espiando de sua proteção. Eles se agarram aos cotovelos das crianças maiores ou ficam pendurados nelas agitando os pés como crianças humanas sempre fizeram. Eles são amados e protegidos, seu lugar absolutamente reconhecido e respeitado.

Elas não fazem nenhum movimento na direção de Greaves. Talvez ter a porta simplesmente se abrindo à sua frente quando estavam se preparando para um cerco tenha feito com que perdessem um pouco o rumo.

Ele ergue o chaveiro para que elas o vejam e espera. Ele não tem ideia se o homenzinho com o M no boné vai fazer alguma diferença, mas outra vez é tudo o que ele tem. Uma onda de interesse passa pelas crianças como uma brisa pelo capim. Eles sabem de quem é aquele símbolo.

Então outra coisa passa por elas. A própria garota com a cicatriz, andando confiante pelo corredor que se abre à sua frente e se fecha novamente em seu rastro. As crianças saem de seu caminho rápido o bastante para ela conseguir manter um passo firme sem nunca ter de reduzir a velocidade ou parar.

Ela caminha direto até ele.

Ela estende a mão e toca o chaveiro com a ponta de um dedo como se estivesse reconhecendo uma ligação ou uma dívida. Eles tinham trocado presentes. Ela se lembra. Stephen olha para a cintura dela esperando ver a caixa falante do Capitão Power em meio às quinquilharias penduradas ali, mas ela não está lá. Quando olha novamente, está na mão dela.

Ele solta a respiração que estava prendendo. Ele ainda tem um longo caminho pela frente, mas sente como se estivesse na estrada certa.

Sem sair do lugar, ele gira parcialmente e aponta, levantando a mão devagar e com cuidado, para trás dele, na direção da câmara selada. Na verdade, na direção da plataforma da seção intermediária. Ele deixou as luzes acesas ali para que elas possam ver. Mais presentes...

O bebê de Khan está deitado de costas, quieto e tranquilo, mexendo as pernas só um pouco. Ao lado dele, envolto em um cobertor verde idêntico, está o garoto morto. Não é uma equação. Greaves não está dizendo nada sobre sua importância relativa. Ele só está dizendo: os dois são seus. Um vivo, um morto, mas eles são seus. Vejam isso.

Duas ou três das crianças mais próximas se adiantam, mas a garota com a cicatriz as detém outra vez com uma única sílaba. Ela ainda está olhando para Stephen. Ela faz exatamente o mesmo gesto que ele acabou de fazer, aponta o dedo para o vivo e para o morto, em seguida o abaixa.

É provavelmente uma questão de status. Ele precisa ir até ela. Ele precisa levar suas oferendas e botá-las diante dela.

Ele se move o mais lentamente possível, em parte para evitar disparar o gatilho de qualquer resposta violenta, e em parte para manter a sensação de que isso é um ritual. Ele sobe na plataforma e pega o garoto morto.

O rádio estrepita em seu bolso, fala palavras fracas e entrecortadas.

Com relutância, ele abaixa novamente o garoto morto, pega o rádio e o leva ao ouvido.

— Sim?

— Greaves. É o coronel Carlisle.

Greaves considera muitas respostas possíveis, decide-se por uma que, espera, evite perguntas inúteis.

— Não posso falar agora, coronel. Estou ocupado.

— Eu sei. Estou vendo. Estou na área de desfiles, a cinquenta metros de distância. Se você fechar a câmara selada, acho que posso dispersar as crianças sem lhes fazer mal.

Greaves fica horrorizado.

— Não! — exclama. — Não. Por favor, coronel! Não faça isso. Não atire nelas.

— Então que apoio posso dar a você?

Greaves olha para o escuro. Ele sacode a cabeça, caso o coronel esteja realmente perto o bastante para vê-lo.

— Nenhum — diz ele.

— Garoto, você vai se meter em...

— Está tudo bem. Eu vou ficar bem. Esse é o único jeito, coronel. O único jeito. Não faça nada.

Ele hesita. Há muita coisa que não pode explicar, mas talvez haja uma que ele precise para impedir que o coronel saia correndo com seu fuzil e estrague tudo. Mas ele é ruim de explicações que não são técnicas, e está quase certo de que a explicação técnica, ali não vai funcionar.

— O senhor sabe... — tenta ele. — Com gatinhos... Se eles tiverem algum cheiro errado, ou parecerem ter alguma coisa errada, às vezes sua mãe os come.

— Do que você está falando? — pergunta o coronel.

— O bebê de Rina. Ele precisa ficar com seu povo, Coronel.

— Seu povo? Mas...

Por alguns segundos, não há nada além de estática na linha.

Finalmente, a voz do coronel diz:

— Tudo bem. Eu entendo. Continue, Greaves.

— Isso é tudo — diz Greaves. — Eu quero que eles o aceitem. Eu prometi a Rina. Se eu fizer tudo certo, pode ficar tudo bem. Mas se o senhor atirar... Por favor, não faça isso, coronel. Por favor, não faça nada, não importa o que o senhor vir.

Ele desliga o rádio e o bota no chão. Então pega novamente o pequeno cadáver e o leva para fora.

Toda a tribo está esperando em silêncio, seguindo a deixa da garota com a cicatriz. Um tremor de movimento passa por todos quando veem o que Greaves está carregando, ou talvez ao sentir o cheiro. Uma das crianças fala, um murmúrio de sílabas líquidas, e outra emite um som como um gemido baixo.

A garota inclina a cabeça e faz um movimento brusco com a mão. Ela estala a língua. Quatro crianças vivas pegam a morta das mãos de Stephen e a levam para ela. A garota com a cicatriz toca a testa do menino, então sua própria. Elas o põem a seus pés com muita delicadeza, como se estivessem tentando não acordá-lo.

Stephen volta a entrar, se abaixa e pega o bebê de Khan. O bebê faz um barulhinho na garganta. *Geh.* Seus punhos cerrados se agitam como se ele estivesse se preparando para uma luta.

Stephen o ergue alto enquanto desce outra vez da plataforma. Ele anda até onde está a garota com a cicatriz, no meio das outras pessoas. Ele se vira lentamente, deixando que todos vejam e cheirem o bebê de Khan.

Movimentando-se o mais lenta e suavemente possível, ele se apoia sobre um joelho, depois os dois. Ele estende a trouxinha frágil para que a menina com a cicatriz a pegue. Ela examina criticamente o bebê de Khan pelo espaço de dois, três, quatro batimentos cardíacos.

Ela prende a caixa falante do Capitão Power de volta no cinto.

Ela pega o bebê dele. Com uma das mãos, ela abre o cobertor e o joga para o lado — quase com aversão. Suas narinas se dilatam. O quadro dura um batimento cardíaco, em seguida outro.

Finalmente, ela fala: um fluxo melodioso de sons sem nenhuma consoante, nenhuma rocha escondida para interromper o fluxo. Uma das outras crianças, um garoto mais velho e mais alto que ela, tira um xale de lã que está usando como cinto e o oferece. A garota com a cicatriz o pega e envolve o bebê com ele. Ela passa a língua na ponta do polegar e unge sua testa muito delicadamente com saliva. Um batismo.

Como é um batismo, Stephen assume o risco de falar.

— Sam — diz ele.

Ele aponta para o bebê. Assente. Sorri.

— Sam — repete.

O garoto que cedeu seu xale vai pegar o cobertor caído — quem não desperdiça sempre tem —, mas a garota com a cicatriz sacode a cabeça, e ele recua. Sem dúvida ali há limites que importam.

— Obrigado — diz Stephen.

A garota responde a ele, mas ele não a entende tanto quanto ela não o entende.

Então chega a parte difícil.

Ele arregaça a manga até a altura do cotovelo, pega o cantil de água pendurado no ombro, desatarraxa a tampa e derrama água no antebraço exposto. Ele esfrega toda a área com a palma da mão, limpando o gel bloqueador E que disfarçava seu cheiro. Ele ergue o pulso, que agora, ele espera, cheire a todas as coisas que são boas para se comer.

— Vão em frente — diz ele.

A garota com a cicatriz olha fixamente para ele, perplexa. Seu olhar severo parece fazer uma pergunta: *É assim que tratamos nossos amigos?*

— Você precisa — explica Stephen, sabendo que as palavras são fúteis.

Ele está confiando nos instintos dela, não em sua compreensão.

— Do contrário, quando me perguntarem, vou contar a eles — continua. — Que existe uma cura. Como fazê-la. Homens com armas virão atrás de vocês, muitos, muitos mais do que há aqui agora. Eles vão levar vocês e transformá-los em remédio. Vão matar todos vocês só para poderem ter para si mais alguns anos de vida. Eles não vão nem sentir pena por isso.

A garota com a cicatriz parece escutar. Sua boca está curvada em uma expressão em forma de asa de ave, mas ela não se mexe. Greaves se pergunta o quanto controle isso exige, quanta força. Quanta autoridade para fazer com que os outros se contenham, embora eles inclinem a cabeça para captar seu cheiro no ar parado. O bebê se mexe e emite um choro baixo de reclamação, repentinamente consciente de sua fome.

Impotente, Stephen segue em frente.

— Eu não posso me matar. Há maneiras de fazer isso sem doer, mas... não é uma coisa que eu possa fazer. Então, precisamos fazer isso, no lugar.

Ele oferece o braço novamente. As palavras são apenas um estímulo para sua própria resolução vacilante: seu dilema seria quase impossível de explicar mesmo que eles falassem a mesma língua. Ele precisa que ela limpe o disco rígido de sua mente para que possa dar a ela e a seu povo a misericórdia dúbia de seus predecessores, a versão original da humanidade.

Parte disso é a promessa que ele fez a Rina. *Mantê-lo em segurança. Não importa o que aconteça comigo, desde que você o mantenha em segurança.* Isso significa manter toda a tribo em segurança. O que, por sua vez, significa não transmitir ao mundo o conhecimento que vai destruí-los.

Vai além até mesmo desse imperativo rígido. Greaves esteve pensando nisso desde quando conheceu a garota com a cicatriz e seu povo pela primeira vez. Em um dos níveis mais baixos de sua mente, em uma sub-rotina estabelecida apenas para isso, ele estava trabalhando nos termos do problema todo esse tempo. A solução está aqui. Agora. Ela tem a forma de um diagrama de Venn, dois círculos em interseção. O mundo de Beacon, morrendo devagar a cada ano mesmo antes de decidir se desmembrar e devorar a si mesmo; e o mundo dessas crianças, que, sejam lá o que sejam, agora têm pelo menos o potencial de ser outra coisa. É uma semente. Uma árvore morta pode permanecer de pé por anos ou décadas enquanto vai ficando oca. Uma semente tem lugares onde estar e coisas a fazer.

Stephen tomou sua decisão. Ele está com as sementes, a tribo da garota com a cicatriz. Ele não pode ser uma delas, mas escolheu sua lealdade. As crianças são tudo o que importa. Neste exato momento, embora esteja do lado delas, ele é a praga, o patógeno que pode destruí-las. O conhecimento em sua mente precisa ser destruído em segurança.

— Por favor — implora ele.

A garota com a cicatriz faz um gesto. Ela ergue a mão na direção dele, fechada, em seguida a abre. Ela sabe o que ele quer que ela faça, mas não vai fazer isso.

É um problema complexo com uma solução simples e deselegante. Stephen estende a mão para tocar a testa do bebê de Khan.

— Sam — lembra ele a todas. — O nome dele é Sam.

Ele toca os lábios do bebê com a ponta do polegar. Os maxilares do bebê se movem para a frente e para trás, serrando a carne de Greaves. É muito difícil para os dentinhos encontrarem apoio, mas quando conseguem, penetram sua pele de forma limpa e rápida. Eles são muito afiados.

O bebê faz sua primeira refeição.

Stephen abre mão de sua humanidade com muito mais alívio que medo. Nos melhores momentos, ela sempre foi um fardo pesado de carregar.

61

O CORONEL VOLTA PARA ROSIE através de um campo cheio dos corpos dos mortos. Todos os cadáveres que vê são de adultos e estão parcialmente devorados. As tropas da brigadeiro Fry parecem ter tido um desempenho muito ruim. Claro que as crianças dominaram o campo e portanto tiveram a oportunidade de levar seus mortos com elas.

Sem dúvida não há sinal delas agora. A câmara selada de Rosie ainda permanece aberta, mas a área ao redor está deserta. Carlisle não está surpreso. Ele viu o momento em que Stephen Greaves entregou o bebê da Dra. Khan e o momento pouco depois, quando, em um sentido diferente, entregou a si mesmo.

Se Greaves ainda estivesse presente, Carlisle teria atirado nele do mesmo jeito que atirou em Samrina. O que quer que sejam as crianças, ou o que elas podem se tornar, um adulto humano exposto ao *Cordyceps* morre nesse momento, ou então se transforma em um passageiro a contragosto em um corpo sequestrado. No segundo caso, a bala é um ato de misericórdia; no primeiro, é provavelmente uma irrelevância, mas para o coronel parece uma marca de respeito semelhante a cobrir o rosto dos mortos.

No entanto, não há sinal de Greaves. Talvez, quando as crianças desapareceram no escuro, ele tenha seguido em seu rastro movido por algum impulso parcialmente lembrado. Mais provavelmente, ele está em algum lugar da área de desfiles se alimentando.

O *whup whup whup* da hélice de um helicóptero faz com que Carlisle olhe momentaneamente para o céu. Sixsmith está pairando com o helicóptero a cerca de sete metros de altura, bem acima de sua cabeça. Ela gesticula. Faz sinal de positivo com o polegar. Ela tem trabalho a fazer, e ele também. Ele acena em resposta desejando o melhor para ela e os outros.

Ele espera que eles cheguem em casa. Torce para que haja uma casa para onde possam voltar. Há razão para ter esperança. A brigadeiro Fry não estaria ali no meio do mato fazendo acordos com o diabo se seu golpe de Estado tivesse sido um sucesso.

O helicóptero vai embora. A última coisa que o coronel vê dele é a luz vermelha na traseira de sua fuselagem subindo na direção do céu como uma fagulha desgarrada de uma fogueira apagada.

Carlisle é um homem prático e um soldado, em primeiro lugar e acima de tudo. Ele entra em Rosie pela cabine, não pela câmara selada, de modo que possa realizar uma varredura adequada de uma extremidade à outra. Ele não encontra nenhum soldado, nenhum lixeiro e nenhuma criança: ninguém, na verdade, exceto o Dr. Fournier, que está encolhido de medo no laboratório com as mãos ainda presas à bancada de trabalho. Quando o coronel entra, Fournier começa a falar uma torrente de reclamações, exigências, súplicas, perguntas e explicações, as palavras caindo umas sobre as outras em sua pressa para botá-las para fora.

Carlisle verifica as correias. Elas foram parcialmente cortadas, provavelmente com o bisturi que está no chão ali perto, mas o doutor não fez muito progresso antes de deixar o bisturi cair, quicar ou rolar para fora de seu alcance. As correias vão resistir.

Quando vê que o coronel pretende deixá-lo ali, o Dr. Fournier muda de direção e começa a ameaçar. Ele tem amigos em Beacon. Amigos com poder e influência. Ele estava agindo como agente pessoal e representante da brigadeiro Fry. Se ele for ferido, se for maltratado, a brigadeiro não vai gostar nada.

Fry está morta, conta Carlisle. Se o doutor tiver algum amigo vivo, ele ficaria curioso em ouvir seus nomes.

Ele guarda o bisturi novamente na gaveta de instrumentos, onde não vai causar nenhum dano. Em seu lugar, bota um cantil cheio de água nas mãos do doutor. Ele ainda não se decidiu em relação a Fournier, mas torturá-lo não é parte do plano.

Ele vai para a cabine. No caminho, fecha a porta da câmara selada.

Pilotar Rosie não é fácil para um homem com apenas uma perna funcional. Há muitas partidas em falso antes que o coronel consiga dar a volta com o veículo e se afastar da carnificina. Ele perde muito mais tempo procurando o portão. Depois de algum tempo, desiste da busca e joga o veículo diretamente através da cerca, que não oferece resistência.

Ele está de volta à M1 quando amanhece, e ao meio-dia está na periferia de Londres. Quando famintos o perseguem, ele faz o possível para deixá-los para trás. Só como último recurso ele os esmaga sob as rodas de Rosie.

Ele está procurando por um lugar onde parar, mas nenhum lugar em especial. Ele não vai voltar para Beacon, tampouco deseja que Rosie volte para lá. Ele gostava mais dela quando era um instrumento, e não uma arma de guerra. Vai deixá-la em algum lugar onde dificilmente será encontrada por alguém que precise de uma arma dessas. Em algum lugar do labirinto infinito de ruas da capital.

Quando a coluna intransigente da Senate House Library aparece no centro da janela dianteira, ele sabe que chegou ao seu destino. Ele reduz a velocidade e para a meio caminho na Malet Street, no ponto exato onde a sombra da espira da biblioteca aponta.

Ele fica um pouco sentado enquanto o sol se põe. A sombra se afasta dele devagar demais para que ele veja o movimento: o ponteiro das horas de um relógio dizendo a ele que seu tempo acabou.

Relógios não são infalíveis.

Ele vai buscar o Dr. Fournier e o liberta da bancada de trabalho, mas o mantém sob a mira de uma arma. Quando os dois estão sentados lado a lado na cabine, ele explica o que está prestes a fazer. Ele faz isso como cortesia. Ver a morte chegar e ser capaz de olhá-la no rosto é parte do que ganharam os seres humanos quando tomaram o caminho que os afastava do resto dos reinos vivos. Parte do que perderam também, sem dúvida.

Aflito e aterrorizado, Fournier suplica por sua vida, mas também está indignado. Ele exige saber o que fez para merecer uma sentença de morte.

— Você conspirou com a brigadeiro Fry para nos levar para uma emboscada — diz Carlisle.

Ele acha melhor manter tudo rápido e simples.

— Nós devíamos morrer ali — explica. — Você teria morrido também, mas não sabia disso. Você estava disposto a sacrificar toda a tripulação de Rosie por seus próprios objetivos.

O rosto de Fournier fica vermelho com raiva e não com vergonha.

— Eu fui aliciado! — diz ele. — Coagido. Nada que fiz foi por minha própria escolha. Coronel, a brigadeiro me deu uma ordem direta. Ela é mais graduada que você. Você, entre todas as pessoas, precisa entender... — hesita sem ter o vocabulário técnico.

— A cadeia de comando — diz Carlisle. — Eu entendo, doutor. Entendo muito. Sempre tive o que pode ser considerado um respeito exagerado por ela. Mas você não é um soldado e não tinha obrigação de obedecer. Você podia se dar ao luxo de escolher por si mesmo onde estava seu dever.

— Não, não podia! — grita Fournier, estridentemente. — Ela me disse que o único jeito para que eu fosse indicado para a missão seria se concordasse em fazer o que ela dissesse.

— Isso — observa delicadamente o coronel. — É uma escolha.

Ele acena com a cabeça para fora da janela na direção da Senate House.

— Eu estudei aí — diz. — Meu diploma foi em história. Nunca imaginei que fosse viver para ver o fim dela.

O Dr. Fournier começa a suplicar novamente. Ele diz que, com Beacon dividida ao meio, não podiam dizer que ele tinha cometido traição, só escolhido o lado errado. Carlisle escuta por um bom tempo, então ergue uma das mãos para deter a torrente verborrágica.

— Doutor, por favor. Eu estava tentando explicar, já que você parece achar que está sendo tratado com extrema dureza. O objetivo da história, sua própria essência como campo de estudo, é encontrar correspondências. Você olha para o passado para poder entendê-lo e, por meio disso, chegar a uma compreensão melhor de seu próprio tempo. Se tiver sorte, às vezes pode até extrapolar para futuros possíveis.

— Eu não sou historiador — observa Fournier.

— Não — concorda Carlisle. — Mas biologia trata de correspondências também, não é mesmo? Você estuda coisas vivas para entender a si mesmo.

Fournier, nesse momento, está olhando para ele com um cálculo cauteloso.

— Acho que isso é verdade — diz ele, sem nenhuma convicção.

— Não há necessidade de me agradar, doutor. Você é bem-vindo a discordar. Mas me parece, e me diga se estou errado, que todas as coisas vivas formam um padrão fractal. As mesmas características, as mesmas estruturas, se repetindo em escalas e configurações diferentes. Sem dúvida não se pode olhar para todas essas coisas por muito tempo sem se ver refletido nelas.

— Eu faço isso — concorda Fournier de modo grosseiro. — Eu me vejo o tempo todo.

O coronel dá um suspiro. O homem não o está escutando.

— Então tudo bem — diz ele com cansaço.

— Então o que está bem?

— Tudo bem você saber que traiu. Não Beacon. A vida. Havia dois lados e você não escolheu a vida. Você chegou a ver o último conjunto de amostras? As que trouxemos do Ben Mcdhui?

O rosto de Fournier está inexpressivo.

— Não, é claro que não. Quando eu podia ter tido tempo para isso?

— A Dra. Khan encontrou tempo. Não sei ao certo se foi antes de dar à luz, ou logo depois. Ela se surpreendeu com o que descobriu. Nenhuma das culturas de *Cordyceps* do Ben Mcdhui tinha germinado. Nenhuma, de doze.

Fournier pisca rapidamente várias vezes.

— Um erro, supostamente. Amostras inertes — fala, pensando nisso enquanto o faz. — Não, elas teriam sido cultivadas separadamente, cultivadas em meios diferentes. Mas então... isso significaria...

— Exatamente — concorda Carlisle. — Um inibidor ambiental para a praga dos famintos. Algo único em relação ao platô de Cairngorm, pelo menos em sua parte mais elevada. Altitude? Pressão do ar? Campos eletromagnéticos? Você conseguiria pensar em uma hipótese melhor que as minhas, doutor, tenho certeza.

"Ou talvez não seja nada. Talvez, como você sugeriu, as culturas estivessem mortas antes de serem postas nos vidros de algum modo contaminadas. Nós, porém, decidimos assumir o risco. Assumir que não é um erro."

— Nós? — repete Fournier, com apenas um leve toque de escárnio. — Sua tripulação foi embora, coronel.

— Eu sei — diz Carlisle. — Mas eles não foram longe. Eles provavelmente chegaram a Beacon antes de chegarmos a Londres. Eles vão dar a informação, do jeito mais discreto possível, de que agora há uma alternativa. Outra escolha. Beacon está se tornando um lugar terrível, envenenado pelo próprio isolamento. Qualquer um que queira sair e tentar novamente é bem-vindo conosco.

— Para a Escócia? — Fournier está incrédulo. — Para as Cairngorms?

— Isso.

— Vocês não vão durar o primeiro inverno! Supondo que, para começo de conversa, consigam chegar lá.

— Possivelmente não. Mas acredito que vale a pena tentar. Isso me dá esperança, e esperança é importante.

Carlisle aponta pela janela outra vez. Quando Fournier se vira para olhar, ele põe a arma no lado da cabeça do doutor e puxa o gatilho. Ele tem quase certeza que Fournier não previu o que ia acontecer. A maior misericórdia possível para ele nas circunstâncias. Sem dúvida uma morte melhor do que o doutor iria encontrar sozinho se fosse deixado para ir andando para casa.

Não há nenhum lugar por perto para enterrar o corpo, e Carlisle não tem ferramentas que serviriam para isso. De qualquer forma, ele acha que Rosie funciona muito bem como caixão, e Londres passa toleravelmente bem como mausoléu.

Ele causa o maior dano possível ao motor. Ele quer que Rosie nunca mais volte a andar, nunca mais volte a lutar e a matar novamente, mas o vandalismo não lhe é fácil.

Ele tem um longo caminho para percorrer. Arruma uma mochila com rações para uma ou duas semanas, bloqueador E para um mês. Se levar mais que isso, provavelmente não vai conseguir.

Mas vai. Ele vai conseguir. Foss, Sixsmith e McQueen vão se juntar a ele lá, logo em seguida, com qualquer pessoa de Beacon que tenha ouvido a mensagem. Que o Incendiário está esperando por eles no alto, em meio à neve e ao ar gelado. Que ele vai construir uma cidade nova com a ajuda deles, ou morrer tentando.

Ele sai pela câmara selada e a programa para se fechar em seguida.

Ele sai andando. É uma bela tarde. Um belo lugar. Ele finge, ao caminhar, que o velho mundo nunca caiu. Que, quando ele virar a esquina, vai ver o trânsito passar barulhento. Turistas estrangeiros brandindo paus de selfie como bastões episcopais, funcionários de escritório andando apressadamente de seu trabalho febril para seu lazer febril.

Rua após rua, a cidade. Cidade após cidade, o mundo. Incontáveis milhões de pessoas, como era antes.

Ele imagina que a história se estende à sua frente assim como para trás, um rio tão largo e profundo que faz com que o Tâmisa pareça simplesmente uma lágrima escorrendo pelo rosto áspero do mundo.

EPÍLOGO

VINTE ANOS DEPOIS

A NEVE TEM VINTE E CINCO centímetros de profundidade, mas melhor não confiar demais nisso. É uma morena glacial, atravessada por toda parte por fendas e fissuras nas quais a neve se acumulou e as encheu até a borda. Se não testar cada passo antes de dá-lo, pode afundar em um buraco mais profundo que a altura humana, com rochas afiadas como dentes no fundo.

Ainda assim, o pequeno grupo de figuras na encosta leste está fazendo um progresso constante. Eles caminham para a direita e para a esquerda, todos juntos, e sempre seguem adiante. Há lugares na encosta que ainda estão na sombra, com faixas da luz tingida de sangue do amanhecer penetrando através dos picos acima, mas os seis homens e mulheres não reduzem a velocidade para analisar as extensões vazias à sua frente e não dão um passo em falso.

Foss fica atônita quando os vê chegando. Como parecem jovens, o mais velho com pouco mais de trinta! Essa, porém, não é a coisa mais impressionante em relação a eles. O que ela percebeu primeiro, no que não consegue parar de pensar, é que estão vestidos com roupas leves. Jaquetas curtas, abertas para o frio cortante. Nenhum chapéu. Se fossem humanos — humanos normais, humanos padrão, humanos um ponto zero —, estariam mortos.

Eles são o que o coronel disse que deviam ser quando foram vistos pela primeira vez na borda do platô. São famintos.

Há mais deles no sopé da encosta, menos de um quilômetro para trás. Essa é apenas a vanguarda.

Foss faz a volta e retorna pelo caminho pelo qual foi até ali, até o alto da encosta e depois para o norte, ao longo das bordas afiadas do que costumava ser chamado de passo Lairig Ghru. Há três sentinelas posicionadas nas rochas acima do passo: elas podem ver Foss se aproximando e podem ver umas às outras. Ela levanta o fuzil horizontalmente e o ergue no ar por vários segundos na mão esquerda. É um sinal combinado que significa *mantenham suas posições e não façam nada a menos que sejam atacados diretamente*. As sentinelas, que estavam com todos os nervos tensos desde que ela desceu a encosta, relaxam um pouco e retornam à sua vigília. Elas têm disciplina suficiente para não gritar perguntas enquanto ela passa.

Perto do alto da montanha, acima do ponto de exclamação inchado que é o lago Etchachan, há um povoado composto de noventa barracas e trinta e sete cabanas de madeira. Espalhado, mal acabado e sujo, cercado por montes de seu próprio lixo, que vai permanecer na montanha até o degelo da primavera tornar seguro descê-lo para o poço de detritos abaixo do passo que é o depósito de lixo oficial do povoado.

Em um dia comum, mesmo tão cedo assim de manhã, haveria pessoas andando ou correndo pelo espaço aberto entre as barracas. Crianças a caminho da escola, homens e mulheres voltando de uma caçada ou dos celeiros ao longo da linha do passo com sacas de nabos e cebolas nas costas.

Este não é um dia comum. Há mais algum pessoal de Foss montando guarda nos postos no alto da encosta e na extremidade das avenidas de barracas. Todo o resto está cinco quilômetros abaixo do passo, em um desfiladeiro cuja boca foi cuidadosamente camuflada, pronto para recuar para cima ou para baixo da montanha dependendo de que sinalizador avistarem.

Foss vai até a cabana do conselho, onde o coronel está sentado sozinho, e faz seu relatório.

Carlisle fica de pé. Não é um processo rápido nem fácil esses dias: os anos não foram bons com seu velho ferimento, nem com os quadris e a lombar, no geral. Foss precisa resistir à vontade de dar uma mão para o velho se levantar, sabendo que a lembrança de sua fraqueza o deixa envergonhado.

— Nós vamos descer até eles — diz ele.

— Tudo bem — concorda Foss. — Mas eu vou liderá-los, Isaac. Você não precisa vir.

— Preciso sim — diz ele.

Então leva um bom tempo para eles chegarem até a morena e, depois disso, eles reduzem ainda mais a velocidade. Foss podia desejar que o coronel tivesse deixado isso em suas mãos, mas sabe por que ele não o fez. As pessoas que deixaram Beacon para encontrar aquela comunidade precária puseram sua confiança em seu nome e sua reputação. Ele carrega essa responsabilidade como um peso físico.

Mesmo assim, ela teria preferido que eles fizessem sua resistência um pouco mais abaixo do platô, nem que fosse apenas para dar ao resto dos bons cidadãos de Rosie Town uma vantagem maior caso surjam problemas.

Cem metros abaixo da borda nordeste da morena, há uma rocha que lembra um pouco a forma de um coelho agachado. Há uma marca de queimado diante de sua base. McQueen está esperando por eles ali e lhes dá um aceno com a cabeça para saudá-los quando se aproximam.

— Eles estão quase aqui — diz ele, com uma olhadela para o lado. — Eu preparei a rocha com C4 em alguns lugares, então podemos fazer uma boa festa para eles, se for preciso. Este é um lugar bom o bastante para esperar.

Foss concorda. As sentinelas acima vão ser capazes de vê-los com clareza, então ela não precisa se preocupar em mandar o sinal.

Eles se posicionam dos dois lados do coronel, com os fuzis descansando em posição de desfile, enquanto seus visitantes sobem os últimos cem metros pela encosta. Quando McQueen calcula que eles estão perto o bastante, gesticula para que parem. Eles entendem o gesto e obedecem, o que conta como um bom começo. Ninguém está rasgando a garganta de ninguém, ou pelo menos não ainda por algum tempo.

Tão jovens, pensa Foss novamente; e, estranhamente, tão bonitos. O branco de seus olhos está cinza-*Cordyceps*, mas sua pele está perfeita — não seca nem rachada com o frio, descamada por deficiência de vitamina B ou marcada por cicatrizes com queloides. Eles parecem até um pouco bronzeados, o que sugere que podem ter começado a jornada bem longe, mais para o sul.

Isso não é verdade em relação à líder. Ela é loura quase branca, com uma palidez albina, a pele totalmente sem pigmento. É difícil saber sua idade, mas ela sem dúvida não é a mais velha ali. Ela se porta com uma graça despreocupada e natural, sem arrogância, quase sem ênfase. Sua camisa de mangas curtas (deve estar trinta graus negativos!) é de um amarelo-limão simples, e sua calça — enlameada e puída — está enfiada em botas surradas e muito usadas. Ela não carrega nenhum símbolo de autoridade, mas, quando se posiciona à frente do grupo, os outros se retraem deferentes, atentos, completamente silenciosos.

— Eu me chamo Melanie — diz ela. — Bom dia para todos vocês.

Fala um inglês educado, com bela enunciação. O couro cabeludo de Foss formiga. O que ela esperava, até esse momento, era uma espécie de pantomima de caretas e gestos. Nunca passou por sua cabeça que os famintos de segunda geração fossem aprender uma linguagem, ou que, se aprendessem, fosse essa.

— Isaac Carlisle — diz o coronel.

— *Coronel* Isaac Carlisle — corrige Foss.

— Esta é Kat Foss, e este à minha direita é Daniel McQueen.

A mulher olha para um deles de cada vez, demora-se para avalia-los. É um exame tão atento que Foss fica um pouco tensa e começa a medir distâncias e ângulos. Se a Branca de Neve ali quiser começar alguma coisa, eles não vão ficar para trás.

— Nós estamos procurando por vocês há muito tempo, coronel Carlisle — diz a mulher.

Carlisle não diz nada, mas McQueen morde a isca, e Foss não se surpreende com isso.

— Sério? — diz ele. — E por que isso?

A mulher — Melanie — está com os braços afastados do corpo e as mãos espalmadas.

— Nós não achávamos que restava nenhum de vocês — diz ela. — Parecia demais ter esperança. Mas não quisemos desistir da busca enquanto ainda houvesse uma chance.

É imaginação de Foss, ou um dos caras no fundo simplesmente lambe os lábios?

— Ainda restam muitos de nós — diz ela. — Aqui em cima, e em muitos outros lugares também.

— Não.

A palavra não tem inflexão, não tem ênfase. Melanie sacode a cabeça.

— O mundo agora é venenoso para vocês — explica ela. — Além deste lugar, aparentemente. Beacon e as tribos de lixeiros morreram ao mesmo tempo, então restamos apenas nós. Ou era isso o que pensávamos.

— Esse é um belo de um eufemismo — observa McQueen. — Morreram. Você quer dizer que eles foram devorados, certo?

— Não.

Melanie abaixa o olhar por um momento. Quase culpada.

— O patógeno do *Cordyceps* passou a ser transmitido pelo ar. Todos os humanos em toda parte se tornaram famintos, todos ao mesmo tempo. Menos vocês.

Foss fica perplexa ao ouvir essas palavras. Não porque elas cheguem como uma surpresa. Ninguém que deixou a montanha jamais voltou em mais de uma década, ou então voltaram mudados, raivosos, tivessem eles marcas de mordida ou não. Está claro há um bom tempo que o platô é uma ilha em um oceano tóxico invisível. Mesmo assim, ouvir isso a enche, em poucos momentos, de uma década de medo e tristeza. Uma coisa é ser uma exilada, outra coisa é saber disso. Ela nunca tinha percebido estar mentindo para si mesma até sentir as lágrimas congelando em seu rosto.

— Então como vocês sabiam que deviam nos procurar? — pergunta Carlisle.

Ele está gentil, sem espírito de confrontação, sem demonstrar reconhecer a situação sem esperança de sua posição.

O rosto de Melanie se franze em uma expressão de sinceridade.

— Nós não sabíamos. Foi o que eu disse. Nós só queríamos fazer tudo o que pudéssemos antes de finalmente, oficialmente, desistir da busca. Alguns amigos meus olharam velhos registros anteriores ao Colapso e fizeram uma lista de lugares onde padrões extremos de clima ou microclimas incomuns poderiam oferecer... — escolhe as palavras com cuidado. — Proteção para vocês. Há anos eu envio equipes buscando nessas áreas sempre que podiam ser poupadas de outros trabalhos. Finalmente, no ano passado, elas encontraram vocês. Todo mundo ficou muito animado quando trouxeram a notícia de volta.

— É — diz McQueen com frieza. — Aposto que sim. Nada como variar o cardápio.

Melanie e seus cinco companheiros ficam ofendidos. Eles tentam manter suas expressões impassíveis e disciplinadas, mas a raiva transparece momentaneamente aqui e ali no torcer de uma boca ou no estreitar de um olho — como pequenas fagulhas produzidas com pedra cinzenta.

Um dos cinco cerra os punhos. Depois, devagar, torna a relaxá-los enquanto Melanie continua no mesmo tom uniforme.

— Nós não nos anunciamos imediatamente porque queríamos ter certeza de que entendíamos sua situação. Nós estávamos observando a distância tão discretamente quanto possível. Construindo um quadro.

— E vocês? — pergunta Carlisle. — Entendem nossa situação?

— Acho que entendemos — diz Melanie. — Sim.

Ela olha mais uma vez para os três, um de cada vez, como se tivesse consciência de que essas palavras podiam machucar e estivesse preocupada com seus sentimentos.

— Vocês estão fracos. Mal conseguem sobreviver. Essa é uma terra dura para se viver, uma terra ainda mais difícil de cultivar. Sua colheita há algumas semanas foi a pior desde que chegaram aqui. Não tem comida suficiente para que mais da metade de vocês sobreviva até a próxima primavera. Além disso, imagino que estejam começando a ver casos de escorbuto e raquitismo porque não há fruta nem cálcio suficiente em sua dieta. Então, mesmo que vocês sobrevivam ao inverno, mais à frente vão estar em uma posição ainda pior. Provavelmente restam à colônia mais dois ou três anos. Talvez nem tanto.

Ela para de falar, e segue-se um silêncio absoluto. Foss troca um olhar com McQueen e fica satisfeita ao ler em seu rosto que eles estão pensando a mesma coisa. Eles vão deixar o coronel assumir a liderança nessa situação e sabem exatamente o que ele vai dizer. Ele inspira fundo e expira novamente, aprumando-se, encontrando palavras que sejam adequadas ao momento.

— Vocês não vão nos levar com facilidade — diz ele. — Nem sem um grande custo para vocês.

Melanie tenta interromper, mas ele prossegue, falando por cima dela.

— Não vou me dar ao trabalho de negar o que vocês viram com seus próprios olhos. Sim, estamos fracos. Nossos corpos estão. Mas pode confiar em mim quando digo a você que as pessoas que vieram para cá eram as mais fortes que Beacon tinha a oferecer. Elas caminharam seiscentos e cinquenta quilômetros pela simples oportunidade de uma vida nova. Elas vão fazer mais pela oportunidade de mantê-la.

Melanie parece confusa, decepcionada.

— Mas... — diz ela. — Coronel...

— Então venham quando estiverem prontos — convida Carlisle. — Vocês vão nos encontrar prontos também.

— Coronel, nós viemos aqui para ajudá-los.

Carlisle já está dando as costas quando ela fala. Ele é pego ali, à beira do movimento. Melanie ri de puro constrangimento, como se não conseguisse acreditar que eles estivessem encarando essa conversa de ângulos tão diferentes. Que coisas que ela considerava certas ainda precisavam ser ditas.

Alguém tem de fazer o papel de escada. Foss percebe que é ela.

— Do que você está falando? — indaga.

Melanie aponta para a parte baixa da encosta. O resto de sua comitiva pouco vestida avançou um pouco e agora está depositando caixas e engradados em um monte de pedras grosseiro mas adequado.

— Alimentos — diz ela. — E remédios. As caixas térmicas plásticas estão cheias de coelhos, recém-apanhados quando subíamos. Os engradados de madeira têm maçãs e ameixas. Vocês conseguem comer isso, não?

— Ameixas? — pergunta McQueen.

É difícil interpretar seu tom de voz, mas a boca de Foss se encheu de saliva só de ouvir a palavra.

— Nós achamos que frutas frescas e proteínas seriam suas necessidades mais urgentes — diz Melanie. — O resto é negociável. Nós não cultivamos grãos para nós mesmos, é óbvio, mas podemos cultivar para vocês. Vocês nos digam de que precisam. O que não tivermos, vamos encontrar ou fazer.

Eles ficam sem fala por um ou dois instantes. Então o coronel, que ainda está parado meio de costas para a garota, faz a ela a pergunta mais premente em todas as suas mentes.

— Por quê?

Melanie não parece entender, por isso ele pergunta novamente.

— Por que vocês fariam isso?

— Porque podemos — responde.

Ela parece realmente intrigada pela pergunta.

— Porque achamos que vocês tinham todos morrido e estamos muito felizes por termos nos enganado. Para que seu povo e meu povo possam se encontrar, conversar e aprender um com o outro. Do contrário, vocês seriam apenas lendas para nós.

Ela sorri, como se esse pensamento lhe parecesse engraçado.

— Eu sei como as lendas funcionam — continua. — Em algumas gerações, haveria mil histórias loucas sobre vocês, e a verdade... bem, a verdade seria apenas uma história um pouco menos interessante que o resto. Agora que encontramos vocês, vamos continuar a procurar. Não apenas aqui na Escócia, mas em todos os outros lugares do mundo. Nós já começamos a equipar uma expedição para a França e a Suíça. Quero dizer, para os lugares que costumavam ser a França e a Suíça. Vocês podem não ser os únicos, no fim das contas.

As caixas e engradados ainda estão se empilhando no pé da encosta. Começa a parecer que pode mesmo haver o suficiente para fazer diferença.

— Obrigado — diz o coronel com uma formalidade esquisita. — Nós agradecemos sua oferta de auxílio.

— Não há de quê, coronel Carlisle. Mas precisamos pedir um favor em retribuição.

Lá vem, pensa Foss. A condição. Devia mesmo haver uma. Seus velhos? Seus doentes? Seus criminosos insanos? Quem eles acham que estaremos preparados para jogar na cesta do lanche?

— Nós estamos lhes trazendo mais uma coisa — diz Melanie, e dessa vez seu sorriso está mais largo.

Sem dúvida há uma piada que eles não estão entendendo.

— Mais uma *pessoa*, devo dizer — se corrige ela. — E queremos que vocês façam com que se sinta em casa. Queremos muito. Está sozinha há muito tempo.

O som de um motor chega a eles pelo ar rarefeito e límpido. Ele vem da estrada abaixo do cume, ainda oculto de vista por uma maré congelada de neve levantada pelo vento, e faz vinte anos, mas Foss reconheceria aquele ronco grave em qualquer lugar.

— Ah, meu Deus do céu! — exclama ela. — Eu não acredito!

Rosie chega ao topo como um navio surgindo no horizonte com uma desconhecida ao volante. Uma mulher de pele escura com uniforme militar rasgado e desbotado, fazendo uma careta pelo esforço enquanto leva a massa pesada do veículo encosta acima pelas rochas escorregadias.

Para Foss parece, na leveza e estranheza desse momento, como se o passado tivesse se aberto diante dela como uma porta. Ela nunca deixou de ser parte daquela tripulação. Rosie está chegando para recolhê-la para outra missão oficial, uma última missão no estrangeiro. Ela é tomada por algo como alívio ao vê-la. Algo como alegria.

Ela pensa: todas as viagens são a mesma viagem, quer saiba disso ou não, quer esteja em movimento ou não. As coisas que parecem fins são apenas paradas no caminho.

Agradecimentos

Quando se vive com uma história por tempo suficiente, ela satura sua vida até você perder objetividade e ficar um pouco louco. Para-se de ver as qualidades da coisa, então não tem com o que compará-la. Nesse ponto, são precisas outras pessoas que (a) amem ou entendam a história ou (b) gostem toleravelmente do autor para aturar incontáveis repetições de "E se eu fizer isso...?". Eu tive muitas dessas pessoas e só posso recompensá-las com agradecimentos inadequados e um copo de cerveja ou taça de vinho tinto. Minha mulher, Lin, e nossos filhos maravilhosos, Louise, Ben e Davey. Colm McCarthy e Camille Gatin, que estavam comigo na jornada maravilhosa que foi *A menina que tinha dons* e mudaram minha vida ao ponto de não ser mais reconhecível. Minhas brilhantes editoras Anne Clarke, Anna Jackson e Jenni Hill, assim como as preparadoras Joanna Kramer e Sophie Hutton-Squire. Minha agente, Meg Davis. As divulgadoras que fazem tudo acontecerem por magia Gemma Conley-Smith e Nazia Khathun. A fazedora de maravilhas internacionais Andy Hine. Meu irmão, Dave, e sua mulher incrível, Jacque. Meu melhor amigo da adolescência até hoje, Chris Poppe. Ao começar uma lista dessas, é claro, se percebe bem rápido que ela tem a capacidade de se prolongar para sempre. Se é necessário uma aldeia para criar uma criança, é necessário um exército para manter um autor mais ou menos são e mais ou menos de pé. Se você está nesse exército, você sabe que está nele. Não te mereço, mas estou muito feliz por tê-lo.

Impressão e Acabamento:
Gráfica e Editora Cruzado